第五届中国（日照）散文季精品集

初光 5

丁建元　韩　通　何慧颖　主编

山东友谊出版社·济南

第五届中国（日照）散文季精品集

《初光5》编委会

名誉主任：李敬泽　李在武　王新生

主　　任：孟　青

编　　委：陈文东　丁建元　韩　通　王海峰
　　　　　何慧颖　南　方　骆道营　夏立君

主　　编：丁建元　韩　通　何慧颖

执行主编：王海峰　南　方

目 录

彭　程	在日照遥想刘勰	1
刘致福	定林寺的高度	8
钱红莉	山海五章	12
沙　爽	岩石之上	21
朝　颜	大口尊之魅	26
习　习	楔入时间缝隙	32
冯金彦	黑陶 提灯在日照行走	38
张行方	行路记	42
李冬梅	涛声依旧澎湃	46
张克奇	日照密语	54
林　丛	"海角"日照	65
鄞　珊	日照以鉴	68
冯　杰	日照手札	74
逄金一	风过定林寺	79
申瑞瑾	莒人刘勰觅踪记	89
李学广	登圣公山	97
周闻道	"日出初光"与一尊海上碑	105
张西洪	又远又近齐长城	109

谭曙方	日照与飞鸟	115
璎 宁	花间词	119
王 芳	一个家族的两地追寻	127
刘亚荣	白鹤楼说苏轼	133
田万里	百年海棠（外一章）	137
支 禄	定林寺寻人	141
李宗梅	在日光照彻的海边	146
董伟伟	时光盲盒	151
东夷昊	难为水	156
李守忠	一场特殊的婚礼	171
余显斌	武德的丰碑	176
葛小明	广场记	182
陈文念	万平口，海鸥的景致或禅意	197
孙 施	日照，光影漫游	202
孟庆瑞	阳光的旋律	208
黄 睿	东夷小镇，那些与阳光和大海共生的游牧时光	215
张 恒	雨落傅疃河口	224
杨从彪	五莲山写意	230
李易农	向着远方和光芒飞翔	236
冯爱霞	五莲，心的依恋	243
贾国勇	三入定林寺	248
鲍丰彩	莒地旷野叙事	252
林文钦	一城风雅	257

董增文	万平口遐思	263
秦绪开	归来	267
高建锁	日照散记	274
宋新明	和父亲一起喝茶	281
李 倩	浮来山银杏树下	285
崔新志	碧海蓝天万平口	288
质 野	潟湖的秋朝	291
秦绪合	日照西湖印象志	296
叶雪松	夹仓记	303

在日照遥想刘勰

彭 程

刘勰来到莒县浮来山时，心境应该是清寂湛然的。

那时正是南北朝的梁朝。刘勰奉梁武帝萧衍之命，在南京钟山的定林寺中整理编撰佛经，任务完成后，他便上书请求辞职出家。《梁书·刘勰传》记载："有敕与慧震沙门于定林寺撰经，证功毕，遂启求出家，先燔鬓发以自誓，敕许之。"皇帝下谕恩准，他于是离开了效力多年的宫廷，原地转换身份，成了寺院中的一名僧人，一直到去世。

南北朝时期，正是佛教大举进入中土的鼎盛岁月。"南朝四百八十寺，多少楼台烟雨中"，唐代诗人杜牧这两句广为传诵的名句，描述的就是当时寺庙林立的胜景。不少帝王都笃信佛教，尤以梁代开国皇帝梁武帝萧衍为甚，他虔诚敬佛，以至到了佞佛的地步，放着皇帝不当，几次舍身入寺院，害得群臣只好向寺院捐了大量的钱财将他赎回。

据说，刘勰在定林寺期间，中间有几年回到了祖籍东莞莒县，即今天山东莒县，在浮来山中修建了一座寺庙，也取了与南京寺院同样的名字"定林寺"，在一幢石头砌成的校经楼中整理佛教经典。

浮来山山色蓊郁，环境清幽，人烟隔绝。遁迹此间，长日无事，他得以从容地校勘撰述。眼睛倦怠了，从上下两层的校经楼里抬头望出去，他会看到一棵银杏树的巨大树冠。

这棵树被称为"银杏之王",树龄迄今已经4000余年,在刘勰生活的时代也已经有2000多岁了。老树树干粗壮,周长约16米,要七八个人才能环抱,树冠繁茂仿佛一座山丘,冠幅达到900多平方米,荫蔽了其下数亩的地面。即便眼睛不去看,也会听到它发出的声音,根据风力的大小,有时龙吟细细,有时如泣如诉,有时则呼啸咆哮。一棵树太古老了,真实和虚幻的边界便会模糊,会发生许多神奇灵异的事情。

刘勰学识渊博,他应该知道围绕这棵树发生的故事。莒县春秋时代称莒国,是西周时由周天子分封的一个诸侯国,曾经和相邻的齐、鲁争雄,国力盛极一时,史书称"莒虽小国,东夷之雄者也。"《左传》记载,公元前715年9月,鲁隐公与莒子在这棵银杏树下盟誓,确保了两国间长久的和平。同时,莒国也是齐、鲁两国失势的王室成员的避难之地。齐襄王时国政混乱,公子小白在鲍叔牙陪同下逃到这里避难,后来回到齐国当上了王,也就是后来在管仲辅佐下成就霸业的齐桓公。处境顺遂了,齐桓公行事便未免有些张狂,鲍叔牙便借祝寿之机,进言"使公毋忘出奔在于莒也",提醒他不要忘记当年流亡莒国时的艰难困窘。"毋忘在莒",已经成为一个成语,与越王勾践的"卧薪尝胆"一样,提醒人要时刻居安思危,不忘初心。

一个古老的地方,历史的意味浓郁深厚,适合做种种深长悠远的思考。这棵老树构成的场域,显然十分适合一位修道者。作为思想者,刘勰的一生,其实也是一次与跨越时光的事物的漫长的对话。

居住在浮来山定林寺的数年间,刘勰都想过什么呢?

这时的刘勰,生命已经进入晚年,应该与多数的老人一样,喜欢怀旧,思绪不知不觉中会浸入岁月烟云。他的脑海中不时地闪现出自己生命历程的某些片段,如同银杏树的落叶从眼前飘过。

首先应该是他早年寄身寺院十年之久的日子。"勰早孤,笃志好学。家贫不婚娶,依沙门僧祐,与之居处,积十余年,遂博通经论。因区别部类,录而序之。今定林寺经藏,勰所定也。"关于刘勰生平的资料很少,我看到的只有《梁书·刘勰传》这一篇。文字简短,最主要的信息是他精研佛学,造诣深厚,贡献巨大。他不但对佛经整理分类，连寺院收藏哪些经卷，都是他来定下的，可见其话语权十分了得。

不过刘勰最初的人生抱负，也和那个时代的文士一样，是政治上的，期盼济世安民，建功立业。他在《文心雕龙》的《程器》篇中就说，"安有丈夫学文，而不达于政事哉。"这部著作立论的起点就是"文原于道"，主张写作必须学习儒家圣贤经典，并以儒家思想解释和指导文学创作，从书中的"原道""征圣""宗经"等篇名，就足见他受儒家影响之深。

但南北朝是士族门阀一统天下，"上品无寒门，下品无士族"，刘勰祖上虽然荣耀过，但父亲一辈已经中落，他身世寒微，没有仕进的可能。他便在青年时代进入南京钟山定林寺，跟随名僧僧祐学习达十多年。这在当时佛教高僧大德备受尊崇的背景下，也是一种"曲线救国"之路。因此，他虽然深居寺院多年，但并不曾出家。帝室一家人都拜僧祐为师，萧衍即帝位后，僧祐备受礼遇，刘勰也连带着被征用，出仕为官，被临川王萧宏引为记室，后改任车骑仓曹参军，再后来又为南康王萧绩记室，并兼昭明太子萧统的东宫通事舍人。

其实这些都是官阶低微的角色，掌管文书章奏、粮食和兵器的出入账目等，但可能多少满足了他出仕的夙愿。尤其在萧统身边的日子，他感到很惬意，因为萧统醉心文学，识才爱才，对刘勰惺惺相惜，史载"昭明太子好文学，深爱接之"。

他后来决计离开庙堂殿陛，重返伽蓝山林，有一种说法与萧统的去世有关，但时间上并不吻合。更大的可能，是他已经了悟了自己的天命之所系。他本来天性淡泊，出仕之前，他能深居寺院多年，深研佛理并卓然有成，必须心意诚笃才能做到。虽说那时尚有世俗功利的考虑，但他对佛经的深入沉浸却是真切的。有了这样的铺垫，当目睹了宫廷的残酷权力争斗，经历了世事的反复无常，佛教理念就得到了印证，对缘生缘灭、成住坏空的感悟变得具体而真切，心性开始转向，儒家的进取心和释家的退隐志此消彼长。他上书梁武帝请求出家时，为了能够顺利遂愿，烧去了头发以表明心志，可见此时已经是矢志不渝。

从此以后，他更是心如止水，神凝志笃地献身于佛经的整理。青灯黄卷的日子枯燥乏味，但在他却是有着深湛的滋味。他的佛学造诣愈发无与伦比，声誉隆盛，京城的寺塔和名僧身后的碑文，一定都会请他来写。

《文心雕龙》这部伟大著作的诞生，也与其寺院生涯有关。据考证，书的完成当在南齐末年，也即他出仕之前在定林寺中的时候。那时他还不到四十岁。虽然该书以儒家思想为基调，但可见佛学的影响，行文中不但使用了"般若""圆通"等佛经里的概念，而且在论述方法和逻辑体系的严整缜密上，更是明显地体现了佛学思维方式的影响。

在浮来山的时候，《文心雕龙》早已经是过去完成时，但一个勤奋的思想者是不会停止思索的。在寺院周边峰峦四时山色的环抱中，他是否会重读他早年的这部作品，并有所增删修订？年龄和阅历的增加，会改变一个人的想法和认知。眼前的风景，是不是也会以某种方式激发他的灵感和思路？譬如在最后一篇《序志》中，他提出了一个重要观点，即"振叶以寻根，观澜而索源"，讲的是面对作品要寻根究底，探求本源，也可以引申为把感性认识上升为理性认识，抓住事物的本质和规律。那么，与他朝夕晤对的这棵银杏树，参天而立，枝繁叶茂，至少会以其超卓不凡的形态，深化他的这种观念。

这些都是有可能的。艺术家有衰年变法的说法，思想家的理论，也有很多是以晚年的版本为准。

当然，以上这些都是我的猜测。对于自己喜欢的事物，心仪的对象，一个人有权利做出哪怕是依据阙如的想象。

但想象赖以生发的原点却是确凿的，就譬如风筝飞得再高，也总要一只拉住线绳的手。尽管浮来山上的云雾缭绕飘忽，但山下寺院里"天下银杏第一树"的存在却是坚实真切的。作为文本固定存留下来的《文心雕龙》，比它作者的生命消息更为真实清晰。

被银杏树巨大树冠荫蔽的校经楼，如今已经辟为刘勰生平陈列馆，里面陈列着《文心雕龙》的众多版本以及历代的研究文献，印证着这部巨著的不朽地位。

《文心雕龙》"体大思精"，包罗万象，融通文史哲，兼蓄儒道释，围绕文体、创作、批评诸多方面，展开了广阔而深入的陈说阐发。它对齐梁之前文学创作的经验和文学理论批评的成果，做了全面系统的总结，提出了一个完整的文学理论体系。南北朝是中国古代文学理论大发展的时代，这部著作更仿佛是一座兀立的高峰。此后历朝历代的一系列文论著作都受到了它的影响，许多文学理论发展中的重要问题，都可以在其中找到它们的雏形。

可以说，整个中国古代文学理论批评史，没有一部著作可以与《文心雕龙》相比。对它的研究也从未间断，形成了蔚为壮观的"龙学"。鲁迅先生论人衡文的眼光一向很苛刻的，但在《论诗题记》中高度评价它："篇章既富，评骘遂生。东则有刘彦和之《文心》，西则有亚里士多德之《诗学》，解析神质，包举洪纤，开源发流，为世楷式。"

关于它丰富博大的内容，不是轻易能够穷尽的。这里只想拈出一点，即它对文学价值的全力托举。这无疑正是整部著作的出发点。

在以经世致用为至高价值的传统思想中，很长的时间里，文学一直被低看，在统治者眼里文人只是俳优弄臣般的角色。甚至文人也自惭形秽，汉赋大家扬雄就说过作赋不过是"雕虫小技，壮士不为"。此种观念一直到后世曹魏时代犹然，即使极具文采的曹植，都认为"辞赋小道"，而他的志向是"勠力上国，流惠下民，建永世之业，流金石之功，岂徒以翰墨为勋绩，辞赋为君子哉！"

但转折毕竟发生了。曹植的哥哥、后来成为魏文帝的曹丕，深刻地认识到文学的价值。他在《典论·论文》中，把文学写作即立言提到了比立德立功更重要的地位，认为只有文章才真正能够给人带来永生。"盖文章，经国之大业，不朽之盛事。年寿有时而尽，荣乐止乎其身，二者必至之常期，未若文章之无穷。"这是中国历史上第一篇文学专论。

刘勰当然会了解这些。从魏晋到南北朝，文学的地位也大幅提升，像南梁王朝的皇帝父子都是出色的作家。他所效力依附的昭明太子萧统，更是视文学胜过皇位。萧统为了编撰著名的历代诗文总集《昭明文选》，呕心沥血，焚膏继晷。对仁厚儒雅的他来说，宫廷争斗波云诡谲，权力追逐导致骨肉相残，怎么比得上文章带给人的愉悦和慰藉？

刘勰一定是充分地了解文学的意义和价值，才愿意将生命投入这种研究，探讨和揭示文学写作的奥秘和规律。如果说曹丕的《论文》仿佛一棵大树钻出的第一个新芽，其后约三百年间不同作者的众多论述则是次第生出的片片绿叶，那么到了刘勰，则是进入了快速生长期，突然间就绽放了一树繁花。

凭借一部不朽的《文心雕龙》，刘勰奠定了自己的历史地位。这部巨著托举了他，仿佛众多的信徒托举了佛祖一样，让他被历史记忆，为后世仰望。他就像浮来山定林寺中的这一棵银杏树，历经数千载光阴，依然生命健旺。而与出身和职位都十分卑微的他相比，多少高官显爵、名门望族，却都早已无人知晓，就仿佛银杏树的一片片落叶。

当然，上面的种种想象，是建立在刘勰来过这里并停留数年的前提之上。但银杏树下真的印下过他的足迹、校经楼里真的留下过他的身影吗？会不会是故乡人出于对前辈乡贤的敬爱，而做出的善意的附会演绎呢？

史书中对他在南京定林寺出家后的记载很少，只有寥寥几句："乃于寺变服，改名慧地。未期而卒。"字句中的意思很明确，取了法名慧地的刘勰不到一年就去世了，应该是在公元522年前后。范文澜《文心雕龙注》里采用的就是这种说法。倘若如此，刘勰是绝无可能来到北方的。当然，史书文字的准确也未必就是事实的准确，传主生活的年代距今已经足够久远，极大地扩展了不确定性的空间。同样是文史大家，在杨明照的《文心雕龙校注》中，刘勰的离世时间则向后推了十几年，是在公元538年后。那样的话，他倒是有可能来到这里的。

但不管他是否来过，有一些事实是确凿的。这里是他的祖籍，其祖先在永嘉之乱后移居江南，一直居住在京口，即今天的江苏镇江。更重要的是，他的著作不朽。有了这一点，他的生平行踪疑案是否一定需要破解，就不是很重要了。

走进被几棵青桐和古槐掩映的校经楼里，正面墙壁前就是一尊刘勰塑像。他发冠高束，凭几端坐，手持狼毫，神色沉静笃定，目光平视着前方。

他的目光驻留之处，就是那棵巨大的银杏树。阅尽沧桑的老树应该知道答案，但它缄默无语。四千年了，它仍然生机勃勃，枝繁叶茂。树和人，见证着彼此的不朽。

莒县位于山东省东南部，今天隶属于日照。日照地名的由来，源自其邻近黄海，是"日出初光先照"之地。刘勰的《文心雕龙》，也是投向中国古代文艺理论和文艺批评的辽阔田野中的第一道强光。

光亮至今熠熠闪耀，并将永久如斯。

定林寺的高度

刘致福

看到定林寺的山门，竟有一种回归乡里的感觉。

石砌台阶之上一座石砌的门楼，那种山里人家宅院的门楼，只可容二、三人并排进出。这样一座山门，刷新了有关寺庙的认知与记忆，内心感叹这应该是名刹大寺中最小的山门了。门楣上题刻"定林寺"三个蓝色大字的匾额和两边同样是蓝字的一副对联，提醒并没有走错，这就是赫赫有名的千年古刹定林寺。

在浮来仙山怀抱中的这座小小的院落，总面积只有4000多平方米。没有高大巍峨的山门，也没有金碧辉煌的宝顶大殿，一色的青石红墙灰瓦，像这山里的石头、路边的古树一样的质朴、低调。与它同时期的南京上、下定林寺，还有稍晚的安徽定林寺，都是几经坍废、重建，唯有这小小的院落，始终守正如始，以其独有的智慧与定力，与浮来仙山相伴相守，成为千百年来世世代代信众游客膜拜的精神宝地。

跨过山门走进小院，这才恍然明白，原来这小小的门楼，就是先人埋下的一个伏笔，暗含着从平常世界至兰若幽境相接相升的禅意。在犹疑之间跨入山门，身心便会感到一种电光石火的震撼，升起一种洗礼般的庄严。

一棵大树，一棵从未见识过的巨大的银杏古树，巍巍然大山一般矗在眼前，以无比强大的气场让每一个进入院落的人肃穆、讶然。初夏的正午，门外艳阳高照，门里却感到一种沁入心脾的荫凉。门外喧闹的世俗之声瞬间远去，人们都在围绕大树仰头观望，眼睛睁到最大，嘴也微张，不时发出啧啧的叹喟之声。对于大多数人来说，这是有生以来见过的最大的活态树种。据测算，树龄已达四千余年，树围长15.7米，树高26.7米。民间有"七搂八拃一媳妇"的传说，眼见真是七八个大人合围才能勉强搂过。

在这样的一棵大树之下，每一个人都会由衷地感叹生命的伟大和自身的渺小。让人惊叹的不仅是树体巨大、树龄超长，更有生命力的盎然旺盛。这样一棵老树不仅看不到中空或者枯朽的景象，映入眼帘的都是健硕生命的亮色，粗硬的树皮也泛着一种汁液充盈的鲜活之气。不同方向、不同层次伸展出来的一人多粗的巨大枝干，像巨人的手臂，虬曲着却坚挺地向外伸展，向上撑起一层一层密实生长、青绿蓊郁的枝叶，形成一个巨大的伞状树冠，全方位承接天光与雨露。

光与水是生命之源。据说这棵树每天需要三吨水，都依靠自身的树叶和根系来供给。巨大的树冠覆盖面积达660余平方米，无数的扇形叶片像无数只灵手，承接着阳光和空气中的水分；地下庞大的根系更是织成一张大于树冠几倍的大网，分层深扎，广吸博取，据说最长的根系一直伸展到寺外的小溪边。密实的叶片之间，青绿如杏的果实是生命力最直接、最有力的呈现。不仅树枝上结满果子，粗大的树干上也不时会看到直接生出的几片翠叶和几颗圆圆的果子，让人心生感动。据介绍，老树每年都有一千余斤的银杏收成！一棵四千余年的老树，不仅活得怡然，还能结出这么多的果实。老树结出的果实与一般银杏的椭圆形状明显不同，圆润如珠，顽强地保存了古生代银杏的原始基因。银杏是雌雄伴生的物种，需要异株授粉才能结果。这棵老树配对的雄树远在60华里之外，据说也已是一千多岁的老树。两棵老树的远程交配构成一种生命的奇迹。这惊人的生命力，让人参出大千世界、万事万物的深博与伟大，让人悟到生命密码神秘玄奥的禅意。在这千年古刹之内，这悠悠几千载的老树即是佛，覆盖众生，达接万物。大树的侧旁就是大雄宝殿，人们拜佛，更多的人是拜树。千百年来，当地百姓一直把老树当作神来供奉与膜拜。周围栅栏上挂满祈福许愿的红色丝带，寄托着人们对美好未来的希望与期冀。

这棵被誉为"活化石"的超级古树，是一部活态的巨型史书，是华夏文明演进发展的见证者。围着大树仰首观望的人们满脸都是敬畏，像极了喇嘛庙里转经的信徒。4000多年，经历多少风霜雪雨，阅尽多少世间沧桑之变，看过多少人间悲喜故事。曲阜孔庙内让人肃然起敬的2000多年的古柏，在它跟前只能是儿孙晚辈。位尊万世师表的孔子出生时它已是两千余岁的苍苍老者。见过大禹时代的滔滔洪水，经历春秋之变与战国之乱。齐桓公小白避难时曾经来到树下参拜，成就霸业后发出"毋忘在莒"的感喟。秦皇汉武东巡传说途经莒地，只有老树记得他们在树下的盘桓豪叹。鲁隐公与莒子树下会盟，陈毅将军也曾在此与匪首博弈论战。在这棵古树之下，历史长河的强大气场，使多少王侯将相醍醐灌顶，和平祥瑞的气息荫庇了多少生民百姓。历代多少文人墨客来此寻根探脉，吸纳智慧与灵感。知密州的苏轼竹杖芒鞋山前留青印数点，擎苍牵黄树下应放歌寄怀；更有莒地游子刘勰，与古树相伴相守，皓首穷经，成就一部传世巨著。

古刹小小的院落前后三进，大雄宝殿之后，是一座逼仄的二层石屋。门楣上镌刻着郭沫若题写的"校经楼"三字，这就是刘勰晚年修炼、校对佛经、修删龙书的所在。门内是刘勰的坐姿塑像和不同版本的《文心雕龙》以及历代相关著述。校经楼的后边是三教堂，这也是定林寺有别于一般佛寺的独特之处。本是佛寺，供佛的同时，也供奉孔子、老子，儒释道三教同处一堂，和谐共生。这是魏晋遗风，更是定林寺一千五百年的坚守。佛本西来，与儒道相融相谐，共同成就扎根齐鲁沃土的文化风景。不知道是三教堂内相互浸润的思想、文化影响了刘勰，抑或刘勰推动了三教堂的创立及其内在的融合。刘勰毕其一生，参悟儒释道的融合汇通。自幼抄经习佛，晚年更是燃须出家为僧。虽然法号慧地，但其思想主脉还是宗儒弘道，佛家思想时隐时现地渗透其中。《文心雕龙》全书凡50篇，从《原道》到《序志》，没有一篇不以儒学为宗，释道思想则如影随行。他主张征圣宗经，所征之圣必是孔子等儒圣，所宗之经须是五经等儒道经典（《情采》篇）。他特别推崇儒家刚健中正的诗学精神，《养气》与《风骨》等篇专门作出阐述。道家思想中的意象理论更是作为文章之元始倍加推崇，"人文之元，肇自太极，幽赞神明，《易》象惟先。"（《原道》篇）其"神理"学说的论述既体现着佛性之意，亦可见道心之影。既有儒的胸怀天下，又有佛的自在自为，也有道的天人合一。儒释道三种思想文化的兼容并蓄，提升了刘勰思想的厚度、精神的高度，也充盈了《文心雕龙》的境界与气场，使其超越了文学，超越了时代，成为一部集人间智慧大成而不朽的经典。

历经千余载，浮来山下这个小小院落，已经成为刘勰思想和精神的驻锡地，刘勰的思想和精神已经成为深深扎根于这里，与古老的银杏树相伴相生、巍然屹立的又一棵大树，成为定林寺引以为傲、千载不移的灵魂符号。两棵大树相得益彰地屹立于这座不起眼的小院，异曲同工地诠释了齐鲁文化乃至华夏文明的不朽光芒！有了这样的两棵大树，定林古寺便有了独秀于世的高度，便会千年不朽地存在下去、辉煌下去。

离开定林寺，回首相望，那石砌的小门楼变得雄伟起来，而且脚步愈远，愈见其高大，以至高出浮来仙山，直通天际。

山海五章

钱红莉

一

这趟车自合肥跨过长江，抵达南京后，开始徜徉起来了，以 200 余千米的时速晃晃悠悠，经停镇江、扬州、淮安、涟水、灌南、连云港……蛇形于长江中下游平原每一小镇。长达五小时的久坐，致使我的腰、颈发出痛苦呐喊。过了赣榆，小城日照终于到了。

初来齐鲁大地，当真是一趟抵江达海之旅。

小城日照端坐黄昏里，静谧如禅。

一股股来自大海的咸腥气息，将久居内陆的我席卷一空，顿感温润清凉。夜宴中，饕餮到同样来自大海的生物。鸡蛋大小的花螺，冷渍，佐以一点酱油，滋味奇崛。蚝、蚬肥美，清水略略煮之，入嘴甜极。大味至简，一样样，均令来自内陆的我沦陷而惊艳。海鲜多得桌子无法堆下，服务员小妹妹站在桌前，托着巨大食盘分而食之——敏感细腻的她可以瞬间捕捉到谁谁来自内陆，便善意地给谁谁多分几枚生蚝。

一向偏爱博物馆。看馆，如翻史书，有着生命的，时时萦绕一份怀古追今的同声共气。

翌日，拜访莒州博物馆，粗陶、彩陶、汉铜镜、唐俑、历代瓷器、货币无数，一样一样晤面，如切如磋。得见稀世无匹金缕玉衣一件，静如处子，遍布幽光……这一间一间屋子定格着的中国历史，绵延着时空轴的广阔幽深，华夏五千年文明汤汤而过，如江如海翻腾不歇。

在一块汉砖前伫立久之，苍青中沁了一层古直苍凉的气质——远望，犹如一款绣工精湛的凉枕，分布数列一般的菱形纹，有着呼吸与体温的，遍布神性。近观，依然是一块砖，带着泥土年深日久的包浆、质感、气韵，好比《汉赋》中的一个句子，风神俊朗，骨骼端正，光阴偕逝中如珠如玉。隔着一层密封玻璃，纵然无以触摸，却也与人秋风顿凉之感，又仿佛大冷有冰，到底是寒的了。这便是时间的痕迹。

古人何以将一块青砖锻造得如此精美绝伦？莫非源之于心静？过去的日月沙漏流得慢，时光钟摆的幅度长而悠，大家不要急，慢慢来……这些年，去过许多古城，看过博物馆无数，每至一处，逛着逛着，一颗焦躁的心随之慢慢静谧笃定，连呼吸似也变得舒缓温润深沉，如若站上时间的荒原，四望无际绿茵起伏。然而，古人那种对待万物的珍重之心，到了今时今日，却也一点点淡下去，淡下去，审美不再。到底，时间尚年轻，我们的一代代，怀着难言的心思，一直热烈粗粝地活下去……

携一身冷气，走出莒州博物馆，户外烈阳如瀑，让人猛一激灵，迅速醒过神来。

下一站，浮来山。

二

浮来山，一如我们皖地的敬亭山，海拔不甚高，既不奇崛，亦不秀险。可是，它何以著名？

因为独一无二的刘勰。

浮来山深藏一座定林寺，为刘勰晚年抄经处。不过是山因人而闻名。

浮来山之于刘勰，敬亭山之于李白，桃花源之于陶潜，赤壁之于苏轼，小石潭之于柳宗元，岳阳楼之于范仲淹……以人赋名，一向如此。一次次，当我们遭遇失败、打击而受困，深深陷溺于精神的自苦，不免发出天问——文学何用？

实则，文学最有用。

因为刘勰、陶潜、李白、苏轼、柳宗元、范仲淹们的个人魅力，足以令原本平凡普通的山水亭台不朽起来了。

攀上十余级台阶，迈过定林寺第一道门，一株四千岁银杏苍翠迎人。止语仰望，迅速于心中盘忖推算一番——四千年前，岂不是公元前2000年夏末时代？隶属于尧舜禹末期，正值禅让制向家族传位制过渡期。这株古树神一般缄默，栉风沐雨春翠秋黄四千载，见证过多少王朝更迭，依然活在这里。

一地绿荫下，我们小小的人抬头望天，头顶依然是夏商周时期钴蓝的天，也是先秦两汉的天，五代十国的天，隋唐宋元明清的天……可真叫人心生敬畏——山海日月宇宙星辰的恒常中，唯有我们如蚁的人死了一茬又一茬。世事流变里，一株古老的大树面前，人类终于晓得把头低下，谦卑虚心起来。

这些年，行走于祖国河山各处，每每邂逅活化石一样的参天古木，不免升起追昔抚今之叹。追昔，是忆旧，溯源人类文明的来处。抚今，则是抚慰当下的自己——生命短暂如烟花一瞬，我们更要积极生活好好珍惜眼前。

刘勰当年的抄经小屋，坐落于寺后一个不起眼的角落。曲折门栏间，站着两株青桐，主干苍老遒劲，痂疖凸起，仿如云南的栲树，更像陈老莲的笔下病梅，枯意冉冉，殊为苍凉。除外，分别为龙爪槐、侧柏各一，皆活得郁郁霏霏。

抄经人刘勰纵然早已不再，但，他卓越的才华依然使得这间逼窄小屋熠熠生辉着，与这几株古树一样蓬勃苍翠。刘勰是不朽的，一部《文心雕龙》影响深远，至今衍生出一派"龙学"，一如"红学""金学"，令一代代海内外学人，为之皓首穷经地解读演绎。

个人最为敬服的，是刘勰内心的静定，偏居一隅，安守清贫孤独，埋首学问之中。这种忘我之境，是现代人比拟不上的。当下人总以一夜连赶若干酒局交游广阔为荣。后者的浮躁流俗，决定了心性、眼界的偏狭，无以走远，写下的文字注定速朽，甚或长不过肉身，何谈留下鸿篇巨制？

古往今来，集大成者，哪一位不是耐得住寂寞之人？

我们当下的风气，无论官方，抑或民间，均对散文这一文体采取着轻视态度，各地文学刊物均将大幅版面给了小说。作为一名操持散文这一文体长达二十余年的作者，深感寂寥，但，确乎不曾放弃，不过是挚爱。

十余年前，第一次读《文心雕龙》，颇有知音之遇。原来，我们自古就是散文的国度啊。刘勰作为一位卓绝的文学批评家，他一直推崇着语言以及心性的重要。散文的后面，永远站着一个人，一个鲜活的人——文为心声。自一个人的散文中，最能看出他的心性。

也是十余年前，我第一次在他这部著作中，读到了"虚静"这个词。

那么，什么是虚静呢？美国作家乔纳森·弗兰岑说过类似的话：你静坐时，比追逐时看见更多。

一生未娶孑然而终的刘勰，一直践行的不正是"虚静"吗？历经数载，隐身于金陵定林寺，潜心完成《文心雕龙》。

他的美学思想、史学思想、文学思想、哲学思想，何等超前："形在江海之上，心存魏阙之下"，"意翻空而易奇，言征实而难巧"，"情与气偕，辞共体并。文明以健，珪璋乃聘"，"是以怊怅述情，必始乎风；沉吟铺辞，莫先于骨"，"积学以储宝，酌理以富才，研阅以穷照，驯致以绎辞"……

我为之欣喜的，是他说："人禀七情，应物斯感，感物吟志，莫非自然"，激动得几欲浮一大白，仿佛与之神交日久，有着相知的熟稔、默契、体恤之情了。

这些年常被问及，如何写好文章。我总是大老实回答：心里有什么，就写什么。别人皆不满意，一齐误解我世故流俗，说与不说，并无两样嘛。

不过是我嘴讷，倘若引用刘勰的话，便高级多了，那便是"感物吟志，莫非自然"。再引申一些，凡胸中有丘壑，下笔当有神了。丘壑哪里得来？不过是一日日地积累罢了。

故，写散文，最是消耗心神。

写散文的人，大多神经衰弱，睡眠差强人意，纵然凌晨的风声鸟鸣，也足以把他们惊醒。太过敏感，一触即发，年深日久，也是一种囚笼，但也无悔。日日与汉字为伍，如若一场执手偕老的行旅，也是万花怒绽的人生一场。

浮来山定林寺老了，旧了。古银杏毗邻处，竖一石碑，苍老如汉唐气象，镌刻的汉字、佛像，于风雨侵蚀中均已模糊，一样样，皆无可辨识；门槛、石栏，正一点点朽坏着。其中一间砖木结构小屋门楣上，悬一匾额，上书：亘古一人。字格清奇，无落款。年代久远，皆不可考。

锡箔一样的烈阳下，默默站在那泛着青铜绿的汉字前，拜了一拜……想必后来的知音写给刘勰的？这里凝聚着一个才华横溢之人的所有骄傲。一个渺小的人，因为文笔华彩的加持，足以媲美于星月，一样不朽起来了。

三

时间侳偬。

定林寺附近山径旁，几株黄栌，细如绣针的花蕊怒放于树巅，如雾如烟，一齐被夏风轻轻摇曳着，望得久了，直叫人困倦，随时要盹过去了。

浮来山脚下用过午餐，挥别莒州，一行人驱车赶往五莲县。

路途遥远颠簸，胃肠翻涌，几欲呕吐，目的地却迟迟未至。昏沉眯眼间，路旁无数矢车菊正值盛花期，一朵朵金黄，犹如赤子的眼，骨碌碌于夏风里顾盼流转，令人抚然。原野间站着的一株株苦楝，紫花累累，如梦如幻——到底是纬度略高的北地。我们皖地的苦楝花早已凋落于暮春时节，已然青果累累。

五莲山近在目前——耸立着的页岩，一瓣一瓣又一瓣。山与山之罅隙处，绿树葱茏，形如荷之蓓蕾，故而得名之"五莲山"吧，我想。

这山的气质与皖地天柱山如出一辙，系千万亿年地壳运动，高温淬砺所致，骨骼清奇，宛如龚贤、黄公望们画笔下的山势，运用的是大斧皴，大劈大褶，雄浑如一曲曲古典交响乐。近身看，则幽光满溢，有抚人的温柔，一派旧时代的雍容端肃。这样的山中，适合垒筑一间龚贤式容膝斋，接待陶潜、竹林七贤、三曹、李杜他们……

我最爱的天下第一等人苏轼，当真来过。

我们的车于山脚小村前停驻。当听说要去寻觅苏轼白鹤楼遗迹，萎靡颓唐的我一下来了精神，瞬间满血复活。

近黄昏了，夕阳橘黄的光温柔映照着每一个人。

山中罕无人迹，沿途遍布忍冬，黄的花，白的花，如星如萤。野杏树无数，花落，杏出。鼠曲草起了浅黄薹花，微风中癫癫然狂狂然，茸茸可爱。野艾的药香气，一路追随着我们了……

气喘吁吁中，抵达白鹤楼遗址——三四平方米见方一块巨石，平滑如砚台，留有大小不一圆形空洞，历经康熙时代一场八级巨震的摧残，早已溃成废墟。咫尺处，耸立一块自山巅滚下的巨石，恰如石涛笔下的山石那样气势迫人，罅隙间站了一株泡桐，一树紫花早已落尽。

众人为群山包围着。

作为遗迹废墟的巨石纵切面上，唯余"白鹤楼"三个汉字，据传为苏轼手迹。曾经，学生黄庭坚曾嘲讽老师苏轼的字是"石压蛤蟆"（扁而圆），苏轼则善意回击黄庭坚的字为"树梢挂死蛇"。

苏轼用笔多取侧势，结构扁平，颇为丰腴，字的头向斜上方抬起，脚向斜下方伸去，像是要尽力承载起石头的重压，故有"石压蛤蟆"之感。这"白鹤楼"三个字，当真有一些风神之气。密州时期的苏轼，正值39岁壮年，尚未遭遇黄州时期那样的灭顶之灾，写起字来，不比《黄州帖》那样的苦气，到底有跃跃欲试的扬眉之气。

跨度两年余，于密州主政一方的他，公务之余，创作诗词二百余首，最不朽的三首，分别是悼念亡妻的"十年生死两茫茫"，以及思念弟弟子由的"明月几时有"，第三首便是《密州出猎》。这首《江城子》，体现着一名赤子"千骑卷平冈"的飞扬开阔，以及"酒酣胸胆"的癫狂恣意，也是他沉郁颠沛的一生之外，少有流露出的豪气干云之作。

有人说，苏轼这首《密州出猎》正是短居白鹤楼所作——五莲山下平原风貌，像极词中"千骑卷平冈"的景深。因为唐宋时期，五莲山系涵容于密州的区域规划内。

斜阳余晖中，众人伫立巨石下方絮话，纷纷拍照留念。我们脚旁，静静匍匐一株野玫瑰，举着四五朵玫红小花，一如阵阵耳语，伶俜可爱。

眺望山下，平原缅邈。一座座村庄，如卧蚕，始终在那里了，几千年亘古未变。时移事往，这样的人世，一切似也不曾有过丝毫改变。

废墟上，盘桓久之，使人不舍离去，有一份惆怅，似林中冷泉一线，披披沥沥地来，淡淡浅浅地去……山海星月一直在着，我爱的苏轼，才是这世间的唯一啊。

四

莽莽苍苍的原野中，新麦初黄。当日正值小满。

一路之中，我虽听不太懂齐鲁方言，但，当地县城陪同人员一说起"小满"，使我一霎时消失了异地陌生感——二十四节气，恰似一串串神奇密码，流淌于汉人的血液基因中，永难消逝。那么，无论来自江淮平原，抑或齐鲁大地，尽管各人操着迥异方言，但我们底子里也都是相同的了。说到底，是中华五千年文明，将我们彼此紧密联系在一起的了。

山下一座小小村落，如若独立世外，家家门前植有玫瑰，红的花，黄的花，白的花，簇新而妍丽。老人三两，坐在门前矮凳上，闲闲望着匆匆疾步的我们——在他们沧桑的脸上，有一种祖母的从容古雅，淡淡流泻。

一生与山一起的人，为"仙"，灵魂上守住了一份静定自闲——这份闲，是依山望月的闲，也是忙碌奔波搵食的城里人一生求而不得的闲。

我羡慕他们。

村口歇有一位年轻女子，她面前一只竹篮，盛满一种叫做婆罗的树叶，以及一扎蔺草，经打听，说是用来裹粽子用。是的，端午迫在目前了。只要是中国的土地，无论走到哪里，风俗人情都不忘将异乡人彼此紧紧联系在一块儿。

五莲山下的原上，遍布樱桃树。妇女们挎只竹篮，一身简朴衣裳，悠闲地站在树下，采摘鲜鲜妍妍的樱桃，此情此景，如若一幅幅西方油画，深具魔幻神奇之美——有些妇女，坐在仆仆风尘的路旁，面前搁一篮红樱桃，一篮黄樱桃，静等顾客。这款时令水果的艳丽浪漫，辉映着那一张张淳朴自然的脸庞，因反差太极而造成的张力，令人为之心颤，分明一幅幅塞尚静物画，流淌着柴可夫斯基《六月船歌》的宁静舒缓……

时间在齐鲁平原上仿佛静止着的，路旁矢车菊，车马喧喧地开，人行花中，始终是恍惚的，如梦如幻，如露亦如电。

斜阳欲坠间，我们的车穿过麦田，拐至一条小河边。

傍河而行间，忽现一座石桥。桥畔，一位年轻女子临水浣洗。河畔的她，双肩一下一下富于韵律地耸动着。最惊艳，是她脚上没入浅水区的那双洁白无瑕的靴子，宛如两只白鸽。一人，一桥，一河涟漪……车走得远了，我不时回头张望，像一个总也做不到头的梦，慢慢醒来，兀自沉浸，久久回味。

五莲山脚下，存有石屋一座，名曰丁家祠。这座屋子奇特的地方，在于屋基、屋墙、屋壁、屋瓦，均为条石构造，共计一百零八块。一脚踏入，瞬间被神所附体，沁凉通泰，如浸清泉，耳畔似流水潋潋。石壁间嵌有黑碑若干，字迹均模糊不辨。据后人考证出，此屋应为兰陵笑笑生所有，他本丁姓。这一话题，迅速点燃众人兴趣，不免心神摇曳……

这也是旅行的魅力所在。惊喜不绝中，天渐黑下来。

五

一整日，急行军般，历经两座县境，自莒州，上浮来山，访刘勰抄经处，再启程五莲县，过五莲山，寻苏轼遗踪。黄昏，歇日照近郊白鹭湾。一路水绿山青，鹭鸟蹁跹，如在江南，浑然忘我，乐不思家。

最后一日，抵达一小村落，当欣赏完吕剧，伫立角落发呆的我，忽然被提醒，该提前离队去车站了。事先不曾做好心理准备，如遇一场急雨，不免错愕。仓皇中，老友沙爽前来告别——当她紧紧拥抱我，忽然一阵哽咽自喉间迅速上窜，拼命压制住。

人过了知天命的年岁，何以变得如此脆弱，不复年轻时的硬冷无情？确乎有些苍老，与挚友晤面，怕也是见一次少一次了，所以珍视。

我们提前离队赶车的五六人，被临时安排于近旁高兴镇镇政府午餐。事先未接到通知的厨房，仓促间端出一个个热菜。腰果刚被炒出，带着一股销魂的镬气，入嘴温热着的。由于晕车导致胃内翻腾，不能正常进食油腻之物，遂掰一小瓣煎饼囫囵吞咽，末了，怕浪费，问厨房要一只塑料袋，想将剩下的煎饼带着车上去吃。一小会儿工夫，好客的他们竟为我拎来一捆煎饼，足足十余张。

羞愧难当中，忆起五六年前，一位山东读者在公众号后台留言，因为读过你的书，知道你的胃不好，想给你寄些煎饼养胃……面对她殷切的美意，我婉拒了，不过是深觉无以回报。但，这一次，我一定不客气，将煎饼带上了。

这世间，人与人之间的情谊，因为珍稀，所以倍感珍惜。

离开日照，徐州转车时，扰攘喧嚣的月台上，偶遇一位僧人，他蹲在如织人流中整理自己的绑腿……浑身静气的他，斜背一只姜黄色布袋，绣有两粒汉字"无常"。就是这两个字，如一声惊叹木当头棒喝，令我无比惊心，情绪久久不能平复。那一刻，到底懂得，山海星月的恒常，与人间世事的流变中，还存有一个无常。如此，我们加倍珍惜每一次相聚。

回庐后，家务间隙，忽感饥饿之时，想起拿出这一沓苍灰如古宣的煎饼，掰一小牙，静静咀嚼，齿间有小米、玉米、高粱汇合的香气流泻。每次吃这来自齐鲁之地的平凡食物，总叫人想起童年、故乡、远方……这些令人终生温暖的词汇。

岩石之上

沙　爽

车近九仙山区，群山以顶天立地之姿，扑面而至。山势峻拔，浓绿的植被止于山肩之下，而山肩以上怪石兀立，寸草不生。裸露的苍黄巨岩如同一张张人脸，形貌高古，佛陀般俯视着下界的芸芸众生。

沿小路上至山腰，便见白鹤楼遗址。眼前的这块巨石，长六七米，高四五米，"白鹤楼"三个字由右至左，镌刻在距离地面三米多高的地方。千百年的雨雪自天空倾泻而下，将原本灰白的石体浸染出灰黑间杂的条纹，仿佛史书上层叠洇开的墨色。

岩石之上是一方平整的台面，约20平方米，不知是自然天成，还是得自后天的削磨。平台南侧有九个人工凿孔，孔径约5厘米，等距离呈一线排列。从平台东南侧残存的石墙墙基推测，当年的白鹤楼可能由岩石筑成；而东北侧的石灰残迹，则暗示它以石灰勾缝，甚或表面也用石灰涂抹——900多年前，在这山野之间，曾经伫立过一幢小巧的白色楼阁，如一只天外飞来的白鹤，翩翩然合拢双翼，仰天长歌。

清康熙七年（1668年）郯城大地震，致"周围百余里无一存屋"，白鹤楼也未能幸免，楼体倒塌，周遭的山体大抵也发生了变化，当年修建的登楼阶梯如今已了无踪影，就连建楼时书于石体东侧的大苏题字，也只能立于山下远眺，难以到近前瞻仰观摩了。

世间已无白鹤楼，浮云千载空悠悠。

在石下徘徊久之，仰首细辨其上的字迹。时间过去了四百余年，"白鹤"二字仍笔触历历，而"楼"字的部分笔画业已漫漶。在这三个字的右侧，竖刻"宋熙宁九年苏轼书于石东"，左刻"明万历四十年丁耀斗摹此"。镌字部位的岩石表面并未刻意打磨平整，字迹随着岩石的凹凸微微起伏，如水面在风中漾起微波。看着看着，一丝暖意自心底腾起，我突然渴望伸出手去，触摸那些字，虽然它们只是一个我此前未曾关注过的明代士人的摹写，但这字迹是如此熟悉——自北宋以降，中国的读书人几乎都熟悉这字迹，甚至，它一度成为某种书写的范本。

苏体字。丰润，厚朴，沉稳，在一众书家中极易辨识。据说苏轼喜欢"侧卧笔"，亦即让毛笔侧倚于虎口处，与现代人握持钢笔的姿势近似，笔锋与纸面形成锐角，宽硕的字体由此衍生。看着这些字，想起"石压蛤蟆"和"树梢挂蛇"的机锋，让人不由为之莞尔。世人谓苏轼的字不及诗文，诗文又不如词，但是那又如何？他自言"我书意造本无法"，推及其诗文辞赋，又何尝不是如此？他以一己之力为我们慷慨贡献了包括"胸有成竹""雪泥鸿爪""兔起鹘落""稍纵则逝"在内的二百多个成语的原创版权，还留下了这么多令人忍俊不禁的故事，我们怎么可能不爱他呢？

900多年了，从他生活的那个时代开始，人们就这样爱着他，爱他的诗文辞赋，也爱他的字。在他还活着的时候，他用过的每一样东西，一张纸，一支笔，一字一画，都成了众人争相收藏的对象。即使发生了"乌台诗案"，乃至后来的"元祐党人碑"，这些纸页仍然被爱他的人们珍存下来。2020年秋天，在故宫博物院文华殿，我曾久久地凝视着它们，渐至泪眼迷离……有的人，你对他懂得的越深，就越发心生怜惜和敬意——谁的生命中没有伤痛苦悲？但是又有多少人，可以将磨难放飞成豁达与豪情，将苦痛内化为璀璨的珠玑？

熙宁七年（1074年），在杭州做了三年通判的苏轼，官升一级，以太常博士直史馆权知密州军州事。北宋时的密州，下辖诸城、安丘、高密、莒县、胶西五县，相当于今天的诸城、安丘、胶州、五莲、莒南、莒县，加上青岛市的黄岛区等地。而九仙山原属密州，直至1947年，始划归五莲县。

苏轼到达密州任上，是在同年十一月间。明明早已是农闲时节，奇怪的是，农人们仍在田间奔忙。一问，才得知此地连续三年大旱，蝗虫泛滥成灾。此时人们正忙着处理藏身地下的虫卵，以绝后患。

在宋代，知州任期通常只有两年，官场通则又一向是报喜不报忧，如此天灾加上人祸，百姓食不果腹，密州境内盗寇蜂起。甫一到任，苏轼就上了一道《论河北、京东盗贼状》，细数密州地处京东，为大宋朝廷腹心之地，此地乱则天下乱，恳请朝廷委派官员前来视察灾情，进而减免税赋。

此时王安石颁布的新法已在民间广泛实施，由新法派重要人物之一的吕惠卿建议推行的"手实法"，规定百姓自报财产以定户等，为防止有人少报而奖赏告其不实之人；至于不按时施行的，以违制论。于是，到密州任上二十天后，苏轼又向朝廷奏《上韩丞相论灾伤手实书》，反对"手实法"，认为其奖励告密，危害极大，败坏社会风气。不久后，因"手实法"确实造成弊政，给朝廷的变法招来了众多非议，神宗皇帝遂下诏将其废止。

密州沿海皆产盐，一些孤贫无业之民，多以煮盐贩盐为生，要他们取而不煮，或者煮而不卖，简直是不可能的事情。而此时苏轼曾经的友人、新党的主要人物之一章惇，则主张河北与京东也要实行官榷食盐。苏轼得知消息，当即写下《上文侍中论榷盐书》，建议朝廷对贩盐小客免收税，又建议免除密州百姓的夏税，减轻农民的负担。

不只是动笔动口，苏轼还亲自带着州县官员下田捕杀蝗虫，真正是身先士卒，"奔走在抗灾第一线"，并下令给参加捕蝗的百姓贴补粮米，以激励民众的抗灾热情，最终的战绩是，"得蝗子八千余斛"。

这片土地记住了这一切，记住了这位疼惜百姓的知州。石头会崩裂，会销蚀，会化为尘土。作为肉体凡胎的人，远比石头更为速朽。而由人写下的文字，却借助一切可能的介质，世代流传。

在我的书房里，挂着一幅今人背临的《黄州寒食帖》。"自我来黄州，已过三寒食……"字是小字，整幅纸页长仅尺许，宽不到20厘米，与大苏原作的尺寸仿佛，只是由横幅转成了纵幅。读书写作的间隙，我立于壁前久久注视，那些字起伏跌宕，个中气韵，绵绵无尽，让我悠然神驰。当初写下这诗句的人，他尚未消尽的胸中块垒，就隐约浮现在这字里行间。每当此时，我心头会暗暗升起劫后余生般的惶恐与窃喜——如果汉字拉丁语化真的从我们的父辈开始普及，那么如今，我们与祖先的脐带已然割断，这些刻在竹简和岩石上的、书写在古老宣纸上的美妙文字，与我们便不只隔着重重山水，而更可能是"纵使相逢应不识"了。

从白鹤楼遗址往北数十步，有一座山洞，洞口前的一块扁圆形卧石，上刻"留月"二字。清代道光版《诸城县志》谓之"亦类苏书"。以我这个外行人的眼光看，"月"字确乎是典型的苏体；至于"留"字，其结体甚是有趣：上半部分简化作"五"字，下半部分则写作一个圆圈里套着一个"✕"，透出一股天真素朴的顽皮。

"留月"——大苏试图挽留的，是哪一枚明月？

这是熙宁九年（1076年）九月，时令已至深秋，九仙山和对面的五莲山草木凋零，一派荒寒萧瑟。立于白鹤楼上负手远眺的苏轼，定然想起了半个多月前的中秋之夜，他在超然台上宴请宾客，不觉中已至大醉。逢佳节，倍思亲，欢饮之中，他念及阔别五年的弟弟苏辙，灵感迸发，挥笔写下了那首酣畅淋漓的《水调歌头》——是的，他想留住的，一定就是那轮"转朱阁，低绮户，照无眠"的明月，是那片"但愿人长久，千里共婵娟"的皎洁月色！

告别白鹤楼，一个月后，苏轼即将离开密州，前往徐州赴任。黄昏时分，他再一次登上超然台，越过密州城内的人间烟火，向城南遥望。六十里外的马耳山和九十里外的九仙山如同梦境般，在他的视野中恍惚重叠：

前瞻马耳九仙山，碧连天，晚云间。城上高台，真个是超然。莫使匆匆云雨散，今夜里，月婵娟。　　小溪鸥鹭静联拳。去翩翩，点轻烟。人事凄凉，回首便他年。莫忘使君歌笑处，垂柳下，矮槐前。

（《江城子》）

这是一片他生活了两年的土地，就是在这里，他"绿蚁沾唇无百斛，蝗虫扑面已三回。磨刀入谷追穷寇,洒涕循城拾弃孩";就是在这里,他"老夫聊发少年狂,左牵黄,右擎苍";就是在这里,为了根治旱灾,他着手兴建水利工程,在城南数里处筑了一道十里长堤,以"壅淇水入城";还是在这里,他与通判刘廷式每天公务之余,相伴到城墙外寻找枸杞和甘菊吃,吃饱了,就心满意足地相对"扪腹而笑"。他还记得,刚到密州两个多月,正值上元佳节,面对"昏昏雪意云垂野"的北国冬夜,回顾在杭州时的美食美景,他曾忍不住叹息:"寂寞山城人老也,击鼓吹箫,却入农桑社……"

这一年,苏轼39岁,两鬓早已冒出星星华发。自嘉祐二年(1057年)进士及第,嘉祐六年签书凤翔府判官,出仕十余年间,他已遍尝官场的波谲云诡身不由己。此时,距"乌台诗案"事发尚有三年,此后,他将历经黄州、惠州、儋州,历经颠沛流离九死一生,再回望密州度过的短短两年的激情岁月,他的心中,又是怎样的五味杂陈悲欣交集?

当年密州城墙上所建的超然台,如今早已不复存在。而使君当年歌笑过的地方,是否就在我的眼前?在这"留月"旁边的石床上,是不是还残留着当年的墨香和酒香?

也许,正因为有了白鹤楼,才引来了丁氏一族卜居于九仙山下,才有了丁氏石祠和仰止坊,才有了丁耀亢《续金瓶梅》,才有了学界关于丁氏石祠的主人丁惟宁即是兰陵笑笑生的推想。

站在山腰远望,对面的五莲山如荷蕾初放,一抹夕晖流连其间。九百多年前,立于白鹤楼上的苏轼,看到的是不是同样的景象? 400多年前,同样的夕晖,又在丁氏父子心间荡起怎样的回响?

时空交错。在这里,瞬间与永恒反复切换,坚硬与柔软合而为一。

在这里,某些光阴以具象现身,而更多的日夜,隐于虚空,了无痕迹。

大口尊之魅

朝 颜

1

1960年，莒县大地经历了两场极端天气的洗礼。先是连续46天的春旱，而后是夏日突降的暴雨。一时间，暴发的山洪猛兽般漫过陵阳河，自东向西冲向沭河。位于莒城东南10千米处的陵阳河遗址，也被洪水毫不客气地"淘洗"了一遍。

雨过天晴，山洪退去，大地一片狼藉。村民们行走在陵阳河岸，忽然发现了三颗形状怪异的"大炮弹"。谁也不知道这灰扑扑的大家伙到底为何物，他们没敢走得太近，也没敢私下处理，而是选择了层层上报。

那一天艳阳高照，白花花的日头炙烤着河滩上的淤泥，河两岸的树枝挂满了脏兮兮的杂物，世界显得满目疮痍。那一天发现"大炮弹"的村民内心平静，照常一日三餐，谋划着洪水过后的农事。反正，老天爷总是有他的脾气，他要让庄稼人吃些苦头，躲也躲不过，农民的日子还得一天天过下去。

那一天陵阳乡文书赵明禄给莒县文化馆的苏兆庆打去一个电话："河崖里冲出了三个'大炮弹'……"苏兆庆的内心有些微激动，会是什么新发现的文物吗？他放下手头的工作，立即赶到了现场。

在洪水初退的淤泥之中，三颗"大炮弹"有些蓬头垢面。苏兆庆只需瞄上一眼，就明白所谓的"大炮弹"肯定不是什么军火，而是三件陶器。只是，它们的状貌实在是前所未见的，筒状的罐身，尖尖的罐底，灰黑的颜色，怪不得人们会惊呼"炮弹"。

小心翼翼地将"炮弹"清洗干净，经测量，陶器高 52 厘米，口径 30 厘米，壁厚 3 厘米。苏兆庆发现，每件陶器上都刻有形状不同的符号或图画。这，也是他前所未见的。三幅图画都有着鲜明的拟物指向，那就暂且根据它们的形状，分别称为"锛""斧""日月山"吧。

那一天，所有人都不曾想到，他们发现的，是三件国宝。他们更不会想到，这三件国宝的发现，会将中国文明史上推千余年。

后来，这三件国宝有了一个共同的名字——大口尊。

2

2023 年，同样是初夏季节，不同的是此刻风和日丽、气候温煦。我走进莒县，走进 5000 多年前即有莒部落先民繁衍生息的土地。

在莒州博物馆，我与传说中的大口尊劈面相逢。灯光下，大口尊灰黑的身体被照亮，反射出铜棕色的光芒。除罐口略有缺损外，罐身保存得非常完好。在它的上腹部，刻着一组线条简洁明朗的图案：上方是一个不十分规整的圆形，中间是一弯月牙儿，下方是参差着五个山头的山峰。想来，这便是"日月山"了。

我久久地凝视着它。四周人头攒动，而我却像被点了穴一般，站在大口尊的面前，挪不动步子。多么简单而拙朴的图画，却有着流畅的线条和工整的笔顺。并且，整件大口尊仅此一处刻画符号。我猜测，它应该不是先民的随意涂抹，而是被赋予了某种寓意，象征着某些期冀或愿望。

耳边传来解说员的声音，古文字学家于省吾先生认为，这是由太阳、云气、山峰组成的图像文字，他把它解释为元旦的"旦"字。如此说来，中间像月牙儿的图案其实是烘托状的云雾。

我凝视着它，恍惚间，一幅画面从脑海中由模糊渐至清晰。我仿佛看到一座连绵起伏的山峰，在山的正东方，清晨的雾气正将一轮明艳的太阳缓缓托起。刹那间，天地被初阳照亮，云气越来越淡，终至隐遁无形。这时候，山川原野豁然开朗，植物显现出原有的碧绿，农民开始了又一天的辛勤耕作……

有很多年，我都深信甲骨文是中国最古老的汉字。而"旦"字系列陶文的出现，比甲骨文早了 1500 多年，它们已经具备了汉字音、形、义的要素，当之无愧是我国汉字的雏形，是中华民族 5000 年前由蒙昧进入文明的标志。

人类总是一次次打破既有的观念，一次次用新的发现推翻旧的论断。我只能感叹，历史太过幽深，这片厚土太过幽深。最重要的，历经 5000 多年的沧海桑田，这珍贵的记录并没有被时间抹去，反而越来越清晰，越来越指向具体的人，具体的事，以及具体的地域，具体的生活。

我禁不住一次次想象：是怎样的一个人，以一支怎样的笔，勾画出了这些原始的图画，点亮了最初的汉字之光？

3

5000 年前，那应该是春分或秋分日的一个早晨。营地的一个窑匠从栖居处起身，走到场地的开阔处，开始了一天的劳作。

这时远处的群山曙光初现，一轮红日一寸一寸攀上了山峰，然后纵身一跃冲破山顶，冲向天际。万丈金光洒向世间万物，也洒在了窑匠的脸庞上。他直起了身子，目光定定地望着喷薄而出的红日，望着壮丽恢宏的大地，他被这样的景象震住了，他沉浸于此，如痴如醉。

他多想把此刻的景象永远保留下来，多想将胸腔的激动告诉给更多人，于是，他情不自禁地举起了手中的石刀，对准了眼前的那只陶坯。是的，那时候他没有笔，没有竹简，没有纸帛，没有墨水，也没有颜料。他只能用这把尖利的石刀，一笔一画，刻下"日""云""山"，刻下宇宙洪荒中最初的神谕般的启示。

无疑，这只携带了刻画符号的陶坯连同其他陶坯被一起送入了窑中，一起经历了熊熊烈焰的锻造。当窑火熄灭，温度冷却，扒开窑炉的窑匠，一眼找到了那只携带记号的黑陶。因了这个记号，这只黑陶显得卓尔不群，拥有了和其他黑陶区分开来的独特性。

那一刻，窑匠没有想到，他那灵光一现的刻画会成为世人模仿的样本，向东夷和中原各地流播；也没有想到，这幅图画足以结束中国结绳记事的时代，开启古老汉字的源头；更没有想到，刻画了这一图案的黑陶将成身份和地位的象征，被权势者当作随葬品深埋于地下，直到5000年以后被后人开掘，接受千万人的瞻仰。

当然，这千万人的瞻仰中，包含我的驻足和我的凝视。

行文至此，我不想再称呼他为窑匠。我想送他两个当之无愧的称号——发明家、艺术家。

我欲顺着历史的长河向上回溯，找寻它的前世今生。或许，这样的一只黑陶，起初只是烧水煮饭的器皿。后来，人们发明了酒，口圆底尖的陶器又成为酿酒的器具。当第一个文字出现，那象征着太阳、丰收、永恒的吉祥寓意被社会上层喜爱，渐至独享，刻有"日云山"的大口尊最终成为重要的礼器，频繁出现在墓葬和祭祀遗址中。

我想，那位创造了"日云山"图案的汉字始祖，也许终生未能获得享用大口尊的地位。至今，人类还在制造阶层和推翻阶层的斗争中此消彼长。

只是，世界上从来没有永生的阶层和权力，只有存留下来的文物获得了永生。

4

大口尊得名于1971年。没有人知道，5000年前的它，原本姓甚名谁。

那一年，出于外交需要，北京故宫博物院恢复开放，在慈宁宫举办大型出土文物展览。这是一个千载难逢的机会，苏兆庆决定，带着三颗"炮弹"进京参加展览。

没有助手，没有随从，苏兆庆把三颗"炮弹"装到箱子里，前胸挂一个，后背背一个，手里提一个，逃难似的坐车去了北京。要知道，三颗"炮弹"加起来重达200斤，何况他还携带着衣物包裹。幸而，那时候的苏兆庆年轻力壮，足以将三颗"炮弹"安全运抵北京。只是当时的苏兆庆，压根不知道这三件文物的真正价值。

许多年以后,每提及此事,文物界的专家们都感到后怕,苏兆庆更是脊背发凉。万一有个闪失,后果实在不堪设想。

展会上,专家们的视线被莒县来的"炮弹"深深吸引。尤其是文物上所刻画的"日月山(日云山)"陶文,在大范围的地域被发现,专家们认定它应该是某一地区古人通行的符号。

历史学家田昌五先生说,这可能是一个氏族部落的标志,山上有明月,月上有太阳。

文字学家唐兰说,这个字应该是"炅"的繁体字。

……

在众多专家的推论和阐释中,图案的指向越来越明晰,作为汉字雏形的证据也越来越充分。最终,古文字学家于省吾关于"旦"字的解释获得一致认可,并被确定为原始文字。

事实上,苏兆庆带往北京的三颗"炮弹",另两个上面是"锛"和"斧"图案,在陵阳河遗址出土的众多陶器中,还有被文字学家认定为"日""月""刀""钺""酉""皇""豊""彤"等的二十多个图案。这些图案,都能在甲骨文中找到传承的脉络。

于是,被胡乱喊了多年的"炮弹"有了正式的名字——大口尊,莒县也因此成为中国古文字发源地。

这是莒地的光辉,从5000年前太阳从莒地的山顶升起便决定了,从一个人望着日出举起石刀的那一刻便决定了。

托起这轮太阳的山峰,叫屋楼崮,位于山东省莒县东部。每到春分时节,屋楼崮上太阳升起,景象十分壮观。人们将之称为"层楼春晓",乃"古莒八景"之一。

5

冥冥中,一定是有什么在暗中指引。我来到山东日照,来到莒州博物馆,又循着大口尊的印迹,来到莒县店子集镇,登上了屋楼崮。

山不算太大，面积约 3 平方千米，海拔也不算太高，只有 473 米。可是我知道，这座山因了大口尊，因了"日云山"，俨然有了"一览众山小"的资本。

这一天不是春分也不是秋分，这一天的日出已先于我完成。这时候太阳升上了高天，照耀着眼前的山，眼前的树，眼前清朗的世界。显然，作为一个匆匆过客，无论我站在何处，都无法亲见"日云山"景观。

幸而，有人替我，替全世界的人们见证了它。

还是苏兆庆。整整五年，他在每年的春分时节，踏着黎明前的黑暗与料峭的春寒，独自一人游荡在黑魆魆的原野上，等候着屋楼崮上的那轮太阳和那抹云彩。上天并没有辜负一个考古人的苦苦寻觅，终于在一个春天的早晨，他亲见了"层楼春晓"，然后用黑白相机拍下了三景同现的辉煌时刻，真实地还原了大口尊上的"日云山"图像。

那一刻，与 5000 年前的景象何其相似；那一种激动，与 5000 年前的窑匠何其相似！

回到 5000 年前，大汶口文化在黄河流域生发、流布，强大的莒部落在陵阳河两岸日出而作，日落而息。每至春分、秋分，莒部落都要举行隆重的祭祀仪式，将刻有"日云山"的大口尊置于祭台，崇敬和祭祀日出，同时昭告百姓，进行播种或收割。

此时，在 1821 平方千米的莒县大地上，小麦正在灌浆。可以想见，不久之后，饱满的麦穗将揭示又一年的丰收，也可以想见，美食和美酒，仍将一日日丰盛人们的餐桌。

大口尊上的文字，大都与太阳有关。太阳，是一切生命的开端。粮食，是人类生存的依凭。从肚腹的温饱到精神的富足，是时代前行永恒的主题。

5000 年后的今天，人类已经拥有无数更为先进的器具和方式煮食、酿酒。但是先人创造的古代文明，仍在不断点燃后人的智慧之火；先人刻下的原始汉字，仍在文化的土壤里散发芬芳。

大口尊之魅，不灭的文明之魅。

楔入时间缝隙

习 习

1

中国地图上，视线从西部兰州平行东移到陆地边缘，就能看到日照了。兰州和日照，同在北纬 36 度上下，相隔近两千公里。天水、宝鸡、咸阳、西安、洛阳龙门、郑州、徐州……越往东，越多地方于我而言只是单薄的地名。高铁先用 1 个多小时进出长长短短的隧道——我在火车里穿过了秦岭，之后的几个小时，是一眼望不到边的平原，直到山丘进入眼帘，我想，快到海边了，日照也近了。

时空的高速转移，带来的新鲜感扑面而来。此刻，我在桌前，念想日照，记忆中沉淀最多的是嵌入时间缝隙的亮闪闪的吉光片羽，它们连点成线，促成我对日照的理解。

2

有人说，博物馆是一个地方的精魂，是时间的精魂。

日照莒县，5000 多年前，莒氏部落先民的聚集地。莒国曾为"东夷之雄"。

东夷，对黄河流域下游东方各民族的总称，包括现今日照在内的山东省中南部。

在莒州博物馆，当我看到不同的"旦"，仿佛一下子碰触到了"日照"二字的要义。远古泥土烧制的陶尊表面，"旦"像一幅画，拙朴的刻线，细看，满眼云山日出的磅礴。不同陶器，不同的"旦"：太阳跳出山峰、高一些、再高一些，太阳在葱茂的林木上、太阳安稳地落入山洼。像时刻表、像日晷，"旦"铺陈在博物馆远古的时光里。

需要不停追溯。

1960年，莒县陵阳河，连续几日暴雨，冲刷出一些古老物件，人们看出了异样。之后，发现和挖掘出了更多久远的器具。刻画了"旦"的陶尊便在其中。作为时间的明证，与"旦"前后被发现的十几颗陶器上样貌丰富的图像文字，可上溯5000年，比甲骨文还要早1500多年。图像文字是中国汉字的雏形，也明证了日照文明史的悠长。

就在莒县，那些"旦"被呈现后，有人年复一年仔细观察，发现春分秋分之际，清晨的太阳，恰在山峰正中冉冉升起，和广口陶尊上一枚"旦"的图像别无二致。或者，就在5000年前某一天的同一时刻，匠人一边远眺，一边把这朝霞里夺目的日出时分刻画到了新鲜的陶胎上，再经过和太阳一样滚烫的火焰的烧制，"旦"便留存到了今天。先民描摹事物记录事物，图像文字引导出了象形文字，而象形文字几乎是世界上不同古老文明的共同特征。

到今天，"旦"字保持着最原初的意义。天亮了，太阳升出地平线，新的一天开始了；一年最崭新的头一天是"元旦"。可主词亦可谓词的"旦"，和可主词亦可谓词的"日照"，多么相似。"日照"之名始于宋元祐二年（1087年），和图像文字相隔了约4000年，相隔4000年的古人如此心心相印吗？

定然有可追溯的原委。我想，古人对"日照"总结释义的"日出初光先照"（乾隆年间《日照县志》记载）是原委之一。但在我意念中，还需追溯。世间的太阳，它安排晨昏、轮回四季，带给大地上所有生命必需的温暖和明亮，它拟定世界的秩序，它在天宇，至高无上。世界上很多古老地方都把太阳作为神崇拜。在西北，宁夏贺兰山、嘉峪关黑山，我见过岩画上的太阳神在古老的崖壁上光芒四射。日照"日出初光先照"，祖先们似乎更深刻地感受着太阳神对日照的眷顾，太阳文化便在日照尤为显著。《尚书·尧典》载，尧王曾在日照观察日出日落的规律，制定历法。《山海经》有记，日照天台山，有东夷人祭祀太阳神的汤谷。至今，在天台山，还能寻到许多相关遗迹。

"旦"像日照的图腾。

太阳天天从东方升起，"日照"之名，让我觉得，日照的每一天都是新的。

3

莒县出土的文物中，还可深味的一样器具是酒具。成套的酿酒器，大量高柄酒杯、盛酒的鬶形壶……有些墓葬出土的酒具竟占随葬品总数的三分之一以上。

酒对我的家乡，苦瘠甲天下的甘肃陇中是奢侈的。酒器琳琅，意味着粮食富足。莒县出土的这些酒器，说明5000年前的日照物产丰富，且先民已掌握了成熟的酿酒技术。

最引人瞩目的是日照东海峪出土的蛋壳黑陶镂空高柄杯。没有上釉，但器面细润丝滑犹如玉石。这种被世界考古界誉为"4000年前地球文明最精致之制作"的黑颜色的陶器，在远古陶器中有着异样的明媚。杯壁最薄处仅0.2毫米。仔细端详那个明星般保存完整的蛋壳杯，作为酒杯的核心，上部的酒腹只占了整体酒杯的三分之一不到，而其余的大部分都留给了裙裾般精美镂空的手柄和底座。镂空手柄中有一颗陶丸。精湛的技艺和耐人寻味的设计，似乎告诉我们，酒的意义绝非今日之理解。酒柄中的那颗定心陶丸，举杯间，与陶壁相碰，发出悦耳之音——5000年前先民的耳朵，在嘈杂声中，辨别出了音乐的存在。酒器兼为乐器，有了远古东方的宗教意味。

《论语》里的孔子，在齐国听闻韶乐后，三月不知肉味。他慨叹："伟大啊！音乐竟能叫人陶醉到这种程度。"孔子所听"韶乐"又称舜乐，起源于5000多年前。舜，作为五帝之一，是东夷族群的代表。这也正说明，5000年前的日照，便有了妙不可言的韶乐。殿堂内庄严的韶乐响起，孔老先生可否辨听出蛋壳酒樽的神妙之音？

一样是酒，一样是音乐，一样都叫人愉悦陶醉，一样都关乎精神。再小的酒樽，站在那里，都玉树临风。黑陶酒杯，有的仅重 22 克，它们纤巧又庄严地吟诵着日照的远古诗意。

4

地图上，日照的半个身子被海水围拱着。我想起第一眼看到雁荡山时，立马想到，这山的奇异相貌当是大海所赐。到日照五莲县五莲山、九仙山，脑海里马上浮出了雁荡，几乎在同一时间，我捕捉到当地人说的话，苏轼当年到五莲山时赞叹："奇秀不减雁荡。"

山不在高，有仙则灵。仙山和仙人，仙气贯通才能有这八个字。

五莲山确实有仙，雪白的仙鹤。在五莲山气象万千的嶙嶒怪石间，翩若惊鸿。相传，苏轼任密州知州时（五莲时为密州所辖），在五莲山一块平坦巨石上为仙鹤建一诗意盎然的楼榭，并在巨石一侧，题字"白鹤楼"，落款"熙宁九年九月"字样。

看不够"白鹤楼"三个字，距今 900 余年的手笔，端庄敦厚，细细端详一笔一画，仿佛很亲地看到了苏轼那个人。

上善若水。在我眼里，苏轼的达观智慧皆是水的性情。有惊涛拍岸卷起千堆雪的水，也有月色如水般幽微的水。他的人生，像日照大海边题了"撼雪喷云""星河影动"的巨石旁的海水，水被石头击碎，很快复原为水原本的样子。

苏轼任密州知州时，正是蝗灾旱灾肆虐的年份，他为民生疾苦奔波操劳，祈雨、灭蝗虫、治盗贼，甚至教农民种南方的茶。但他是个文人，仁者乐山智者乐水，他又仁又智。苏轼喜食，到哪里，都能将当地不起眼的食物用自己的理解变为美食。他自然也喜酒，酒文化悠久的日照在这一点上应该很得他心。熙宁九年中秋之夜，苏轼在五莲山写下了千古名篇《水调歌头·明月几时有》，"丙辰中秋，欢饮达旦，大醉，作此篇，兼怀子由。"苏轼在五莲山喝足了酒，看到高空一轮满月，想到亲人，想到月盈将是月缺，如同无常的人世，恨不能把这圆满的月亮留住，便在一卧石上题下"留月"二字。苏轼豪放大气的《江城子·密州出猎》也是在五莲山酒后所写,"酒酣胸胆尚开张,鬓微霜,又何妨?持节云中,何日遣冯唐?"想着苏轼此人,这样的文字百读不厌。作为史上最著名的豪放派文人,他没有豪放到粗陋,他的细微和深情一样在他的诗文中处处可见。他时常物我两忘。在日照,他豪放时"左牵黄,右擎苍",深情时"料得年年肠断处,明月夜,短松冈"。

苏轼在密州做知州,密州用仙山接纳了他这位仙人。他在密州,留下了至今让人们念想不已的文字。他"留月"日照,日照的五莲,日月同辉。

白鹤楼后来呢?

公元1668年7月25日,山东郯城大地震波及五莲一带,山上巨石滚落,白鹤楼被毁。白鹤楼白鹤般飞升了,而今在那块平坦的巨石上还留有人工凿孔和建筑基础。不远处,有两个马槽,传说是苏轼出猎时马儿饮水的小池子。

5

还是在五莲,有个奇异的石屋。石屋坚不可摧,有着与时间抗衡的巨大本领,它老起来看上去很缓慢,只是石头上日复一日地堆积上了些时间而已。就像莒县定林寺里4000年的银杏树,而今依旧枝繁叶茂,岁月拿它没有办法。

石屋在五莲山山脚西侧的丁家楼子村,它就是建于明代万历三十六年(1608年)的丁公石祠,是当地文化名人丁耀亢为纪念其父丁惟宁而建。丁公祠由石祠、仰止坊组成。石祠全石砌筑,108块石头,无一寸木一根钉。进得屋内,严正气迎面袭来。

石屋的奇异主要在人。

一是建造者的奇异。丁耀亢,晚清著名文学家,著作颇丰。在五莲山,而今还能看到多处他的题字,有的就近在苏轼的题字旁,隔着600余年的时间,他好像正近切地靠着苏轼。"雄心傲骨气铮"的丁耀亢因为创作奇书《金瓶梅续》,年过花甲的他被羁押狱中120天,双目失明,四年后病逝家中。而今,他丰厚的文字,成了日照珍贵的历史文献。

一是被纪念者的奇异。丁惟宁,丁耀亢之父,明嘉靖四十四年(1565年)

进士，曾官至御使、巡抚直隶、郧襄兵备副使等。

丁惟宁为人耿介、刚正不阿，后遭人诬陷，"拂衣而归"，在五莲山下求得一方世外桃源。最令世人惊奇的是，在这安静的一隅，传说丁惟宁以兰陵笑笑生之名，续其父丁纯所著《恶豪传》一书，创作了《金瓶梅》这一明代"第一奇书"。

作为文学史上的一大谜案，很多人在佐证丁惟宁就是《金瓶梅》的作者，缘由之一，离丁公石祠不远，有条山谷叫"兰陵峪"，丁惟宁曾在兰陵峪旁居住二十年。我还看到有位学者用二十年时间通过缜密的研究，发现《金瓶梅》使用了大量五莲方言。

我是个外人，但我能做这样的推断，在生机勃勃茶坊酒肆烟火气极浓的宋元话本的基础上，《金瓶梅》的出现绝非偶然，至于它的命运那是另说。我还记得，进得丁公石祠，先看到的是一副对联："一部金瓶梅，千古丁公祠"。丁公石祠身后站着九仙山，身边站着五莲山，全都气象非凡。那天黄昏，灿烂的云霞，覆盖着这块儿仙地。

黑陶　提灯在日照行走

冯金彦

1

陶是一盏点亮的灯。

日照的历史深处,黑陶的光从坚硬的岁月缝隙里弥漫出来,一点点弥漫,一点一点把日子照亮,一点一点把日照照亮。

这些原本从泥土里走出来,又寂寞在泥土深处的陶,从打开的龙山文化的信封里掉出来。先是陶的碎片掉出来,然后是陶的故事掉出来。日照,800处陶的遗址曾经是陶的舞台,此刻是陶的故乡。无论走出去多远的陶,都会记得日照的月光。

如果说龙山文化是人类文明的一件外衣。

陶一定是纽扣。

亮亮的一枚纽扣。

2

日照,陶有神奇。

1936 年，梁启超的儿子梁思永在日照两城遗址发现 4500 多年前的珍稀陶器——蛋壳黑陶镂空高柄杯。陶杯，无釉而乌黑发亮，胎薄而质地坚硬，壁最厚不过 1 毫米，最薄处仅 0.2 毫米，重仅 22 克。

工艺之精，堪称一绝。

日照一绝，也是世界一绝。

至今，我们也想象不到历史的山谷之间，日出而作，日落而息的工匠是如何用简单的工具让陶涅槃。让日照的黑陶从简单的工具成了一个符号，一个文化的符号，一个人类文明的符号。

陶很轻，只有 22 克。

22 克是美的重量。

22 克是陶瓷工匠灵魂的重量。

尽管，我们已经没有办法从历史的荒凉之间，找到这个人的名字，找到具体工匠的名字。但是，杯的厚重足以安放我们对他们的尊重与怀念，对黑陶的敬重与仰望。每颗从人类天空上划过的星，它的光亮都是我们前行的一种支撑。

3

陶上的文字，比甲骨文还要早 1500 多年。我们沉浸在甲骨文的光环之下的时候，比它早 1500 多年的黑陶上的文字，依旧在寂寞之中等待。

寂寞深深。

一件看上去普通的黑陶，让我们明白一个道理，我们无论是对历史的认知，还是对世界的认知，都是局限的。我们甚至不知道，泥土深处与岁月深处，还有多少故事等待着我们，像 4500 年的日照黑陶一样等待我们，生生死死，明明灭灭。

陶很小，世界很大。

世界很大，我们很小。

一个人的明亮与灿烂，与黑陶相比，只是一只小小的萤火虫的光亮，我们一个人的光明照亮不了人间，也照亮不了远方。远方在远方之外，希望在希望之外。更多的时候，希望就是我们暂时看不到的东西，它给予我们的温暖，并不比陶更多。

一定没有陶更多。

与陶的孤独相比，人的痛苦只是小痛苦。

陶的寂寞是大寂寞。

4

我们把陶折叠在浪花上，看着陶一点点走出平凡，走向辉煌。

拉坯、修坯、压平、刻制，泥土的磨砺是一种修炼，火与泥土的爱恋，是火给了泥土生命，还是泥土给了火永恒，并不重要。总之在火光中陶找到了自己，找到了自己的价值。我们也在火光中找到了陶的价值，找到人的价值。

一块寂寞的泥土对于这个世界没有意义。

一个平庸的人对于这个世界也没有意义。

在日照，陶依旧在行走。

在人间，陶依旧在行走。

日照市志中，有26个村庄以窑命名。日照制作陶器的村庄曾经多达100个，100个村庄在陶的光环之下。而今，陶越走越远，从产品到工艺品到艺术品，陶在成长。从简单的雕刻工艺到镂空、挑点、剔泥、平雕、浮雕等近80种工艺技法，陶在飞翔。从单一的品种到上千个品种，陶在裂变。

陶在世界上行走的声音，像雨滴落在心上。

5

遗址是一段记忆，一个图腾，一个符号。

站在遗址前，尽管面对的是残墙断壁，我们依旧可以感受到历史的那种厚重，依旧可以想象出4500年前，这里的繁忙与热闹。先人用自己的智慧、勤劳甚至生命，写出一份惊奇与精彩。他们让朴素的泥土成为文化，他们让历史的一页生动。尽管岁月消失，他们也隐退在历史幕后，但是这些断壁，这些碎片与灶影，告诉我们他们来过。是他们让日照的生活有味道，是黑陶让日照有味道，让生活有味道。

黑陶是高贵的。

于是，如今已年逾七旬的美国耶鲁大学的文德安教授，从1995年起，曾30多次走进日照，走近黑陶。山河如此多娇，她只为黑陶弯腰。

6

火光之下，几代人在劳作。

作坊之内，几代人在成长。

窑火不灭，4500年之后，黑陶还在日照行走。

邢葆东、苏兆启、卜广云，都是提灯行走的人，他们生命的精彩让陶更精彩。在日照，不仅仅是他们，近百家黑陶企业的制作者和工匠都有故事，他们提着自己的故事在这个世界走来走去。生活对于他们，不只是简单的生存，而是创作的快乐。一个人，一旦没有了简单的功利，就致远了，不是每一个人，都有这样的机会，都有这样的幸福。

日照与陶相关。

日照与阳光相伴。

一座城被阳光照亮，人的心也被阳光照亮。于是，有了一个节日，一个日照人独有的节日，太阳节。太阳节是一个瓶子，装满了一座城市对太阳的爱，装满了我们对一座城市的爱。在日照，我们看着太阳的轮子从山河之间碾过，也从我们的心上碾过。

从陶的名字上碾过。

阳光之下。

陶的眼睛，在人间醒着。

陶的眼睛，在博物馆里醒着。

行路记

张行方

日照和烟台，是山东半岛的两个滨海城市，一个在南侧一个在北侧，相距约350公里。三十多年来，我在这两个城市之间往返穿梭，已经不下二百次。这是迄今为止我走过次数最多的一条路。

1991年，我从日照老家考上了烟台大学。村里出了第一个大学生，父老乡亲纷纷上门道贺。八十多岁的常茂爷说："烟台好啊，老辈上不是有句顺口溜吗——北京上海哈尔滨烟台，不孬！"七十多岁的文玉大爷说："烟台不近呀，新中国成立前那阵，交通不行，上哪都得靠两条腿，俺妹全家闯东北，两个孩子一头一个挑着，紧走慢走，半个月才到烟台。现在多好，上哪都有汽车。"华平叔说："是啊，现在好了，坐汽车，朝发夕至。"华平叔是村里的民办老师，也是我的启蒙老师，有文化，见识广，后来我经常想起他这句话，觉得"朝发夕至"一词用得真准确，那时从日照到烟台，乘汽车正好需要一个白天。

比起那些负笈远赴大西南大西北的同学，我的求学路并不算长，从南往北，纵贯山东半岛，还没出省。上午八九点钟，第一次从日照长途汽车站坐上长途汽车，问司机多久能到，司机说那就没准啦，得看情况，如果正常的话差不多八个来小时。听他这么一说，大家心里悬念和疑虑顿生，如车窗上的灰尘，给前方旅程蒙上一层阴影。这是我第一次离家出远门，心情上不免有些紧张，看看其他乘客，也多是一脸愁相，好像正赶赴一件并不情愿的事。

出了日照城，客车就开启颠簸模式，像一只吃力的甲虫，在初升的太阳下蠕蠕而行。因为路不平，又得避让对面来车，客车左躲右闪，一车人也随之前后左右摇晃。晃得狠了，肠胃就翻江倒海，不时有人急拉车窗，"哇"的一声吐出去。于是，呕吐物的馊臭味儿，混合了刺鼻的汽油味儿、脚臭味儿、汗臭味儿，就在车里弥漫，人闷在里头，很快就被熏得晕乎乎。开窗透气，稍微开得大点，司机会立马回头厉声喝止，警告对面随时有车擦肩而过，人探出去会有危险。

最难走的一段，是胶南到胶州的几十公里沙土路。那段路崎岖不平，还有陡坡和拐弯，车跑在路上，像船漂在波浪上，晕车的乘客很难挺住不呕吐。我身边一位大婶晕得厉害，病恹恹的，胃吐空了，仍一阵阵干呕，黄疸水都呕出来了。我还好，预先吃了晕车药，虽然有些不适，好歹还能坚持。

车到胶州，已近晌午，在固定停车点停车二十分钟，车加油，司机到路边小店吃饭。乘客们有的上厕所，有的拿出自带干粮简单吃点午饭。再上车，就出了胶州，从即墨拐上烟青高等级公路，旅途就变得顺畅多了。那时候，高速公路还是个新鲜事物，全中国也没有几条，从青岛到烟台的这条高等级公路是整个山东最好的路。车开上柏油路，速度就快起来，每小时能跑到五六十公里——在那个年代，这个速度算很快了。颠簸也明显减轻，乘客们从之前的萎靡中缓过来，也有心情留意车外的风景了。

接下来的路程，要依次经过莱西、莱阳、海阳、桃村、回里，到烟台时，已近傍晚。车子开进市区，夕晖映上车窗，大家如释重负，纷纷长舒一口气：终于到了！

转眼就到了放寒假，又要返程回家了。日照"老乡"中的热心学长早早就开始张罗，组织大家订返程车票。和来时的路线不同，返程走的是夜路，那时烟台到日照不通火车，要先坐火车到蓝村，再从蓝村转汽车到日照。这样走的好处是省钱，可以享受半价火车票，也省时间，可以早一天到家。晚上八九点钟，绿皮火车从烟台始发，半夜到蓝村小站，停靠几分钟，扔下我们十几个学生，长鸣一声就转头西去。我们背着行李出站，去找个体户的客车。客车接上我们，却不着急走，还要等西来的下一个车次。半小时后，火车又送来一些乘客，差不多凑满一车，终于可以走了。这时已是凌晨一点，多数人已撑不住困意，早蜷在座上睡着了。

个体客车在夜色里一路颠簸，车窗外不时闪过昏黄的路灯。被叫醒时，已抵达日照长途汽车站。天还黑着，大家只好到车站的候车室里等天亮。候车室冷得像冰窖，没有暖气，座椅也是冰凉的，坐不住，站着也冷，只好不停地跺脚取暖。而脚是麻的，跺久了才会有些感觉。十几双脚一起跺，身体里仿佛有千万匹野马，顶着凛冽刺骨的寒风在跑。那是我一生中经历过的最冷的时刻，那是一种阴冷，如无数钢针，从皮肤一直扎到骨头里。记得有个外语系的女生，人长得温婉漂亮，平时穿着优雅得体，此时也顾不上体面，把自己包得像个粽子，蹲在地上缩成一团。

好不容易等到天亮，家里来人接站时，上牙下牙还在打架，已经冻得几乎说不出话来。

此后每年寒暑假，我们几个日照同乡学子都这样沿着固定路线往返于两个城市之间，像候鸟一样。

最初那几年，路不好，车也不行，车动不动耍赖，有时人得帮着它走。记得有一年春节后返校，路上正化着雪，客车刚出日照不久就抛了锚，原地打滑，把路面扒出泥坑。眼看泥坑越扒越深，车却纹丝不动，无奈之下，司机让所有乘客下车，又招呼几个青壮乘客到车后面推。大家喊着号子，齐心协力地推。折腾了半天，客车在咳出一股股黑烟，又漏下一大摊黑油后，终于挣脱泥坑，开出十几米远停下，等乘客们再次上车，继续余下的旅程。因为推车，我的裤子上溅满泥浆，回校时怕人看到丢丑，就躲着人靠路边走，那份尴尬，至今难忘。

大学毕业后，我留在烟台工作，在日照和烟台之间往返的次数更多了。也就是从这时起，两地之间的道路开始拓宽改造，沙土路没了，代之以越修越宽的柏油路和四通八达的高速公路。客车也不断更新，最后换成了豪华快车，回乡的路越来越通畅舒适，四个小时即可到达。

路好了，车快了，人们的交通安全意识却一时没跟上来，就容易发生事故。

那些年在这条路上往返，几乎每次都会遇见车祸场面。每当这时，司机会减慢车速，小心地驶过车祸现场，惊愕的乘客一边抻着脖子去看惨烈场景，一边连连摇头叹气，唏嘘不已。

2013年，日照机场开建，选址就在我们村附近，离我家只有几公里。通航那天，村民们远远望着一架架神奇的银鹰飞来又飞走，心情像过年一样。我的老母亲说："现在的人真是能啊，过去老话说，你再能，还能能上天？你看看现在的人，可不就是能上了天！"

2018年底，青（岛）连（云港）铁路建成，日照和烟台之间开通了动车，两地通勤时间再度压缩，只需要两个小时。我第一次坐动车回老家是那年腊月二十五日，按照老家习俗，这天家家户户都要做豆腐，取"兜福"谐音，也有"都富"的寓意。上车前，我给母亲打了个电话，母亲告诉我她正在磨黄豆。两个小时后，我突然出现在家门口，让全家人又惊又喜，都没想到这么快！嫂子说："真是有福之人，我们刚坐下，还没吃，豆腐还烫嘴呢！"

春节期间，我陪老母亲去了一趟北京，游玩。这是她平生第一次出这么远的门，高兴得像个儿童。返回的时候，当飞机稳稳降落日照山字河机场，母亲走下舷梯，仿佛刚刚走出一个梦境，一个小时前还身在北京的她，又看到周围熟悉的山岭、田野，内心洋溢着别样的激动和喜悦。她一遍一遍地，像是说给我们，又像在喃喃自语："真是能上了天……"

涛声依旧澎湃

李冬梅

天 空

只有在日照的海边,你才会知道,天空是另一片悬在高处的海。蓝得那么澄澈,那么清朗。你也说不清是天空染了海的蓝,还是海水倒映了天的亮。相隔那么遥远,又似乎切近到不分彼此。

浓的淡的云,恰是海上涌起的素白浪花,漾动着,这里那里。等着风。鸟,不是天空中的鱼吗?一只有一只的灵动,一群有一群的浩荡。

海是落在地上的天空。到地上,有了依偎,每一片海,都有金黄的沙滩作陪。贝壳是配饰,五颜六色是贝壳的配饰。配饰都有了配饰,配饰起来悠悠闲闲,一本正经。寄居蟹顶着借来的房子,到处传递着打探到的消息。

天与海有着休戚与共的命运。海蓝的时候,天空必然是蓝的;海灰茫的时候,天空必然少了一些透亮。或者反过来说,天空一碧万里的时候,海必然也碧蓝无垠;天空铅云低垂的时候,海上风浪也沉甸甸失了轻盈。

在丽城日照目光可及的远方,红彤彤的朝阳像是被天和海合力含着。天空和大海像蚌的两片壳,太阳多像一颗珍珠,大明珍珠。黎明送走暮晚的暗,万道金光跳动在波浪的涛谷浪尖,是海托起了太阳,还是太阳拽着海这个巨大的裙裾招摇？白昼去了，明月由水里弹起，水花阵阵，银辉烂漫，闪闪跳动的银亮。有人说，海豹能够在黑夜游过无边无际没有标记可以辨识的大海，全靠星光引路。

或者，天和海是彼此的重叠，天跳下来成了海，海跑上去成了天。它们有时和解，有时冲突，那一路扭跑的风，正是来自那水天相接处的裂隙。风，是个调皮的孩子。雨也是。雨是海与天的信使，海上水汽飞到天上，成了云，云游荡够了，又变成雨滴落到海上。多么欢快！

我真想抓住风的尾巴问问，它到底来自天空，还是海洋。我还想捧住雨滴，提同样的问题。或者那条叫鲲的大鱼，比风雨更能够回答这个问题？在海里游了多久之后变化成了鹏鸟，它是不是也有某一刻恍惚，到底是该在天空飞翔，还是在海上游弋？属于海洋，还是天空？

在日照的海边，思绪无边漫游，人是可以不说不动的，是可以慢，可以任性发呆的。在海岸上，可以把沉甸甸的城市放下，把在高楼大厦大街小巷追求的速度与效率抛开。

你看，连海鸥也从遥远的飞翔中得到了力量，可以闲适地在海上来去。海水有柔软的浪花床垫。那些海泳的人，一定也有同样的体会。

没有一朵云一只鸟的天空，蓝得多么彻底，它是不是也在望着海发呆。看着这样的天空，时间长了，自己也似乎忘了身在何方，倏忽成一片羽毛，钻到了天蓝海碧处。

"蔚蓝海岸"，念一念这四个简单的字，就好像看到了一幅阔大的画卷徐徐展开，天青日朗，水清潮平。

树　木

沿海岸线而行，不论是路上还是景区，见到最多的，是树。

更早，从踏上日照滨海绿道开始，两旁的树木就重重叠叠密密匝匝形成了一道绿色的屏障。人仿佛进入了不绝如缕的翠色河流，又像一首连绵不断的曲子，时而激越，时而低徊，琤琤琮琮。

如果没有这绿意葱茏的林带如一练练绿绸缠绕，海会不会蓝得过于单调？

树木在大地上感知岁时律动萌发与壮大，浪波在海洋里呼应月圆月缺潮涨潮落。树的这边联结着城市与人声喧哗，那边联结着海洋与万物闪耀。每一棵树都在用它的年轮说话，一头牵扯现世烟火日常，一头探入时光打捞深邃过往。

行人穿梭来去，拍拍杨树挺拔的树干，再被柳树的柔枝急切地拂扫，槐树擎出白色花串，清香铺天盖地。阳光透过叶子的孔隙洒下来，总想抓在手里。

日照海边的春天来得晚些，姗姗地不急不缓。这样微妙的温差，除了树，还有谁能感知呢？等到市街里的玉兰开到轰轰烈烈，海边临街的那些，才举起一支支花苞，蘸饱了墨的笔头，预备书写点啥。

秋凉却率先到了。林子里黄的叶子红的叶子绿意犹存的叶子，五彩斑斓，他们助花，嫌弃花们开得迟缓有欠热烈。

水汽浸着，夏日的林子走入盛世，光影斑驳，鸟鸣悠扬，虫声呢喃。雨声是个伴奏，此起彼落的蝉鸣过于盛大，只来得及铺陈成背景。野鸡从林子深处走过来，一个展翅，沉暗的树林亮起一道光。蜘蛛是悠闲的，网张在两树之间，摆摆荡荡抻长日子。

惊涛拍岸，轻涛也拍岸。

树在沙上，树在楼宇间，树在院子里，树在路旁，树在每一个我想得到想不到的地方。在海边的角角落落，那些高大的挺拔的树，像海沉默的伙伴。站在树下，听潮声起落，迎接海风与细雨送来清凉。此刻，这些远远近近的树木，是我的同伴。

夏末初秋的日子，小雨。撑一把伞在石径上走过，树叶子仍然绿意盎然，雨珠错落地悬在叶尖，滴答落下，近旁的沙，濡湿，雨脚踏落的地方颜色浓，没有沾湿的地方颜色浅，一点点深的浅的黄色，耐心十足地铺漫，远了，就看不分明。

走过去，走回来，我的脚步牵动每一粒沙；我心底的微澜，呼应着海的澎湃。树，静默伫立。对于海，对于沙，对于这一棵一棵无处不在的树，我只是个可有可无的闲物。

我们需要这山川河流的担待，需要这世间万物的体谅。

花　草

狼尾草的气息冷冽，苍茫粗犷，为着沙与海而生。或者，也是为着季节而生，我从没在意过它青葱时的样子，萌芽、长叶，是一段被忽略的过程。似乎它从走进人们视野那一刻就老了，抽出长长的白色花穗，猎猎摇摇，招展风里。

没有鲜艳夺目的色彩，也没有雍容华贵的朵形。走沿海路，却没人能忽略这草，与贴地而生的那些草相比，它们是高个子。仿佛是一瞬间就把个头儿蹿了起来。

低下头，所有的风都是它的旅伴。静听，俯仰之间溅起的单调回声也可以辨出不同的轻重缓急。在风中，你越发可以见识到它的硬骨，"呼啦啦"的声响像是掀翻了幕布，所有的狼尾都在集结。

柏油路衬在近旁，暗色调的背景，让狼尾草周身都闪着幽微的光芒。

"在黑白里温柔地爱彩色，在彩色里朝圣黑白。"这世界的丰富，来自缤纷，也来自凋零。

"清水在门前流淌，青草包围房屋——最好的花朵是向着木质窗户开放的，芳香从暗夜贯穿黎明，从正午缭绕到大野星明的晚上。"想到这诗一般优美的句子时，我正沿着一条曲曲弯弯的水流，踩着青草镶边的小径，向前走。

还有一段距离，就听到割草机的轰响。有几个工人正在山坡上忙着修剪草坪，一股淡凉的青草味道远远地逶迤而来。

我看到一个穿着蓝色工装的男人从俯身的姿态直起腰来，看着我们走过来，扬着手招呼正在工作的人们，"停一下，停一下！"粗声大嗓一声令下，聒噪的声响顷刻偃旗息鼓。

他的举动，让我的心底升起一股暖意，它是细微的，是那种似有若无的暖，天然、朴素又节制。善意，藏在这些平凡普通的人的身上。我总是在这样一闪而过的瞬间，想到人间种种，所谓世俗与高贵，浅薄与深邃，卑下与崇高，苟且与坦荡，在不经意的举手投足时尽得展现。我转过头，只来得及给他送上一个充满感激的微笑,我接收到的这份温情,被谨慎把握,装进记忆。提醒自己,暖意无处不在。那张黧黑的笑脸,有乌金的光芒。

总有人不断到来,也总是有人悄悄离开,每个人都有自己放在心底的故事,每个人都在海边得到一些恰到好处的慰藉与温暖,这无关欢喜或者忧伤。海天一色,树草花都没有差别心,花香自然拂上脸颊,草色必然入目。

学草,我一生都愿意用草样的姿态面对世界——谦卑。

缝 隙

在日照,我看到了很多缝隙。

走走停停,海边的不同景观在我眼前徐徐打开,一如长卷。我是在哪一次眨眼间不经意看到了各种宽的窄的直的弯曲的缝隙呢,记不清了。只是有些怨,如果眼睛有记忆就好了,它一定会为我铭记更多。

万物皆有裂隙,那是光照进来的地方,总是听到这句话,于是,落地生根,它也在我的心里由模糊到渐渐清晰。这么睿智的句子,以为是神的赐予,没想到,它来自科恩的一首歌。能唱出这样的句子,他真是一位智慧的歌者。

在面对这些不同的缝隙时,我想,它不只是光进来的地方,也是风进来的地方,是水进来的地方,是雨水大的年景里萌生青苔的地方,也是沙进来的地方,是蚂蚁蜥蜴爬行的地方,更是让目光流淌的地方,让思绪流连的地方。

留下一道道不同的缝隙,或者有着各种各样的理由,我却固执地相信,那些细枝末节,都是匠心独运,是美的旁逸斜出。

宏大的,开阔的,雄伟的,壮观的,无际无边,固然磅礴浩瀚,让人击节赞叹,与之相比,缝隙明显是小的,细的,窄的,边缘清晰的,不值一提的,却自有森然的轮廓,简单的丰富。

我知道,木船的甲板上有缝隙,遗漏在舱里没有收走的小鱼小虾,已经被海风抽走了水分,卡在了缝隙里;长长短短的网杠上,少不了缝隙;就连串网用的竹签子上,也早就裂开了大大小小的缝隙。

我没有足够的闲暇,在此等候探询时光来去的路径,但哪怕只有短暂停留,我也愿意为这些缝隙闪进的光而心存感念。

以幽蓝的海和金黄的沙滩作背景，一排一排木船，错落着泊在港中。船与船间，缝隙被漾起的浪花填充。如若旁边有一条船落了单，看上去便有一种遗世独立冷肃的傲然。那么素净峭拔，又让人不由自主油然而生出一种想要仰视的感觉。

如果说建筑是凝固的音乐，那么这些船，就像海上会移动的建筑。它们停着时是一首安静的轻音乐，简约，端然，在丽日晴空在阴云密布，在雨天雪天在雾气蒙蒙的凌晨和傍晚，舒缓地流淌。它们在浪花间颠簸的时候，又是一首磅礴的交响乐，一时激越，一时低沉，一时紧张莫名，一时又得以呼一口长气。

在日照海边，处处可以看到缝隙。路旁的招牌，门前的台阶，室内墙体间房顶上，透过这些缝隙看海上浪花朵朵，帆影点点，看天上流云，看鸥鸟倏忽而过的身影，被限制的视野，让心恨不得立刻生出翅膀，好一下子飞过去。

拾级而上，进门，在幽暗的空间，会发现光的可贵。那么多的缝隙，处处透进光来。时间的碎步，就是这样踩乱了脚下的地面，又轻车熟路地爬上了墙壁，那些光影，长的短的方的扁的，像是镶在墙上的创意画，让空间多了一些层次。时光的魔法师，投放着奇形怪状光的布景。会让人生出些微的惊讶，原来时光如此不堪留。

站在观景平台上，任海风吹动长衫，呼啦啦响。这时，我也成了一个身体里住满风的人，抬起脚就可以去海上游弋。

凝神欣赏舞动的海水上留下的光影，心思安宁。总是要有这么一刻，可以让人们与繁华都市的喧嚣告别，让心暂歇于这梦幻之所。让目光抚摸一道一道缝隙，感知时光，曾在那里流过。

沙之时间

我看到了一场关于"时间之沙"的雕塑展。

它是一处隐于沙丘之下的美术馆。刚到门口，发现了侧旁一座雕塑。第一眼，就让我产生隐隐的不适。我的目光，落在它残破朽坏的部分，硌得生疼。

进门，展示牌上赫然可见的是——丹尼尔·阿尔轩：时间之沙。

下意识，我想到了博尔赫斯的《沙之书》，那本无始无终的神奇的书，"他告诉我，他这本书叫做沙之书，因为不论是书还是沙子，都没有开始或者结束。""如果空间是无限的，我们也许是在空间的任何一点上。如果时间是无限的，我们也许是在时间的任何一点上。"竟从未曾在意，无论是沙还是时间，的确像是既没有开始也没有结束。

我在海边长大，从出生到成长，海一直在那里，沙也是。就像开天辟地理所当然地存在，像天与地一样。我没有想过沙在什么时候出现，也没有想过它的起点和终点。说起时间的无始无终，也常是被我忽略的。谁能知道时间来自哪里，又去向何处呢？同样，我也不知道沙是怎么来的，是不是也有一个去处。那时候，我当然也不知道世界上还有一种叫沙漏的东西，可以测度时间。我从蹒跚学步就走过沙滩，直到少年青年以及现在，那留下的深深浅浅的足迹，总是转眼就被风吹过来的更新的沙覆盖。那时我笑沙跑得比我快，此刻才想到，每一颗沙的追赶，也许都是时间在堆叠，我的生命，前一刻也正在被后一刻湮没。

"逝者如斯夫，不舍昼夜。"孔老夫子感叹时间如同河水，不倦不息地流淌。他看到的时间，与我们所见，又有什么不同？我看到的是，一天一天，一年一年，日升月落，四季变换，草青了又黄，花瓣落了再返回枝头，树木的年轮多了一圈又一圈。旧了的是房子车子各种用具，铁器红褐色的锈迹蚕食着曾经坚硬的肌体。一代一代曾经鲜活的生命被时间的风吹得寒彻斑驳，东摇西晃，最后坍塌于风中。

面对这些古老雕塑朽败的部分，我自然而然忽略掉了它们的名字和完好的部分。当遮蔽被拿掉，光亮细腻被刻意打碎，出现在眼前的，恰是隐藏在时间深处，最锋利的细节。那并不是阴影，它甚至是明亮的。此消彼长，腐朽的归于尘土，鲜活的依然蓬勃，侵蚀雕塑的水晶坚硬凌厉，剑戟一般，昂然挺立。如此我才发现，我的不适感，不只是看到了腐朽的部分，更是因为看到了这潜藏其间那滋生在内部无法忽略的异质。同在时间之流，一边朽坏，一边新生，这截然相反的存在，不需要理由，却让我的心里震撼莫名。我只能站在那里，仿佛看到一队陌生的我，默默无言穿行于我的空间。

雕塑后边，沿墙铺漫着灰色蓝色的沙，这变换的色调，让熟悉的沙呈现出一种距离外的陌生感，它看上去那么轻，却又似乎重得无法忽视。好像有一丝丝冷气不时从我的脚底升上来，注沙一样注满四肢百骸。

海上有人滑水，矫健的身姿，像大鱼在浪里隐现，又像大鸟从空中俯冲而下。

日照密语

张克奇

一

带着多年的日思夜盼,我终于来到了这棵古银杏树前。

它比我想象中的还要高大,还要粗壮,还要茂盛。虽然已有3500多岁的高龄,却依然精神抖擞地挺拔傲立于日照浮来山上,凝结着纵横交错的沧桑和密密匝匝的历史烟云。

是的,山不在高。古银杏树置身的这座浮来山,也许是从黄海上漂浮而来,海拔不足300米,可这棵树的身高却达到了26米之多,树围将近16米,繁衍枝丫无数却无枯朽,偌大的树冠遮云蔽日,自带一种无法形容的王者的气度和风范,巍巍然于天地之间。

对于上了年岁的东西,我向来都心存敬畏。何况是一棵有着鲜活生命的树呢?它从何而来?是先人的精心栽植,还是一粒被鸟儿无意衔来的种子在这里落地生根?4000多年的光阴岁月里,它究竟遭遇过多少的风霜雨雪、电闪雷鸣、天灾人祸?世界上的银杏树何其之多,为什么唯有它能如此茁壮如此长寿被尊为"天下银杏第一树"?我想,除了它自身的倔强努力之外,一定是冥冥之中暗藏了某种玄机吧?

对于银杏树，我向来情有独钟。我老家临朐沂山脚下的东镇庙里，就有一棵银杏树。据传为宋仁宗在景祐三年（1036年）祭祀沂山时栽植，至今已近千年，树高20多米，胸围8米，游人见之无不叹为观止，并赋予其诸多神奇传说。特别是每到深秋时节，慢慢变黄的银杏树叶翩然落地，大地立刻变得一片金黄，显得既温暖又贵气。每年我都会去捡拾一些叶片，夹进书本里。每次翻开那些书本，都会生发一种别样的幽思。

而今面对浮来山上的这棵古银杏树，我被深深震惊了。果真是天外有天，树外有树啊！在我心里，这个"植物界中的活化石"，不仅仅是一个传奇，更是数千年历史的一个见证者。它的身上，究竟揣着多少的历史密语？

《左传》有记：公元前715年九月辛卯，"鲁莒会盟"就是在它的见证下进行的。1654年，清顺治年间，莒县太守陈全国在它面前立下题诗碑，碑文序曰：浮来山银杏树一株，相传鲁公莒子会盟处，盖至今三千余年。树叶扶苏，繁荫数亩，自干至枝并无枯朽，可为奇观。夏月，与僚友偶憩其下，感而赋此。诗曰："大树龙蟠会鲁侯，烟云如盖笼浮丘。形分瓣瓣莲花座，质比层层螺髻头。史载皇王已廿代，人经仙释几多流。看来今古皆成幻，独子长生伴客游。"

古银杏树所置身的浮来山定林寺，史料记载始建于东晋时期，距今已有1500多年的历史，是山东省现存最古老的寺院之一。我想，定林寺之所以在此修建，也是因为有这棵树的缘故吧。依托它的深厚和繁茂，古寺的根脉才更为悠远，才更有底气。古寺的修建兴衰、荣辱沉浮，都在它的眼里和心里铺展着、绵延着。

在它身后，还掩映着历史上著名的文学理论家、文学批评家刘勰的校经楼。刘勰祖籍莒县，465年出生于京口（今江苏镇江）。其父刘尚曾担任越骑校尉。因父母早逝，家道败落，刘勰在24岁时到京师建康（今南京）钟山定林寺落脚。在定林寺里，他刻苦学习，潜心研究，博通经论，在协助名僧僧祐整理佛教经典的过程中，撰写了大量佛学文章以及碑记塔铭。

32岁时，刘勰梦见自己手捧红色的祭器，跟随孔子南行。梦醒后，他把梦见孔子自喻为当年孔子梦见周公，觉得自己应有所担当，即便不能做官建功立业，也应著书立说，树德建言。于是在寺庙钟磬和青灯的陪伴下，他思接千载、呕心沥血，历经五年寒暑写成了中国最早的文学评论专著《文心雕龙》。虽然书稿已写成，但因为刘勰当时只是个久居寺门的无名小卒，并无人欣赏。但他不甘心此书被埋没，便想去拜访当时文坛领袖沈约，期望能得到他的肯定。可沈约官高爵显，住所自然门禁森严，刘勰数次求见都被门人拦回。情急之下，他背着自己的书稿，"状若货鬻者"——像个做买卖的人，守候在沈约府外。等沈约出来，刘勰立即跑到他的车前，恭恭敬敬把《文心雕龙》呈上。沈约命人取来一阅，"大重之，谓为深得文理，常陈诸几案。"（《梁书·刘勰传》）由于沈约的赞赏，刘勰和《文心雕龙》一举成名。此作与唐代刘知几的《史通》、清代章学诚的《文史通义》，并称为中国古代文学史批评三大名著，奠定了其在中国文学批评史上的独特地位。

成名后的刘勰开始踏上仕途，先任临川王萧宏记室，后任东宫通事舍人，得到颇具文学气质的昭明太子萧统赏识，再后又任步兵校尉，位列六品，这是他为官生涯最为高光的时期。519 年，梁武帝亲受佛戒，掀起崇佛高潮。正在仕途上大展身手的刘勰被解除步兵校尉之职，奉诏回定林寺编纂经藏，郁郁不已。后来随着昭明太子去世，刘勰愈加心灰意冷，烧发明志，决然出家。

终生未娶的刘勰虽然一生坎坷斑驳，却因为一部《文心雕龙》放射出了最耀眼的生命光辉，从而流芳千古，彪炳史册。据说晚年的刘勰对祖籍莒县念念不忘，最终克服重重困难来到浮来山定林寺，日夜校对经书，并在此终老，叶落归根。校经楼是一座二层小楼，其匾额为郭沫若先生为纪念《文心雕龙》成书 1460 周年所题。走进这座小楼，面对刘勰塑像以及陈列于此的从古至今有关《文心雕龙》的各种研究文献和纪念文库，我仿佛看到了当年刘勰殚精竭虑、焚膏继晷的执着和清苦，那是一种怎样的情怀和境界啊。他的披肝沥胆和复杂的心路历程，院子里的那棵古银杏树应该看得清清楚楚、了如指掌吧。在刘勰的心里，也许早就把古银杏树当作了自己的亲人和知音，他的多少心里话都说给了这棵树呢？

南北两个定林寺，承载了刘勰真正意义上的起点和归宿；浮来山上的古银杏树，在纷至沓来又纷纷离去的亘古时光岁月里，该是收藏了多少的历史密语呢？

我多想成为它身上的一片树叶啊。

二

一走进莒州博物馆，我就整个地恍惚了。

让我感到恍惚的，首先是大厅里的那幅巨大的壁画。讲解员说这是目前山东省最大的陶制壁画，高17米，宽14米，壁画的内容是莒文化陈列的主要亮点。壁画的最上方中间，是由太阳、云气、山峰组成的图像文字，它的出现比甲骨文还早1500多年，权威专家把它解释为元旦的"旦"字。其左右两侧有两只凤鸟，代表东夷民族崇尚的凤鸟图腾。壁画的正中间塑造了一个巨人，一手持钺一手吹号角，他的左边分别有酿酒、制陶、乐理人物，右侧是农耕和用砭石疗病的针灸疗法场景。壁画最下方是浮来山上那棵"天下银杏第一树"，树的左侧为莒国和鲁国在树下会盟的场景，右侧是刘勰校经图。

我在很多年前就知道，莒地历史悠久，有数十万年的文化根系，上万年的文明起步和5000多年的文明史，莒文化与齐文化、鲁文化并称山东三大古文化，莒州博物馆与青州博物馆和滕州博物馆是山东省三大县级博物馆。莒文化内涵丰富，脉络清晰，序列发展分明，是一个没有断代的地域文化，是东夷文化的典型代表，是人类文明起源的重要发祥地之一。莒自原始社会时期为莒氏部落，夏为莒州，商为莒方国，周为莒国，汉代为城阳国。后为郡、为州、为都治莒。资料显示，目前仅在莒县境内发现的汉代以前的遗址墓葬就有1291处，新石器时代遗址120处，这些足以证明莒文化根脉之深之丰茂。

在讲解员的引导下，我穿过时光的隧道一步步走向历史深处，触摸一份份厚重和博大，心中掀起一阵阵飓风。

在历代石刻厅，琳琅满目的古代石刻造型各异，形态万方，开阔宏大的意境、精湛入微的雕工，无不让人叹为观止——古人的智慧和技艺，丝毫不逊于今人，甚至有许多地方为今人所不能及。我走着走着，就不期而遇了那幅著名的东汉墓石画像"亲吻图"。此墓葬1985年出土于莒县东莞镇大沈刘庄村西，墓葬残留21块画像石29幅画面，分布于门楣、方立柱及前室四壁的过梁和立柱上。门楣和过梁的正面皆为车马出行图，背面为龙虎、椎牛等图，方立柱刻画人物、神话故事、鸟兽和蟠螭纹等。最为引人注目的是墓室东面中间发现的"亲吻图"。这幅亲吻图分为上下两格：上格刻画着美丽善良的幸福女神西王母像。西王母是汉代最受人尊敬的神仙，传说她掌有不死之药，是汉代的重要神话题材。下格为一位男士和一位女士，女士正探身亲吻男士的面颊，在女士的身后还有一位侍女。画像石中"男女亲吻图"有第三者在场，为全国仅有。

陶是中华文明史开启的一个重要标志。在火焰与泥土的无数次拥吻里，历经数不清的风雨沧桑，古老而赋有灵性的陶器，既承载诠释着人类文明的进步，也为世人留下了诸多的传奇与感动。在莒州博物馆，我在它们面前久久驻足，呢喃耳语。那个高 22 厘米，口径 36 厘米的新石器时代大汶口文化彩绘盆，通过其纹饰展开图看，圆形和方形图案侧看成行并且间距基本相等，说明早在 5000 年以前莒人就已经有很高的几何形绘画艺术和圆周率的计算水平；那个高 38.8 厘米，口径 18.5 厘米的新石器时代大汶口文化凿足陶甗，功能类似于现代使用的蒸锅，是莒人发现和利用蒸汽的真实物证，更是莒文化先进性的有力体现；那一个个新石器时代龙山文化蛋壳黑陶杯，口沿极薄，分量极轻，底座上部还装饰有不规则的镂孔，制作十分精致，正所谓"黑如漆，薄如纸，明如镜，硬如瓷"，乃中国原始制陶的巅峰之作。还有那成套的酿酒器以及大量的高柄杯等酒具，是我国原始社会考古发掘中的首次发现，反映了我国用谷物酿酒技术早在 5000 年前就已开始。而那件保存完好制作精美的夹砂褐陶牛角型号，则成为全国大汶口文化考古中的唯一发现。

还有那套春秋时期莒国编钟，还有那件神秘的金缕玉衣，还有那发生在古莒国孟姜女哭长城的故事真相……在一次次地走进走出里，我对莒地、莒文化乃至人类文明、中华文化的起源与发展传承有了愈加明晰的认知，更加深刻的理解，也对这片丰饶的土地产生了更多的敬意和遐想。

我一时追溯着逆流的时光沉醉不醒。

三

真是没想到，在日照，我竟然会遇到苏轼。我们相遇的地点，是在五莲的九仙山上。

五莲和我所在的临朐都是秦代置县，宋代时同属于密州，再后来同属潍坊市，1992年由潍坊划归了日照。苏轼是个既让我膜拜又让我感到心疼的人，我在他身上倾注了太多的情感。他在"身如不系之舟"般颠沛流离的一生里所表现出来的"竹杖芒鞋轻胜马""一蓑烟雨任平生"的随缘洒脱，以及不为外物得失所累的旷达个性，托举起了他生命的至高境界。

纵观苏轼的一生，虽然大部分时间都在坎坷磨难中度过，但是因为密州，因为马耳山、九仙山，使得他的生命得到了很多温暖和慰藉。宋神宗熙宁七年（1074年）十月，37岁的苏轼由杭州通判调任密州知州，得以主政一方，一时意气风发、身心通明。当时的密州，管辖今天的诸城、五莲、安丘、胶南等地，地域也算辽阔。苏轼在这里抗洪灭蝗、赈贫救灾，久藏于心的诸多抱负得以施展，深得民众拥戴。公务之余，苏轼怀揣一颗激荡之心，经常在那片土地上策马奔驰，亲山友水，把酒临风，活得既舒展又充实。

知密州的两年时间里，苏轼曾不止一次来到九仙山，每每沉醉不知归路，不仅留下了"九仙今已压京东""奇秀不减雁荡"的名句，还留下了不少印记。直到现在，这座山上还清晰地留存着他的三处题字：一为题写于九仙山西山峰摩崖上的"第一山"三个大字；二为题写在一块巨大磐石上的"白鹤楼"三字，下款署"熙宁九年九月"；三为距此不远的一块卧石上的"留月"二字。对此清光绪《诸城县志》和清道光《诸城县续志》等志书里均有明确记载。

驰骋、沐浴于山水之间，苏轼不禁豪情大发，乘兴写下了著名的天下第一快词、苏轼豪放派诗风的开山之作《江城子·密州出猎》："老夫聊发少年狂，左牵黄，右擎苍，锦帽貂裘，千骑卷平冈。为报倾城随太守，亲射虎，看孙郎。酒酣胸胆尚开张，鬓微霜，又何妨？持节云中，何日遣冯唐？会挽雕弓如满月，西北望，射天狼。"还有那首同样被广为传诵、经久不衰的《水调歌头·明月几时有》："明月几时有？把酒问青天。不知天上宫阙，今夕是何年。我欲乘风归去,又恐琼楼玉宇,高处不胜寒。起舞弄清影,何似在人间。 转朱阁,低绮户,照无眠。不应有恨,何事长向别时圆?人有悲欢离合,月有阴晴圆缺,此事古难全。但愿人长久,千里共婵娟。"

这些诗词是不是写于九仙山已不得而知,但是里面一定包含着九仙山的影子,包含着苏轼游走九仙山的那份快意和英风,以及久酿于胸腹的百转千回。因为对于苏轼来说,九仙山是一座永久矗立在他心里的一座山,是他生命里的另一座"超然台"。宋熙宁九年(1076年)十月,苏轼被调往河中。临别之际,苏轼对马耳山、九仙山作了最后的远望,并挥笔写下《江城子·前瞻马耳九仙山》:"前瞻马耳九仙山,碧连天,晚云间。城上高台,真个是超然。莫使匆匆云雨散,今夜里,月婵娟。小溪鸥鹭静联拳。去翩翩,点轻烟。人事凄凉,回首便他年。莫忘使君歌笑处,垂柳下,矮槐前。"

也许苏轼永远不会知道,在一次次通往九仙山的路上,他不经意间就把文化的种子、文化的基因播撒、注入进了这片原本瘠薄的土地。在苏轼离开密州五百年后,祖籍海州的丁惟宁,于嘉靖四十三年(1564年)中举人,次年又高中进士,先后任直隶(今河北省)清苑知县,四川道监察御史,巡抚直隶,万历十四年(1586年)督饷陕西,授湖广郧襄兵备副使。次年因遭诬陷愤而辞官归里,隐居九仙山,笔耕不辍,创作出一代奇书《金瓶梅》,成为那个深藏不露的"兰陵笑笑生"。康熙四年(1665年),其第五子丁耀亢因作《续金瓶梅》六十四回被捕入狱,经友人全力营救才得以获释。

关于《金瓶梅》的作者,历来众说纷纭,莫衷一是。2000年、2013年,第四届和第九届国际《金瓶梅》学术研讨会在日照五莲县召开,来自国内外的专家学者齐聚一堂,深入探究"金学"研究中的"哥德巴赫猜想"。虽然直至今天对于《金瓶梅》的作者到底是谁依然没有定论,但是能把两届《金瓶梅》国际学术研讨会放在五莲召开,已充分说明学界对丁惟宁和《金瓶梅》两者之间的关系有了一定程度的认可。光阴荏苒岁月长,总有扑朔迷离事。已经默默矗立了四百余年的丁公石祠和仰止坊,应该最明了这其中的真假虚实吧。

除了苏轼、丁惟宁,明清时期的王铎、苏京、阎毓秀等著名历史人物也与日照有着割不断的关系。在岚山多岛海海滨,我亲眼看到了他们留下的被誉为"万里海疆第一碑"的海上书。此碑始刻于清顺治乙酉年间（1645年），是目前中国唯一的古人在海边礁石上的石刻作品。碑身东半部分竖书的"万斛明珠""砥柱狂澜"为王铎所撰；西半部分横书的"星河影动""撼雪喷云"为苏京题写，"撼雪喷云"下面的"难为水"三字为阎毓秀手迹。王铎和苏京皆为明代进士，又都擅长书法，成为挚友。阎毓秀是清代武进士，曾任安东卫（今岚山）守备（最高军事长官）。他们三人皆在宦海沉沉浮浮，想必内心都有着复杂难言的千感万慨，甚至难言之隐。这了了19个字，应该凝结着他们深沉的寓意吧。涨潮时，碑身隐于水中；退潮时，碑刻露于海滩之上。这涨退之间的隐与显，也一定暗含着某种独特的隐喻。

面对这部海上书，我久久不肯离去。

四

我与日照的缘分，并非起于这次参加2023第五届中国（日照）散文季，早在2016年参加山东省作协组织的采风活动时，我就来过这里。

那次到日照，拜访莒县新中国成立前老党员群落，是我的最大期待。真是令人难以置信，在那方不到2000平方千米的土地上，竟然涌现出新中国成立前老党员13341人，其中仅一个夏庄镇，就有新中国成立前老党员1640人。这不能不说是一个奇迹。所以，在去往莒县的路上，我始终怀着一种朝圣般的情怀。

这究竟是一个什么样的群体呢？他（她）们的身上，究竟流淌着怎样的血液？带着满脑子的问号和莫名的兴奋，在那个炎炎夏日，我终于见到了他（她）们。

满头银发、精神矍铄的卢翠秀老大娘，17岁入党，已经有七十多年的党龄。从硝烟弥漫的战争岁月里一路走来，她时刻用对党的无限信任和忠诚诠释着自己的一颗赤子之心。杨家沟村党支部书记这个担子，她一挑就是三十多年。在乡亲们充满期待和信任的热切目光里，卢翠秀带领大家自力更生、自强不息，走上了一条架桥、辟路、治水、栽植果树、发家致富之路，让一个贫穷落后的小山村发生了翻天覆地的变化，老百姓的日子越过越红火。1989年，卢翠秀被推选成为"沂蒙精神"代表人物，1990年当选全国农业劳动模范，1992年受到党中央主要领导亲切接见。2014年，已经85岁的卢翠秀打算退下来，把重担交给年轻一代，可是没承想，她却又一次全票当选村党支部书记。孩子们劝她不要再干，卢翠秀说："既然大家还需要我，我就不能停下来。比起战争年代的枪林弹雨、出生入死，现在为党干活很容易，我还能干得动。"卢翠秀的老房子就在村头，三间草房整洁清爽，一方小院果木飘香。屋内，满墙的奖状、荣誉证书和老照片，向人们诉说着这位老党员七十年的忠诚和勤勉。

莒县青峰岭水库，库容4.1亿立方米。谁能想象，这么大的水库，仅靠肩挑人扛小车推，1959年从动工到完工仅用了8个月时间，参与建设的老党员达到1600多人。人们至今仍然清楚地记得，老党员曹建竹在大坝合龙时站在冷水里指挥，衣服和鞋子都冻在身上脱不下来，连续三天三夜没合眼，直到晕倒在工地上。邹茂英是"钢铁姑娘排"排长，她一车推四个篓子，一天最多时推60多车，一般的男同志都比不过她。

在莒县，许多老党员都有担任村干部的经历，职位虽不高，许多事却可以"自己说了算"。但老党员们始终把手中的权力看作党和人民赋予的职责，坚持秉公用权，从不以权谋私。老党员刘太源曾担任村支书多年，其间先后有4个上大学、招工名额分到村里。面对这些让人梦寐以求的机会，尽管自己的5个子女都符合条件，他却全部给了他人。有人说他傻，他却说："共产党员需要这种傻。"有一次刘太源的妻子生病无钱治疗，有人劝他先借集体的钱应个急，等秋天分了粮食卖了钱再还上。他坚决不同意，最后把自家的房梁锯下来卖掉才勉强凑够妻子的治疗费。直到2012年去世，刘太源还住在那座没有房梁的屋子里。

不仅公而忘私，这些老党员还处处率先垂范。

夏庄镇北汀水村老党员赵英武，2009年村里通街修路，他半新的房子正处在规划的主街上，在没有安置房的情况下，他带头拆掉了房子。为什么没有房子住还要拆？"我是党员，周围的群众都看着我。我要是不拆，不就成了绊脚石了吗？"赵英武说。

董永明，1927年生人，1947年入党，参加过淮海战役，先后三次负伤，复员后多次拒绝国家安排他到银行、供销社等部门工作的机会，甘愿回村当了一个农民。他的老伴杨秀芬也是抗战期间入党，因为党员关系没有转过来，就脱党了。近几年国家对新中国成立前老党员进行生活补助，有人劝他去给老伴找找，他却说："找什么找？现在有待遇了就找，算什么事？不只这事，就是以后再有什么更好的待遇都不能找。我们应该有这个觉悟。"

在莒县招贤镇，建有一个"老党员红色群落"展览馆，1018张新中国成立前老党员的影像在这里定格。除却泥土的淹埋，拂去岁月的尘土，随着一张张发黄的入党志愿书，一张张沟壑纵横却乐观豁达的面容展现在人们眼前，一组组朴素老党员的群像也越发清晰起来。

入党是为了什么？

"为了打鬼子。"

"打土豪分田地。"

"共产党能救中国。"

……

这些老党员的回答很朴素，我们得到的答案也不尽相同，但这半个多世纪以来，他们的观点从未改变过，他们所做的每一件事情，也从没违背过自己的初心。

我听说在日照有一种植物叫巴根草，特别耐涝耐旱、耐热耐寒，即便是上面的茎叶没了，根还紧紧地"巴"着土地。这些老党员，不就是这样的巴根草吗？战争时期他们出生入死，和平年代他们默默奉献，用一生诠释着共产党员信仰的力量。他们是一棵棵不起眼的巴根草，也是一片片绚丽的红色晚霞。他们身上体现出来的"一心向党、一心为公、用心实干、清心律己、热心传承"的本色精神，正是中华民族挺拔的脊梁。

这种本色精神，不是无源之水、无本之木，而是来自理想信念的真诚召唤，来自血雨腥风的千锤百炼。历史的车轮滚滚向前，如今我们满怀憧憬和豪情进入新时代，"本色精神"也得到了更好的坚守、传承和弘扬——成为一种独特的基因密码。

这次行走日照，不论是在现代滨海旅游特色小镇——东夷小镇、亚洲最大的潟湖——日照潟湖、承载了厚重文化底蕴的中国春秋第一城——莒国古城，还是位于招贤镇武家曲坊五彩现代农业产业园的"中国最大鲜切花基地"、陈疃镇矗立在现代农业产业园里的 95 座高标准冬暖式蓝莓大棚，集蓝莓种植、育苗、深加工与乡村旅游多种元素为一体的日照博园；不论是北方第一茶镇巨峰镇的圣谷山茶博园、百里绿茶长廊，西湖花仙子、岚山头街道官草汪渔港小镇，《李二嫂改嫁》作者王安友故里高兴镇向阳村，还是日照西湖国家湿地公园、万平口海滨，都让我强烈地感受到了这片土地上的蓬勃生机和活力。

携带着诸多历史文化密码、红色基因密码和现代发展密码，今天的日照，已成为一座底蕴深厚的文化之城、生态优美的宜居之城、交通便利的陆海枢纽之城、欣欣向荣的潜力之城、动感时尚的活力之城。随着这幅意蕴丰厚的画卷在我面前徐徐展开，我的心潮愈加澎湃和激昂。

日照，日出初光先照。

"海角"日照

林 丛

"日出初光先照"。日照,你以"蓝天、碧海、金沙滩"而著称,人们从四面八方纷至沓来,只为与你景色迷人的阳光海岸来一场亲密接触,圆梦对大海的所有幻想。

但是,鲜有人知你曾经是远在天边、人迹罕至的"海角"。

"天涯海角",原意非常遥远、非常荒凉的地方,出自韩愈的《祭十二郎文》:"一在天之涯,一在地之角,生而影不与吾形相依,死而魂不与吾梦相接……"宋人张世南《游宦记闻》卷六曰:"今之远宦及远服贾者,皆云天涯海角"。据此推论,"天涯海角"一词应是出自宋朝之前。

而你成为"海角"的时间,比"天涯海角"一词出现得更早。

早在西汉时期,你就被称为"海曲"。海曲和海隅同义。隅,即"角落"或"边沿",海隅就是指海的边角、沿海偏僻的地方。那时的海曲就是海边,即"海角"。

地质学板块漂移学说中,最初的亚洲大陆板块东部是完整的。在漂移中,因为向东北的环太平洋拉力线拉力、朝东南的地球自转离心惯性力的共同作用,完整的陆块裂开,向东南漂移……于是,日本陆条撑成弧形,朝鲜半岛向东扭出,山东半岛和辽东半岛得以形成;而陆块裂开的空隙部分,形成了渤海、黄海、日本海。

沿着这个思路去研究地图，会发现将日本列岛拼接在亚洲东部陆地后，日本海将会消失；将山东半岛和辽东半岛、朝鲜半岛的板块拼接起来，渤海将会消失。同时，黄海的一部分将会成为陆地、一些现在的海滨城市将不再临海。但不变的是，今天你所在的位置依然临海，你仍是海之角。

虽然这个推演并没有得到地质学家的确认，但至少在汉唐之前，你已被公认为"海角"，是不争的事实。著名诗人王勃在《滕王阁序》中，有"冯唐易老，李广难封。屈贾谊于长沙，非无圣主；窜梁鸿于海曲，岂乏明时"。其中的海曲，就是你——日照。

梁鸿是汉朝人，字伯鸾，大约生活在汉光武帝（刘秀）至汉和帝（刘肇）年间。他曾经因为作了一首《五噫歌》而得罪朝廷，歌曰："陟彼北芒兮，噫！顾览帝京兮，噫！宫阙崔嵬兮，噫！民之劬劳兮，噫！辽辽未央兮，噫！"这首反映人间疾苦、为民发声的诗句，在当时却被认为是在腹诽朝廷而为官府不容。为了逃避朝廷的捉拿，伯鸾跋涉千里，改姓埋名，在远离都城洛阳的齐鲁地区寻觅了一片土地，过起了隐居的生活。那就是现在的日照。

旧时，天涯海角多为流放之地。据陆游《避暑漫抄》记载，赵匡胤在建隆三年（962年）时曾秘密立誓，三条内容中，其中一条是"不得杀士大夫及上书言事人"。"政治斗争按政治斗争的办法处理"，潜在含义就是"不杀头"和"以教育为主"。那时，"教育"犯罪官员的方式就是把他们流放到天涯海角。由于流放之地边远，路途险恶多舛，"命丧野猪林"也就成了不少被流放者逃不掉的宿命。即使历经九九八十一难，平安地到了流放地，海角天涯的貊乡鼠壤往往民风浇薄，与泼妇刁民为伍的日子也会让他们感觉生不如死。所以，许多被流放者宁愿自杀，也不肯被流放。

"窜梁鸿于海曲"，就是明珠暗投、遭受迫害落难，王勃要表达的意思显而易见——当时的日照，的确是天高皇帝远、不入主流社会视野的"天涯海角"。

可你却人杰地灵，绝非蛮荒之地。西晋张华在《博物志》里说："海曲城有东吕乡东吕里，太公望所出也。"太公望即姜子牙。姜子牙一生建树无数，军事、政治、经济、思想等方面，都成就非凡，其中尤以军事为最，可称"兵家之鼻祖，军事之渊薮"。太史公有言："后世之言兵及周之阴权，皆宗太公为本谋。"时至今日，山东日照秦楼街道的海边，有一座地标性的太公岛，就是传说中姜子牙钓鱼的地方。该岛平时半隐于海下，只有岛顶和逃生塔露于海面；到了退潮时，整座岛才会浮现出来，届时人们可以到岛上拾贝、海钓。姜子牙并非日照当地名人的孤例，其他诸如"圣人师"项橐、《文心雕龙》作者刘勰等等，都是人杰的典范，流传着许多动人故事。

这并非偶然，因为你是龙山文化的最重要发祥地之一。1934年英国版的《世界史便览》曾经发布过消息：公元前约3500年，山东日照两城镇（龙山文化）中国最早的城市。按照这个说法，在我国有成熟的文字之前，今天的日照一带就曾经相当发达。我国最早的成熟文字是甲骨文，它的出现大约是在殷商时期，即约公元前1600年至约公元前1046年。

城市的出现意味着商业活动的发达，而商业活动的发展，导致了货币的产生。我国最早的商业活动出现在夏朝，商丘被公认为是中国商业文化的起源地，而其作为交换契约凭据的货币却是贝币，一种产自海边的东西。这让人无法不浮想联翩，联想到当时中国最早的海滨城市——日照两城。

商业让各地的出产物能够互通有无，在一定程度上推动了天下大同。天下大同是中国人世世代代追求的中国梦，现在这个梦又有了更具体的内容，叫"人类命运共同体"。无论是近在咫尺，还是远在天涯，这个梦将全人类的命运紧紧连在了一起。

随着科学技术的日新月异，时空在飞速缩短。如今，从日照乘高铁到省城两小时、到京城四小时，坐飞机仅需一小时。千年来远在天边的"海角"日照，已是今天的近在眼前。

日照以鉴

鄞 珊

一个陌生的地方,却因着大海而被我认同,甚至以为就像海岸边的又一段拍岸沙滩。

日照,与"日照香炉生紫烟"相去甚远,我一下子就厘清了它的地理坐标。这个地名,却与我极其有缘。因着大海,开启了大海的行程。

天气很炎热,在这个五月,它的热度与我岭南的家乡差不多,我以为北方应该凉爽些,实际上依然温热。凉意呢,它倒是体现在晚间,这里温差比较大,大白天的太阳照样毫无商量的炙热,让人以为依然是在广州。

是晚,当地文友过来,他是本地人,90后的小两口给我拎来了樱桃和桑葚。我没想到这里也有桑葚。而樱桃,那么新鲜的小樱桃,玲珑剔透,一个个像珍珠,我是第一次见这种樱桃,这么小,并不通红,而是米黄中带着绯红,却甜美无比。这么一袋,我竟然一次给吃掉了一半。

樱桃是这里的特产,我因此而结识了这么一个极好的樱桃品种,直到我不久后在大连,再次与它相遇,我毫不犹豫地买了这种晶莹剔透的品种。虽然一溜过去,各种品种的樱桃个子大又红透,这种小樱桃显得便宜,连商家都因为划不来不肯给我泡沫箱打包,我还是对它情有独钟。如此酸甜可口,除却产地,其他地方是吃不到的。

北方与南方的差异性，不仅体现在瓜果，那些小动物也是。就像喜鹊，那种入画的圆头圆脑的喜鹊，就北方有，曾经在北京的大院里见到，刚抵达日照，这里又一次见它们的身影。南方的喜鹊毕竟不一样，个子小是最大区别，体型、颜色的分布也不一样。它们有喜鹊之"喜"感，敦厚老实的样貌。

我不知道为什么老是拿日照的一切与我所在的南方比，是因为大海，同样是海边的城市。故乡根植的海，是记忆源头。地理版图上，海岸线往南蜿蜒，到了地图的鸡腹部，是汕头。

我故乡的城市面临南海，北回归线穿过。海产丰富，只是现在大海已经被人们吃得需要以休渔来恢复，日照这边同样需要休渔。墨鱼、皮皮虾、对虾、梭子蟹、花蟹、花螺、扇贝、牡蛎、花蛤、石斑鱼、裙带菜……一溜的海产几乎无差别，就像行走在海岛南澳，但个别海产还是具有地域的特点优势，比如黄鱼，这里很是普遍，并不贵。南方的它们身价却是不一样，我们谓之"黄花桃"，肉质细腻，价格稀贵。

再如银杏树，同样的植物，我却在这里看到了它最古老的祖先。

岭南有很多的银杏树，韶关始兴因着千年、八百年的银杏树而吸引了众多旅游者，这些银杏树成了打卡的景点。它们尚未成为打卡之地以前，我们一帮画家经常去写生，粤北地区很多的银杏，我以为银杏是本地的特产。何况有千年之树冠以华盖，在南方傲然独立着，连我们都甚感骄傲。

南方银杏，橙黄的秋天成了众多城市人摄影的阵地。

眼下，日照却有它孤独的身影，我以为银杏树如我们南方，都是一群的、整片的。这株单独的银杏，叶子墨绿，是春天的颜色，它具有我们熟悉的长柄淡绿色扇形，默默无语迎向我的眼光，被圈在围栏里面的老树，但看着围栏就知道它的面积几乎可以作一座大屋子。围栏上挂满了密密麻麻的红色纸袋，充满某种无奈地被吉祥之累。

本来古银杏树待在那里，不需要任何人间的杂物，顶多一个标识牌便足够。现在负累重重，就像给它围了个极不合适的围脖。它奈何人类不得，虽然被冠以诸多吉祥语，已经与它毫无关系了。

在这莒县的浮来山，想象四千年的清风明月，暴风骤雨，它见过多少人间事啊！莒县的名字让我有点恍惚，我不知道自己为何对这个陌生的地名有似曾相识之感，浮来山，是不是与岭南的罗浮山异曲同工？

而公孙树却像我们粤北挪移过来的，韶关山村成片的树林在秋风之际铆足金黄的璀璨，这样一棵孤单的树木是完全没得比的。在我一贯的认知中，银杏是以整片颜色为自己的族群涂抹起秋至冬的繁花似锦。十年前我为我们粤北的那株古银杏写过一文，自己的文字已经散落记忆之外，而记得的唯有"公孙树"这个特别的名词。这种雌雄异株的树木，是植物的活化石。至此，在这4000年的古树木面前，我始觉人间并无新奇，他乡遇故知，看作穿越也好，其实，太阳底下无新事。而这株古银杏树前面的定林寺，才是它的文心所在。现在，它挡在寺的前面，吸引着人们的注意力。

人们喜欢古树木，或许由它的根深和展开的气场所吸引。此刻的它，并没呈现银杏最璀璨时期的金黄夺目之颜色，倒是有历尽繁华之后的淡漠，它的叶色绿得那么低调，完全是一个睿智的老僧。古树，古人，他们一块坐在时光深处，想想，它存在的时候，于刘勰来说也是古树了，距今4000年的树，在刘勰生活的年代已有2000多岁，这样的树木对一个南北朝的古人来说也是一个古老的存在。

在这样古韵幽深的地方，竟然需要以千年往回折算。世间恍惚，千年如一日，一日如千年。我们的脚步在这个世界是连蚂蚁都算不上。往前，便是有1500多年历史的定林寺。庭院若有核，定林寺便是。

校经楼离不开《文心雕龙》刘勰的名字。宅子因着岁月，阴凉淡定，虽然这个房子显得古老且固执，与当下有点格格不入，可这妨碍不了我们对它的崇敬。毕竟是刘勰，一个令中国文人推崇敬仰的人，很多人都以高僧看待他，他纂写的《文心雕龙》系统理论依然是1000多年后我们用以参照的。

在外面艳阳高照的热情中走进这老屋，人声也冷却下来，与千年前的古人碰撞，随即静穆以敬。校经楼已经习惯于被来访者打扰，习惯于喧闹的声音，而我们却怕声喧骚扰了那位静静修订着经书的刘勰，他的塑像端坐在正堂。

刘勰这个名字，对于写作者并不陌生。我承认，自学生时期认识这个名字至今，只在字面上，并未真正了解他，了解一位敬重的写者是多么重要。重新打量刘勰，是因为这里是装过他身体的地方——我相信。

转而一想，一座房子如何存留 1000 多年？故居，可以在原地重新垒起，甚至可以有偏差，但因着一个人在此世上的作为，对此世的贡献，让后人纪念，让后人念念不忘。刘勰当过县令、步兵校尉，其实官不小也不算大。想想，古往今来，多大的官职，都随着人去楼空，很快湮没于历史长河中。唯独一部《文心雕龙》，刘勰孜孜不倦的身影依然可以荡漾在校经楼中，让后人敬仰。

对于历史人物，我喜欢撇开资料介绍，直接进入他的文字，这样便于进入他的内心，他的行踪中。"刘勰于此，晨钟暮鼓之余，埋头校经，直至圆寂，埋骨塔林。"他度着僧人的生活，专心于学问，终其一生，为一件虔敬的事。

我在这块黑色的泥土上，希冀感受它久远的气息。我为什么会关注泥土？因为颜色，南方普遍的红色土壤，还有黄色土，褐色土，这样黑色的土壤，"白云黑土"，其实对于南方人来说倒是稀罕，我多番注视，只要是泥土裸露的黑褐色，都让我重新注目。

深黑色，带着凉意。在高耸的林木之下，难得的阴凉，阒寂，连人声都可以被泥土吸食。

是的，心境，入定，才能写出如许的文章。浮丘塔林不只代代相传，且有资料可证。据《高僧传》记载："隋仁寿中岁，昙观奉敕送舍利于本州（莒州）定林寺。"

我在这样的寂寞庭院里，一遍又一遍自问：校经，校心。

静心与修炼，沉浸式的阅读和书写，才有千古之篇章。我们在喧嚣的城市，在物事纷繁的世界里，如何面对内心，面对古人和经典，这是这块黑土地迎面而来的教诲。

再一次鉴照。天空高远。

这黝黑的泥土，在色感上深厚且肥沃。往南，我们岭南那些红色的土壤，与阳光争艳般，炙热和闷燥，海水喧嚣而浑浊，职场紧张的节奏，每个灵魂都活在煎熬中，为生存立足，为名为利，为竞争……每天，连空气都散发着一阵阵烦躁。

在高大的树下，对着阴凉的黑土，我坐在石阶上，看零落的人，进出圆拱门。

这样的土地，适合沉思漫想。面对刘勰，面对定林寺，和上顶千百年来的天空，白云不动，它们以固定不变的姿态凝视着大地，和我们众生。

我们的灵魂背负着世俗，才有如许的沉重。而置身于僧人之地，有超越物象的高远，刘勰抛开自身携带的一切：名利和地位，才能潜心而作。青灯黄卷心无旁骛地沉浸在校经楼的刘勰，文心如许，才有一部《文心雕龙》。

《文心雕龙》没有东西南北的区别，它跨越多少朝代，绵延至今。

沉寂的抻力，文字的烛照，是这片土地一轮又一轮的生长，生生不息。

回穗多时，那片黑土依旧如镜，照着我的日常和内心。身临其境，感悟写者身处的环境，于我来说体悟更深。渐次沉于繁杂的事务，很多恼人的物事如粗粝的沙粒开始咯着我的灵魂，我又回望那片土地，几根荒疏的闲草，黑黢黢的陋室，通往灵魂深处，尘埃均被涤平荡净。

大家都是多年笔耕的"老"作家了，各自有自己独特之路，而共同之处便是都在寻觅一方沉静之所，沉下心写点东西。分享各自的生活状态，来自大江南北的各位姐妹，文字是灵魂的呈现，然后才一一打量她们来自世俗的躯体。即便是同样风吹日晒，眼睛里泄过的一丝狡黠之光，一下子就洞见曲折的历程。

我们在文字中惺惺相惜已久，经历过年轮密匝的文字，自然不经意泄漏了岁月的沧桑。

微信时代，我们已经很熟了，写作的女人是一片同样的土壤。断断续续地看过她们的文字，在文字上的熟稔了。在一起时，我们相逢已忘言。

我发现，越是沉浸于文字，语言的能力越是退化了。不仅仅是现在，好长的时间里，我与人交谈甚少，我开始词不达意了。

明心见性。这是我捡到的来自大海的名片。这个词在这里突然又切入我的脑海。它在大海里，从我故乡的南海到这里的黄海。我没有时间与她们一同去看大海，虽然知道大海维持着自身面貌的同一性，海水，海风，它们都是相同的拍岸，一阵喧嚣而上，一阵退后而思，即使隔着纬度，它们惊涛拍岸的欢呼声都是一样。

同时我又希冀看得到它们的不同，大海在辽阔之中的波动、起伏的微茫；也希望看到它深蓝浅蓝和深绿浅绿之间的变幻。

气候和水土的差异，在物种上的区别很容易让眼睛捕捉到，但大海内里的押力，不管南北、古今，灵魂的根植可以共通。

"登山则情满于山，观海则意溢于海"，《文心雕龙·神思》已把我的情感给复述了出来，我即便再临大海，只不过脑子顶着刘勰的语言。

从日照落地伊始寻觅的差异性，到回程之后追寻的共性，我这心路的走向，是因为刘勰，因为大海，他们都是相同的：心生而言立，言立而文明，自然之道也。

脚步之后，我只有诉诸文字。

日照手札

冯 杰

刘勰的房子

只有来到日照，我才会忽然跳出来王维的壮句——"行到水穷处，坐看云起时"。对于我这一位经常看到麦田的平原人来说，到其他地方跳不出来这诗句。

最早来日照是二十多年前，那年河南专门开设一列新乡到日照的绿皮火车，东西交替，夜半自我处的长垣小站上车，绿皮火车老太爷一般，慢慢向东，坐上一夜，天亮恰好到日照。说是看日出，而太阳已经提前悬在车窗外看人。这一次是二十年之后来日照，我依然想到王维那一句诗。

在这日出之地采风，还收获了姜太公钓鱼的冷知识，姜太公钓鱼处如下：钓于宝鸡渭水，钓于老家北中原卫辉。齐鲁诗人豪迈地说，真正钓于东海是在日照，那时东海即现在黄海。再说，你们河南压根儿就没海。只好狡辩说我心中有海，老姜心非在钓。

在日照，我看到一方更辽阔的文海，那是刘勰的文学世界。"登山则情满于山，观海则意溢于海"。这是刘勰名言，也是我们每一位现实主义作家的法宝，我年轻时表达情感还给女同学抒情时引用过，至今也不知当年管用否。这一次我看到浩渺文海里属于刘勰的那一座坚固小房子。

来到莒县浮来山，并未见山，浮来山不高，海拔 300 米，可以忽略不计，登山前先看到那一棵 4000 年树龄的银杏树，称为"天下银杏第一树"，据资料考证此树历经二十个朝代，是植物中的"活化石"，看惯人间风雨沧桑。浮来山因树名使得山名扬，在我眼里是因刘勰名而扬山。刘勰是另一座山。

山上定林寺始建于南北朝，距今有 1500 多年历史，寺中的"校经楼"是刘勰晚年著述之地，当属他最后归宿。文人都有一个归属心愿，如陶渊明之田园、如苏舜钦之沧浪亭、如袁枚之随园、如眼前刘勰之"校经楼"。是心甘情愿还是无奈？我先在下面伫立，抬头看到仨字是郭沫若于 1962 年亲笔题写。导游说，巴金当年也曾来过刘勰故居。我想，巴老一定是来吸气的！

小楼外面青砖依旧，爬墙虎是新年的，里面书是旧年的，陈列有各种版本的《文心雕龙》，这条"龙"养活多少人。"校经楼"默默证明着一个学子的青灯黄卷。对于一个文人，历来仕途都是暂时的，文字才是终生标配。

回来后特意翻出《梁书·刘勰传》。刘勰早年家境贫寒，笃志好学，一生未娶。中年寄居江苏镇江，在南京钟山南定林寺校经，编纂《文心雕龙》，历时五年。书成后为引世人注意，策划一次行为艺术，途中拦截南朝文坛领袖沈约，以后得到赏识步入仕途。颇有雄心的刘勰几经辗转，想报效国家，最后似乎看破红尘，干脆罢官，回归定林寺闭门一心修经，最后在此谢世，终年 56 岁。

小楼下方的那一棵天下第一银杏，叶子抒发，是文采，像储满刘勰的魂。我走了好远拐回来，觉得要在下面照相留影，也是致敬刘勰。树枝挂满红布，写满莘莘学子的心愿。忽然来风，树叶摇动，是一树的文心雕龙，满树是刘勰光彩照人的文字在响动。令人唏嘘。

负责照相的导游姑娘说，你笑笑。我说我在想着刘勰，笑不出来。

其他的《金瓶梅》

丁家楼子村在九仙山下，这里有"白鹤楼"，苏东坡题字，后来白鹤楼消失，古村留下来，古村因为白鹤楼得名"丁家楼子"。几百年之后，丁家楼子又来了一位隐士，他叫丁惟宁。有专家考证，丁惟宁就是兰陵笑笑生，这也是一家之说。丁家后人在村东修建的丁公石祠，与村西的白鹤楼遗址，现在成为九仙山文化与历史的见证。

到丁家楼子，必先看丁公石祠，这是一座石头屋，年轻村主任说传说那年地震，这房子纹丝不动。丁家楼子明清时属诸城，是文化名人丁惟宁、丁耀斗、丁耀亢的家乡，丁公石祠距今已400多年，属省级文物保护单位，整个建筑没有一砖一木，全用九仙山山石凿制而成，是中国现存唯一全石榫卯结构祠堂。

村主任说，村西山谷有一巨石区，是1668年山东郯城大地震造成的九仙山山石崩塌遗迹，现在已成为景区。丁惟宁的后人丁耀亢在《作地震诗异四首诗题》中写道："康熙戊申六月十七日，火云起于西北，如赤血，中有雷声，百里之内，民皆露处，三日地动未已。"地震使其他地方房倒屋塌，竟没有对丁公石祠造成任何伤害，足见这栋建筑结构坚固。

进村问几位散步者都姓丁，说都是丁惟宁的后人。

进丁公祠里，首先看到一副对联，篆书纯粹为难游客，我来自甲骨文故乡，卖弄说，上面内容写的是"一部金瓶梅，千古丁公祠"。尽管对仗不工整，却显示丁家大气自信。

正是有《金瓶梅》作者是丁惟宁一说这层缘由，丁公祠才吸引着无数的文人墨客前来朝拜。我还有另一层原因。丁家和我生活的河南长垣有着某种关联，我过去写过一篇立论不足的残文《金瓶梅和长垣》，终因资料不全成个半成品。这次来算找证据，要来捡拾几分道理。

先说一位丁纯（1504—1576）。丁纯27岁考中举人，做了二十多年的"岁贡"，却屡试不第，50岁被授巨鹿县训导，管理一县学政的学官。正职称教谕，正八品，副职为训导，从八品。后丁纯又转长垣官升一级，升为教谕，成为一县学政的全权主持。成为长垣县学政主持，我问过学者，这官职大概就相当于长垣教育局长、文旅局长之类。在长垣工作期间，丁纯多闻恶豪欺凌乡民，开始撰写《恶豪传》，有学者说那书就是《金瓶梅》的前身。后来由丁家后人完善，丁纯次子丁惟宁开始续作，《金瓶梅》算一部父作子续的书，是一部父子作家在不同年代的合作作品。

话说后来丁纯之子丁惟宁曾任四川道监察御史、巡按监察御史、郧襄兵备副使，因遭诬陷而降职，拂衣而归。丁惟宁辞官归里，倡导诸城文士结"九老会"，隐居于九仙山，在《恶豪传》基础上，开始写《金瓶梅》，到了其子丁耀亢写就《续金瓶梅》。可谓祖孙三代造就了《金瓶梅》，这也不失为一家之言。《金瓶梅》作者说目前有60多位，包括李渔、王世贞、贾三近等，其中就有"丁惟宁之说"。我之所以坚持丁家之说，主要是我生活在长垣，能把"长垣和《金瓶梅》"联系起来，看热闹不嫌事儿大。恶豪无处不在，在视野方圆一公里之内和千里之外，事出有因，书自有源。

出了石头房子，横穿丁家楼子村，年轻的村主任领着大家顺山而上，要看"第一山"。隐隐约约看到山下石壁上有"白鹤楼""留月"题刻，村主任说是苏轼的手迹。更高处还有"第一山"题刻。大家登高要到山上题写"第一山"的石壁处，我的腿有毛病，只好在下眺望苏东坡。

坐在山下一块石头上，恰好我看到上面凿出两个石槽，村主任说，这是当年苏轼从密州来巡猎路过这里留下的马槽。石头边几棵杏树葱茏，摘一颗青杏，入口很酸，泛红的熟杏都在高处。

看着脚下马槽，我想当年苏东坡在此处饮马时，马在低头饮水，诗人抬头看天，他也一定够过上面的青杏。苏东坡和我够的不是一棵相同的杏树，但一定是一棵相通的杏树。

白鹭湾的童话世界

置身日照五莲山白鹭湾湿地公园，我怀疑这不是坐落在齐鲁大地上，白鹭湾有点像南方水乡。设计者理念别具一格。我先体验了其中的火车公园，把台湾地区漫画家几米的漫画元素全部提升复原，容纳其中，是从纸上移植到现实的一个几米漫画世界。

我问导游这座公园的身世，她说类似这样的几米漫画公园，在海峡两岸还是首家，仅设计费就上亿元。我说有创意，值得。

日照人打造白鹭湾前，把原有生态保留，固有的原生树木、生态水系不改变，增加乔木、灌木、花灌木、花卉、草坪，借助绿化植被，提升原有生态，注入新的元素。难怪车刚进来的时候，路两边的芒草绿海像平坦的地毯。

白鹭湾倡导"艺术振兴乡村"理念，敢于邀请世界著名建筑师、艺术家规划设计，来打造"游、购、娱、食、住、商、学、闲、情"于一体的文化艺术旅游产业线，也属一次大手笔。仅有经济实力不够，还要有文化生态理念。导游告诉说，白鹭湾里的心灵之谷、巧克力美术馆都是世界级原创作品，指指远处，说水上那一片就是美术馆，下次来就能进去参观了。我还没见过建在水上的美术馆。

晚宴在一座轮廓是草木质建构的大厅里进行，餐桌上上来一道乡土美食，日照诗人让我猜，最后竟是"炒马蜂"。

忽然想要大快朵颐。想起来在北中原，我小时候戳马蜂窝被蜇过，马蜂一一飞走了，眉宇之间至今还留有疤痕，当年有点影响英姿。有一次，大学女同学问我，这疤是咋回事？我没有说戳马蜂窝的故事，只说是考大学前发奋深夜苦读，被煤油灯烧的。

今天吃了一道传统乡土菜炒马蜂，丰富了我的吃史，没想到让人色变的马蜂也能做菜？在白鹭湾，觉得吃马蜂近似是一种行为艺术，吃者再不怕蜇，也算是我童年的一次复仇。

返回时漫步白鹭湾，满天星星如撒一把青豆，夜空布置得像一个童话世界。不远处的一辆漫长的绿皮火车永远停滞不前了，有了能装载回忆的交通工具，就可以返回到记忆里，去再作一次青春或童年的返乡。

风过定林寺

逄金一

一

再一次站在浮来山定林寺前,不由得浮想联翩。

那位名为慧地的僧人,此刻与我执笔相对,相顾无言。

这位僧人,我们后世更常唤的名字,即是刘勰。

《梁书·刘勰传》记载:

刘勰字彦和,东莞莒人。祖灵真,宋司空秀之弟也。父尚,越骑校尉。勰早孤,笃志好学。家贫不婚娶,依沙门僧祐,与之居处,积十余年,遂博通经论。因区别部类,录而序之。今定林寺经藏,勰所定也。

天监初,起家奉朝请。中军临川王宏引兼记室,迁车骑仓曹参军。出为太末令,政有清绩。除仁威南康王记室,兼东宫通事舍人。时七庙飨荐,已用蔬果,而二郊农社,犹有牺牲;勰乃表言二郊宜与七庙同改。诏付尚书议,依勰所陈。迁步兵校尉,兼舍人如故。昭明太子好文学,深爱接之。

初,勰撰《文心雕龙》五十篇,论古今文体,引而次之。其序曰:"夫文心者,言为文之用心也……"既成,未为时流所称。勰自重其文,欲取定于沈约。约时贵盛，无由自达，乃负其书，候约出，干之于车前，状若货鬻者。约便命取读，大重之，谓为深得文理，常陈诸几案。然勰为文长于佛理，京师寺塔及名僧碑志，必请勰制文。有敕与慧震沙门于定林寺撰经，证功毕，遂启求出家，先燔鬓发以自誓，敕许之。乃于寺变服，改名慧地。未期而卒。文集行于世。

传书至少告诉我们以下四点常被人忽视的事实：

一、定林寺早在东晋时便已存在，且当时寺内藏经就是刘勰确定的。

诚然，历史上至少曾有三座定林寺，分别是南京的上定林寺、下定林寺与日照浮来山定林寺，刘勰的确切校经处也众说纷纭，但在莒国后人心中，刘勰的魂灵与精气神从来就不曾离开过莒国，这是他的故乡，他的根脉之所在。而且，比较而言，莒国后人确实也比南京人更爱他。

二、刘勰是一个能接触皇帝、太子的人物，所交往的文友中有著名的昭明太子，太子爱好文学，很爱护并接纳了他。他后来还深得著名诗人沈约的赏识。沈约很重视《文心雕龙》，认为这本著作深得文理，放在几案上时时翻看。

三、佛学是当时的显学，刘勰在定林寺校经是皇帝（梁武帝萧衍）的旨意，体现了国家的意志。

四、刘勰与佛门渊源颇深，年轻时依附出家人僧祐，两人一起生活达十多年，这让刘勰广通经论。他作文擅长佛理，京城的寺塔和名僧碑文，时人必定请刘勰撰写。晚年，他禀告皇帝，请求出家，先烧去头发以表明志向，皇上下谕应允。于是，他在寺里郑重易服，改名慧地。

出个家也得皇帝批准，可见刘勰在皇帝心中的地位有多高。

传书还给我本人至少两点启示：

首先，刘勰37岁时就完成了自己的代表作、成名作，这让很多写作者敬佩不已。

其次，古人的文字简约精练，现在我们却越来越啰唆，一部《文心雕龙》只有区区三万七千余字，而我们现在的著作，动辄二三十万字，甚至百千万字，《老子》也只有五千言。但从另一方面看，文化的普及度现如今大大提高，通俗的文字一般人都能读懂，从而使知识得以更容易播撒。

浮来山定林寺院内还有棵著名的银杏树，树龄达 4000 余年，树高 26.7 米，周粗 15.7 米，号称"天下银杏第一树"，也有人叫它"银杏之祖"，它龙盘虎踞，气势磅礴，繁荫数亩。早在春秋时期，鲁隐公与莒子就曾在树下会盟，而毫无疑问，在莒国后人浪漫的想象中，刘勰也应曾在此树下校经、休憩。

"这是一棵雌株，雄的在五六十里外，是风和鸟使他们奇迹般地结合。"活动主办方中的南方先生介绍说。

一会，他又断然提示说："她一天就需要喝两吨水！"

寺钟忽地响起，微风静静梳过高树，触及众人脸面，如母亲的手抚摸过游子的脸庞。

二

究竟是怎样非凡的文化基因，孕育与启迪了刘勰？

所住宾馆附近有家"盘古黑陶"。这是家夫妻店，店中黑陶样式非常眼熟，让我想到章丘黑陶。我就与他们聊起章丘几位黑陶制作大师，夫妻俩皆是业界人士，对章丘同行十分熟悉，我们相谈甚欢。

店中最吸引我的，是一个状如气球的陶猪，圆润、夸张、富有喜感，它还没入窑，或者也许本身就是土色的白陶，总之让我颇感亲切。

参观莒州博物馆时，一件新石器时代龙山文化的蛋壳黑陶杯吸引了我的注意。这是 1999 年在刘勰老家出土的酒具，龙山文化典型代表器物，高 13.3 厘米，口径 10.3 厘米，足径 5.9 厘米，口沿的厚度仅有 0.3 毫米，整个器物重量为 49 克，不足一两，在器物底座上部还饰有不规则镂孔。人们赋予蛋壳黑陶杯"黑如漆，薄如纸，明如镜，硬如瓷"的美誉，此物真切体现了上述特点。讲解员说，它是中国原始制陶的巅峰之作。

莒地先民组部落，筑城堡，创文字，冶铜鼎，纪历法，兴农桑，酿美酒，研陶作，琢美玉，始针砭，崇凤鸟，重祭祀，构成了独具特色的莒文化。

从更广的视野来看，莒文化又是古老东夷文化的重要组成部分，并早于齐鲁文化，而又对齐鲁文化的起源和发展起到重要作用，有巨大贡献。

莒在夏之前为"莒部落",商为"姑幕国",周代建"莒国"。莒傲立东方,甚为强大,史称"东方之雄强"。北魏郦道元在《水经注》里提到莒城时说,"其城三重,并悉崇峻,惟南开一门,内城方十二里,郭周四十许里。"齐国多乱,莒国还多次保护其王公避难者,齐桓公即是一例被保护者,他回国后奋发图强,"毋忘在莒",终为春秋五霸之首。鲁国也积极学习莒文化,并与莒国多次结盟,共扶周王朝。孔子对莒文化非常重视,提出"学在四夷",并曾来莒地周游,日照至今还有"圣公山",遗迹尚存。

莒文化经过数千年磨砺积淀而辉煌一时,许多学者将它与齐文化、鲁文化并称为山东三大古文化。

"20世纪80年代,经过两次全国文物普查,仅在莒县境内就发现了汉代以前的遗址墓葬1291处,新石器时代遗址120处。在于2008年开始的全国第三次文物普查中又发现多处文化遗存,这充分证明,莒县是山东省文物大县。"

莒州博物馆中年轻的讲解员如数家珍。

莒文化中最吸引我的是其图象文字。这是刻在灰陶尊腹部的原始陶文。自1960年以来,在莒县陵阳河、大朱家村和杭头三处大汶口文化遗址中已先后出土10多种类型20余个单字。这是迄今所见中国最早的文字,是汉字的祖型,证明我国古文字史当在5000年以上。

陵阳河遗址出土的陶器大口尊上有个图象文字,吸引了很多人的眼球——上边的圆圈释为太阳,中间半圆为火苗,下边五个尖是山峰。这个图象文字的意象大概是古人在高高的山顶点燃柴火,祭祀太阳。

这"薪火",正是文明之火、希望之火,几千年来使一域文化璀璨无比,也点亮了包括刘勰在内的无数文人学士的心灵。

在重建中的莒国故城,在日照的寻常巷陌,一路走,一路看,我无意中发现了这城市的秘密:剪纸艺术中有《文心雕龙》的内容,文人们研发出"勰公砚",市民们捧出"文心大饼",商家们搞了"文心名车汇"……

《文心雕龙》崇古、原道、尊传统、重历史,莒国后人同样如此。

莒文化润泽了刘勰,而定林寺的风,同样轻拂着莒国后人的心灵。

三

银杏之祖的风，僧人慧地的魂魄之气和莒国后人的厚爱，轻拂宋代大才子苏轼。

我曾在一篇随笔中调侃苏轼：

老夫聊发少年狂——小心高血压突发忙；

酒酣胸胆——还喝酒，且明显是喝了不少，涉嫌醉骑，这小老头够折腾的；

左牵黄——明明就是大型危险动物，挂牌了没有？打过防疫针了没有？

右擎苍——老苍是不是国家二类保护动物？若是的话，那就不能由私人豢养，更不能任意驱使；

倾城随太守——这么多人，那得出多少便衣！

旷达的东坡居士，自然不会在意我的胡言乱语。

而这首《江城子·密州出猎》则确乎与日照紧密相连。现在的日照，就在原宋代密州境内。

苏轼是熙宁七年（1074年）秋调往密州任知州的。

苏轼的运气不太好。据说，他一到密州就赶上大旱，且有铺天盖地的蝗虫狂飞乱舞，百姓生活艰难。苏轼有颗仁人之心，为救民于水火而上书朝廷，请求减免税赋；又灵机一动，出台用蝗虫换粮食之策，旨在发动人民群众捉蝗，终于帮助灾民渡过难关。

苏轼还深知知识的重要性，积极推动密州办学校，兴教化，密州文风一时得以提振。他经常在街头巷尾、田间地头访贫问苦，"城里田员外，城西贺秀才"，都是他的好朋友。

仅仅两年多的时间，苏轼就赢得了密州百姓的爱戴。

政通人和之际，苏轼又常去日照九仙山探奇访胜，熙宁九年（1076年），苏轼留"白鹤楼"之真迹于九仙山。

史料记载，清康熙七年六月十七日（1668年7月25日），山东临沂郯城发生强烈地震，波及九仙山，山上巨石滚落，村里房屋倒塌，白鹤楼也未能幸免。其遗址中巨石顶部多个方形桩窝和建筑痕迹，就是此处原有楼阁的明证。

相传，苏轼走遍了密州的山山水水，此地的马耳山、九仙山等，还有楚汉相争时韩信与龙且大战潍水之处潍河，都留有他的诗词，其中最有名的是思念弟弟苏辙的《水调歌头·明月几时有》、悼念亡妻的《江城子·乙卯正月二十日夜记梦》和《江城子·密州出猎》。

诚如《文心雕龙·神思》中所说，"文之思也，其神远矣。故寂然凝虑，思接千载；悄焉动容，视通万里；吟咏之间，吐纳珠玉之声；眉睫之前，卷舒风云之色；其思理之致乎！故思理为妙，神与物游。"

苏轼在密州，就是如此思接千载，视通万里，卷舒风云，吐纳珠玉，以其浪漫、深情、诗意，留下了声动千古的不朽名作。

我无意揣测刘勰的才思是否触动过苏轼。《文心雕龙·知音》中说："知音其难哉！音实难知，知实难逢，逢其知音，千载其一乎！"

我想，至少这段话，苏轼该会是认同刘勰，恨不与其同时的。

四

穿过定林寺的风，伴着悠远的钟声，也吹到大海边。大海是宇宙的雄文，碧波荡漾，白浪翻滚。海边的我们莫名心动不已。

农历六月十三日，那是传说中海龙王的生日。活动主办方引我们来看日照古老的祭海仪式。日照裴家村的祭海仪式阵仗很大。锣鼓、舞蹈、鞭炮、彩旗、长长的红地毯、盛装的演员……一派节日气氛。主持人的主持水平一流，在众声喧哗中，我突然发现，主持人的声音恰像大将之声，是它在统领引导着其他所有的声音，当然，除了不远处的涛声与广阔无边的风声。其他的声音都是为烘托这大将之音。锣鼓声与舞蹈声是其前引，鞭炮声与焰火声是它的后续。

主持人引导祭海官上台。祭海官身着传统服装，徐徐展开手中杏黄祭文，庄重宣读：黄金海岸，富饶裴家。水连四海，路通八方……风调雨顺，村泰民安，海晏河清，富足丰登……

祭文从历史说到今日，从先祖说到今人，从外在世界说到内在愿景，引人遐思与感喟。

须知，这个村的祭海仪式绵延了数百年，自明代便开始了。

接着是上香。主持人引导村民代表按顺序上香，此时礼乐齐奏，恰如其分地传达着人们的恭敬之心。主持人说着祝愿的话，并适时引导人们，一句"躬行大礼！"情真意切。

大礼就是磕头，自古便为最尊贵的礼数，最能搅动人心，加上主持人富有感染力的表述，那一刻，我忍不住热泪盈眶，转而泪流满面，仿佛我也是村民中的一员，我也窥见了先人的脚步，也在向冥冥中的力量祷告。

那一刻，人们与大自然中最神秘的力量产生了沟通。

那一刻，古老的动能唤起人们内在的深情。

刚开始，我还以为是自己内心孱弱，男子汉大丈夫，怎么就流泪了呢？而一回头我却发现，所有人的眼圈都是红的！所有人脸上都淌着热泪！

朋友们还介绍说，日照传统的盛大活动除了祭海仪式外，还有一个太阳节。每年农历六月十九，紧挨祭海仪式不久，涛雒镇上元村的民众拂晓前会登上附近的天台山，面朝大海摆放好"三牲""五谷""百果"等祭品，跪迎日出。当太阳升出海面，海上遍洒万道金光，叩拜迎日的众生便会欢跃舞蹈，唱起颂歌："太阳一出红彤彤，照得天地喜盈盈。敬祀百果和三牲，五谷岁岁好收成……"

无论是祭海仪式还是太阳节，都与浩荡的大海有关。

我想到日照白鹭湾那悬挂的一幅字："总有人间一两风，填我十万八千梦。"浩荡的大海带来的何止一两半斤的风！

这无与伦比的雄风，来自浩渺远古，日日夜夜辗转回环，旋舞定林寺，歌筛银杏祖，由不得莒国后人不做浩渺伟丽的梦！

五

风过定林寺，轻拂日照的大街小巷，更格外眷顾日照的自然风光。

游览车在风景如画的田间倒车。一位作家幽默地说，这恰像风景的回放，以让我们好好领略这里的美。

穿过几重青山绿水，我们来到著名作家王安友的故乡，在"向阳村李二嫂吕剧团"观看村民演出。

来自济宁的李木生老师才思敏捷，触景生情，当即作出一副对联：

上联：李二嫂改嫁；

下联：小二黑结婚。

横批是什么忘记了。我彼刻又被来自山西的作家白琳的感悟所吸引。

她慢悠悠地说，只坐在这儿，聆听演员们演奏，心就静下来，仿佛来到宁静无人的宇宙边上。

日照人王安友（1923-1991），27岁出版发行了他的第一部中篇小说亦即成名作《李二嫂改嫁》，小说通过农村青年寡妇改嫁的风波，歌颂男女婚姻自由，具有很强的反封建色彩。小说一发表即广受好评，后被改编成吕剧并搬上银幕。

济南市历城区作家李全仁是笔者忘年交，他曾写过一篇《王安友在我村写〈李二嫂改嫁〉》，文中说：

因为《李二嫂改嫁》是在我村写的，所以1985年编写县《文化志》的时候，我作为文化馆干部，不但调查过本村知情的老人，还两次拜访了著名作家王安友同志。当时他是省作协副主席，当我告诉他我老家是历城南高而村时，他像见到了亲人，非常亲切，非常激动，提着村里许多老人的名字问长问短。他说："这30多年，除了我老家，就你那个地方最熟了……"

那是1949年春天，26岁的王安友同志调来历城担任卧龙区（后改为仲宫区）区委书记，就住在南高而村我堂伯父家中，与我家斜对门。那时我上小学，父亲在村里办公，凡有王安友同志的信件便拿回家来，由我送去。他和妻子宋开文（区妇联干部）住的那间草屋，就是诞生《李二嫂改嫁》的地方。时隔35年重逢，当我说明来意，他兴致勃勃，有问必答。

王安友边学边改，于1949年初冬至1950年春天，在历城南高而村写出了这部代表作，"全是用退稿的稿纸反面写的"。初稿得到著名作家、出版社编辑王希坚的支持，于 1950 年秋季由山东人民出版社出版发行。

在王安友老家向阳村附近，山茶遍野，一芽一叶尽吐芳华，仿佛还在讲述那动人的往事。

活动主办方介绍说，茶产业是日照特色产业，也是农业支柱产业。在 20 世纪 60 年代"南茶北引"成功后，江南那四季常青的茶树深深扎根在日照大地上。在北纬 35°阳光海风的吹拂下，如今的日照已经成为名副其实的"中国北方绿茶之乡"，被称为"世界三大海岸绿茶城市"之一。

人不负青山，青山定不负人。如今的日照大地，金滩镶绿野，碧海映蓝天，山海相依，草木葳蕤，水清田绿，候鸟翩跹——我们一行随后所去的白鹭湾湿地公园即是如此之景致。但见那清澈的河水蜿蜒曲折，顺流而下，白鹭翩飞起舞，鱼儿嬉戏追逐……

不止白鹭湾如此美丽，翻开日照的"湿地图鉴"，傅疃河口国家湿地公园、两城河口国家湿地公园、西湖国家湿地公园、沭河国家湿地公园……4 个国家级湿地公园、5 个省级湿地公园、12 处人工湿地，共同擦亮这座城市一个个靓丽的生态地标。

"近年来，世界级最濒危鸟类之一、有'神话之鸟'之称的中华凤头燕鸥多次飞临日照，有鸟类中的'活化石'之称的中华秋沙鸭等罕见鸟类亦纷纷前来打卡栖息。天鹅、鹈鹕、鸳鸯、白鹭、苍鹭……从傅疃河、两城河到沭河、潮白河，从袁公河到北溪，一处处美丽宜居的湿地，吸引越来越多的鸟类飞来日照越冬。湿地之美，已成为日照一张多彩的生态名片。"

讲解员深情而生动地向我们讲述到。

《文心雕龙·物色》中说："春秋代序，阴阳惨舒，物色之动，心亦摇焉。"

今日之日照，人人皆有一颗文心，生态优先已成共识，绿色发展脚步也更为坚定，物色之美处处可见。"全国文明城市""国家卫生城市""中国十大最美海滨城市""中国优秀旅游城市""联合国人居奖城市"……每项荣誉、每个奖牌都是日照生态环境雕龙刻凤的一面面亮灿灿的镜子，见证了日照生态文明建设的成就与生态立市的物色蝶变。

让我深感激动的是，日照还是一座洒满阳光的城市，一座活力之城。一系列重要赛事活动在此举办，运动活力让整座城市动起来，日照还将创建全国全民运动健身模范市和承办省运会相结合，加快推进公共体育设施建设，业已实现"花在眼前，绿在身边，健身在家门口"的美好目标。

优秀文化为新发展赋能。山清水秀的日照，沐浴着来自定林寺的风、向阳村的风，生机勃勃，生生不息。

我仿佛看见，那位名叫慧地的僧人化为岚烟与清风，漫布天空，手执画笔，含笑不语。

莒人刘勰觅踪记

申瑞瑾

定林寺的风中传奇

那座古刹，藏在一座叫浮来的山中。山算不得高山，海拔不到 300 米；古刹名曰定林，据说与一棵古树、一个古人有关。慕名去探访的时候，我和寺庙隔着高高的石阶，满院的绿正蓬勃地蹿出寺庙的青瓦红墙。

我一步一步地登上石阶，只为抵达那棵千古树，遇见那个千古人。

寺门正中挂着写着"定林寺"的匾额，两侧悬挂"法汰东来船禅定，慧地北归校心经"的楹联，山门右侧挂着铜色的"刘勰故居"字牌。一时间，我有些激动，又有些恍惚。

一股神秘的气息在我踏入寺门的刹那劈面袭来，我被眼前的景象震撼到了：无数倒挂着的小绿扇，密匝匝地铺满庭院上空，阳光期期艾艾见缝插针。虬干上大大小小的树瘿与粗老树干上斜出的一簇簇新叶形成鲜明对比。我猛然想起《左传·隐公八年》里那句："九月辛卯，公及莒人盟于浮来"，仿若看到了公元前 715 年的农历九月廿五日，银杏树比现在年轻，"黄蝶"飞舞，落地成毯，莒子与鲁公正庄严会盟……

我定了定神，莒子与鲁公早已翩然远走，眼前只剩婆娑的绿。我拾起一枚微黄的落叶，转到中院和后院。水缸里的睡莲、校经楼前的国槐、院墙上恣意的凌霄，皆是一派天真烂漫。

古树和古刹的真实年龄，只有浮来山知道。绿叶是新物，与睡莲、凌霄一样懵懂。时光拽着人们在世间穿梭，打造一场又一场大梦，即便"物是"，却早已"人非"，真相早被飞驰而过的时光裹挟着留在了历史深处。

我只能翻开《梁书》与《南史》，想从语焉不详的《刘勰传》里与刘勰相遇。刘勰从短短数百字里徐徐走来，我们相逢在时光隧道里。

我望见了兵荒马乱的南北朝，看到了大袖宽衫、仙风道骨的刘勰，听到了他的镇江口音。

我试图与他对话。

"您祖籍是山东莒县吗？"

"是的，六世祖刘抚那一代山东莒县南迁到京口的。"

"往上追溯，您父亲刘尚，祖父刘灵真，曾祖刘仲道，高祖刘爽，太祖刘抚，还有，您父亲刘尚是南朝宋越骑校尉，南朝宋司空刘秀之是您祖父的兄弟，东晋名臣、为刘裕打江山立下汗马功劳的刘穆之是您曾祖的兄弟，你们是城阳王刘章的后代……"

"是的，当年我祖籍山东莒县属于城阳郡，先祖刘章是城阳王，是刘肥的儿子，刘肥你应该知道的，是刘邦的儿子。所以，我们是莒县彭城刘。"

"冒昧地问问，您晚年真的归隐祖籍，建了定林寺吗？"

我却没等到他的回答。

《刘勰传》没有清晰的时间脉络，关于刘勰的生卒、年谱，都没有准确的记载。当年的京口是今天的江苏镇江，南朝宋永初二年（421年）改徐州置，治所在京口。这些古地名关乎时代背景，关乎政治，关乎乡愁，也佐证了刘勰祖孙三代属于南朝。

而那时的山东莒县，已是北魏的地盘。

浮来山的前世有三叶虫化石解码，老银杏的年龄有"莒鲁会盟"渲染，莒县定林寺的年龄之谜，得从南京定林寺说起。

"南朝四百八十寺，多少楼台烟雨中。"有史可查的南朝寺庙，可不止杜牧笔下的480座！南朝梁寺庙最多的时候，有2846座，光南京就有700多座，包括定林寺在内的70多座则散落在钟山，这是清代刘世琦《南朝寺考·序》里明明白白记载的。

钟山定林寺分上寺与下寺。下寺择址钟山南麓宝公塔西北，始建于423年，王安石晚年读书的"昭文斋"在下寺；刘勰写《文心雕龙》的上寺"禅房殿宇，郁尔层构"，在应潮井后，南朝刘宋元嘉十六年（439年）始建。隔着600多年的迢迢岁月，两位文学巨匠无从在时空上相遇，但王安石定然寻访过定林寺上寺遗址，或者，也在哪阵风中，嗅到过刘勰留在钟山的气息。陆游的祖父陆佃是王安石的学生，曾写过"平日就诗十年，不如从安石一日"。1165年农历七月，陆游途经南京，专程拜谒定林寺下寺和王安石的半山园旧址，在下寺壁上留字："乾道乙酉七月四日，笠泽陆务观冒大雨独游定林"。五年后陆游重返故地，字已被移刻到岩石上，遂成其拜谒定林寺下寺的印记。

刘勰曾祖父刘仲道当过余姚令，英年早逝，撇下刘秀之、刘粹之、刘灵真等五个未成年儿子，幸得穆之照顾成人。除灵真外的四子均步入仕途。童年刘勰家境殷实，两三岁学字，五六岁诵读诗赋，七八岁自学经书，九岁那年其父刘尚战死疆场，二十不到其母病逝。为母亲守孝满三年后，满怀憧憬的刘勰前往建康（南京）。

可建康城并没敞开怀抱接纳刘勰。刘勰不得已进了定林寺上寺，投奔住持僧祐。

僧祐，即史上著名的戒德高严的"僧祐律师"，14岁时拜在定林寺下寺法达门下，又受业于律学名匠法颖，随侍钻研20余载。南齐永明年间，僧祐经常受竟陵郡王萧子良邀请，开讲律学。又奉齐武帝萧赜的诏令，前往湖州、苏州和绍兴等地试简僧众，开讲《十诵律》，所获布施"悉以治定林，建扩及修缮诸寺"，并"造立经藏，搜校卷轴"。这样一看，刘勰投奔定林寺上寺就不难理解了。当时，定林寺上寺是南朝佛教中心，是名僧显侣、王公贵族、儒林大师常聚之地。

再说到浮来山的定林寺，说其始建于南北朝不见得是天方夜谭，因为北魏也盛行佛教。即便早早有寺，但与法汰是否有关却未曾发现有史书记载。由此，刘勰晚年潜回"敌国"祖籍归隐，大概率是乡人美好的愿景。

"废于唐"的定林寺上寺，早早湮灭在历史烟云中。近年南京考古出来两处南朝寺庙遗址，一号遗址是定林寺下寺，有1975年发现的陆游摩崖石刻；二号遗址，被认定为定林寺上寺。

1998年夏，南京紫霞湖以西数百米处的密林深处，一场暴雨引发了一场山洪。山洪过后，数块莲花纹方砖及一些莲花纹瓦当露出地表。

自1999年起，考古队对此进行了四次大规模、长达七年的考古和探掘。

石构挡土墙、房址、排水沟、水井、水塘、围墙、台阶等遗迹一一浮现，瓦当、板瓦、筒瓦、砖、素净简陋的瓷器皿、钱币和残佛像出土……

那些罐，那些碾，那些钵，那些碗，可曾有刘勰用过的吗？那些灯盏与砚台，可曾是刘勰抄经所用之器物？

若有一天再去南京，我一定要去拜访定林寺上寺遗址，我会问问那里的山，那里的树，那里的风，那里残留的石阶、大殿祭台和饭钵，是否还记得南朝的刘勰。

灯台，一部奇书的诞生

刘勰祖上属莒县三大刘姓之"彭城刘"，系城阳王刘章之后，刘章系汉高祖刘邦之孙、齐王刘肥之子。魏晋时期战乱频仍，一旦州郡失手，大量中原人将南迁，往往暂借别地重置失手的州郡，所谓"侨置"。西晋"永嘉之乱"以后，刘勰先人刘抚携家族渡江避难，寓居江南的京口，南迁第二代刘爽，第三代刘穆之、刘仲道等。到了东晋，京口成为侨置徐州的治所。刘裕建宋后，侨州前缀"南"。

1969年，刘勰堂叔刘岱（刘粹之子）的墓志铭出土，佐证了刘勰出生地为"南徐州东莞郡莒县都乡长贵里"。

南北朝对峙的169年间，淮河以北属北朝，以南属南朝。"刘宋"存活59年。477年，14岁的刘昱被侍从杨玉夫砍死，刘昱之弟、10岁的刘准懵懂间成了宋顺帝。拥立刘准上位的尚书左仆射萧道成，被封为齐王。萧道成是西汉丞相萧何二十四世孙。两年之后，12 岁的刘准被迫禅位，萧道成摇身一变，成了齐高帝。可南齐只维持了 23 年，享了短短十余年太平日子的南朝百姓重新活在刀光剑影中。

刘勰投奔僧祐的具体年份，大约在南齐永明六年（488 年）。

自小深受儒学浸染的刘勰从未放弃儒生"经世致用"的责任与担当，家道中落也让他迫切想要出仕——他寄居定林寺十余年不曾出家的主要原因大概在此。在《文心雕龙·序志》中，刘勰写到七岁时曾梦见若织锦般的云彩，攀上去采摘。30 多岁时，他梦见自己手持红色礼器，随孔子款款南行。

在刘勰看来，自己的人生使命是阐明圣人的微言大义。

刘勰也清醒地认识到，定林寺因僧祐当时的地位和影响显得特殊，他借居于此"待时而动"，有朝一日说不定得志显达，就能造福天下百姓——"达则奉时以骋绩"，这本是孟子对勾践说过的话，被刘勰写进了《文心雕龙·程器》。

刘勰终成满腹经纶的学者，可内乱外患的时局令他"穷则独善以垂文"，他只能潜心创作《文心雕龙》。

应该是有意纠偏当时文坛"辞人爱奇，言贵浮诡，饰羽尚画，文绣鞶帨，离本弥甚，将遂讹滥"的文风，又"详观近代之论文者多矣"，只各自看到某些局部，很少从大处着眼，系统而全面地加以论述，所以刘勰综括群言，费时五年，终成千古奇书。

雍州刺史萧衍成为南梁开国皇帝的 502 年，刘勰的《文心雕龙》刚刚写成。

沈约是南梁开国功臣、尚书左仆射，也是当时的文坛领袖。他和梁武帝萧衍同属南梁文坛的"竟陵八友"。刘勰早闻沈约惜才，心想只有让沈约读到这本书，得到其赏识，自己才有机会踏入仕途。于是，刘勰设计"拦车献书"：那天，他背着《文心雕龙》，静候在沈约家门口。沈约一出大门，刘勰便飞速拦在沈约的马车前……

《文心雕龙》就这样被递呈到沈约手中。

读完这本文学理论专著，沈约惊呼"体大精深，深得文理"，爱不释手，将书搁在案头，便于他随时翻阅。

靠着《文心雕龙》这块敲门砖，在沈约的力荐下，38岁的刘勰出任"奉朝请"。"奉朝请"是一份虚职，但总算能参加朝会，跻身名流了。中军临川王萧宏是僧佑的徒弟，经过他举荐，刘勰兼任纪事，后来升为车骑仓曹参军。507年，刘勰被外放为太末（浙江衢县）令，"政有清绩"。四年后，任仁威南康王萧绩的记室，兼任东宫（太子宫）通事舍人。

萧衍长子萧统，三岁读《孝经》《论语》，五岁通读"五经"，深通礼仪，纯孝仁厚，喜怒不溢于言表，广纳人才。其生母丁贵嫔是僧佑的俗家弟子。萧统能文史留名，得益于主持编撰了中国现存最早的大型诗文总集《昭明文选》，他还编辑了《金刚经》中的"三十二分则"，并在宫内另立慧义殿，聚集高德大僧研究经典。而当时，京师寺塔及名僧碑志都是请刘勰撰写。种种因缘，让刘勰得到了萧统的高看。

513年，沈约郁郁而终，刘勰第一次痛失人生中的贵人。

刘勰为官生涯的高光时刻在天监十七年（518年）。那年，他升任步兵校尉，掌东宫警卫，位列六品，兼任通事舍人。也是那年，僧佑圆寂，刘勰再次失去人生中的贵人。

我在刘勰写的《灭惑论》里读到一段文字："妻者受累，发者形饰；受累伤神，形饰乖道；所以澄神灭爱，修道弃饰，理出常均，教必翻俗。"他表示"离妻弃饰"是为了修道。因为这段文字，我略懂了刘勰不娶妻的原因。在南朝，士庶不通婚，虽"早孤"且"家贫"，但刘勰还算寒门士族，他不屑与庶族联姻，也没有哪个士族愿与他通婚，他的婚事就这么被耽搁了。步入仕途后，他把心思全放在仕途和学问上，高不成低不就，刘家这一脉也就断在刘勰手上。

史书未曾记载刘勰的卒年。有说520年至521年间，有说532年，还有说538或539年，莒州博物馆的资料显示是537年。

南宋释祖琇编撰的《隆兴佛教编年通论》等五部佛教史籍将刘勰出家的时间确定在531年。

531年，即中大通三年。农历四月，萧统意外薨世；五月，其弟萧纲成为太子。新东宫不留旧人，除了刘杳，原有东宫通事舍人均被遣散，有的被外放为官，刘勰则被派往钟山定林寺重操旧业。

刘勰一生，三次入定林寺整理经文：青年时"待时而动"，508年是"出公差"，531年是萧衍自以为对刘勰最妥当的安排。

仕途戛然而止，贵人相继离世，年过花甲的刘勰幡然醒悟，自己从来不是国之栋梁，终究只是替朝廷"写字"的！他心灰意冷，决意就地出家。不等萧衍奏准，他便"燔鬓发以自誓"。

萧衍遂了他的心愿。

兜兜转转几十年，始于定林寺，终于定林寺，这是刘勰的宿命。

自此俗世再无刘勰，定林寺多了一位"慧地"。

我倾向于相信，刘勰532年终老在钟山的定林寺上寺。那时候南北朝分裂，刘勰几无可能潜回北魏，潜回几代先人梦里回望的江北。

浩瀚的历史长河中，狂涛也好，微澜也罢，哪怕是毫不起眼的尘埃，终归在世间走过；籍籍无名的，遗臭万年的，青史留名的，也都客观存在过。人的肉身，无从跟古树比寿命，但人类文明，可以靠文字千古传承。

清代同治年间，山东莒县的乡人比照南京定林寺上寺，在浮来山上复制建造了一座同名寺庙，几棵千古银杏也被同时圈进那座崭新的寺庙里。"莒人"刘勰与《文心雕龙》在千古银杏的照拂下，在江北故土的定林寺得以永生。

含十卷五十篇、共计三万七千多字的《文心雕龙》，是中国文学理论批评史上第一部有严密体系、"体大而虑周"的文学理论专著。贯穿全书的孔子美学思想、被兼采的道家学说以及关于人生的哲理与思考，皆若夜空繁星，在书中熠熠生辉。

刘勰认为，包括文学创作在内的一切"文"的写作，归根结底是对"道"的某种阐发。在《文心雕龙·论说》里，他强调论说文的写作原则："义贵圆通，辞忌枝碎。"在创作论开篇的《神思》中，他直截了当点醒写作者："若学浅而空迟，才疏而徒速，以斯成器，未之前闻。"在《风骨》里他总结："情与气偕，辞共体并"，表明作家的思想感情和气质是相匹配的，文辞和风格也是统一的。在《情采》里，他以水与波纹、树与花朵的关系做比喻，说明文章应以思想内容为主，以修辞文采为辅："水性虚而沦漪结，木体实而花萼振，文附质也。"比喻文采只能修饰语言，打动人心的仍是作品的思想情感："夫铅黛所以饰容，而盼倩生于淑姿；文采所以饰言，而辩丽本于情性。"他在《熔裁》里写道："句有可削，足见其疏；字不得减，乃知其密。"在《夸饰》里，他认为夸张这一修辞手法应当遵循"夸而有节，饰而不诬"的基本原则。在《练字》中说："善为文人者，富于万篇，贫于一字"，表明写文章中"练字"的不易。

……

一千五百多年来，刘勰的理念一直照亮写作者的前行之路——这是寂寂终老在定林寺的慧地能料见的吗？从庞大体例抑或精深内容来说，《文心雕龙》都无懈可击，注定是文学理论研究的范本，自隋代开始更是形成蔚为大观的"龙学"。1983 年，大陆成立了中国《文心雕龙》学会，而在中国文学史上，"龙学"是首个因研习一部著作而形成的一个流派，只有后世的"红学"能与之媲美。

若知那块"敲门砖"终成文学瑰宝，刘勰还会遗憾官场的不得志吗？

一本《文心雕龙》，让一个人、一座寺庙青史留名，让"龙学"源远流长，让钟山定林寺的遗憾在浮来山得到弥补，这是南北朝之幸，是刘勰乡人之幸，也是中国文人之幸。

在定林寺吹过的风，在千古树下捡起的落叶，在故纸堆里拾起的点点滴滴，促成我与莒人刘勰的"相遇"，自此我总捧起这本千古书——只为请刘勰从书里款款走出，手把手地教我做人作文。

登圣公山

李学广

我俩从圣公庙里出来,就开始登圣公山了。

这圣公庙位于山东省日照市岚山区碑廓镇北七公里处,是祭祀古代神童项橐的,项橐曾被尊为"圣人师",受到历代人的尊崇。这庙也被称为小儿庙、七和寺、项橐祠(庙)。传统蒙学经典《三字经》云:"昔仲尼,师项橐,古圣贤,尚勤学。"这里说的就是这个项橐。圣公山就在圣公庙后,海拔290多米,和济南千佛山的高度差不多,被称为小儿山、小圣公山。

这是盛夏时节,草木繁茂,满目青枝。一条由乱石、杂草组成的山道贴着一条山溪蜿蜒向上,看来山里没有修建专门的登山台阶。沿途的崖面石壁上也没有刻字题词,估计山里不会有古代宫观与现代建筑了,这样整座山显得特别原始,让人觉得它与外面的世界完全隔绝了,这个时候,回忆与联想就变得自然又流畅。

据史书载,项橐出生的村子在碑廓镇的"项家夼",这个村名今天已不存在,可是位置是明确的,在现在的魏家庄东与袁家庄后,就在这圣公山下。传说项橐的母亲在山里挖药草时生下了他,有说他出生在这山里,也有说是在东边的幽(有)尔崮。他父亲见孩子生得容貌非凡,胖墩墩的,像个小橐(口袋),于是给他起名项橐,后世也写作"项托"。我们可以想象到,项橐会经常与小伙伴们到这山里玩耍，在这个季节里，他们也会来抓蚂蚱、粘知了、抓小鸟，我们现在走过的地方，有可能被项橐的小脚丫踩过，那些奇形怪状的岩石、山崖、石壁，也有可能被项橐的目光扫过，我们心里就陡然产生了与他隔空同游的亲切与温馨之感。

项橐天资聪明，勤于思考，善于举一反三，自小喜欢打破砂锅问（纹）到底，勇于向大人提问，特别招大人喜爱。项橐见天上电闪雷鸣，就问父亲这是为什么，他父亲回答说："打闪只为给娘娘照明，打雷是轰劈坏人和妖怪的。"项橐就反问："那坏人和妖怪只有夏天有吗，难道冬天就没有吗？"有一次，一个官差循名找到他家，给他母亲出了个大难题，要吃二十样菜，他母亲十分为难，项橐就出主意说："烙个大饼，用大蒜和酱拌生、熟两盘韭菜就行了。生韭拌熟韭，二韭（九）一十八，再加上蒜和酱，正好是廿样。"那位官差连连称赞项橐。

广为流传的项橐三难孔子的故事，据考证其发生的大概位置就在原项家夼北的大道上，也应该或在这山下的不远处某个地方。那时项橐七岁，在路上玩筑城游戏，他不会知道遇上的是大名鼎鼎的孔子，争辩的内容也无特别高深之处，可他知道乘坐马车的人都是有来头的，关键是，孔子是位和蔼可亲、虚怀若谷、不耻下问、循循善诱的圣人，他见项橐年纪虽小但反应机敏，能言善辩，不畏惧大人，有勇气提问题，甚是欣慰。孔子鼓励他继续说下去，直到孔子都回答起问题来有困难了。于是，一次偶然的邂逅成为一次载于历史的相遇。这山由此被镀上了一层圣光，一直闪耀在中国历史文化长河中。

项橐难孔子的第一难是"车避城还是城避车"之说；第二难是"辩日"之说，即早晨的太阳距离人近还是中午的太阳距离人近的问题；关于第三难的说法有多个版本，有的说问题是"天上有多少星辰，地上有多少五谷"，也有的说是"松树为何会四季常青"。还有个版本说子路戏问项橐，指着锄地的农民说："不知手中之物日抬几度？"项橐从容回答："先生行必乘车马，想必知马蹄日抬几度？"子路哑然。项橐的追问与回答都令孔子高兴，孔子心悦诚服，敬佩不已，尊而师之。

……

在圣公山某年三月三庙会上，诗人郑培晋吟诵道：

不过是顽童筑城的游戏／却止住了孔子周游的车辕／不过是小儿辩日的奇想／却拨动了圣人的心弦／智者的邂逅／成就了劝学的史篇／仁者的碰撞／催生了项橐这位传奇少年

　　没有经年的阅历／勤给了你广慧的双眼／没有成人的双肩／勇赋予你普善的心田／你以短暂的人生／传承了数千年／你把最美的希望／植入了百姓的心间／三月的春风／广播浓浓的纪念／三月的春雨／浸透永恒的祈盼

　　……

　　在这盛夏季节，我们冒险登山，一个直接原因是，圣公庙的原址就在圣公山上，旧址位置立着一根旗杆，这在山下就能看见。粗略估计，到那山顶也就170米。一个当地人告诉我们，山顶上还有项橐洞，是两个天然洞穴，项橐小时候常拱进去玩，这两个山洞里还各有一眼神泉，常年水流不断，那神水据说可治百病。虽然两洞相邻，可泉水性质完全不同，西面的叫懒（咸）水泉，东面的叫甜水泉。甜水泉洞壁上有个天然"石盅"，用拇指把流口堵上，那盅子就满了，刚好喝一口，而咽下这一口，那盅子就又蓄满了，当地人称之为"神盅子"。这自然引起了我们强烈的兴趣。

　　我们一直沿着溪流走，周围完全被树木遮挡，感觉不出来这山的高度与远近。这条山溪在一处断崖根下消失了，但因有茂密的草丛相隔，我们不能过去探个究竟，只得从它的左侧绕开，继续上行。"看到旗杆了！"我的朋友突然惊喜地叫起来。透过树丛缝隙看去，在前上方真有一杆银灰色的旗杆，此时我们更来了精神，绕上一个石墩与杂树林，见一处悬崖横在眼前，一个黑乎乎的洞口正对我们，这是项橐洞无疑了。

　　从山下看上来，这里有一处山崖，但实际上这里包含了两段山崖，它们之间的距离很近，中间有段土路将其隔开。我们先看到的山崖是西侧的，应该是懒水泉所在地，东侧那处山崖下的山洞该是甜水泉所在地了，"神盅子"一定就在那里边。山崖前是坡度稍缓的过渡带，面积比较大，得有一亩多，看起来土层较厚，也很肥沃。这里有水，又避风向阳，植被茂密，现在东西植有两片茶地，青嫩的茶树长得分外茂盛。遗憾的是，因为今年雨水多，两个洞前是一片沼泽，我们无法靠近洞口，更不能进去细细考察，洞里的景象就无法欣赏了，那两眼神泉的水质差异也无法鉴别了。

我们顺着中间的路一直走上去，站在旗杆下就等于站立在了原庙的旧址上。旗杆立在西边山洞上，地势比较平整与宽阔，后边稍上一点儿就是山顶，地势更平坦些，在这里建庙宇，条件还是很好的。

项橐多大岁数时去世，又是因什么原因去世的，众说不一，有说是12岁，也有说是15岁。据文史专家靳鹤亭教授考证，项橐大约生于公元前508年和前504年之间，活了约20年，即公元前508年至公元前488年，估计最后是病死的。较多的说法是，孔子走后，项橐很快名扬天下，齐、鲁、晋、楚、吴等国都争着让他去做官，当时鲁国相季桓子担心项橐日后威胁其地位，便派出刺客刺杀项橐；也有说法说吴国担心项橐日后长大被他国利用，威胁其称霸之路，就派人刺杀了项橐，项橐本是刀枪不入的，但最后被圣公山上的红边茅草剺死。之所以有丰富的轶闻传说，是因为项橐生活在一个动荡年代里，成长环境是不稳定的。项橐聪慧，也勤奋，又敢于挑战权威，他的去世自然引起众人惋惜，人们就建庙纪念他。这时候的项橐就不是原本意义上的孩童了，而被尊为"神"。

这座圣公庙是什么时候移到山下的呢？《莒州志·日照县志》记载，圣公庙建于隋唐间，是孔子东游拜项橐为师处。"隋唐间"应该是圣公庙从山上旧址移到山下的时期。儒家学说创立于春秋战国时期，当时并不出名，直到西汉董仲舒提出"罢黜百家，独尊儒术"时才成为国家的正统思想、主流文化，这个时候孔子才受到推崇，研究儒家学说的也才成为显学，而那时孔子已经去世三百年了。项橐的地位与孔子的地位紧密联系在一起，一损俱损，一荣俱荣。自隋朝开始，科举取士制度成了普通百姓做官的途径，科举考的内容是儒家作品，这个时期儒家就倍受重视，项橐的地位也开始抬升，小儿庙前定非常热闹。可能为方便信众祭拜，官家就将山顶上的小儿庙移址到山下，并更名为圣公庙。由此算来，这处古庙也有一千多年的庙龄了。

唐宋时期的科举考试开启了中国古代文化发展的一个黄金时代，特别到了宋代，在朱熹的倡导下，科举考试命题仅从儒家的四书五经中找素材，南宋启蒙经典读本《三字经》得以广泛流传，可谓家喻户晓，那么项橐的意义也得到了充分体现。文史专家曹汉华在《项橐新考》中提到："古圣公庙按皇家规制建设，四面坡屋顶建造，相当皇家的半副鸾驾仪仗"，"隋大业年间迁建、元末明初改建、清同治年间重修。该庙共分大殿、二殿、三殿，殿内塑有项橐铜、檀香木，泥质塑像各一座；院内钟、鼓楼各一个；有石碑七通，刻有历代记载与圣公有关内容的铭文"，这个时候对项橐的崇拜也会达到高峰。

圣公庙历经众多朝代，名字也多有变化。圣公庙还有一个名字叫"七和寺"，但并没有准确记载，这个寺可能不是佛教意义上的寺。"寺"原本是古代官署的名称，如大理寺、鸿胪寺、太常寺、光禄寺等。这个"七"，一说暗示项橐七岁为圣人师，还有说是指庙前竖有七幢大碑。在古代，七庙为帝王的宗庙总称，即后世以"七庙"作为王朝的代称。项橐是圣人之师，以皇家礼制尊之不为过，而为免遭"犯上作乱"之咎，才用"七和寺"之称。这有无可能呢，还待专家考证了。

古往今来，圣公庙一直香火不断，民间流传，圣公老爷有求必应，求雨求子无不灵验。现在圣公庙内的一处古碑上还记载有明代的一段项橐灭蝗的故事，"工部右侍郎邵旻往保定，帅郡县吏斋沐祷于祠下，旬月间，蝗果殄息"，说项橐的影响已经扩展到了河北。《安东卫志》上记载，清康熙年间，某年大旱，安东卫守备曾率文武官员步行前来"祈于小圣公项夫子"，小圣公显灵，大雨下了三天，之后赵双璧又步行前来"谢雨皆喜得甘露"，曾赋诗三首存世。于是项橐又被称为"东方雨伯"。2006年农历三月初三，当地正逢春旱，圣公山会和圣公文化研讨会隆重举办，数万人云集，蔚为壮观。当日夜里就下了大雨，三日后又降大雨，整个旱情得到缓解。当地人认为，这也是"小圣公显灵"。

项橐身上那些耀眼的光环是当地人对真善美形象化的表达，也是美好愿望与追求的象征和寄托。两千多年来民众创造的圣公故事成为历代人民自我教育的最方便、最普及的口头教科书。

……

因为临近中午，太阳直晒如蒸烤，且草木太深，我们便不敢再往周边走了，只是站在旗杆下观望。圣公山东西横列近千米，此时云蒸霞蔚，雄伟壮观。山峦之上，蓝天白云，令人心旷神怡。南望一马平川，万顷农田，繁荣锦绣，这里钟灵毓秀，圣光普照，前方圣公湖，静如明镜，炫如宝石，山脚下的圣公庙清晰可见，熠熠生辉。面对这样一方好山水，《醉翁亭记》里的句子不由浮上心头："望之蔚然而深秀者，琅琊也"，"山水之乐，得之心而寓之酒也"，遗憾的是没有带酒上来，而且带的水也早喝光了。

从山上下来后，一身汗水，上下没处干地方，可是心里却充满了轻松与喜悦。

一个当地人见我们从山上下来，热情地问我们："你们没去仙人洞吗？项橐被害死之后托梦给他母亲：只要把他的遗体放进缸里，藏在仙人洞里，七七四十九天后他就能复活。遗憾的是母亲念子心切，算错了时间，揭缸早了一点点……不是项橐洞，不是项橐洞，仙人洞在山后边啊，不远处，那仙人洞可大了，那么高……"

啊哈，看来还真需要再登一次圣公山。

从优秀传统文化越来越兴盛的趋势上看，也许用不了太久，圣公山会得到持续开发和利用，加上这里秀丽的自然风光的助推，圣公山的影响力会进一步提高，或许会出现这样的流行语："不登岚山圣公山，走遍日照也枉然。"

情寄安澜桥

对一座桥也可以"一见钟情"，我就是。

当驶上岚山中路横过万斛路，阿掖山与笔峰山就迎面而来了。那是下午四时多，车窗外细雨霏霏，薄雾轻缦，视界内的物体倒还算清晰。向前一望，只见两山垭口之上似有一座"楼阁"悬浮在空中，如同传说中的"仙境"，而那楼阁之下，一个巨大弧形结构如长虹横亘在那里。我当即有种"触电"的感觉，轻声欢呼起来："那是桥，那桥建起来了！"

我近三十岁才离开岚山，在成为"济南移民"后，常常站在佛慧山山顶，向东南方向遥望。这些年家乡日新月异的变化总会令我异常高兴。这山的垭口原来就是一条崎岖不平的山路，现已成为六车道的主干线。上次我回家有人告诉我，这里要进行旅游开发，在垭口上建一座桥，一座方便行人过马路的桥。

建成什么样子呢？这两年我未能回家，桥的事渐渐淡忘了……这次回来，没想到桥已经建起来了，而且高古大气，宏伟壮观，远超出我预期，大有"蓦然回首，她在灯阑珊处"的感觉。

这桥外形很好看，可以称得上完美无瑕。桥身采用传统的空腹拱结构，那是赵州桥的样式，赵州桥是单孔的，而这里依次并联了 3 个大孔、15 个小孔，桥身显得简约轻灵，玲珑通透。桥上的廊桥设计在北方还是少见的，廊桥也是"惟有中国有之"，是中国宝贵的文化遗产，我们不但有，而且样式新颖别致，不只有长长的廊道，还有三座四角攒尖式的亭子，分居两端的是单檐单层的，主跨顶部阁楼的是双层重檐的，大桥显得厚重大气，庄严而又秀丽。

桥名"安澜"两字可谓神来之笔，意蕴深厚，"天下安澜，比屋可封"，这是中国人几千年的追求与梦想。岚山两面面海，向海而生，世世代代盼望的不就是"风平浪静、安定太平"吗？再说，这里最有资格拥有"安澜"两个字了。这是一段历史。"安澜"与"安岚"两字同音，安是安东卫古城的代称，岚指岚山头，它是久负盛名的出海口。1948 年滨海区党委在这里设区，就以"安岚"为名；1950 年初日照县调整行政区划，继续用"安岚"两个字；1958 年成立的人民公社还以"安岚"为名，直到 1984 年人民公社撤销时，"安岚"两字才淡出人们的视线，这是一段 36 年的历史啊，那是岚山发展过程中极为艰难的一段历史，这桥名就是提醒岚山人勿忘历史。之二，这个"澜"字具有地域特色，让当地人想起已经被覆盖在岚山港码头与一处油码头下面的"大澜（栏）"与"小澜（栏）"两片礁石区，回忆起当年那巨浪腾空、惊涛裂岸的壮观景象。"乍见桥名惊老眼"，可能就是这个原因了。

我家原住童海路居，现搬迁到金牛岭社区，距离安澜桥只有一公里。回去的当天晚上我就迫不及待地去看桥。晚间的安澜桥真如镶珠嵌玉的斑斓桥，桥上桥下交相辉映，浓艳明丽，让人流连忘返。安澜桥全长 206 米，宽 6 米，桥梁单跨跨度 45 米，在当地算是最大的桥了。桥面的廊道采用的是明清风格，用的苏式彩绘，大红油的柱子，红绿相间的椽望，雕刻着古典纹络与吉祥文化的花岗岩浮雕板，都很符合中国人的欣赏习惯与审美要求。我不停地拍照录像，发到朋友圈，让他们见识一下我家乡的安澜桥，分享我的喜悦。

更令我惊喜的是，站在廊桥上，极目远眺，看到的是一幅幅全景式的壮丽画卷。西面是安东卫古城区，那里高楼林立，一片繁荣景象。那是全区的文化政治中心，区政府机关所在地，在那还可以清晰地看到岚山中学，看到那造型优美的球形体育场，看到国内最大的干货鱼类交易市场。目光偏南一点儿，就观望到烟波浩渺的海州湾，看到新兴起的旅游胜地多岛海景区以及先秦古老村庄荻水口。向北望，可以看到千年古寺卧佛禅寺，看到鹁鹁顶、老爷顶等景点；向东望则是宽阔无限的黄海，早上可以看到"日出扶桑"的壮丽景观，看到国家一类对外开放口岸现代化岚山港与多处渔港码头，看到海面上穿梭往来的船只与片片养殖区；向南可以看到"陡峭参天，双峰并立"的笔峰山，那里有"天成景色即蓬瀛"的美誉。这桥与周边大山树林相映成趣，北端接入阿掖山景区的环山步道，南端接入笔峰山景区的环山步道，下方与三十多公顷面积的亲子公园相连，桥下还有一方水库，波光粼粼。安澜桥真如天然生成一般。

回家的几天里，我每天都要到桥上走一走。朋友告诉我，这桥自竣工的那天起就成了"网红"。这座桥不只是一个窗口与一个景点，而更是一条"串珠之链"，串起了美景与发展。人们如此喜欢这座桥，除了因为它的颜值与功能，还因为它带给岚山人的独特意义。岚山本来具有独特的区域优势与黄金海岸线，可是曾经戴过"欠发达的沿海地区"的帽子，这让精明好强的岚山人特别"憋屈"。日照设市岚山建区以来，这里迅速发生了变化，现在岚山已成为新兴港口城市，已是荣获"联合国人居奖"的城市，有着"全国综合实力百强区"等条条光环。这一天，也许岚山人等了很久，但它终究还是来到了，怎不让人感到欣喜！安澜桥振奋了岚山人的信心，大家似乎看到了更加辉煌的未来，怎不令人分外激动！

我知道，等我回到济南后，安澜桥定会时时出现在我的梦中。

"日出初光"与一尊海上碑

周闻道

"这尊海上碑,是中国唯一一块古人在海边礁石上题字的石刻碑。"

日照的朋友说这话时语气很笃定,语词很清晰,但说实话,我并没有为此触动,以至于要去写一写这块碑,尽管这里要写的文字也与这碑有关,这里的景象以"万斛明珠""星河影动""砥柱狂澜"等描述各得其妙;明苏京、清阎毓秀等书碑文不仅力可透石,字映海天,还承载了不少岁月、大海和日照的故事。海上碑可"撼雪喷云",我算什么。但类似的碑文确实很多,我们眉山三苏祠就有一大片浩浩然大观的碑林,见多了听多了就麻木了。

触动我心灵的东西,说起来有点书生气——竟是对"海上碑"的"咬文嚼字"。

开始听到、见到"海上碑"三个字的时候只是感到新鲜,继而觉得怪怪的,怪在什么地方,自己也说不清楚。人就是这样,越是感到怪就越想要去嚼嚼。据说,人的思想就是从怀疑开始,至宗教终结的。于是,这一嚼,就嚼出了"海口大夸""有口皆碑""碑沉汉水"之类典故的味道;何况,"华表半空经霹雳,碑文才见满埃尘"(唐刘禹锡),初见时的那一层麻木隔膜一下被激穿,好奇露出原始的"人之初"。开始反思:自己也走过不少地方,见过不少的海,可见过、听到过什么海上碑吗?

文字的魅力、玄机，以及概念的内涵和外延，并没有到此为止。

瀚海、大海、海阔天空，令人想到的是壮阔、浩瀚、博大；碑也不简单，丰碑，功碑，纪念碑，总与丰功、伟绩、壮举等大词连在一起。当海和碑的灵与肉融合于海天之间，意味着什么？

记住，是海和碑基因的排序重组，而不是机械相加。

想到这里的时候，我便对这眼前的海上碑顿生敬畏，对日照充满敬意。刚写下题目时的恍惚也逐渐消失，我提醒自己一定要谨记慎书：你面对的是一座"阳光照耀下的海上丰碑"，而不是"日照的海上石碑"。

我还是习惯从"海上碑"的命名源头去破解这个地域文化的密码。

目光肯定不能只放至两三百年间，不只是在明清。虽然"海上碑"上那些遒劲隽永的大字确实是那个时候的人写的，但那绝不是海上碑有此名字的原因，那些人可能也和我们一样，不过是这沧海横流中的匆匆过客，只是他们比我们更早经过这里。按照符号学揭示的地物命名规则，海上碑的命名似可归入"不依比例尺寸表示的符号"，但这太僵硬，太书卷气，没有一点烟火味，我更相信，海上碑的命名就像我们身边的张村、李庄、水碾房等的命名方式一样，是先人们的一种自然的随物赋神的命名方式，承载着相应的历史地理人文因素。究竟从什么时候开始，这里的先人们开始叫海中央的那一堆礁石为海上碑，可能谁也说不清楚，也许唐宋，也许秦汉，或者夏商周，甚至盘古开天地时，这里有了人，有了地名。

但有一点是可以确定的，就是当这里的先人在经历了无数的沧桑，战胜了无数的苦难，面对大海、面对阳光，仍然坚强地繁衍生息，感受生命的美好，觉得应该有一个字名来表达些什么，承载些什么，纪念些什么，这样才对得起这一方大海、这早至的阳光、这里的历史人文的时候，就有人自然而然地喊出"海上碑"，就像先人们在进行艰难劳作时喊出的最原始的诗歌"哎哟哎哟"一样。

此刻，置身初光先照之地，当我的灵魂被触动之时，我脑子里就一直闪现阳光的影子。可惜，我并无缘得到什么先机，对日照阳光的好奇，先只源于一些传说和资料，当身临其境时才真正感受到那一种大美的震撼。

那天，我定了闹钟，早早起床，目的很明确，就是要看日照的初光。当我来到海边时，大海还是灰蒙蒙的一片，没有层次，没有海的韵味，海的浩瀚、海的壮阔和海的博大是随日光的出现而显现出来的。刚到海边不久，似乎是在一眨眼之间，那灰蒙的深处突然跳出一点红；然后，那一点红越跳越大，越跳越高，直到完全跳成太阳的样子。当太阳像太阳的样子的时候，大海便逐渐显了形，是浩瀚壮阔，天地相连。我猜想，天衣无缝这个词，应该就出自这样的场景吧。最生动的是海平面，先前的灰蒙死寂被碧波浩荡取代；接着，一层层的浪涌泛起了灵光，我不知道这是不是天光在大海上的映现。

就是在此时，一个奇妙的感觉出现了。

当我紧紧地盯着浩瀚大海，正沉浸于它的大美和变幻无穷的时候，我突然感觉到自己并不在岸上，而是在海里，海的中央，成为海中万物的一个组成部分。我进而发现，日照的"初光"不只是一个时区和地域概念，而是一个永恒的生命概念。所谓时区，所谓经度纬度，所谓何处早、何处晚，其实，都是一个人为的设定。我甚至对哲学上说的时间无始无终产生怀疑——谁说时间无始无终，初光之出，不就是时间的开始；所谓年月日、时分秒，只不过是我们为时间设定的一种计量单位。

浩瀚宇宙，何处是中心？

我欣赏苏轼的"心安之处是吾乡"。当年的苏轼，任职密州，打马日照九仙山，把此地当成他的家。就像苏轼或者笛卡尔那样，他们面向自我，从自我寻找心的归宿，精神的中心，进而证明自己的存在。心的地址，就是生命的元点或"初光"。我站在日照海边迎接的第一缕阳光，不就是生命的初光吗？

当想到生命的时候，我被一种柔暖的幸福包裹住。日照与生命是有特殊渊源的，日照的初光，就是生命之父，而大海，则是生命之母，它们是生命真正的造物主。

生命是应该好好感谢日照的，该在海天间为日照树一座海上碑。

当然，更应该树一尊海上碑的，是日照的人文历史。

到日照后，当地人介绍起刘勰时的那种自豪，完全不亚于我们眉山人说起苏东坡时的骄傲，我顿时就有了一种回家的亲切感。让我印象很深的是，《文心雕龙》的文学史观有一种大海般的宏阔大气和《资治通鉴》般的文化开智。

比如它的文学发展观、创新变通观、名理故实观，为文学创作开拓了"骋无穷之路，饮不竭之源"(《通变》)的初光之景，许多观点至今仍被学界奉为经典。

刘勰道出了文学之道的玉律，姜太公则不仅缔造了齐国、开创了西周卓越的以法治国、尊贤尚功、农商并重、因地施策的国家治理文化，还独创了灿烂的齐文化。他"百家宗师"的盛名，已经铸入日照海上碑的根基。

初夏的日照澄澈而安静，海上碑就在跟前，在海天一色里。

走进日照的岁月深处，明代学者焦竑、国学大师王献唐、中国火箭先驱丁守存、科学家丁肇中……向我们款款走来。

星河浩瀚，日照为初；初光耀眼，日照的璀璨太多太多。

当你面对日照灿烂的历史，从周之莒地、秦之琅琊、汉之海曲，到唐宋密州、如今日照，你会发现一道道文化的初光穿过历史尘烟照射过来，那么夺目耀眼。它们既有与阳光有关的新石器龙山文化、尧王城遗址，也有与大海相关的东海峪、陵阳河遗址等。在莒州博物馆，当我一面靠近这里发掘出的比甲骨文还要早一千多年的原始陶文，触摸它闪耀的汉文化母语的先光，一面惊艳于这里现在创下的国家级生态示范区、全国文明城市、国家可持续发展先进示范区之时，一种"沧海横流、转瞬之间"的感触格外深刻。

我想，这一尊海上碑，就是为日照的灿烂立存此照吧。

"不依比例尺寸表示的符号"只能表明，日照太重，碑有些轻。

又远又近齐长城

张西洪

我出生在腊月，老奶奶说，要是能把长城上的泥土抹在孩子的肚脐上，这个孩子将来能当将军。可惜天冷路滑，未果。

我老爷爷告诉我爷爷，长城就在家后，很是厉害呢，千万不要去那里惹祸。我还听老人说，长城上的土可以治肚子疼。懵懵懂懂的我，认为长城比打水的井绳长。

人类很强大，架海擎天，无所不能；人类很弱小，思前顾后，胆小如鼠。无论是强大还是弱小，都是因了一颗充满欲望的私心。

"长城"二字对我们每一个华夏子孙来说都是提神壮胆的代名词，每每听到"长城"二字，我们就会瞬间产生一种民族优越感、自豪感。

齐长城位于山东境内，全长 1200 华里，西起济南平阴广里的防门，东至青岛西海岸新区小珠山东于家河村，自其东北入海。其在五莲境内长达 120 华里，占总长度的十分之一。修建长城的初衷是为了防水，《管子》称："五害之属，水为最大"，齐国最早在黄河岸边修建了拦水的堤坝，叫"防"，为了便于通行，在防（堤）与道路交汇处设有"防门"。鲁庄公干涉齐国内政，"乾时之战"爆发，齐惨败受屈，便开始在边境线上修筑城墙，以阻挡敌人和战车，称为"巨防"。后来，由于越楚相继持续犯境，齐防御长城便自西往东不断延长，前后长达170余年，筑起了千里巨防——齐长城，从而成就了齐国的强大，促进了齐国的繁荣。中国民间四大爱情传说之一——"孟姜女哭长城"的故事就发生在五莲西边不远的莒地，传得很响，家喻户晓。杞梁为齐庄公之大将，为万喜良的原型，其妻哭的长城，在莒地当然更为可信。20世纪六七十年代，我目睹过村村打水库、队队造大寨田的场面，大兵团上阵，战严寒、斗酷暑，但有煎饼可吃，有工分可挣，相比先辈修长城，也是小巫见大巫了。

人类发展史也是一部争斗史，正如自然界的弱肉强食，历史在血雨腥风里推进，局势在波诡云谲中演变，生民在犬牙交错下游离。巨防抵阻了外寇，也分割了文化，齐国农工商并重，君臣关系融洽，鲁国重农轻工抑商，等级制度森严。这种文化的差异也造成了社会制度不同，强者更强，弱者趋弱。城头朝秦暮楚，大厦昨倾今立，让人晕头转向。鲁国被楚国吞并后，齐国成为"战国七雄之一"，史书就有了"以备楚"的记载。修长城迫在眉睫，且愈修愈长，坚不可摧。秦始皇灭六国，厥功至伟，秦势独张，匈奴虎视眈眈，大有"亡秦者胡也"之感，欲抵御匈奴，解除后患，唯长城是个好东西，秦始皇遂一声令下，"存其所当存者，其不当存者则去之"，长城，就有万里之巨了。先有齐长城，后有秦长城，一念之间，差了470年。

长城啊，在你两边，多少英雄豪杰横刀立马，纵横驰骋，又舍生忘死，起死回生、为王为寇？！

马耳山，鲁东南第一高峰，长城从它的躯体上走过，逢山借势，就地取材，大自然的造化成全了长城，它们浑然一体，已分不清哪是山，哪是城墙。当你攀上马耳山主峰，东望黄河、西眺黄海时，将顿生"海到尽头天做岸，山登绝顶我为峰"的豪迈之感。此刻，你就是离天最近的人了，可以"独与天地精神往来"，这是何等的惬意。山借墙势，墙依山存，那一刻，抑或长城如巨龙腾飞，自己亦如长上了翅膀。

就是这面墙，以防水而生，为争斗而名，凭胜败而显。战车狂奔，旌旗猎猎，刀枪乱舞，寒光闪闪，它见得多了，也许墙里墙外双方都是打着正义的旗号，但后人看来，那不都是幌子吗？！人的生命都像电光石火一样瞬间即逝，化为尘埃，期间，只为一口饭，一瓢饮，一丝快乐。

两千五百多年来，长城给我们这个民族带来了多少福利，保护了多少人的安全啊！"暗淡了刀光剑影，远去了鼓角争鸣。"长城，古老的齐长城，你是物质的长城、肉体的长城、精神的长城，你留下了许许多多的故事。

沿着古老的城墙，迎着浓郁的烟火气息，我们仔细品读……

齐长城是从莒县库山东进入五莲县汪湖前泥牛村的。那古道重镇管帅源自"管仲挂帅"，就在长城以南两公里，有点将台遗址。如今，"管帅温泉旅游"办得如火如荼，"柿子红了民宿"开得热火朝天，"马池彬传统陶艺制作"屡夺大奖，小窑村以"一门五进士，叔侄四翰林"声震齐鲁。管仲后裔管氏家族秉承崇教尚学、耕读持家的家风，为儒文化做了充分的诠释。这里墨香浓郁，书声琅琅，英才辈出。

大山阻击战是长城战争史上的一场经典战役，1947年9月18日，美械装备的国民党整编师83师两个团约3000人，由诸城沿潍台公路南犯山东解放区中枢临沂，中共营北县委命令县公安局派出120人的政卫队，以大山为依托阻击敌人，掩护解放区群众转移，支援鲁中、鲁南战场。19日上午10时，埋伏于大山口东西两侧古长城上的政卫队队员与敌人展开交火，历时近十个小时，打退敌人9次进攻，打死打伤敌军数十人。10月15日，《大众日报》以《莒北县政卫队五个班打败将匪两团》为题做了报道，称该战斗是"以少胜多的范例"。

120对付3000，哪来的底气？老百姓都说，共产党领导的队伍是钢铁长城，坚不可摧。

在潍河上游，收纳源头水的河叫淮河，20世纪五六十年代，以长城为堤坝，拦截了一个谷口，成就了一座水库，叫墙夼水库，现在它又有了一个洋气的名字，叫高泽湖。湖中有岛，岛上栖鸟。湖里养鱼，湖畔垂钓。芦苇菖蒲绿几重，杨柳兼葭围三圈。泛舟湖上，乘微风破细浪，白鹭成群护驾，天鹅结队陪伴，惜乎西湖。梁鸿台遗迹可以寻得，就在长城淮河段之阴。梁鸿远去，举案齐眉的佳话永远留在这里，后人效仿。

膏泽之地，物阜民丰。如今的高泽，已经成为五莲政治经济文化副中心，工业园区成为招引项目的寸土寸金之地，但为了保护齐长城，宁愿经济受损，也不能动城墙遗址分毫。高泽街道计划建设一处"齐长城主题文化公园",让古老的齐长城不再受到毁扰。如今,在五莲境内齐长城的8个节点上,已有8位看护员昼夜守望,他们是古长城的忠诚卫士。

昆山脚下古昆山国是汉代五莲地区两个诸侯国之一,另一个在仲崮一带,叫析泉国(也有叫折泉国的)。山阴有一座明代老枫桥,一座元代莱公塔。相传,刘勰在山上开凿了一座石屋,欲存放《文心雕龙》;模仿长城,在山顶修建了一圈围墙,最多的说法是那是用来防捻军的,也有的说是为了守护昆山玉的,因山中出产一种玉石,储量大,品质优,很珍贵。如今,山下院上村加工玉器的手艺人已经传承了数代,手艺精湛,作品远近闻名。

马耳山下的长城岭村,依长城而建,以长城得名,村东西两山顶处各设一座烽火台,高约5米,直径达20米,遥相呼应,蔚为壮观。相传军事家孙膑长期在此隐居,研究兵法,村里的大户人家与孙膑友好,赠青牛为孙膑坐骑,后称青牛里郑氏,有城墙下的孙膑庙和青牛坟为正。

松月湖是这几年才冒出来的时尚称谓,名声传播很快,位居马耳山下,上接九仙山水,下靠齐长城,20世纪六十年代修建,因位于长城岭村南,一开始就叫长城岭水库,后来名声大噪除了因水库的位置重要、蓄水量大以外,一个主要原因就是赶上了经济快速发展的机遇期。湖畔建起了高档酒店、温泉度假村,吃、住、游、购、娱、乐一应俱全,休闲、保健、写生、创作等一站式服务供游客选择。

地处繁华,满目秀色,一条齐鲁风情5号路穿山越谷,携风拥翠,像一条金丝玉带,缀满了"珍珠""玛瑙""翡翠",缠绵在齐长城之阳,摆放在鲁东南山海间。山路打通后解决了山里人出行难的问题,也方便了城里人自驾游,周末或节假日,一家老少,轻车简从,回归自然,登山泡泉,领略大自然的博爱,享受四时风物。

在五莲山,听过晨钟暮鼓,赏完圣水莲韵。在九仙山,积霖谷拜诗仙,孙膑书屋谒兵圣。在太阳城酒堡品红酒,槎河山庄古树下纳凉,宰相门前溪水畔静心。在窦家台子、董家楼、胡林、黄崖川,在潮白河畔、白鹭湾,村村有民宿,户户有特产。历经齐风鲁韵浸润的山里人继承了祖宗的优良品性,学到了山外的先进经验，创了个品牌叫儒商。看他们笑得灿烂，做事慷慨，有礼有节，经营有方，让人宾至如归。

山里有许多好东西着实让人眼热嘴馋心动，几辈子不改的味道，世上难寻，天上难找。譬如煎饼、烤地瓜、韭花酱、咸鸭蛋、酱咸菜等小吃，烤鸡、烤鱼、烤全羊、鲜豆腐、黄米粽子等特色，让走遍万水千山，尝遍万般味道，无奈、困惑的现代人，在这里找回了原汁原味，寻得了心灵的安放点。

掬一捧山泉水大口喝下，甘洌、爽口，酷暑顿消。树荫下，一把泥壶，一只气炉，烧开一壶水，冲泡一壶鲁魁绿茶，细品如甘露，再品如玉液，含在口中，卷在舌尖，味蕾大开，直击天灵盖，神清气爽，灵感自来，似神，若仙。"五莲有茶园，何必下江南。"五莲的绿茶是日照绿茶的上品，是"南茶北引"的成果。有茶树近六十岁的树龄，身处北纬37度上，在四季分明和昼夜温差大的环境中生长，休眠期长。茶叶由大师手工炒制，匠心独运，火候恰当，具有叶片厚，香气足，耐冲泡，爽口回甘等特点，是经得起爱茶人品啜的。

五莲的煎饼是传统美食，县博物馆收藏的一件铸铁鏊子是在大仲崮出土的汉代文物，由此可以推断，两千多年前，我们的先民就已经用铁鏊子做煎饼了。据史料记载，新石器时代就有石磨，用于加工米、豆之类，铁器之前用的鏊子是陶的，可以推断，当年修长城的徭役们每天吃下的食物中一定也有煎饼。煎饼便储藏，易携带，耐饥饿，分布广泛，可谓历史悠久。

好山、好水、好气候、好人，注定栽好树苗、结好果子。五莲境内布满了花果山，有3300座之多，山岭相连，沟壑相牵，各种果品让人眼花缭乱。从暮春初夏的樱桃，到深秋初冬的小国光、山楂、柿子，哪一季都可以让眼尖嘴馋的食客一饱口福，满足舌尖的强烈欲望。精明勤劳的山里人几乎将北方的水果良种都种在自家的山上。春天花海无边，游人如织；夏天溪水奔流，碧波荡漾；秋天硕果累累，五谷丰登。深加工和电商结合，让这些无公害水果成为抢手货；果汁、果脯、果干，让另一种形式的水果满足了客户需求，这是大山的另一张名片。"五莲国光""五莲大樱桃""五莲板栗""五莲映山红""五莲小米"因荣获"国家农产品地理标志"登记保护殊荣而成为网红特产，网络搭建的巨无霸平台彻底解决了供需问题，点对点无间隙销售第一时间将还带着霜露的水果送到客户手中。

长城边的泥土传承着坚强的基因，凝结着奋斗的元素。以党的二十大代表、红泥崖村党支部书记张守英为代表的新一代农民，团结和带领广大村民，依靠党的好政策，发挥集体的力量，凭借智慧和实干，党支部领办合作社，村民互助式养老，实现整体脱贫。齐桓公当年修筑长城的夙愿得以实现。

逐绿奔跑，向山而行。山一程，水一程，游一程，乐一程。长城离我们很近，就在身后。长城离我们很远，走过了两千五百多年时光。今日的长城已经化作了山川大地，融入了自然，成为一条潜龙。今日的齐长城，成为一件文物保留了下来，让人回味、凭吊。这是"中国长城之父"。这是"世界壁垒之最"。

日照与飞鸟

谭曙方

这座可享太阳"初光先照"之城,其象形名字就有诱惑力。闭上眼冥想,那位于大海边的古城在黎明时分悠然醒来,一睁眼就迎着飞出海面的太阳神鸟,该是多么雄奇壮丽。

到达日照已是傍晚,一顿晚餐让我先嗅到了海的气息。天虽已黑透,但当地文友执意带我们去看夜海。日照夜景五彩斑斓,似乎还在辉映着太阳的温度与光泽。来到海边,没想到海天浑然一体漆黑于眼前,在身背后霓虹灯的强光反衬之下,海越发黑暗深邃。高高的灯塔是给海上孤独的船看的,此刻,我面对大海与暗夜,似乎就只剩下了想象。星月隐匿,唯有沙滩上一波接一波的浪花仿佛是大海的牙齿闪烁着的耀眼白光,哗啦哗啦的低吟浅唱在我听来就是大海呼吸的韵律。

强劲的风似乎从海面远处吹来,我翻起衣领的时候,倏然间感到被莫名的恐惧所裹挟。神秘莫测的大海近在脚下,它会漫上岸来吗?会淹没背后的灯火吗?视觉错位,眼前不停翻滚的浪花幻变为天幕上曲折而下的闪电,想象呼啸而出,我仿佛灵魂出窍:原来大海竟然以它斑斓与黑暗的交替给予了人充足的想象空间。在东夷人的眼里,夜晚的大海上有时尽管什么也看不见,但他们一定想象着那黑暗里蕴藏着无数玄机,或许正像自己黑眼珠里囊括、映照的天地万物一样神秘，而天明之后，随了太阳神鸟的飞翔，大海变幻莫测的色彩就是希望！

在太阳飞升之前，海岸上的鸟群张开双翼开始表演，它们优美的飞翔弧线牵引着人们的目光越飞越远。在我看来，没有比会飞的鸟更让人羡慕的生命了，它们简直就是精灵，可以在海面之上嬉戏，甚至可以从空中俯冲入海，而后叼着一条鱼轻松地飞出来，它们凭借神奇的翅膀摆脱了大海的恐惧，还咕咕地鸣叫着、歌唱着，尽享阳光的温暖与自由飞翔的快感。于是，古东夷人再自然不过地选择了鸟作为图腾，由此与鸟有了血缘般的亲族纽带关系。"精卫填海"的神话可谓古人被大海恐怖的一面所激发的超级天才幻想了。炎帝之少女名曰女娃，《山海经》有载：女娃游于东海，溺而不返，故为精卫，常衔西山之木石以湮于东海。这个被淹死于海里的少女其魂灵化作了一只花头、白嘴、红足的鸟，箭一般穿出海的波涛，之后在于山峦与大海之间的往返飞翔中不停地叫着自己的名字，为的是啄灭内心滋生的绝望之念。这个悲壮且永不屈服于命运的故事不仅没有被漫长岁月掩埋，反而万古常新。

日照现在所辖莒县，夏代为莒州，周为莒子国，可谓上下五千年，一莒贯古今。地名如此，文化基因亦如此，莒地人视自己为少昊大神的后裔。在神话中，少昊为颛顼天帝的叔父，曾于东方建立鸟王国，是百鸟之王。少昊族的图腾即为鸟，以鸟纪官，少昊善管理，用鸟官如器，各取所长。少昊离开东方鸟王国时留了一个叫重的儿子，名为句芒。句芒是春天之神，人面神翼，他在巡游飞过之地种下绿色希望。少昊后裔建立了东夷古国，远古图腾真是奇妙，在今天之日照，我居然隐隐约约地看到了图腾鸟飞舞的影子。

日照的古老传说如同神鸟一般从远古飞来，盘桓在文字与人们的灵魂里。他们的先祖把太阳想象为三足金乌，故叫太阳鸟，也就是帝俊的化身。这已经非常符合神话中帝俊的形象了，帝俊也常常与舜交织混谈在一起，有时候他们简直就是彼此的化身，帝俊是东夷人奉祀的上帝。在甲骨文中，"俊"原本就是一个鸟头、单足的图象，他与女神羲和生的十个太阳儿子栖息在东方海外旸谷一棵巨大的扶桑树上，他们轮流在母亲羲和的陪伴下飞过天空。更为奇妙的是，扶桑树顶站着一只玉鸡，每当黎明之光初现，这只玉鸡就张开翅膀发出响彻天宇的鸣唱，随之，天下的鸡就此起彼伏地应和着也鸣叫起来；继而，海岸边的鸟群也伸展开长翼翩翩飞舞；海潮哗哗地由低到高、由远到近轰鸣如急促密集的鼓点……太阳神鸟就是在如此隆重的欢迎仪式之中，于扶桑之巅、海潮翻滚之上缓缓飞出华丽身姿的。于是，大地上的人们呼应神鸟召唤，日出而作。

"日出初光先照"的太阳城有个自古延续下来的太阳节，每年农历六月十九，村民们在黎明曙色中匆匆登上天台山山顶，跪地迎接自己的图腾——太阳神鸟。由图腾崇拜一路走来，敬畏与感恩彼此缠绕升华，日照人与自然的关系已经焕发出和谐共生的光晕。

想象与勇敢往往相伴而生。莒州博物馆里静默在玻璃柜中的灰陶大口尊令我惊叹不已，那上面大汶口文化的图像陶文清晰闪亮，这象征人类文明曙光的图像比甲骨文还早了一千多年，是汉字的祖型。其中一个被推测为"旦"字的图像，底部为锯齿形山峰，中间是漂浮的云，顶端是圆圆的太阳。看来，东夷人勇敢想象绘出的最生动逼真的图像文还是他们真切观察到的日出景象。这个旦字图像陶文一经出土——1960陵阳河遗址，即生翼而飞，且栖息在莒州博物馆金字之上，熠熠生辉。

日照市天亮得早，鸟飞得早，人起得也早。我在日照招贤镇五彩现代农业产业园转来转去，又仿佛看到了日照人基因里鸟的特质，总感觉有鸟在眼前飞来飞去。在广袤的土地被纵横的沟渠和分割的田块紧紧束缚的时候，在绿色生机被黄土与水泥覆盖的时候，日照人飞往德国、荷兰、法国、以色列，请来了专家，"衔"回了优质的果蔬花木五彩种子，空运来智能化设备，办起了现代农业产业园。原本终年匍匐于田野的农人如今身着整洁工服成为产业园的职工。那天，我走进"柿一家"智能连栋玻璃温室之前，先在密闭的消毒通道被劲风狂吹一阵。玻璃温室与高大敞亮的厂房相连，透过封闭的大玻璃观看，温室内手指般粗细的一缕缕枝条之上结满了晶莹剔透像红宝石的小番茄。在一个小桌上摆了几盘红色与金黄色的小番茄，引导人请我们一行品尝，有女士说，这东西摸着涩涩毛毛的，不洗敢不敢吃啊？工作人员笑着说，没污染，放心吃吧。我先尝了一颗红色的，浓郁的汁水瞬间溢满口腔，酸甜适度，而且细腻得几乎感觉不到它的表皮。又尝一颗金黄的，感觉不如刚才的甜，酸度正好，别有一番滋味。在场的品尝者纷纷啧啧称赞。在厂房，一边是戴白手套的女工将一缕缕结满了番茄的枝条剪齐而后排列放入包装纸箱，另一边则码放着一箱箱的番茄，我走过时看到有箱子敞着口，便好奇地伸出手想拎一枝来数一数上面有几颗，可不知何时走至我身后的一位女工突然开口说，这个不能动。我哦了一声，即收回了手……

有一天中午，在某乡镇就餐，一盘盘美味海鲜轮番上了旋转餐桌，开吃不久后，餐桌中间那个插满了金黄麦穗的大圆盘吸引了我的目光，一株株麦穗密集组合，高高隆起，修整得像个鼓起的半圆球，饱满的麦粒与辐射状的麦芒闪着金光，在我的眼里旋转成了一轮太阳。大俗大雅，品位不凡，它的光泽朴实且耀眼，盖过了满桌的美味佳肴，却容易被人忽视。当我夹起一张杂粮煎饼放在嘴里慢慢咀嚼时，我突然意识到，太阳竟然与我们如此相近，地球借太阳与月亮之光充满生机，馈赠给我们所需要的一切。

就像深不可测的大海一样，日照是一个蕴含着丰富想象的城市，是一个长着翅膀的城市，她的图腾是太阳鸟。

花间词

瓔宁

一

作为主花的一朵大红色玫瑰，既是美的化身，又溶进了爱的血液。但是，在此时只有一个意义：好运。花头如一根玻璃柱顶着的高脚杯，花瓣层叠妖娆，黄色花蕊微露，清香淡淡，将我吸引住。我犯的第一个"错误"，是从一个花篮里拔下了那朵玫瑰，偷藏起来。似乎我不是来探望生病的舅舅，而是受了某种昭示。医院外的花店里，我求证了它的学名——法国红，也叫法兰西玫瑰。这种玫瑰从法国引进以后由山东沂源、莒县、潍坊、日照的花农大规模种植，他们在故乡的土地上建立起钢架大棚的"宫殿"，类似鲁北平原上上等的民居。自来水、消毒设施一应俱全，现代化的 LED 灯把整个"大殿"照彻，尤其轻轻飘荡的音乐，让人有走进田园，忘记今夕何夕的错觉。但是，法兰西玫瑰依然没能摆脱法由皇宫跌落进民间的命运。

毫无疑问，我将这朵玫瑰带回了石油小镇，并忽然打算开一个鲜花店。这个冲动，竟然将自己十年的时间捆绑于花朵。似乎沿着这朵玫瑰的脉络，我就可以认识除石油小镇外的世界，打开生活的迷宫，重新找到自己的出路。法兰西玫瑰花语"能言善道"，我沉默寡言，不正是互补吗？

开一个鲜花店是我此生犯的第二个"错误",因为我根本不会做商人,给花店起名"诗韵鲜花苑"更是荒谬,因为干起活来毫无诗意可言。那个时候,石油小镇上还没有鲜花店,想必石油工人们对于鲜花的认识也不会深刻到哪里去。第一批法兰西玫瑰进到店里,和它们一起进来的还有一种叫卡罗拉的红玫瑰。卡罗拉玫瑰的花头优雅端庄,像小号的高脚杯,价格也比法兰西玫瑰高很多,产地昆明。尽管我做了很多功课,用三寸不烂之舌说服顾客买了法兰西玫瑰,但还是低估了石油工人们的审美认知。对比之下,大家都更喜欢卡罗拉玫瑰,嫌弃"法兰西",即便它有外国的姓氏也不管用。确实如此。法兰西玫瑰花头短小,像小酒盅,颜色暗红,花瓣散开也没有层叠之美,香气也不如"卡罗拉"。难道我在医院遇见的那朵变异了?亦或是一个意外?卡罗拉玫瑰和法兰西玫瑰就像两个女子,一个身份尊贵,生活在人们的赞美和掌声里;一个普通天奇,加上"容颜"丑陋,身份低下,被嫌弃再正常不过。我不就是法兰西玫瑰吗,以一个家属的身份存于石油小镇上,没有工作、工资、地位,石油工人们都叫我家属。家属,这是一个庞大的女性团队,我们为了摆脱穷困而来,为的就是一个漂着石油味的铁饭碗,至于爱情不爱情,别人看得起看不起,都不重要。长期以来,我们躲在石油工人背后,相夫教子,默默无闻,没有追求,丧失自我。我开一个叫"诗韵"的鲜花店难道不是反叛?一株草芥想学一朵花让自己开得肆意汪洋,引起别人的关注,简直有点异想天开。

每天修剪、换水,都是大工程。等待更是煎熬。作为奢侈品,玫瑰有着无与伦比的美,但是也有着凋谢死亡的致命弱点。那是我实在不愿意看到的场景:花瓣脱水失色,花头低垂,像自我哀悼;花茎发黑,流着脓一样的浓稠液体。法兰西玫瑰的寿命尤其短暂,即使把它们放在冰箱里,它们也活不过一周,真是来去匆匆。就像我,一直被嫌弃。虽然喊法兰西有些轻蔑,但是法兰西玫瑰毕竟还有国外背景、名字,而我自乡下来,名字常常被省略,在有作家的称谓之前,家属一直是我的代名词。

二

石油小镇一直对我紧闭着大门，叛逃早已命中注定。我隐隐感觉，有些花儿跟着我一路颠簸走进了滨城，来了个"鲤鱼跳龙门"，或者说，滨城才是法兰西玫瑰真正的舞台，但是那种舞蹈依然是独舞，是孤寂的，它们也只有在婚车花盘或者开业花篮的缝隙里展示自己拘谨的舞姿。

基因决定了它枝干纤细，短小刺多，花瓣敦厚，花型欠佳，只能做爱情之花的替补或者配角，而没法登上大雅之堂，有时如一枚小枣核，正值豆蔻年华时就被运往市场"滥竽充数"。在各个鲜花批发商那里，法兰西玫瑰受到的也是非人的待遇，他们的门头都用粗大显眼的字体写了"昆明鲜花批发"的字样，"昆明"这两个字不但加粗，还镶嵌了闪烁的霓虹灯，好似目的是让人见了就永生不忘。法兰西玫瑰扎在卡罗拉、自由、新娘玫瑰用过的水里苟延残喘，那水混浊不堪，散发臭气，还漂浮着腐烂叶片；安置的位置也狭窄黑暗，被一些"高傲"的向日葵、香气逼人的紫罗兰、拥有神奇传说的勿忘我挤得脱网、失色、断枝掉头。

临沂后花园路是法兰西玫瑰从乡村走向城市的第一个驿站。女老板说着一口浙江话，染着红红的指甲，每次拿法兰西玫瑰时不知道从哪里忽然来的一股子气，不是一下扔到地上，就是猛然丢到水桶里，每次都让法兰西玫瑰"大惊失色"。她最多的关注在叫卡罗拉的红色玫瑰上，这红色中的经典，花开鲜艳照人，可谓红玫瑰中的上品。

似乎她的生活一直由卡罗拉玫瑰的花梗、花托、花被、雄蕊群、雌蕊群主宰着。她打开包装它们的黑色硬纸，一朵一朵向顾客炫耀推销："看看，看看这玫瑰，无敌了，花头又大又饱满，颜色纯正，枝干挺拔，血统真是纯正啊……"完全无视法兰西玫瑰的存在，好像法兰西玫瑰是多余的，只能做王后的卑微侍女。

每个物种都脱离不开宇宙天地这张大网。俗话也说得好，十年河东，十年河西，就在 2019 年这个冬天，法兰西玫瑰终于有了翻盘的机会。由于昆明花农缩减卡罗拉玫瑰的种植面积、刮风下雨等原因，昆明斗南批发市场严重缺花，卡罗拉玫瑰的价格一路飙升，突破了历史最高点，比情人节的花价还高一倍，从皇后级别上升到了皇太后级别。鲜花销售商们望价生畏，将目光转向了侍女级别的法兰西玫瑰！

日照的花农建强听到这个消息，脸上的皱纹陡然开成一朵南瓜花。在法兰西玫瑰成熟期，他每天晚上都在大棚里待到深夜，坚决地维护着这些"处女"们。他的标志性动作除了抚摸、嗅闻，还有微笑。那是一个男人的笑，真诚憨厚又带有几分奸诈。他自言自语，如果把"宫殿"里的花仙子们都打发走了，就可以换回一大笔钱，他就可以给老婆做子宫肌瘤切除手术，也可以翻新大棚，扩大阵营；上大学的儿子就可以收到一笔可观的生活费；至于自己患风湿的双腿就算了。

他之前在广州做建筑工人，工作是搅拌泥浆，常年与泥水打交道使他的双腿患上了严重的关节炎。五十岁的时候，他辞职还乡，用结算款盖了这个种花大棚。有花的日子依然捉襟见肘，但是他终于又踏在了家乡的泥土上，松软的泥土如父辈的脊梁一样宽厚，让他有安全感和归属感，尤其在他"养育"了法兰西玫瑰后，整个人都变得有了底气和精神气，似乎具有了理想。他遇人便说，去看看我种的玫瑰怎么样？脸上洋溢着神秘和骄傲。建强说，玫瑰也讲缘分，善人看花，花越长越俊，恶人看花，就会影响其发育。

三

寒冷的冬夜，漫长的路途，法兰西玫瑰和香雪兰、鼠尾花、天堂鸟、洋杜丹挤在狭窄的箱子里，被扔上长 27 米的物流车，朝着鲁北平原上我的"诗韵鲜花苑"进发。身下是几个黑色的圆咕隆咚的铁家伙，像些庞然大物，里边散发出难闻的气味，每个大桶盖上都订了一个色卡，红色鲜艳如猪血，绿色如初春的冬青闪着亮光，白色的色卡与黑色的大桶形成鲜明对比，可谓黑白分明，但是黑色大桶上的色卡与大桶彻底融在一起，黑掉进黑里，难以分辨。

花箱的右边和左边都塞着写有苯甲酸钠字样的塑料桶。建强说过，这是一种食物添加剂，可以防止鲜花腐烂。火腿里就有这样的物质，其他食物里也有，长久食用会对人体有害，手接触久了会裂口。我比任何人都更了解这种物质，在油田的肉联厂做家属工时，深受苯甲酸钠之害。它被添加在做火腿肠的猪肉里，用搅拌机一直搅拌，直到全被猪肉吸收。在捆扎火腿的时候，苯甲酸钠会渗透出来浸入手指，当我的十个手指全都出现深深的裂痕，露出里边的红肉时，也是我被企业解除劳动合同之时，双层的疼痛叠加而来，伤痕在扩大着它的边界。

咚的一声，我像一个壮汉把箱子扔到花苑的地板上，用剪刀剪断箱子上黏度很高的宽透明胶带。箱子上的透明胶带纵横交错，把箱子捆绑得严丝合缝，牢不可破。这种捆绑方式如捆绑一个刚捉到的犯人。这透明胶是我每天生活的必需品，情人节、母亲节的时候，透明胶带的使用率达到了高峰，细条身材的透明胶带被一段一段撕下缠绕在花束上，以防其松散变形。有时透明胶带会把我的手指粘得没有知觉，到最后我望胶带而生畏。十年里，我扯过的胶带铺展开可以绕地球三圈，自己也被这些胶带缠绕着无法挣脱，似乎我的日子就是用这些胶带来黏合裂缝，修补残缺。

当我看到花儿们被严密地包裹成了一个个"木乃伊"时，我哈哈大笑起来，一点也不像一个娇小女人发出的笑声，那笑声声浪很高，音频振幅也极大，简直就是一种放肆的、狂妄的笑。触到法兰西玫瑰时我喊了一声，法—兰—西！我拖着长音带着感叹与节奏，有种久别重逢的惊喜。

我拿起了法兰西玫瑰，庄重严肃而又小心。那从卡罗拉玫瑰转移而来的爱尽管有些迟疑，但总算从我的眼睛里流露出来了。撕开它白色的网衣，用手指弹了弹它的身体，嘴巴对着层叠的头部吹了吹，几丝笑容挂上了我布满鱼尾纹的眼角。法兰西玫瑰松开紧张的神经，释放出香气与我对视，让这场相遇充满了必然和偶然的戏剧性味道。

四

生活中的转机是可遇而不可求的，花的命运也一样。卡罗拉的短缺促使法兰西玫瑰的命运和地位发生了改变。在逼仄的诗韵鲜花苑内，法兰西玫瑰不再是配角，转而成为主角。以法兰西玫瑰目前的身份，不可能像以前那样，不是被随便插到混浊的水里，就是被塞到冰箱的一角，好久都无人问津，直到法兰西玫瑰自己哭喊、隐忍、腐烂。

现在法兰西玫瑰用的是用"八四"消毒水消毒过的水晶花瓶，水是我从小区里买来的纯净水，无杂质无污染，干净得像蒸馏水。水里放置了从荷兰进口的保鲜剂，也就是防止腐烂、延长寿命的药剂。每次往瓶子里加药剂的时候，我总是把那种类似盐粒的粉末放到鼻子前闻闻，还想伸出舌头舔一下，但又终止，不然就会再次中毒，就像去年夏季，差点把"八四"片当钙片吞下一样，伤害我本来就不好的肠胃。

我把法兰西玫瑰放在书桌上，找到机会就推销，好像我熟知了经商的法则，尤其强调了它的原产地。我赞美它明丽、浓艳，花瓣能食，还能"蛊惑"爱人之心。与介绍它时不同的是，我介绍自己时常常将自己来自乡村的背景抹去。有次有个中年男子经不住我的"花言巧语"，买了52朵，让我心花怒放。他一边付款一边做出咬牙的复杂表情，并自言自语：520，我爱你！到底是谁发明的啊？

修剪、打刺、包花、打螺旋也有了明显的不同。刺打得小心翼翼，下手轻了，遗漏的刺会刺破手指；下手重了，会划破法兰西玫瑰的皮肤，损伤其寿命。当它们在我的手里成螺旋状旋转起来时，我一边审视圆润度，一边撕去发黑的花边或者多余的叶片，还一边赞赏自己打螺旋的速度或者艺术性。顺时针左旋，这种艺术性，我总想施加给走进花苑的每个人。这叫艺术追求，或者叫诗意。好说话的男士顾客大都买我的账，但是遇到几个难对付的中年妇女就很尴尬，我不能在地位上"压倒"她们，更不能拿出自己的"才华"和"美貌"让她们买账，只有无条件答应她们提出的任何要求，譬如再加些满天星，再多加一支百合花。

我时常用"发作"的方式将一些女客人拒之门外，用更高一级的"发作"反击莫须有的罪名。五年前，刚进城的那个无雪冬天，我骑着电瓶车去送花，目的地是二十里地以外的一个大酒店。电瓶车后座上绑了一个破旧的老式挂钟壳，类似于一个废弃的木质抽屉，花篮就绑到钟表壳上。我信心满满，一路疾驰，车流人流里挤来挤去，无暇顾及自己的狼狈形象和风的凛冽。我只在意路途，在意花篮是否安全。在做鲜花销售近十年的时间里，我几乎没有考虑过自己，而是将带刺的玫瑰视为座上宾，对它们"俯首称臣""顶礼膜拜"。有玫瑰才有生活，只有擎着玫瑰的华盖才能自如行走，就像诗人茨维塔耶娃说的，这就是"刀尖上的舞蹈"。

　　白麓湖大酒店楼前和其他酒店一样，画出了道道黄色粗线，类似于马路上的实线。学开车时教练不止一次说过，一道实线就是一面墙壁。我在汽车缝隙里刚把电瓶车停稳，一个个子不高的保安，一边吹着哨子，一边狂奔，像呵斥动物一样对着我训斥："这不是你停车的地方，你是哪个花店的？！"我吓得全身冒汗，又把车挪到了另一个汽车缝隙里。也就是说我越过了一面墙壁，又去触碰另一面墙壁。那个保安又冲过来使劲拖拽我的电瓶车，差点把花弄到地上。看到花篮有点变形走样，我内心的火终于爆发了，我对着保安吼叫起来："这是谁停车的地方？我是哪个花店的你管得着吗？你凭什么用这样的态度对我说话……"

　　"对你这种人，说话就得用这样的态度！说的就是你这种人！"

　　我跑到大厅大哭起来，叫嚷着让他们经理出来，我要投诉那个保安，并骂了脏话。最后，这件事以收到花的总经理出来骂了保安一顿而收场。返回途中，我为战胜了保安而沾沾自喜，那个破钟表壳在我的电瓶车后座上哐啷、哐啷作响，似乎是在嘲笑我。在漆黑的夜里，我陷入了一种自己到底是哪种人以及这个城市里到底有多少种人的思索中。难道我是"法兰西"，他就能成为"卡罗拉"吗？他自愿逃离了家园，在喧闹的城市里改头换面，穿上一身灰蓝色的衣服摇身一变，对着人大喊大叫指手画脚。手里的铁锹、镰刀换成了警棍，称呼由农民变成了保安。他是不是和我一样，在城市的诱惑下，牺牲了青春的大好年华，丢失了朴实的本性，变得冷漠无情，凶狠起来了呢？

五

　　我至今不知道她是谁。她每次来我的花店都"全服武装"，口罩、眼镜、帽子、手套一件不落，我只能从她的身形判断她的大致年龄。她每次只买三朵法兰西玫瑰，花十块钱。至于她来自哪里，做什么工作，与谁有着怎么样的爱恨情仇，我一概不知。有好几次我围着她转圈，问她到底是谁，那个女子的眼睛只是在眼镜后面静静微笑。她从不开口说话，这让我的感恩无从送出。

临近年关，那个神秘女子来花苑，对着我又竖起大拇指时，一向对顾客只有三言两语的我打开了话匣子："你永远不会知道，一扎金黄色带红边的闪耀玫瑰，一扎娇滴滴如新娘盖头的红双喜玫瑰，一朵如王冠霸气的帝王花，一把花头如儿童吹起的气泡的泡泡花，从昆明国际花卉拍卖交易中心，穿云破雾，飞跃几千里迢迢路途，来到北方小城我的诗韵鲜花苑，会发生什么。有的花头端正完好，其刺锋利如剑，如果触碰，绝对一碰见血。有的花头已经腐烂发臭，只剩直溜溜一根杆儿，但是刺依然挺拔，不肯退场。有时我想，支撑一朵花，刺占一半的功劳。或者说，一朵花是依靠身上的刺活着的，如果把玫瑰刺摘除，就像是摘掉了一个人的心脏。为了让一朵玫瑰保持新鲜直到销售出去，我极力躲避那些刺，像躲避一个蓄意伤害我的男人。不能远了，距离需在目及之处，不能近了，近了会被刺痛。侍弄它们，比保持一场爱情的新鲜度还要让人心悸和恐惧。那些花材中的主角，需要喝糖水美容养颜，吃阿司匹林和维生素延长寿命、预防衰老，养花即养人。"

说到这里，我沉默了，神秘女子的眼镜片上泛起了雾花。她怔了一会，抱着那几支大红的法兰西玫瑰花，像抱着自己的孩子，走出了花苑，消失在喧哗的市声里。那几支玫瑰在川流不息的街道上摇曳、颤抖，不谙世事。邻居告诉我，这个女子来自陕西，在离我不远的路边摆摊卖炸鸡，是个哑巴，她的女儿从出生到两岁没说一句话，玫瑰是买给她女儿的，她希望有朝一日，她的女儿能吐出一字半句。我的心一阵痉挛。似乎有一枚刺钻了进去。

去年秋季的某天，我去她的炸鸡摊位上找她，但她没有出现。在她待过的那个摊位上，除了大面积的油渍，我还隐隐约约看到了一个花瓣的印痕。在失落与惆怅里，我似乎听见一个小女孩咿咿呀呀地喊着："妈妈，妈妈。"

我把手里的玫瑰花与仙女花放在了那枚花瓣的印痕处，鲜花摇曳发出阵阵醉人的香气，似乎是某种抵达。

一个家族的两地追寻

王 芳

我在日照遇到过一个科学家。

站在一座修竹林立的院子里,青砖砌就的宅院在树荫中秀气地氤氲出海地风情。种德堂、慎德堂、观兰堂、古梅轩、同生堂,每一个称呼都带有古雅的风味,几个院子虽是新筑,却依稀能感觉到旧时的气息在回荡。

这是科学家丁肇中的祖居。

丁肇中,实验物理学家,美国国家科学院院士,也是中国科学院外籍院士,曾获诺贝尔奖。高能物理让他"折腾"出了一项又一项新成果,蜚声国际。

慕名而来的人太多,皆高山仰止。听着天书般的科学成就介绍,当时的我,只记住了一个科学家的地位,并未深究。

等我再去日照时,又遇到一个丁姓人——山东省散文学会会长,作家丁建元。

曾听人说,丁家在日照是名门望族,于是不揣冒昧地嚅嚅开口:丁会长,您是丁家人吧?

他笑,是呀。

我也笑,是就好,一个大家族总是有许多故事可供谈说和琢磨。

果真,我看到了丁建元先生的文章《纸上的家族》:

惟我家谱，履历备详；

原籍海州，肇始武昌；

明初来照，相宅河北；

天启开科，崇祯任职；

乡贤名宦，德言事功；

显扬令绪，繁育兴隆；

……

这是歌谣，也是丁家的辈分排序，每行四字，一行一辈，每代人从该行中选取一字。很显眼，那个"肇"字便跳出来，丁肇中啊，肇字辈。

六百多年前，朱元璋祭起大旗，要建立一个属于农民的江山，丁氏先祖跟随朱元璋征服天下，军功在身，始封淮阴，又从淮阴到东海。明朝定鼎之后，丁氏迁来日照，初居傅疃河北面，这时的丁氏毕竟是朱元璋征天下的功臣，还不能卸甲归田，只能半农半兵地过日子。时间久了，他们无一技之长，日子过得艰难时，便举家迁往涛雒镇。

涛雒，黄海之滨，洛水之波。

之所以迁往涛雒镇，是因涛雒地处海之滨，是海曲盐产重地，人们煮海为盐，日子富裕。从汉武帝时起，涛雒就设有盐官，盐事一业，带动了涛雒的发展，经济繁荣后涛雒成为一方重镇。到清乾隆时期，山西的晋商闻风而来，在这里盖了三幢二层36间木板楼房，原汁原味的山西风格，端得气派，就在这样的楼房里，山西商人开了当铺。道光十四年（1834年），山西客商张元资又在繁华的十字街建起"德元"当铺。那时是山西商人的天下，以汇通天下，山西人走了很远，我没想到这样的一个小镇，出了一个科学家的小镇，一样有山西商人的足迹。民国时，涛雒商业鼎盛，商人多达几百户，产业涉及多个行业。只是工业社会来临后，涛雒几乎与晋商在同一时期衰落。

自此，我对这个家族有了实质性的感知。

按家谱记载，那时的丁氏传到丁珩一辈，丁珩一心向儒，自己成为庠生，又出资办学，让家族子弟都来读书。到了天启年间，朝廷开科举士，丁珩两个儿子，长子丁允之高中进士，后来出任苏州知府，次子丁允登成为贡生。自此，修身治国平天下的千年儒学理想成为丁氏庭训。丁允之生12子，12子繁衍了12支族人，丁氏开始走向丹青留名。

据家谱记载，丁氏从明到清，有举人49人，进士14人，翰林2人。

清末，丁氏族人丁惟汾追随孙中山革命，成为同盟会山东主盟。丁惟汾（惟字辈）资助同族后代丁观海到美国学习土木工程，丁观海的长子，就是天下皆誉的丁肇中。

"家谱就是纸上的宗祠，一座道德的灵堂。杰人们出生于这个家族，又超越家族融入了民族，而民族又是无数家族的交集。为了他人，为了社稷，为了朝廷国家甚至人类，奉献出自己的智慧甚至生命，虽然时过境迁，朝代演变，但这些基于人性、人情的崇高精神，为社会构成了永恒的幕墙。"

读到这里，我不禁拍案惊起，一股浩然正气从清风明月中，从涛雒的修竹树影中升腾而起。丁肇中之所以如此，与丁氏家族的庭训密不可分，丁建元能写出这样的文章，自然也领会了丁家传承。而晋商参与过涛雒的兴盛，那丁氏家族中便隐约有着山西人的影子。

再去日照时，我没想到会碰到第三个丁姓人。

丁家楼子村。

一座名叫"丁公石祠"的建筑坐落在村南。这座石质的祠堂与丁惟宁有关，据说就是丁惟宁建起来的，记录下了丁惟宁的一段隐迹。石祠外有"仰止坊"，这是一座相对简单的牌坊，"仰止坊"三个字由丁惟宁题写。牌坊上有"一咏一觞百年之逸兴，勿伐勿剪绵千载之遐思"的楹联，是后人丁辉斗书写的，一看就深得王羲之之精髓。

就在石祠西边的九仙山南麓，苏轼曾驻足，东坡题写的"白鹤楼""第一山""留月"还在，东坡的《江城子·密州出猎》还在风中飘扬，尽管"左牵黄，右擎苍，西北望，射天狼"的身影说不定还在山中游荡，万众瞩目的东坡却吸引不了我的幽思了。

我还在想丁惟宁。

丁惟宁，字汝安，号少滨，又字养静，山东诸城人。嘉靖四十四年（1565年）

考中进士，先任清苑知县，后升四川道监察御史，出任直隶巡抚，万历三十九年卒。

万历十五年（1587年），丁惟宁因遭诬陷，辞官归里，隐居在九仙山，也就是"丁公石祠"所在地。

九仙山，尽管以"奇如黄山，秀如泰山，险如华山"而著称，奇峰异石、洞窟泉瀑，端得秀丽，可对于我来说，最重要的却是丁惟宁曾在山西长治做官，尽管我看到的介绍里并未提到。

乾隆版《潞安府志》对于丁惟宁，在《宦绩》一节里，只有短短几句话：

丁惟宁，诸城进士，嘉靖年间长治知县。县宜桑，人多以绸为业，往时上官来，取差役需索无已，民甚病之。惟宁独力为裁抑，不少徇。征拜御史，官至湖广副使。

这几句话，简单吗？

并不。

这里隐藏着一段潞绸史和一场农民起义。

丁惟宁是在清苑知县任上接到朝廷任命的，因长治县管理混乱，让他奉命前往治理，于是，隆庆元年（1567年），丁惟宁来到了长治。

关于丁惟宁来长治的记载，有说县内多有强势之家，平日横行霸道，作威作福，奴役百姓，上下苦之，官府也不敢说话。这样的说法未免简单，且套在哪里都可用，还是《府志》更具体。

彼时的长治县已经经历过陈卿起义，这场源于粮食粮库的战争波及山西、河南、河北三省，于嘉靖八年（1529年）被朝廷派人镇压。兵科给事中夏言上奏明世宗，把潞州改为潞安府，置长治县，另立平顺一县。朝廷对此地的平安寄予多大的厚望，从地名的变化便能看出。

丁惟宁来时，陈卿起义已过去了差不多40年，彼时之乱肯定不是战乱，可又是因为什么而乱呢？

先说潞绸。

山西潞泽地区，也就是广义上的上党地区，很早就有种桑养蚕织布的记载，《隋书》中就有"上党之民多重农桑"之说，不过最初上党种桑只是自给自足。

朱元璋开国，战乱过后，皇帝深知应令民休养生息，遂大力鼓励开垦，发展粮食作物。弘治《明会典》中有：令天下农民凡有田五亩至十亩者，栽桑麻木棉各半亩，十亩以上者倍之，田多者以是为差，有司亲临督视，惰者有罚，不种桑者使出绢一匹，不种麻者使出麻布一匹，不种木棉者使出绵布一匹。

看看，具体怎么种，都有明文规定，不栽就会被罚，还有专人监管，当时的潞泽地区设有织造局，监管每年的绫绢上贡事宜，有政策有渠道，潞泽地区蚕桑业也就发展起来了。蚕桑业发展起来，丝织业也就发展起来了。弘治《潞州志》记载，弘治年间，潞州有桑树 8 万余株，织机 9 千余张，机户由朝廷颁发执照，持证上岗。后来，由于潞绸品质好，花色多，成了皇家贡品，故宫的龙袍上就有"潞绸"二字，可作佐证。潞商把潞绸带向各地，还出口阿拉伯、印度、地中海沿海国家，以及欧洲、非洲等地。

元末明初贾仲明在杂剧《李素兰风月玉壶春》中就有买卖潞绸的台词。可见潞绸发展之繁荣。

可发展势头良好的丝绸产业，却在嘉靖年间陈卿起义之后开始走向衰败。

为什么会衰败呢？

并不仅仅是因为战争。从洪武到弘治年间，潞州种植桑树和交纳丝绢杂赋逐年增多，可生产却出现了问题，当时正遇小冰期气候，上党地区山高地寒，不适宜大规模种桑，为了应付各种赋税派造，只好外购蚕丝蚕茧，潞绸成本大幅增加。当时朝廷收解潞绸的价格是低于潞绸的实际价值的，监司又从中作梗，敲诈勒索，战火绵延后，机户本来就大减，丝价又不断上涨，加上战争后的疮痍，以至于民不聊生。

蚕桑业衰败了，丝织业也随之衰败，但从嘉靖到隆庆再到万历年间，贡绸匹数却成倍增加。《潞安府志》中有"明季长治、高平、潞州卫三处共有轴机一万三千余张，十年一派造，绸四千九百七十匹，分为三运，九年解完。长治分造六分二厘，高平分造三分八厘，造完各差官解部交纳"的记载。干巴巴的数字却是硬邦邦的任务。《府志》所记，差役需索无已，民甚病之。也就是说，派造监管人员需索无度，人们不胜其扰，纷纷背井离乡。

丁惟宁来后，一力减少摊派和税负，对横征暴敛的官员决不手软，予民生息。五年，丁惟宁尽心治理，长治县社会稳定，民生向好。

丁惟宁于隆庆六年（1572年）调任四川道监察御史，也就是《府志》里所讲"征拜御史"。他离任长治时，全城百姓夹道相送，无人不垂泪，以表对他治理长治县的感谢，他走后，百姓们为他立生祠，人称丁公祠堂。

明代长治县城位置在如今长治市县前巷附近，沧海桑田，早已遍寻不见，但不妨碍我们想象曾有一座丁惟宁的生祠矗立在人群聚集处，人们每每在那里虔诚地表达自己的怀念之情。

而有趣的是，时隔两百年后，丁惟宁的七世孙丁琰来到长治县任知县，地方父老请丁琰一起拜谒过丁公祠。《潞安府志》对此也有记载，说丁琰像先祖一样惩治了压迫乡里的衙役，还修缮了文学院，建起了普济堂。丁琰后来在江西同知任上积劳成疾病逝。这说明，丁公祠清代时还在，只是不知从什么时候失去了踪影。

更为有趣的是，《金瓶梅》中有17处写到潞绸，比如：第三十七回有"西门庆为王六之女爱姐买了两匹红绿潞绸"，第三十九回有"吴道官送与哥儿西门庆的礼物中，有一双青潞绸衲脸小履鞋"……

而丁惟宁是不是属于丁肇中同宗的丁氏望族呢？

诸城县志中说，诸城丁氏始祖丁兴，先是世居武昌，有战功，洪武二十四年（1391年）封淮安府海州守御，世袭百户；永乐年间，由海州迁诸城藏马山。诸城丁氏多为朝廷官员，自六世祖丁纯开始，以科举成名。

到此或亦可推断，日照丁氏和诸城丁氏皆出丁兴，是一支。再查资料发现，潍坊、菏泽丁氏也为同宗。

白鹤楼说苏轼

刘亚荣

我至今分不清，在九仙山前翩跹的白鹤，抑或是白鹭，到底是不是梦境。当然，我也没去找同去的朋友求证，这里到底有没有白鹤。苏轼所书"白鹤楼"就是最好的证明。在宋神宗熙宁年间，白鹤，与山与河与苏轼同在。

小满到了，九仙山下的丁家楼村，樱桃正红。有大姐在路边卖包粽子用的梓椤叶和马蔺。从丁家楼村到九仙山，需越过一条窄窄的小马路，路与山间，分布着大大小小的青石，有清浅的溪水绕着石头流过。酸枣和藤本类植物爬满山崖，盛开的金银花，流光溢彩，清香氤氲。小蜜蜂和小蝴蝶恋着花忙碌着，艾蒿的芬芳让这里变成幽谷。白鹤楼，被时光隐在大山上，通往白鹤楼的路已被一次次打通又埋没。若没有当地朋友引领，寻找白鹤楼并非易事。没有石阶，土石相间且被藤本草木遮盖的路，需借助两侧的灌木和树攀上去。转折间，突然凉气扑面，抬头大树森然，一块巨石倚于山体——苏轼的白鹤楼遗址到了。站在树荫下，北面山峰清丽，呈扇形，犬牙参差，山石裸露，浓绿的树像山的胡须，按艺术审美具有水彩画的况味。南面一条河蜿蜒流去。隐约有白鸟在枝头飞舞，瞬间隐去踪迹，河流的方向绿树婆娑。我以为自己看花了眼，确有鸟鸣婉转。果然是天然的观景之地。传说印证着九仙山的美丽，每年仲春时节，这块巨石上常有白鹤翩翩起舞，栖息繁衍，当时的密州百姓称巨石为"白鹤石"。

苏轼来到密州后，闻听此处白鹤之传说，来此览胜，恰逢白鹤在巨石云集，有的在亲昵，有的在梳理羽毛。见人来，飞至天空以"一"字形和"人"字形翱翔。众人拍手惊叹，如遇祥瑞。苏轼遂决定建一座以白鹤为名的白鹤楼。

遗址有两间房子大小。传闻，清康熙年间的一场地震，瞬间让屹立青山间几百年的白鹤楼倒伏在地，风雨侵蚀又让它了无踪迹，平平展展的石面上唯余几个立桩基的孔洞。

当地朋友说，苏轼在密州任职期间，先后创作诗、词、赋达二百余篇。可惜苏轼在密州仅待了两年，不然会留下更多的传世诗篇。诚然，苏轼的千古绝唱《江城子·乙卯正月二十日夜记梦》《水调歌头·明月几时有》和《江城子·密州出猎》，均是为密州所作，被世人称为"密州三曲"。《江城子·乙卯正月二十日夜记梦》悼念亡妻王弗的情深意切令人唏嘘；《水调歌头·明月几时有》表达了对胞弟苏辙的思念；《江城子·密州出猎》，其家国情怀让人敬佩。这三首诗词，也是苏轼在密州的心境。

苏轼于1074年任密州太守。那年密州大旱，蝗虫铺天盖地，庄稼了无收成。就任路上，沿途百姓正在深挖沟，掩埋蝗虫卵，以防第二年蝗虫猖獗。甫一上任，苏轼就将治理蝗灾列为第一要务。当他问及当年蝗灾情况时，厚脸皮的官员竟然说，蝗虫不为灾，蝗虫来，可为田地锄草。此等话出，令寒冬里的苏轼连打几个寒颤。

时间已遮蔽了苏轼当时的表情。但关于治蝗灾他留下了文字，见于《和赵郎中捕蝗见寄次韵》。这次的窘，不同于他在黄州因薪水不足导致的一家生活所难，他所忧心的是大旱之年蝗灾似虎，老百姓的疾苦。为了消除蝗灾，苏轼昼夜巡视于密州境内，遍访野老农夫，求灭蝗经验。同时，以工代赈，开仓赈灾。读到这些文字，眼前呈现出一幅画面，一个身穿官服的文弱中年人，挥着扫帚拍打着如飞蝇般密密麻麻在高粱地啃噬的蝗虫。随从与百姓也奋力扑打，拍打声盖过沙沙的噬咬声，沟里厚厚一层死蝗虫。军民一心，这块田保住了，可是周围的高粱苗早已被蝗虫吃净。苏轼看着愁苦的老农，说，距立秋还有些时日，种荞麦还能有收成，我已派人去外地购买荞麦种子了。两个月后，这片地上，红秆绿叶开着如海的白花，密州的百姓有救了。

苏轼在密州治蝗虫留下芳名，对猛于蝗虫的匪患也毫不手软，有史为证。

而我，更喜欢读苏轼的《江城子·密州出猎》："老夫聊发少年狂，左牵黄，右擎苍，锦帽貂裘，千骑卷平岗。为报倾城随太守，亲射虎，看孙郎。酒酣胸胆尚开张。鬓微霜，又何妨！持节云中，何日遣冯唐？会挽雕弓如满月，西北望，射天狼。"一改此前杭州任职期的婉约气质，这首词豪气冲天，写出了抱负，写出了气概。我记忆里年画不少，独缺这样一幅千骑跃马山岗的狩猎图景。我的眼前浮现出苏轼出猎的影像。地点，也许在五莲山，也许在诸城，也许在日照的九仙山附近，概而言之是在北宋的密州，恰是王安石变法期间。画里的主角是一个中年男人，他跃然马上，苏字旗随风飘扬，数条猎犬跑在队伍前跃跃欲试，凶猛的苍鹰在肩上展翅欲飞。他身后是戴着锦帽、身着貂裘的将士随从，或持枪握叉，或张弓搭箭，旌旗招展，人欢马叫。马蹄翻飞，腾起的烟雾追随人群数里远。穷尽笔墨也临摹不出苏轼的狂放豪迈酣畅淋漓之风，其壮观场面，实难复述。这首词的上阕，场面宏大热烈，画面般呈现，让人有身在行猎队伍中的感觉；下阕是该词之灵魂，彰显了主人公立功报国的英雄气概，其忧国忧民的情怀，更令人折服。他这首词，果真不同于柳七郎的婉约风格，尽显磊落豪气，犹如猎猎北风，自成一家。

《念奴娇·赤壁怀古》虽然更有影响，但对苏轼的创作来说，《江城子·密州出猎》更有代表意义。我想，苏轼词风的变化或许与密州的地域风情有关。密州辖诸城、日照、莒县、五莲、高密等，东南濒黄海临胶州湾，为京东路第一大州。山川巍峨峭立，沃野苍茫广袤，历史悠久，民风豪爽，身处其中的苏轼激情和灵感迸发，自然而然就创作出一系列传世名篇。他不止一次盛赞九仙山，"九仙今已压京东""西望穆棱关，东望琅琊台，南望九仙山，北望空飞埃。"

苏轼的抱负和祈愿在《江城子·密州出猎》中尽现。彼时，他已经从杭州遭贬的低谷中走出来，渴望像魏尚一样，纵然鬓发洁白却尚有报国的机会。《江城子·密州出猎》这首词，"令东州壮士抵掌顿足而歌之，吹笛击鼓以为节，颇壮观也！"数百年后，读之，平添男儿气概，恨不能生于那个时代，跟随于苏轼左右。

绕至巨石前，上书"白鹤楼"三个字，据传为苏轼手迹。字的周围也有与石顶相似的数个孔洞，题款已在风雨的侵蚀下漫漶，任后人流连、吟哦。

巨石旁一棵碗口粗的杏树，杏子微黄，蒜瓣似的缀满长枝。几个人就在石前与杏树间逗留。这棵杏树，显然与苏轼无关。就像我对苏轼的诗文，并没过多关注，我更关注有关他的美食，比如东坡肉、中山松醪酒，而此酒恰与河北有关，是苏轼于定州任职时所创。他曾用行书写过《中山松醪赋》，真迹现珍藏于吉林博物馆。

我站在白鹤楼遗址处，闻着花香、艾草香，心却回到了河北，心里想着苏轼在定州的诗文和酒。

我迷迷糊糊，微醉般。"哎呀！"我惊呼一声，脚下一滑，跌倒在碎石沙砾的山路上，手机丢在旁边，手里还拿着咬了一口的青杏。左侧是一个深达两三米的沟，沟里碎石荆棘遍布。有惊无险。也许是苏轼保佑，居然毫发无伤。

纵观苏轼的人生半径，与很多"州"有关联，眉州、杭州、密州、徐州、湖州、黄州、汝州、登州、郓州、扬州、定州、惠州、儋州、常州等。眉州为其出生地。这些点连成线，竟达北宋半壁江山。他一生颠沛流离，命运坎坷，却始终秉持为官一任造福一方的宗旨。密州任职，可圈可点。我曾去过眉山、定州、杭州等地，多处遗迹证明着苏轼的功绩。我比较认同陆游对他的评价："公不以一身祸福，易其忧国之心，千载之下，正气凛然。"

苏轼主政密州，灾情消退，百姓安居乐业。他又来到草木葳蕤，鸟语花香的九仙山。闲暇之余，猎山鸡兔子，溪里捉鱼；在白鹤楼把酒临风，隔窗观景，看白鹤在飞舞的间隙将跳跃的蝗虫吞到嘴里；烈日下，苏轼戴着斗笠帮老农扶犁耕作；夜幕降临，万物静寂，唯有一轮明月照彻着九仙山。此情，此景，苏轼举杯唱吟："前瞻马耳九仙山，碧连天，晚云间。城上高台，真是个超然！""明月几时有，把酒问青天……"

晴川历历九仙山，此地已无白鹤楼。人们鞍马劳顿来此凭吊，我想，除了为了九仙山的美丽景色，更多的是来一探苏轼的人格魅力。林语堂先生说，苏东坡是一个无可救药的乐天派、一个伟大的人道主义者、一个百姓的朋友……深以为然。

时隔半年。一轮弯月挂在太行山巅，九仙山也该月光如霜。白鹤正在迁徙途中，说不定正在九仙山白鹤楼遗址前翩跹逗留……

我擎起一杯中山松醪酒，说："苏轼先生！请来饮一杯家乡酒。"

百年海棠（外一章）

田万里

这两株纯正的湖北海棠位于日照市东港区政府大院内，具体位置是原来的日照县衙二堂之后与三堂之前，树高 13.2 米，根茎 0.78 米，冠幅 10×12 米，乃蔷薇科苹果属的落叶阔叶乔木。每每花期到来，花蕾呈粉红色；花蕾绽开后，为粉白色。盛花期也就一周的时间，为每年的四月下旬。海棠树龄已有 354 年，乃强阳性树种，喜光，耐涝，抗旱，抗寒，寿命长，主要分布于江淮之间，俗称梨花海棠。

据日照县志记载，东港区政府大院原为公廨，也就是知县办理公务的官署、屋舍等。这两株海棠植于清康熙七年（1668 年），是时任县长杨士雄从外地移植而来的。当时日照经历了一次较大的地震，灾后县衙重建时将其移来种下，同时也种下了中国传统式庭院的智慧和学问。

这两株海棠树春季满树白花似雪，秋季红色果实累累，主要用于园林绿化，观赏价值极高。我国著名的海棠专家，北京林业大学园林学院高珂教授，偶然见到这两株海棠树，认为其属地应为湖北。从树龄、树势、开花这三个方面来看，应为全国第一，是国家级保护古树名木。

海棠花素有"花中神仙""花贵妃""花尊贵"之称，花姿绰约，花开似锦，自古以来就是雅俗共赏的植物。这是中国传统式庭院里纯正的花卉体现，亦是传统意识里最高的审美表现。无论岁月怎么变换，它们依然在默默地绽放。其实，这已经成为日照县衙的历史积淀……

日照县衙，明时称公署，明弘治十五年（1502年），县衙大门由知县白汝舟重修。大堂三间，大堂即为公堂、正厅。东室承发房，即地方官署书吏房，书吏为承办文书的吏员。在这里可发送文件，执行判法，并行处理民、刑案件的通知。西室为仓库。堂后为二堂，二堂后为内宅，东为花厅。大堂台阶两侧书吏房十间。前为仪门，此乃明、清官署的第二道正门。左右为角门，所谓的角门，即左右两侧的小门。仪门内箴石坊，是明万历乙巳知县李文星修建的。所谓箴石，乃古代治病之具，其作用是规谏或告诫。明嘉靖帝撰写《敬一箴》，曾下令各地府衙刻碑立于官署。万历四十三年（1615年），知县陈如锦修建东钟鼓楼。清光绪十一年（1885年），知县陈懋重修。

县衙西侧为狱房，万历二十一年（1593年），知县杜一岸重修，狱房北侧为马厩。

清康熙七年（1668年），日照一带发生地震，堂宇、门楼皆毁坏。清康熙九年，知县杨世雄重修，并从外地移来两株湖北海棠，植于县衙二堂之后与三堂之前。清光绪五年，知县宫本昂修建卷棚、二堂及花厅。卷棚，又称"轩"，这里的卷棚是指室内天花板的一种，使用位置常在檐柱与前后金柱之间，用于增加轩内的艺术效果。清光绪十一年，知县陈懋重修大堂、仪门、东花厅。

在大门内东侧一隅，有一个寅宾馆，是万历十五年知县张尧辅建的，其主要作用就是恭敬引导，实为接待宾客之用。明万历十九年知县杜一岸，万历四十三年知县陈如锦及清康熙九年知县杨世雄续修。西有申明亭、旌善亭。民间善恶之人，其人、其名、其事均要书写于此。

又据县志记载，大门东侧为阴阳学和医学，又东为监察院。阴阳学是专门训练阴阳人的机构，阴阳人也就是通晓天文历法之人，其长官为典术，能掌握天文、占候、星卜、相宅、选日等事。另外，所谓的医学，即为掌握全县医务的机构，由典科专门负责。

如今斯人已去，旧事难寻，往昔已是遥远的记忆。这两株海棠已不知在这里经历了多少陈年旧事，世事变迁，岁月无情，但它们在这片古老又年轻的土地上，依然自由自在地绽放着。在那些日子里，它们似乎已经想到了什么，但那只是植物之间的互动、沟通和交流。若换一个角度来看，它们就像两位老者，尽管已是三百五十四岁的老人了，但它们青春依旧。特别是在海风吹来的时候，它们遥望着蓝天、白云，情不自禁地触摸着对方。叶片在风中相互摩擦的声音，就是它们在相互倾诉着对故乡的思念啊！

它们在当地人的眼睛里，时刻映现着一种精神，这便是日照人的高雅情趣。当然了，这也只是我自己的想法，历代造园或赏花人始终都不会染指海棠花儿的纯洁。自从这两株海棠树落户日照以后，清代与民国已有多少人目睹过它们的芳容，至今赞叹之声就像一树一树的花儿。

我望着这两株海棠树，掌心里仿佛已经浸透海棠花儿的馨香。红的、粉的、白的尽在手中，令人随意赋形，遐思不断。只有这样的美好想象，方可深入它们。就像《紫月录·卷二十八·六祖下第十四世》所记载的，青原惟信禅师给弟子们讲课时谈到："老僧三十年前，未参禅时，见山是山，见水是水。及至后来亲见知识，有个入处，见山不是山，见水不是水。而今得个休闲处，依前见山只是山，见水只是水。大众，这三般见解，是同是别？有人缁素得出，许汝亲见老僧。"故而，三百五十四年过去，这两株海棠树以及花儿已经成为日照人的精神风貌和真实写照。

这并非写作者多愁善感，即使在这篇文章里，海棠树也依然是结尾处最美好的韵脚。我离开日照以后，这两株海棠树以及海棠花儿还时常闪烁在我眼前。脑海里奔腾着一种写作的冲动。是的，是应该写一写这两株海棠树了，因为它们已经融入我的生命和生活，化作遥远的思念。

试想，如果日照之行缺少了这两株海棠树以及海棠花儿，那该是多么大的遗憾啊！

话又说回来，若要观赏这两株海棠树及海棠花儿，每年四月下旬是最佳的观赏期。每天早上起来观赏它们的时候，海棠花儿显得绚丽多彩，片片叶子上的阳光更加明亮。既来之，则观之，这是高山仰止的素养和表现。上午观赏它们，则以十点以前为佳，因为此时的阳光是倾斜着洒下来的。下午三点以后，则已避开了太阳的直射，也宜赏花。两个多月以后，夕阳西下的时候，在遥远的梦乡里观赏这两株海棠以及海棠花儿，已是望梅止渴的事了，我相信它们依然会记得我呢。

在日照，在海边

一来到日照的海边我就感受到了另外一种气候：温暖、潮湿，让人很舒服，也许这就是内地与海边的分界点。

夏夜的晚上，日照整个城市仿佛已经进入寂静状态。在海边，那璀璨的灯火已照亮大海。我从一个遥远的城市樱城鹤壁突然来到了海边，犹如从梦中陡然醒来。阵阵潮汐仿佛举起的手臂，一次次地在为陌生的客人欢呼。

我听到了大海里的日照，听到了大海里皎洁的月光，听到了大海里璀璨的星光。明明是在夜色下沿大海堤岸行走的，我的眼前却突然明亮起来。海风披在我的身上，就像刚才匆匆出门时，随手掂起来的一件外套。

听说海边情人岛上的情侣，透过夜色，正痴痴地眺望月亮上的仙女呢。我凝视着月亮，月亮对着我只是微笑了一下。

在海边堤岸上的花园里，人们在悠闲地散步。海水有意或无意地拍打着我的名字。

此刻,对岸的喧闹和嘈杂声渐渐地消失了。月亮在海水里闪烁着一对眼睛，他见我走远了，就又跟到了另外一片水域。它在前面等着我呢，就像日照这个城市的热情，就像路边蟋蟀的歌声，它尽情地唱给我听。

走在海边，就像走在今夜的梦里，人还没有入睡，梦境却已经笼罩住了我。刚刚看到的人与物，似乎已是另外一个世界。海水里的星星观望着我，灯光、月光、星光交织在一起，这让我感到一阵阵眩晕：莫非人间的日照乃仙境？谁又说不是呢，看看附近的这一切景物，就像在梦中看到的似的。

啊！人间仙境乃日照，日照仙境在我心。即使深夜潮水把我一次次唤醒，睡眼惺忪之间，我依然感觉这里是人间的大美之境。当月光重新走近我梦里的时候，已经入睡的我，却神秘地溶解成了床上的月光。

定林寺寻人

支 禄

辗转几千里来到千年古刹定林寺,不是听千山万壑的鸟语,不是因久居城市郁闷而出来散心,而是来寻 1500 年前一个名叫刘勰的人。是否能在这里遇见?是否能聆听到一言半句?是否能寻觅到一呼一吸?……

沿着中华砖铺就的台阶而上。片刻间,不知是一个人千里迢迢而来的虔诚感动了上天,还是上天眷顾天下茫茫苍生,过路时顺手撒了几把雨,这雨看上去比平时的雨粒大多了,落在手背宛若初开的莲花,一下子溅在石阶上,叽里咕噜嗡嗡,犹如声声诵经。

大风吹过,顺路带走了过路的雨,云雾打开,太阳露出脸盘,神似的撒下千万道佛光。日照因"日出初光先照"而得名,见不到金色的阳光满坡流淌,等于枉来一遭日照,此时此刻,太阳给人们披上了流光的"袈裟",我一步步虔诚地走向幽静的定林寺。

千年了,一个人的音容笑貌、举止谈吐、远大抱负让一场大风带走,风走了好远好远的路,走了一千五百多年。有一天,风突然想到了什么,在奔跑时幡然醒悟,火急火燎地掉过头往来路吹,一个人被吹走的一言一行、一悲一喜、一嗟一叹、一朝一暮,又跟着天地间消停不下来的风,一路沧桑满面地折了回来,气喘吁吁地再次来到定林寺。

云天之下，山河之上。

行走众僧之中，风，已在预料之外提前抵达。细想，与刘勰不期而遇的地方有很多，比如江苏镇江、南京、钟山，浙江衢州，山东日照莒县浮来山等，但我选择了浮来山的定林寺，走走转转校经楼、银杏树、清泉峡、怪石峪、仙书石、救生泉、卧龙泉等，期待相遇。

风，不停地吹呀！吹。一个个把头伸进风中，耳朵竖起就听见噗嗤噗嗤的脚步声，一个追随佛光的人迎面走来或背你而去，或者干脆一动不动如一棵树，垂下的枝条轻轻地拍着我的肩膀，心有灵犀一点通：你如期而至，已如我所愿。

刘勰作为我国古代屈指可数的文学理论批评家之一，撰写的《文心雕龙》可称得上空前绝后的巨著，被誉为"中国第一部文学百科全书"。著名历史学家范文澜先生说得妙极了："系统地全面地深入地讨论文学，《文心雕龙》实是唯一的一部大著作。"

不难发现，鲁迅先生对中国传统文化并不怎么看好，曾写作《青年必读书》一文，主张青年应"少读甚至不读中国书"，但他却"倾力举荐"《文心雕龙》："东则有刘彦和之《文心》，西则有亚里士多德之《诗学》，解析神质，包举洪纤，开源节流，为师楷式。"

《文心雕龙》的出现划开了一个时代，中国文学理论批评从"平原"地带凸起了一座"高峰"。

定林寺始建于南北朝时期，是刘勰晚年遁迹藏书校经之处，距今已有一千五百多年的历史，为山东省现存最古老的寺院之一。

"遁迹"，指隐避行踪，隐居。刘勰悄然身退来到定林寺，如鱼沉潜到寂静世界的底部。尘世，一棵草也心知肚明：一个人已经有那么大的名气，如一座孤峰耸入云霄，挺拔在大平原之中。人进入层峦叠嶂处就有绝妙的风景，养眼也养心。我们朝一座名叫刘勰的山峰走去。恰风华正茂，大把大把的时间攥在手里，挪出点零头，还可以瞅一瞅路边的山山水水，云烟苍茫中，一起一伏地来到了定林寺。

《庄子·在宥》里有句话："独往独来，是谓独有；独有之人，是谓至贵。"

真正精神富足的人，就像一只狮子，有傲骨，有志向，独来独往，决不做猕猴成群结队，虚张声势。

刘勰就是那只乐于遁迹的"雄狮"，在正当把盏对酒之时，一纸面呈圣上：退出凡俗事务，请求出家。皇帝不准，他就燃发明志，在乎心诚求真。皇帝看刘勰心已死，最终也只好点头应允。

正当平步青云之时，刘勰一个急刹车，出人意料。大风吹骨，铮铮如铁，磐石之心，永无回头。一步一步，越去越远，如一只白鹤款款地落入定林寺。莲花之上，檀香袅袅；孤灯残影，经书沙沙。

刘勰自幼丧父，二十岁又丧母，家徒四壁。年少入私学苦读，诗书礼易诸般娴熟，后来幸得僧祐和尚赏识，大师认为其此生可渡可削可扶，之后，一棵小草就能长成一棵大树！一切正如僧祐所料，苦难出诗人，也出刘勰这样的文学理论批评家。刘勰寓居定林寺，奋笔疾书，花费五载，写就被誉为"艺苑之秘宝"的《文心雕龙》，全书十卷五十篇，三万七千余字。

"人贱物也鄙"，梁朝的天空下，屋漏偏逢连夜雨，岂能事事如意？让《文心雕龙》行走天下，一时间难如登天。公元503年的一个秋天，出门看看天象，大风正吹，满目金色，不能再优柔寡断啦！推门而出，大步流星，投书问路，一举一投恰如其分地落到沈约手中，立刻溅起连天惊叹。

一朵文学史上的奇葩，从这里开始上路，穿越时空，放射熠熠光辉。

时隔两百多年，大唐诗人李白在山穷水尽时重现刘沈之事，朝着荆州的方向吼了两嗓子："生不用封万户侯，但愿一识韩荆州。"

几千年过去了，文人们积极效仿，在通往梦想金顶的路上渴望碰到贵人"沈约""韩荆州"……

遇到了吗？很难呀！贵人难遇，犹如青天难上。

公元521年，在孤独寂寞中，刘勰，慧地和尚，圆寂于定林寺。他其实还活着，只不过开始了下一段旅程。怪石峪上千姿万态的石头可否参透？象山树挺拔的身姿可否指明？柳桥的飞瀑可悟出一丝半点？朝阳观迎迓太阳时可否一句醍醐灌顶？……也许风能听得懂，可有谁懂得风语呢？

来不及想了，天地间又是一场风，这场风过后还有几场，谁也说不上来。

晨钟暮鼓中，踏进月洞门，站在小院里，清雅宁静，环视四周，风雨斑驳。琢磨之时，"校经楼"三字跳了出来，顿时，眼前一亮。《南史》载："定林寺经藏，勰所也。"

幽静的院落，一棵棵树惟妙惟肖：有的思绪飞扬，有的凝目深思，有的静如流岚，有的高眺远望……此时云烟正过，藏经楼宽袍大袖，像一位高僧在树下正襟危坐，口中似念念有词，一双凡尘的眼睛朝窗口往屋里瞥了一眼，千年的佛灯，悠悠燃着。幽暗的光下，看到你提着笔，面对经典，深思熟虑，圈圈点点，恰如其分。

随一阵风声，有人跨进门槛，小沙弥双手合十："阿弥陀佛！善哉！善哉！"

一棵草一声叹息，叹息虽小，却听见了你悲天悯人。一块石头蹲在墙角下，不要以为它沉默不语你就低头而过，左看右看，它正以大地为蒲团，双手合十，如你潜心修炼，要把天上的浮云看淡，地上的风华看轻！从一棵树年轮的疏密间，揣摩哪些年你遭受的风雨多，哪些年稍微少一些；墙上画着佛国的一草一木，忽明忽暗，用天光呼吸，手拉手连成一片，宛如佛行走时投下的影子，在缥缥缈缈间。诵经石上，斑斑驳驳，清清净净，幽幽古意。水，不那么放开喉咙哗啦啦地唱，虽然山里地势起伏，嘴一张却可以喊得满山谷回声，看来寺里的水尺寸有度，丝丝弦弦，清清淡淡，从灵魂深处如白云而过，一路悄悄地带走了尘世烦忧，一下子让人如释重负，神清气爽。

树，还是千年的树；风，还是千年的那阵风；雨，还是千年的那场雨；月亮，还是千年的月亮！晨钟暮鼓里，千年的你偎依香火，用木鱼呼吸、梵钟问天、大磬释道、云板吐出佛语……法器拂过的心灵既能感受到绵绵细雨，也能觉察绝尘的种子蓬勃于心灵的窗口，穗实齐刷刷而上。向上，晴空已是九万里。

繁茂的银杏树叶，有人一眼就认了出来，兴奋地喊："快看，刘勰在那！"沿着他手指的方向，长天之下，一朵云匆匆赶来，行至端头顶，一动不动，俯瞰大地！似梦似幻？是真是假？是心之所想？是事已成真？是日有所思？是心有所梦？……

一千个来者就有一千个刘勰！

太阳下沉，金色落在棵棵草尖，满脸肃穆，一起匍匐身子，尖尖上的点点金光如点燃的香头，一明一灭，十万弟子双手合十，迎迓一个人的莅临。

一本《文心雕龙》让你活了一千多年，你继续活下去，将来还有更多的人来这里倾听你绵延不绝的呼吸。

定林寺有多远，一阵铙钹声那么远；定林寺有多宽，一声铛子那么宽！定林寺有多长，一声引磬响过的时间；装下一声鸟语，定林寺就能装下天空的雷电；花花草草能如期诵经念佛，人人怎能不踢恶向善，静心拜读圣贤书？……

若问我定林寺年龄有多大，我就说一本书的年龄那么大。

若问和刘勰谈了多久的话，我就说一炷香的时间。和刘勰说了多少句话，风风雨雨那么多！风雨走时，大包小包一起扛走，一再托付，轮到上天的话就放到天上，轮到去远方的话就奔向远方，如果下一场风掉头时恰巧碰上，一言一句准会听得清清楚楚。

此刻，风雨过后，定林寺腰板挺直，暮霭里，陡直地立着。如果我再去定林寺，就接着上次的话茬，再说一炷香的时间！

风过，暮色笼罩，灯点亮了。

此刻，天籁寂寂，恍如隔世。

在日光照彻的海边

李宗梅

槛内槛外　莫非一体

太阳被北纬36°"劫持",节节败退于千年银杏树旁。历经三朝的刘勰,此时回归一生的原点——定林寺,过上了面朝大海、春暖花开的撰经日子。

浮来山下,一树繁黄,漫天钴蓝。55岁的刘勰仰头听风声佛号,是否瞬间悟通:

槛内槛外,莫非一体?

回到30岁那年,刘勰做了一个神妙具象的梦:捧着红漆祭器,追随万世师表前往南方,那人就是对儒家入世治世有着"最终解释权"的孔子。

如果说宇宙的尽头是一张度牒,那刘勰身在佛寺却不佛系。浮来山上松针如怒,喧天涛声一波强过一波地冲击着心房,莒鲁会盟的声音与南北朝的音调相撞,刘勰的思维却衔枚潜行,智周宇宙。文以载道与创作密码相连。当刘勰以延续或断点、悲或欢、离或合、骈俪或诙谐的"弹幕"点赞一部部文学经典,写下一本写作高分秘籍时,《文心雕龙》显学之相,峥嵘已露。

37岁是一道职场枯荣线,很多有形的隐形的歧视将人拒之门外。迈出佛祖门槛,"庶民"这个终生贴在他额头上的标签,标志着刘勰仍然享受不到门荫入仕的时代红利。于是在四十不惑的"门槛"上，刘勰干脆"堵一把"，天天打卡"拦轿"，拦的正是当时的文坛领袖、梁朝开国功臣沈约。

沈郎腰瘦，刘勰一跪，"刘勰鬻书"高挂南朝热搜，《文心雕龙》成功出道。

上品无寒士，但人人想进明堂。38岁的他，终于告别了沉潜多年的定林寺，踏上了梦寐以求的仕途。此后刘勰一路升迁，直到成为东宫太子通事舍人，迎来职场轨迹的高光时刻。

清人种白菜，明人玩花竹，宋人拜松石，唐人立碑刻，南北朝儒佛摆渡。刘勰在学霸男神、昭明太子萧统门下，并未成为最重要的股肱之臣、如刘孝绰一样的帝王白手套，而是门庭萧萧抄碑文，听听南北朝风雨，一山浮来一山风景。

一叶知秋，家与庙堂的脉络相连。齐中大通三年，萧统牺牲在权力魔咒中，在"蜡鹅巫蛊"事件之后，荡舟摘莲溺亡——屈子死于溺水，太白死于溺水，萧统在31岁时死于溺水，昭明太子和梓材之士，储君和平民共事的范例，就此终结。

第二重打击接踵而至。天监十七年（518年），刘勰的佛学导师僧祐圆寂，佛教死忠粉梁武帝向他发出诏命，要其回定林寺撰经。在梁武帝看来，这是帝国后继无人之后，赏赐寒门出身的东宫太子通事舍人的一种体面退出。但，对45岁的刘勰而言，从出发点回到出发点，职场履历终归还是一个阶层固化的闭环。

大河流深，洪水走泥。宦海纵横，老苍到了极致，于是发出新芽，于是长出青苔。撰经完成后，刘勰获梁武帝萧衍的敕许，最终定林寺中落发，法号慧地，卒于520年。红尘黄卷，其实同归，刘勰实现了真正的逻辑自洽：槛内槛外，莫非一体。

青山隐隐泛中流，洞天云霄何处生。山房寂远、泉清松密，浮来山中，海风越千里，撞响定林寺的古钟，满山的十八公拨动着历史的时针，仿佛都在询问：

莒鲁会盟、毋忘在莒、庆父逃莒的故事可曾烟消云散？

从《文心雕龙》到息影潜踪，从一种拼尽全力游却被时代浪潮裹挟着上不了岸，从欲进明堂，明堂远在天边，到不思明堂，明堂大门自开；从皈依佛门，却有一颗入世之心，到皈依佛门，生命进度条却即将完结；浮来山之于刘勰，敬亭山之于李白，赤壁之于苏轼，岳阳楼之于范仲淹，是否都是——无非青埂峰下客，离去归来皆大荒？

日照之下、山海之上，一山浮来一山景。银杏树是定林寺的黄卷扉页，那日我掩卷合扉，走到山脚，仰头看山，仿佛翻一本《文心雕龙》。

海曲往事　夷人崇日

考古学家苏秉琦以"满天星斗"比喻史前中国各地文明的独立地理起源，石破天惊，格局恢宏。严文明则着眼史前文明的结构美，形容是"一个巨大的重瓣花朵"，中原文化区独占花心，四方辐辏。

中华文明并非一灯独照，莒文化这一耀眼的人类早期文明曙光，和龙山文化、大汶口文化"辐辏齐鲁"，表明了中国史前文明的"满天星斗"之格局，也有来自日照大地的烨烨辉映。

当收网归岸的渔船于落霞与孤鹜中长鸣汽笛，我以"毋忘在莒"的名义，怀着朝圣般的敬畏与虔诚，一步步登上了被泪水浇过、被烈焰灼过、被骤雨泼过的莒文化富集之地——莒州博物馆的台阶。

古莒文化，鼎立齐鲁。那一日我驱车从齐文化博物馆直达莒文化博物馆，时空折叠，在我的想象中，从沂源猿人到莒地先民，40万年的跨度中，他们踽踽行走在这片水煮火烫的土地上，每一步都蹚着历史的沙石黄土，每一脚都踏着深厚的文明积淀。

我徜徉在汉画像石旁，久久凝视着一块块石雕石刻，先民在舞蹈、武士在角力，大禹在治水、宫廷在对弈，那些动感十足的几何形体瞬间幻化成强大张力：

宴饮椎牛里的呼喊和嘶鸣，凝固在时间里的"打卡"和"自拍"，把我带回风云激荡的汉朝。这是一个汇聚了神话传说、典章制度、风土人情、朝代更迭等诸多历史秘莘的空间，神兽中激荡着力量，百戏里奔涌着锐气；从日月同辉到熙攘市井、马嘶弓鸣、炊烟膳食，在立体阴线刻、弧面浅浮雕、凸面线刻的线描勾勒中，浮现出齐鲁文化的不同切面。我遽然伸出手，触摸到一个朝代坚硬的天空，先民留下体温、脉动与履痕，一切都是雄风汉韵的味道，一切都是那么真实，那么滚烫。

我伫立在一尊陶制大口尊前，看向汉字之祖。水火既济而土合，第一枚汉字在火中炼制。我仿佛看到一双工匠的手，将质朴且灼烫的"泥"与"焰"贯注莽苍之力，而后拿起一块锋锐尖石，将宏阔古奥的图画文字虔诚折刻，让抟土泥胎涅槃重生。

图画文字有涩折有波磔，后世解读"日火山""日月山""日鸟山""日云山"等等。中间一个月牙状的符号，结合古莒文化鸟类崇拜，我更倾向于称为"日鸟山"，它的弯处有一个向上凸起的尖，如长长的海燕尾，舒缓而大气。整个字体上小下大，上圆下平，间架结构的开合之间，笔画起落分明，笔势顿折转换，流畅自如没有顿挫断裂，仿佛已经将"念兹在兹"的历史意向、日月山川的诗意轨迹，刻画了千遍万遍。

火焰的语言闪耀、发烫，充满激情，历史的天空有一双文化的巨翼，旋飘展翅，倏地穿越回五千年前的新石器时代，自东向西、高飞远翔，刮起了一场造字风暴：

它席卷山川河流、日月星辰，每一颗从火焰中喷薄而出的文字都跃动着先民活动的气息、山河的气息、植物的气息、星辰的气息；文字组成一个个滚烫的名字，伯益、后羿、帝喾、契、比干、箕子、微子、姜子牙，孔子、孟子、荀子等人的身影得以精神性丰满。而先哲们传下的文字带有火的光影和热度，以吞噬、改造一切的洪荒巨力，揭示了中国优秀传统文化悠长的精神性成长，而如今，正由我们续写新的篇章。

日出先照　精神原乡

8000到10000年前的某一天，天风穿隙，河山悬壁的裂罅照进第一缕日光。这股蓄势于洪荒的能量，伴随喷薄的朝日腾空跃出，天地化美，万物生息。

日照，是我父辈的祖籍地、情感的原乡。

我的父辈们沿海边向青岛迁居的航迹，在我的想象中，是乡愁组成的虚拟地图，像一幅暗夜里闪亮的高铁线路图：繁密的线条通往四面八方，而每一根线的起点，都是那个灼烫的微小之点：故乡。

乡愁是东夷瑞草的味道，燃烧在故乡的茶园之中。茶园如火，晃动着，放大着，映满香气弥漫的暮春乡土。

乡愁是类似一个个田埂的宣言。汗滴禾下土，我的父辈们彼时还是少年，眉眼发光，奔跑在田埂上，和迎面而来的高粱们击掌。

大海日夜摇撼梦境，摇撼我和父辈们回不去的原乡。五月，星空下沉睡的群山、平原和人类聚落，充满了浓烈青涩的麦香。六月，金黄麦田亦如火，箭镞一般的麦芒，一夜绽射在瑞草叠翠之间。每片麦田都被一棵树的孤独阴影所标记，从上午到下午，阴影在浓郁的金黄之上缓慢地、寂静地移动，像一只正在燃烧的有纤长细脚的三足金乌。七月，玉米顶着头上的卷须，互相吹捧着对方的饱满和肥嫩。石榴和葡萄交头接耳，一线蚂蚁蜿蜒而去，俨然以雷雨的使者自居⋯⋯

乡愁沉重不浮，静如山岳；周流不息，动若山河。在海边，我试着用乡愁稍微推动潮汐，让大陆得以喘息，并向北推移一尺，或者至少一寸，让我的父辈距离原乡更近；而等到回归都市川流，我必须有节制之力，让乡愁暂且假隐。

在日光照彻的海边，我烧制一枚枚汉字。宏观辽远的山河风景、微观逼真的细节呈现，文化折叠的星斗文明、海岱日新的当代现实，一一展现于文字的火焰之中。这团团簇簇生生无穷的精神火焰，是万物离不开的最具法力的"道场"，让每个人亲历、追寻和记录，敬畏并领受；又透射出浓郁的文化、乡土、地理气息，沸腾在人类进步的洪流中，辉耀成真实而令人动容的中华优秀传统文化。

时光盲盒

董伟伟

把风景装进盲盒里

空气真好，天蓝得让人心情舒畅，我手搭凉棚远望四野，平原、山影、梯田、一溪流水、半坡格桑花、几块荷田，碧草之上散布着精品民宿，几顶白色的露营帐篷在草地上扎起，远方的山蒙着淡紫色的雾纱忽远忽近。如果，有匹白马，那一定是这片草地上最英俊的客人，我正在惬意而满足地幻想着，一朵棉花糖恰好停在我站的地方，淡紫色的雾纱就这样贴在了脸颊上，亲昵地贴着。我有了点点醉意，羞赧地垂下眼帘。哦，小镇的诗醒了。

一到小镇，便被这种极富视觉冲击力的画面所击中。天地之间竟能用这种美妙的符号和结构创造着精彩，而我目之所及，心之所向的不过是它冰山一角。

小镇，我并不陌生。虽然我不熟悉它褐黄色的壤土，却与它有着不可分割的"血缘"关系。有一年深秋，我与母亲来小镇探望年迈的老舅时，特地来过这里，我知道，这里即将打造一个非常有诗意的生态园，"九里晴川"。

那天的风很硬很认生，我走向山坡时被它狠狠地"友好"了一下，脸生疼，眼睛里也飞进一粒沙，待我再睁开眼睛的时候，视线中出现无尽的旷野。许多台推土机正在作业，一小撮一小撮玉米秸秆野兽似的伫立着，像是这片土地上忠诚的守望者。远山影影绰绰，染上一层烟灰色，有点沧桑又暗藏希望。

前些日子，我回老家经过这里，被一场突如其来的大雨拦下。我找到一个宽敞的地方停下车来避雨，顺便看看阳光下的这场雨是如何收场的。大雨又急又猛，山谷升腾着雾岚，越积越厚，慢慢地整座山被罩住了。一小会功夫，雨脚稀疏了，山峰的轮廓顿时清晰起来。蓝天如同水洗一般更加澄澈，空气中飘荡着令人眷恋的气味，在山与水的风景里，这感觉既美好又虚无。

好的景致难以用恰当的词汇来描述，我在心中暗暗打下底稿，怀揣着这份美好来来回回行驶在这条路上，搞不清楚我要拿它来做什么。直到现在才终于明白，一直在心里维持着的虚拟文字在另一个空间成长了。

四季风在这里留下不同痕迹，山川大河都仿佛能在时间的变化中拾遗补阙。我停车看山看雨被风"友好"的地方立起来标识牌，它明确告诉我，这里是"九里晴川"。

把童年拉进盲盒里

童年的时候，让我最兴奋的一件事就是赶九里坡集，平常日子姥姥从不去赶集，从段家河到九里坡翻山越岭的，她嫌麻烦。只有在冬天，等我到姥姥家准备过春节时，姥姥才出一趟远门。

姥姥把赶集称作出远门，她得提前好几天计划买些什么。姥姥那件手工缝制的对襟卡机蓝棉袄，也只有出远门时才穿，她把积攒了一年的抚恤金小心翼翼地放在油纸袋里，里三层外三层揣进怀里。

一大早，表哥推出独轮车，这边坐着我，那边坐着姥姥。从公鸡打鸣开始我们便出发，大表哥跟着人群，吱吱扭扭推着独轮车亦步亦趋，蹚过鹤河，爬上南岭，继续向东南方向，等穿过长长的公路界线就到九里坡集了，很快我们就融入人头攒动、叫卖声声的人间烟火中了。此时已日上三竿。

那时，我坐在车子上晃悠着脑袋只顾看景，看苍青色的远山，越看越远，看猴毛色的山岭薄地上竖着的玉米秸秆，越看越吓人，看山路上急匆匆奔着去九里坡赶集的人越走越急。当然，我也看见表哥，他的腿累得打着趔趄。

从来没想到会有这么一天，在这片青山相对、沟梁起伏的田野上，诞生了一条旅游大道。它东到碧海，西到浮来山，从段家河东南方向穿过，一头连接现代化新城市，一头连接淳朴厚重的乡土文明。

在这条路上，以"蜂文化"为主题的特色生态景观嗡嗡乐园，以特色经济开发为重点的都乐农庄，大棚蔬菜种植农业综合体和高标准农田相继建成。

还是在这条路上，我把捧了很久的故事放下，在旭日朝花中写着九里晴川的诗话。

把古老的传说写进盲盒里

素有莒县东大门之称的小镇，多山多水，物阜民丰，碧绿隽秀，自然也不能缺少美好的故事和传说。

小的时候，从祖母那里知道了小镇的很多故事。总觉得那些故事很远，远远地超过祖母以及祖母的祖母的年龄。我是不信的，祖母说的故事太邪太离谱，不足以令我相信。

时间跟着太阳的变化走，祖母早已融进故乡的故事里。而我，也逐渐走进那些黑森森的文字。

小青龙的大义灭亲；秃尾巴龙老李深情厚谊；九天仙女救百姓于水火，私自下凡挖出山泉……更为神奇的是屋楼崮山，据《史记·封禅书》记，其为"四时主"或"日月之所出"的琅琊诸山之一，是莒地先民"山头纪历"的测日点。陵阳河大汶口文化遗存中刻有日云山图像的大口尊与史书记载相互印证。由此可推断，莒地不但是巢楼之制的故乡，而且是测时纪历的源地。

仙气十足的屋楼崮下，至今还埋藏着佛教至宝舍利子。山中还有青云寺，常年有一神秘道人，穿黑白道袍往来于尘世，此道人我是见过的，不知此道人非彼道人。

"屋楼春色晓苍苍，万象登临尽渺茫。塔势峭孤撑碧落，松阴偃盖浸寒塘。凝眸东岭双眉远，回首西河一线长。直走群山连海岱，久称胜概峙城阳。"古人的一首诗，让小镇诗意益然。

这个百年小镇，像一棵古老的银杏树，兴旺婆娑地庇佑着一方水土。在她的怀抱里，每一寸土地都有着悠远的过去，沸腾着多元的现在。这成群、成片、成堆的故事传奇着小镇的传奇，延续着小镇的延续。小镇正有节奏、有布局、有韵致地向我描述，那个叫故乡的温暖名字。

把观念融进盲盒里

城市住久了，到农村打卡去。拖家带口，呼朋唤友去呼吸带野味的风，人们呼喊着，也是这样做着，农村旅游一下子火了，犄角旮旯的地方都被挖掘出来，成为城市人眼中的热点。城市里所有的美景相加都不能抵消一个村庄的存在。它是成人释放心理压力的目的地，是孩子们不能丢失的童年乐园。

可怎样有效地利用农村资源优势，让奔赴而来的游客乘兴而来，尽兴而归呢？

坐在小火车上吹着八月的风，有滋有味地听着讲解员满怀豪情地讲解着田园风光，看着精心打造的人与自然相结合的花海小镇，我突然心里涩涩，忆起童年走过的那段弯弯曲曲的山路，蹚过的那条龇牙咧嘴不修边幅的小河，住过的屋梁上落满燕子窝的草房，仿佛一个转身，姥姥和旧时光不复存在了。可那时那景依旧很美。

小镇有它的历史，它的故事承载了农村独特的地域特征。然而，古老的小镇正在日渐落寞甚至消失，怕是将来，孩子们的情感世界里会缺少"乡愁"这一情怀了。

如何留住故乡，延续乡村的美丽和文脉，只靠自然风光和乡土气息是不够的。想要让乡村田园与生活乐园相得益彰，需复活乡村田园艺术，注入文化艺术的新鲜血液，这既能让古老与现代结合，又能把诗意与乡愁打包在一起，这才是美丽乡村的回归、复活、传承的点睛之笔。

小镇还有很多项目在投资建设中，但美丽愿景已经开启。听镇领导说，正在制定开园时的收费标准了。从个人角度来说，遇到一处很美的自然景观，哪怕收取很少的费用，都会在心里打打鼓或者绕道走开。这或许就是消费理念没有跟上的缘故，总觉得一旦收费，风景就变了味，诗意也就没了。

蓝天之下有一处美丽的风景，它远离城市喧嚣，依山傍水，花草环绕，晨有炊烟，暮有落日，夜观星斗，这是多么令人向往和憧憬的地方，为什么要圈起来收门票呢？

小镇可以把各种娱乐游戏、农业体验、研学观光、种植采摘、蜂文化、酒文化等特色产业和农副产品放置园中，实现有田可耕，有地可种，有牛羊可牧，有酒可品，有书可读，有诗可吟的美好愿景。打开门来放游人进入，比关起门收费更能让人心情美丽。

难为水

东夷昊

> 云树连天沧海东，吾家近地是蓬瀛。
> 尘蒙短发终何济，早向滩头学钓翁。
>
> ——苏京《上寺望海》

一

清顺治三年(1647年)隆冬，北上皇城觐见的苏京坐在牛车上，心里既惶恐，又怀着一丝期冀。他必然会想起四年前的那个春天，黄烘烘的日头挂在黄烘烘的西天之上，夷齐墓碑上的字铁画银钩，冷冰冰阴森森地逼视着他。他拼尽了全力把脑袋撞上石碑，人蒙了，牙折了一颗，血顺着额头流淌进眼睛。在血红的世界里，他看到李自成的剑拔了出来。

没有寒光一闪，没有一了百了。

"此北京人望也，务留之以系人心。"在部下的劝阻下，闯王冷笑一声，把剑收回鞘中。他命令部下将苏京严加看管，用槛车拘束了苏京四肢，裹挟他去往京城。

同样是通往皇城的道路，不过那次是东去，这次是北归。李自成和崇祯帝已经为大地所收纳，如日中天的是那位坐在金銮殿上的新天子。

一路风餐露宿，踽踽而行。绕过萧索的齐鲁山区沟壑，涉过干瘪瘦弱的冰冻河流。

牛车和槛车一样摇摇晃晃，天气和昨日一样的寒冷和凄怆。

风呼啸着侵入棉帘，将手脚冻僵。

二

苏京（1592—1653），字殿卿，号临皋，安东卫（今山东日照岚山区）人。他在晚明的仕宦经历如此：明崇祯十年（1637年）中进士，初任河南杞县知县，任期三年，考绩"中州循良第一"，升兵部车驾司主事，任武选司员外郎，监督京营事务。辛巳年（1641年）任江西道监察御史。甲申年（1644年）归隐。

苏京先祖是泰州人，明初因从龙之功，被封昭信校尉，派驻安东卫，世袭百户侯。苏京的祖父叫做苏田，袭百户。苏京的父亲苏雨望，约生于明嘉靖三十四年（1555年），这个年份是基于王铎为其书写的墓志铭中"万历庚戌六月九日终，年五十有五"倒推所得。但是这个推算是有问题的，因为墓志铭中又说苏雨望是在苏田随戚继光援闽后的第三个月出生。戚继光援闽有两次，一次是在嘉靖四十一年，另一次是在嘉靖四十三年——如此一来，苏田执殳从军的时间就可能有误。

嘉靖三十四年，大明"倭患"愈演愈烈。《安东卫志》记载："五月，倭……约六十余人，各持利刃，望屋而食。卫官合日照民兵共击之……终不能剿。后遁淮，调兵四集始歼之。"60多个倭寇居然能纵横两省之间，杀戮千余人，由此可见明朝军队的战斗力之差。更有甚者，当年秋有70多个倭寇在浙江登陆，掠杭州、洗淳安、入徽州、袭歙县、经绩溪、犯江宁，最后直逼南京，一把火烧了安定门。明廷调动数万重兵围剿，这股倭寇全数力战而死。此患历时80多天，被害者累计4000余人。

非常之时当有非常之人，是年，戚继光被从山东调往浙江往都司佥书。所以如果苏田是在这一年离家随戚继光南下的话，应是驰援江浙，而非福建。

王铎是大学问家，却也留下了一段经不起推敲的历史记载。也许唯一合理的解释就是，苏田确在嘉靖三十四年随戚继光南下，数年后才战死在援闽的战事中。

安东卫百户苏田从库房里检点出祖先传下来的盔甲，仔细修补，牢牢扎好长枪的红缨，细细将宝刀打磨，作别身怀六甲的妻子，和二弟一起踏上了漫漫征途。

这一别，他便再也没有回到安东卫。苏田离家三个月后，儿子苏雨望出生。

苏田失踪 20 年后，苏雨望踏上了寻找父亲骨殖的旅程。他借经商之机寻遍江南，上穷碧落下黄泉，但最终还是踪迹全无。某日途中遇大雨，苏雨望突然崩溃，跪倒在泥泞之中号哭："天不祚苏氏，降割以祸我家，胡不克报憾？且何面见先人？！"此后苏雨望把经商所得全部购买了书籍，发誓让后代再不从事行伍，而要致力耕读传家，这才塑造出了"安东卫历明三百载甲第第一人"的苏京。

明万历十年（1582 年），张居正病故，他执政期间的政事人事均被清算，戚继光受到影响，被派往广东授以虚职。三年后，戚继光辞官回乡。万历十五年十二月八日，一代名将戚继光病逝于蓬莱故里，朝廷无片言只字抚恤。这些历史的细节被黄仁宇记录到了《万历十五年》书中，但他只讲了戚继光的故事，英雄的光环下，像苏田等基层武官的生存状况仿佛无人问津。

大历史中小人物阙如。

苏田死在哪里，死在何年，当时人不知道，现在人更说不清。只可想见嘉靖年间的某月某日，大雾弥漫，在涂画成鬼怪的倭寇的驱逐下，明军四处溃散，人马相互践踏，荷塘、稻田里到处是扑腾着寻找生路的兵卒。苏田目眦决裂，举刀反扑，如鲤鱼在瀑布中逆流而上，如渔舟在风暴中劈波斩浪。无数的刀刃，纷零的碎肉。祖先的铠甲裂成条缕，头盔被剁成碎银。

血沃熟了土地，骨头长成了树木。

三

崇祯帝一直饱受焦虑的折磨。

作为天子，他夙兴夜寐、宵衣旰食、事必躬亲，可谓勤勉至极。但当一个人过于注重细节，就会失去对全局的掌控。焦虑会让人多疑，以至于崇祯帝除了自己，谁也信不过。他在位十七年，平均每年要换掉一个"无能"的首辅。言官殷殷规劝道："陛下求治之心愈急，则浮薄喜事之人皆饰诡而钓奇；陛下破格之意愈殷，则巧言孔壬之徒皆乘机而斗捷。"可崇祯帝依旧在用人方面跟着感觉走，他自命英明神武，谁也不可逆了龙鳞。

《明史》对他的评价是："在位十有七年，不迩声色，忧勤惕励，殚心治理。临朝浩叹，慨然思得非常之材，而用匪其人，益以偾事。乃复信任宦官，布列要地，举措失当，制置乖方。祚讫运移，身罹祸变，岂非气数使然哉。"《明史》把明亡的责任归咎于"气数"，甚至还更进一步把责任推给了朱翊钧，认为"明之亡，实亡于神宗"。或许是受这句话启发，黄仁宇著《万历十五年》，描写了由于明神宗的消极怠工导致一个王朝逐渐走向崩溃的过程。

明神宗的消极怠工，表现之一就是取消了明初的平台召对制度，这一制度直到崇祯临朝才予以恢复。所谓"平台召对"，是皇帝定时召见高级官僚商讨国是的制度，崇祯还将此制度做了向下延伸，对中下层官僚的奏报，他也都要接见，"敢有壅蔽阻挡者，以奸欺论斩"。因此被大臣赞颂曰："召对臣下的传统废弛很久，皇上励精恢复，真是圣朝第一美政，天下何忧不治。"特定情况下，平台召对成了崇祯帝遴选心腹的考场，被优选的当然是那些没有背景且胸怀抱负的文臣，稍加宠信便可令其感激涕零、肝脑涂地。"天下第一美政"其实是驭人术的障眼法，这让许多纸上谈兵的辩才得以崭露头角。杨绳武曾是其一，苏京亦曾是其一。

崇祯十一年（1638年）冬某日，翰林院庶吉士杨绳武在召对时，"吐言如流，画地成图"，崇祯帝便觉得遇到了匡世能臣，"超擢右佥都御史，巡抚顺天。"崇祯十四年，由于崇祯帝催逼，洪承畴仓促出战，被清兵围困于松山。崇祯帝再次召对杨绳武，听他一番慷慨陈词，便赐其尚方宝剑，总督辽东、宁远诸军，出关解松山之围。杨临阵才发现此时已无军可督，且自保尚难，遑论救洪。结果次年，杨绳武因病而死，洪承畴被俘降清。

历史总是在重演。崇祯十四年召对苏京时，面对侃侃而谈的他，崇祯帝仿佛看到了另一个杨绳武。"昔之大患在奴虏，今之大患在流寇……"苏京洋洋万言，每一句都说中了崇祯帝的心事。召对后，他特地赐宴苏京以示恩宠。次年，李自成率大军围困开封，京城震动。李自成在河南坐大之时，苏京正在杞县任上，"时闯寇入中州，公治守具独完"。彭孙贻《流寇志》中亦有当时苏京以少数兵力袭破袁时中起义军的记载，可见苏京有一定的军事经验，这应是十五年六月崇祯帝再次召见苏京的原因之一。苏京在召对时条分缕析，战略上藐视敌人，战术上重视敌人，说得头头是道，不得不让崇祯帝言听计从。于是，崇祯帝任命其为御史，监督延、宁、甘诸军，总制军务，催促孙传庭尽早出潼关解开封之围。地理上，杞县距开封仅一步之遥，以苏京在地方上的声望，兵员和粮草方面可就地征集，应是崇祯任用苏京的另一主要原因。

苏京"谢恩后即刻束装就道……自真定由山西抵潼关，转西安府，守催秦兵（孙传庭部）。"苏京督促孙传庭甚急，但崇祯帝犹嫌太慢，转手又给了苏京更充分的权力，谕旨："兹特发出尚方剑一口，著选差能干的当官一员，星驰前去，传与监军御史，勒催孙传庭立刻督兵力解汴围。一应大小将领敢有胆怯违拗者，许该督请剑立斩，续具奏闻；若该督身自恇懦，贻误军机，致汴城失事者，即著监军御史一面署理军务，一面速将该督绑解来京，同剑进缴。"

崇祯十五年（1642年）十月初六，苏京收到了这把剑。尚方宝剑寒光四射，正大光明却也包藏祸心。它挂在苏京腰上，悬在孙传庭心头。孙传庭当然明白，自从崇祯十二年遭皇帝怀疑入狱之后，自己在他那就已经是个"活死人"了。

孙传庭在士卒未练、粮草不济的情况下被逼仓促出关。是年八月廿八日，秦兵开拔东进，九月廿二日入豫，廿八日前锋到达洛阳。这段路程中，苏京看到"自潼关至洛凡五百里……城邑破碎，人烟断绝。"他在写给崇祯的汇报中说："臣与督臣斩荆披棘，涉水跋山，时歇颓垣败壁之中"，其间更有八天大雨如注，平地水深数尺，人马车辆寸步难行，将领只能"裹干糇以疗饥，斫湿薪以供爨"，士卒已是无粮可吃。

残酷的现实让苏京从挥斥方遒的梦中惊醒，甚至理解了孙传庭一度按兵不发的苦衷。但他代表了皇帝的权力之手，不能表现得过于仁慈和同情。虽然在朝夕相处的日子里，孙传庭这位只比他小一岁的将领，其人格魅力令他刮目相看，暗暗赞赏，但是如果自己显得偏袒，则会导致皇帝的疑心加重，甚至会令二人被定性为结党谋反。

他明白这个道理，孙传庭何尝不明白。上书兵部时，他曾感慨："雅不欲速战，见上意及朝论趣之急，不得已誓师"。

《明史·流寇传》里对崇祯有如此一段议论："当夫群盗满山，四方鼎沸，而委政柄者非庸即佞，剿抚两端，茫无成算。内外大臣救过不给，人怀规利自全之心。言语戆直，切中事弊者，率皆摧折以去。其所任为阃帅者，事权中制，功过莫偿。"人心在上层官员那就已经溃散了，大臣们明哲保身，攀比摆烂。真正的匡时能臣反正都是一死，只能怀着必死的决心舍生取义，杀身成仁，用死来表达忠诚。

四

孙传庭（1593—1643），字伯雅，又字白谷，代州振武卫（今山西代县）人。万历四十七年（1619年）进士，初授永城知县，天启年间因不满魏忠贤专政，弃官回乡，赋闲近十年之久。崇祯八年（1635年）还京任职。九年，越级擢拔为陕西巡抚，筹募"秦军"，会同洪承畴镇压农民起义，其间擒获"闯王"高迎祥，稳定了陕西局面。

崇祯十一年，清兵入塞，孙传庭赴京勤王，被赐予尚方宝剑督军。翌年升任保定总督，但不久因遭谤而上书辞职。这种"不成熟"的做派违背了帝意，因而下狱。崇祯十五年，因起义军呈野火燎原之势无人能敌而重获启用，被委任为陕西三边总督，再募秦军以救急。崇祯帝在人、财、物上照旧未充分提供给他，只是让他自找门路，能无中生有当然更好。

和洪承畴一样，在尚方宝剑的催促下，孙传庭仓促出潼关入河南。十一月，郏县一战，秦军大败，溃兵纷纷逃回关内。苏京且不能随之入关，尚方宝剑也失去了作用，于是上《监军告竣疏》，奏缴剑绶。疏中说："秦师自西遗之后，微臣无可监之军，伏请明旨定夺。""臣以数月奔驰，百般苦危。一战之余，竟成瓦解。就使督臣扼要潼关，收拾余烬。"孙传庭亦为之上疏云："监军御史苏京者，与臣晓夜从戎，数濒险危，而竟罕成效。臣不特上负君父，抑且下负僚友。又何以敢以臣一身生死之局，再累台臣西去，为勉留河干，以候明旨定夺。盖溃卒尽去，无军可监。"

从两人相互回护的词句中看，他们已经在实战中结下了深厚友谊，向皇帝汇报时彼此给足了体面。但，这可能正是崇祯帝所不想看到的。

在等待了一个月后，苏京移驻东明，差改河南巡按。

又过了一个月，十二月廿五日，在鲁南，清兵用红衣大炮轰溃安东卫城墙，大加杀戮，苏京的两个哥哥和儿子苏敷生在此役中以身殉国。苏雨望的书香之梦被战火焚毁了，苏京在国恨家仇的悲愤之中，不可避免地披甲上阵。

崇祯十六年（1643年）二月，苏京在河南募集标兵4000余人加以训练。随后，用计挑唆袁时中起义军判离李自成。五月，袁时中绑架李自成心腹刘宗文献给苏京以表忠心，刘宗文被苏京处死。李自成大怒，发誓报仇，率步骑二万余擒杀袁时中。苏京则收容了袁时中溃部。

兵祸稍息，六月，苏京建贡院于河南辉县苏门山，补因兵火延误的河南乡试，"事前为筹措资斧，事后为代买卷烛"，于大乱之中保留了河南的书香种子，是科选士后有30余人登第。

九月，崇祯帝以官爵市买人心，加孙传庭为督师、兵部尚书，再次催促其出潼关与起义军作战。不料孙传庭出关后在汝州再受重创，一败涂地。孙领数千溃兵从孟津渡黄河，经垣曲入潼关，图谋东山再起。《明实录》记载，"传庭与杰以数千骑走河北，遇巡按御史苏京，京曰'君自为计，我当据以实闻'"。此时此地此情此景，苏京此番话展现了一种慷慨的担当。孙传庭能够两度辞官，充分说明了他是一个性情中人，不是一个官油子。所以苏京的这番话，肯定会让他感受到了知己般的惺惺相惜之情。

当即泪别。

孙传庭入潼关后坚守不出，令崇祯帝更加怒不可遏。十月初六，潼关被义军夹击攻破，孙传庭战死，全家殉难。两天后，尚不知消息的崇祯帝下令削夺孙传庭官衔，并诏令他"戴罪图功自赎"。

可是孙传庭再也没法听他的瞎指挥了。

孙传庭没有像洪承畴和吴三桂那样，因为时势、内讧、身世等而投往敌方，他经历了牢狱之灾，经历了出生入死，经历了服从的荒谬和啼血的委屈，最终成就了大明王朝祭坛上的悲歌。以至于《明史》中对他的死用了一句颇具感情色彩的话来形容："传庭死，而明亡矣"。

五个月后，崇祯帝来到了煤山的歪脖子树下。皇宫里横七竖八地躺着被他杀死的皇亲国戚、宦官宫娥，他的衣襟上写着"朕凉德藐躬，上干天咎，然皆诸臣误朕……"

他至死没有原谅那些忠心不二的牺牲者。

五

皇帝还是那个皇帝，苏京却不是那个苏京了。如同龙场悟道，他在中原这个处处杀戮的"道场"上大彻大悟。促使他思想更进一步改变的，是他被李自成俘获并遭受的深层的羞辱。

河南总兵陈永福曾用箭射中过李自成的左眼，数年后再次临敌，李自成当着他的面折断了一只箭杆，发誓若其投降则不计前嫌。陈永福当即跪拜投降。与崇祯帝的天恩难测相比，闯王给了他手足般的信任，怎能不令他感恩戴德。为了献上投名状，陈永福的儿子陈德"时为巡抚部将，见公（苏京）不疑，竟缚公以献闯贼。"

此事发生在甲申年（1644年）二月份。

李自成见到苏京，不免旧事重提。

李自成问："刘宗文死于你手？"

苏京默不作声。

李自成说："你好计谋！我今日却不杀你，让你亲眼看到天命！"

这一年，苏京52岁了。距离所谓知天命之年已过去两年，但什么是天命，他突然觉得思维漫漶了，就像已经漫漶的疆土。正如他漫漶的思维，这一段关于他的历史记载也是漫漶的。《明史》中这样记载："十七年二月，贼将刘方亮自蒲坂渡河。巡按御史苏京托言塞太行道，先遁去，与陕西巡抚李化熙同抵宁郭驿。俄兵变,化熙被伤走。兵执京,披以妇人服,令插花行,稍违,辄抶之以为笑乐。叛将陈永福引贼至,京即迎降。"意即苏京在遭兵变受辱后投降了义军。而某些史料中亦有他担任李自成"伪官"的记载,如被委任为江西道御史,或河南巡按御史,或四川防御史等等,众说纷纭,难辨虚实。

"遁"或"降"都有悖于封建伦理,但"天命",是儒家信徒的一道保护伞,"天命有常,唯有德者居之"。所谓"天子",一旦德不配位,就会被替代。这种观念,避免了贰臣的羞耻感,让"君子"以治国平天下为要务能自圆其说。李自成是个草莽人物,但朱元璋不也是吗?悠悠苍天,此何人哉!焉知李自成不是天命之所归?焉知从龙从虫不会成为开国功臣?"君子择善而从",但是这个"善",是性命堆叠起来的,是鲜血浇灌起来的。所谓择善而从,看似响应了儒家的理论,但仔细推究,又存在漏洞。何况君子与小人的标准只是人的一种感情倾向,而非理性划分。

乱世之中,无论君子还是小人,都只能以命相搏、以运相赌。

书中说苏京当时只求速死,但李自成只是付之一笑,怎么笑的呢?漫笑。攻破开封以后,苏京被押解着随军北上。途中"经夷齐墓,(苏京)以首触碑,血被面,折一齿。"

那天,黄烘烘的日头挂在黄烘烘的西天之上。

李自成丢掉了漫笑,板着脸拔出了剑,却没有挥下去。垂钓者不会轻易扔掉钩钩上的饵料,他要钓天下士子的心。至于你苏京想沽名钓誉,我却偏让你钓不成。

槛车摇摇晃晃,颠三倒四;春寒料峭难敌,阴冷凄怆。

兵临京城,人慌马乱,押解的士卒对苏京的监看松懈了许多。苏京找了个机会逃脱,他没有北上去与皇帝共存亡,反而曲曲折折一路向南而去。逃亡途中,好巧不巧遭遇了冤家对头苏见乐。苏京巡按河南之初,苏见乐因犯法被苏京监禁,后逃脱投了起义军。出乎意料的是,苏见乐见到苏京竟当即下马跪拜忏悔。原来在其入狱后,曾遣人送银两到安东卫苏京家求情,被苏京之子苏敷生婉拒,并晓以大义,让苏见乐自愧弗如。苏京在苏见乐护送下逃出起义军控制区,几经波折,于三月回到了安东卫,旋即隐居云台山。

就在他逃亡的路上，甲申年三月初九，大明空荡荡的宫殿里传来一个声音："苏京哪里去了？"

这句话是崇祯帝对监军御史最后的期望呢，还是对被背弃的失望呢？说不清。

多么空洞的一句话。

十天后，三月十九日（1644年4月25日），李自成攻陷北京。

六

崇祯帝死后，苏京继续南下。

四月，他抵达金陵，改授南明官职。十一月，受命驻庙湾以御江北，后又改督师扬州。

在南明为官的这段时间里，苏京无所建树，偶有记载的是九月曾奉旨开列殉难缙绅名册，并捐金助建"旌忠祠"。这种情况侧面说明了"被囚偷息生还"者，受到了政治上的排斥。南明朝廷继承了大明的所有毛病，党争愈演愈烈，在"忠奸誓不两立"的模糊而庞大的话语模式下，不特苏京，很多重臣皆被边缘化，难以融进政治核心圈。他们看不到个人和国家的前途未来。

致君尧舜，此事何难！科举出身的苏京不得不放弃其鸿鹄之志，弃官而去。"邦有道则仕，邦无道则可卷而怀之"是精神层面的原因，有无担任过"伪"职难以自辩是政治方面的原因。再三思量、再三斟酌之下，当年冬，他离开庙湾，重回安东卫这座"山林"。

只有故乡才能安抚漂泊的灵魂。

安东卫西南约50里处，有村名叫罗家峪，崇祯十六年（1643年），莒州曹武生托白莲教为名，聚众千人起事。这是明末农民起义燎原火势之外的一朵小小火苗，但是顺势而发，也使得淮北一时火光四起。十七年，起义军攻陷赣榆县城，接着挥戈北向，攻打军事重镇安东卫。赋闲在家的苏京"出囊金数千，备衣甲军需，阖卫绅士馈行粮。遂同指挥王名世、千总赵必显、流寓生员益都石有威等搜集乡勇得千人往破之，战于白马坡，贼溃，馘斩千级，曹贼匹马遁，安东赖以全。"苏京的军事才能又一次得到了发挥,可惜的是这次只是为了保家而非为了卫国。

他已失去了他的国。

曹武生败后与莒南义士庄萧相约,准备里应外合再攻安东卫。未料清军星夜杀到,半路驱散了庄萧队伍。苏京则联合涛雒丁允元,集中乡勇在薛家河再次打败曹部,曹走投无路,只得投井而死,其部千余人,悉被斩杀。庄萧收拢兵马,直奔丁允元老家安营扎寨,丁允元只好举家逃到云台山中避难。苏京紧随其后,为避祸也移居云台山,并与同年担任御史的王燮比邻而居,后又遇到明总兵高进忠率残部入驻。高、苏、王三人于清顺治二年(1645年)六月,于山中上表清廷,请求归顺。清廷回复:"江南既入版图,天下一统。朝廷方招罗俊杰广示包容。总兵高进忠,并文官王燮、苏京抒诚归顺,良可嘉悦。"

苏京在云台山盘亘数月后才启程进京。仲秋时节,他还曾在墟沟留下一块"明二苏避难处"的石碑。前文提到的王铎书写苏雨望墓志铭一事,亦发生在此年十月。

王铎和苏京同岁,但两人从何时有了交集并不确切。两人既不是同乡,又不是同科,而且官职上王铎要比苏京高许多。但从现存的诗文唱和看,两人的友谊非同一般,苏京巡按河南时就曾收到过王铎对之赞赏的赠书。顺治二年四月,王铎已是清廷少保,如果当时能受苏京当面请托的话,唯一的解释是,当年仲秋和家人过完团圆节后,苏京即启程进京归顺,并与王铎重逢,才有了十月份的文字和刻石。

但我还是宁愿相信苏京的赴京之路是在冬天。周天寒彻,玉龙飞舞,大地上的辙痕通往天边,四下空茫无着。

牛车停到了皇城根下。苏京的后半生由此开始。

七

苏京仕清后,先被授陕西道监察御史,兼茶马事务。顺治三年(1648年),试任江南道监察御史,后改任真定巡按。顺治八年又改授建宁兵备道、福建按察司佥事，十年故于任上，敕授文林郎，晋授奉政大夫。

苏京决定仕清是基于什么考虑，今人很难揣测。一是我们缺乏古代士人的思想文化，很难有同理心；二是时移世易，再难"用前朝的剑来斩本朝的官。"杨绳武、孙传庭、苏京都曾受佩过象征皇帝意志的尚方宝剑，但那毕竟属于过去式了。我们从纸张上得到的对明朝的印象并不一定符合那时的实际，我们所说的党争也并不是那么泾渭分明。而且，晚明心学的兴起使得士子的精神世界得以重构，得以从理学的禁锢中解放出来，使他们更加注重自身的修养和生命的圆融。臣子一旦有了自我意识，封建纲常的根基就会被撼动。从各个方面考量，苏京的圆通应该是受心学的影响。苏京和丁允元俱师从海州倪文纯，从地缘关系上讲，当然会受泰州学派思想影响。

但历史不能想当然，无论怎么解释，文化没有一个非此即彼的选项。但是人的行为有。就像你不能断定苏京降清纯粹是文化使然，难道他就没有想要光宗耀祖、保全生命的一闪念吗？在迹不在心。无论如何，一个人的忠心能够分成两份，怕也只有当事人能了解其中的辛苦。

浙大教授周明初曾有过这样的分析："在一个儒家传统思想占统治地位，大一统政权又很稳固的时代或社会里，士人们的心态通常表现为自觉地维护'道统'和'政统'，并努力地趋近于这种理想的人格范型。但这种理想人格范型是很脆弱的。当一个时代或社会进入大变动时期，政治局势、哲学思想、社会风尚等方面的变化常常会引起士人心态的变化，从而破坏这种理想的人格范型。进入政治组织结构中的大多数士人放弃了自己的社会职责，失去了政治角色应起的作用。这种现象在晚明时期尤为显著。"在明史中，苏京算不得一个大人物，但从他身上，我们能看到周明初所言的晚明士人的某些特征。

在清朝为官，苏京照旧是勤勉的。在江南道监察御史任上，他认真履职，不徇私情，甚至敢于弹劾满族官员，于是"直声益振"，以至于被人衔恨，向顺治告发了他在南明抵抗清军之事。苏京大为震恐，"遂趋朝入觐。蒙太宗温旨慰劳，且曰'若辈浮言，此前朝事，勿介介也'"，并改授其真定巡按。苏京的心由此安定下来。龙椅上换上来的那个皇帝与换下去的皇帝明显不同，一个雍容大度，一个多疑尚气，高下立判。

在真定期间，苏京建了座曲梁东郭书院。公务之余，躬身其中讲学，似乎只要儒学还在，"天下"就还在。他"以兴起斯文为己任"，刻印了《笔山居艺》一书传世。

顺治八年（1651年）五月，苏京在履职考核时为人中伤，明升实降，外放福建任按察司佥事，建宁兵备道。他在赴任途中，回了一趟老家。经历兵燹尚未恢复的安东卫，此时又刚遭受榆园军洗掠，城隳墙颓，破屋烂舍，山川破败，家室凋零，睹之已无可留恋。

就像是谶语一样，他对家人说了如下一番话："此行岂不返乎？我祖忠殁于闽，我享其报，今我复之闽，殆花落果实时矣。"冥冥之中，他似乎听到了祖父无声的召唤。

那缕孤魂太孤单了，那个忠魂太孤单了，需要亲人的陪伴。这也是苏雨望未能实现的遗愿。

在闽期间，苏京参与策划了会剿南明监国鲁王的战役，大胜。或许在这次战役中，他再次感受到了高深莫测的天意，之前和起义军相斗，和清军相斗，无不溃败，如今和曾仕过的朝廷相斗却屡获全胜，看来天真的是变了。

清顺治十年（1653年）二月廿二日，苏京卒于任上。

残山万里，怕梦中仍在蓬瀛。他在福建的月亮之下，不知对着安东卫倚靠着的苍苍阿掖山有着几多思念。那是他这枚小小的果实诞生的地方。他常常如此苦吟：

尚忆岚山口，孤帆入海年。
衔杯看蜃市，高枕对楼船。
多难余生在，浮名知已怜。
陇头今夜月，似为故人圆。

月色下，一枚小小的果实轻轻落进河里，荡漾于他乡的碧波，一路顺流而下，去往汪洋大海。数月后，驻泊到黄海海州湾畔岚山口的一片礁石滩上。

八

海州湾北部，海峡犄角之处，阿掖山向东延伸进海洋。苍龙入海，露出几块壁立的石头耸在乱礁当中。

苏京从庙湾回家游荡的日子里，一位老朋友也从北方游荡而来——王铎。苏京便和王铎一起游荡到这几块石头面前。

高天无际，长波澹澹。如此美景，当然得写点什么。于是二人研墨铺毡润笔默思。

"星河影动，撼雪喷云。"苏京泼墨挥毫，写下如此八个大字。

王铎微微思忖。"万斛明珠，砥柱狂澜。"他写下如此八个大字。

苏京和王铎相视一笑。

——这个场景当然来自作者的想象。实际上，这块"海上碑"的最早刻勒日期已很难考证，只能说是大约在顺治二年以后，也就是苏京隐居安东卫或者仕清后归乡探亲期间。

"星河影动"代表着宇宙大化流行的规律，"撼雪喷云"则代表着壮怀激烈的心情。平静和不平静，在海天交界处达成了某种和谐。"万斛明珠"，一般认为是在形容惊涛拍岸时浪花飞溅起的泡沫，但民间还有种说法，认为是在暗喻"万呼明主"，殷殷期盼早日恢复大明。至于所谓"砥柱狂澜"，当然是对英雄的敬仰和崇拜。这个"砥柱"，可能是形容苏京，也可能仅仅是种憧憬。但实际上，如果王铎的书写暗喻了"万呼明主"的话，那与他当时的身份及作为是不相符合的。他一直比苏京更为圆通——他对主动附清之事如此自我辩护："是上剥下，下亦剥上也。操锷而自剚其躬也，不克以天下为心。故君择臣，臣亦择君，孰肯以其身徒劳于是非黑白混淆之世，以性命日待于汤镬之前软？"

话虽这么说，他们的灵魂却一直没有得到安宁，他们的潜意识里一直没有宽恕自己，以至于经常文过饰非过甚。

还是让我继续发挥一下想象吧。想象可以填补历史的那些空洞，虽然不能直达人心。

——康熙十七年（1678年），苏京安葬25年之后。时任安东卫守备阎毓秀循着当年王铎的步履，也来到这几块石头前，他是卸任之前来告别的。吴三桂在衡州称帝的消息隐隐约约在风中传播着，天下兵戈再起，结果难以预料。

"星河影动，撼雪喷云。万斛明珠，砥柱狂澜。"他看着这几个大字。

笔画在海浪中浮沉，粗犷、豪放，难以磨灭。

于是心有戚戚焉，吩咐属下布置好笔墨纸砚。

"难为水。"

他写下如此三个大字。

观于海者难为水。

曾经沧海难为水。

他看到了海，也看到了一段被海水淘洗不尽的历史。

九

难，为水。

难为，水。

难。

为。

水。

"水有什么错，为什么要难为它呢？"

站在海上碑旁的小女孩认真地问道。

"万斛明珠"铺溅在脚下。

她还太小，不了解朝代意味着什么，时间意味着什么。那些远去的古人，不过是一些童话中人。她不知道这汪洋大海的海水是苦的、咸的，是泪水的味道。她不知道这鼓荡层云的海风是呜咽的，是一去不还的。

她是我的女儿。

我拉着她的手，想了想，说："你长大了，就知道了。"

这是多么敷衍的一个答案呀！

一场特殊的婚礼

李守忠

"也许是过分地爱你,我才穿上这身军衣。告别家乡的温暖,走向远方的风雨,把所有的苦和累,都让我一人担起。不许马蹄硝烟,惊扰你甜甜的、甜甜的小夜曲。我是那样,深深地爱着你。爱你,我才更爱这绿色的军衣……"

——歌曲《绿色军衣》

5月的一天,我收到退役军人事务局发来的一封特别邀请函,邀请我作为退役军人代表,出席于5月20日在莒国古城举办的一场退役老兵集体婚礼。

退役老兵,集体婚礼,这两者有着怎样的联系?这又该是一个怎样非比寻常的故事?他们为什么要举办这样一场别开生面的婚礼呢?

5月20日,阳光明媚的初夏时节,正值莒城蔷薇盛放、玫瑰飘香的花季,怀着对退役军人的亲近感以及满心好奇,我如约前往。

在热烈的婚礼现场,我认真聆听老兵们的诉说,才恍然大悟,了解了这场特殊婚礼的源起。

今年年初,在莒县退役军人事务局干部走访慰问退役军人胡东涛时,细致地询问和了解了他的家庭状况和生活愿望。老胡说,多年来,在党的领导和关怀下，他们一家的日子过得幸福和谐，越来越好，还多次被评为"文明家庭"和"新农村建设示范户"。交谈中，他也坦诚地道出了一个埋藏几十年的心愿，那就是想给携手走过53个春秋的妻子田光兰补办一场婚礼，以弥补53年前的遗憾。

原来，1969年10月的一天，本是胡东涛与爱人田光兰约定的婚期，按民俗要举办一场隆重体面的婚礼。然而由于部队执行重大战备任务，胡东涛未能如期返回家乡。不得已，田光兰就与抱着大公鸡的小姑子拜了堂。此后几十年，妻子和他伉俪情深，相濡以沫，通情达理的她从未提起过那场他缺席了的婚礼。但是细心的老胡注意到，在参加小辈们的婚礼时，妻子看着新娘美丽的婚纱和新人的结婚照，眼神里总是充满了羡慕。每当此时，老胡就心有愧疚，总记得自己亏欠了心爱的伴侣一场温馨浪漫的唯美婚礼，那是每个女人渴望而又应该拥有的幸福快乐啊！

在接下来的走访慰问中，事务局干部们发现全县有201位退役老兵因执行部队任务未能参加自己婚礼，不少老兵也有着和老胡同样的心愿。

老兵殷月祥当兵6年，在部队多次圆满完成了上级赋予的重大任务。军人以服从命令为天职，因参加某项紧急救援，他坚守岗位，耽误了回家举行婚礼。

老兵许世学的爱人至今保留着他写的一封"致歉信"。1981年，在举办婚礼的前几天，许世学临时接到上级命令，要随队执行重大保障任务。军令如山，他在给妻子的信中写道："今生今世，我一定补偿你一个完美的婚礼！"

曾在云南当兵的老兵李爱国更是让未婚妻和家人都措手不及。1979年，他本已买好了返乡的车票，也给父亲拍了要回家的电报，满心欢喜地准备踏上返乡的列车，回家与青梅竹马的未婚妻拜堂成亲时，前线突然告急，他毅然决然报名奔赴前线，把婚礼抛在了脑后。

……

这些老兵们，或因执行重大任务，或因部队紧急战备，未能参加自己的婚礼。正是这些军人无怨无悔的奉献，为国戍边，甘洒热血，在发生火灾、洪水、地震的危难时刻，他们总是挺身而出，奋不顾身，用自己的血肉之躯，抒写着军人的刚毅和坚强；在硝烟弥漫的战场，他们勇往直前，视死如归，抒写着军人的英勇和伟大。他们兑现了一名军人的责任和承诺，却给自己和伴侣留下了半生的遗憾。

"老兵把国事扛在肩头，我们理应把老兵的家事放在心头！"退役军人事务局干部们经过认真走访，用心商讨，决定根据这些老兵的具体需求情况，筹办数场退役军人集体婚礼，让老兵夫妇风风光光当地一次"新郎新娘"，让他们不再感到内疚和遗憾。为此，事务局干部特别为每一位"新人"老兵量身定制了65式军服，为老军嫂们精挑细选了时尚流行的婚纱。

经过婚礼筹备组认真筹备和讨论，首届退役军人集体婚礼为七对老兵夫妇举办，时间就定在5月20日这个现代版的情人节，地点则选在自古以来就以英雄之城而闻名的莒国古城。这里是中国春秋第一城，曾刻印着孟姜女与丈夫杞梁的忠贞爱情，又是爱国将领刘震东守城抗日、以身殉国的地方，更拥有着沂蒙老区拥军支前、参军报国的光荣传统。革命战争年代，在莒县这块拥有五千年华夏文明传承的土地上，有2万多人参军参战，32万余人参加了支前，3549名烈士献出了宝贵生命。

为退役军人举办集体婚礼，体现了党和政府不仅在衣食住行上关心老兵们的生活，更在精神层面上给予他们慰藉和关怀。正如莒县退役军人事务局局长赵国山所说："组织这样的仪式主要是为我们的老兵弥补遗憾，同时也引导大家学习退役军人的牺牲奉献精神，在全社会营造尊崇退役军人、关爱退役军人的浓厚氛围。"

我受邀参加的，正是5月20日在莒国古城为退役军人举办的首届集体婚礼。

这一天，不少当地群众自发提供自家的小轿车作为婚车，排成了一条长长车队。七位年逾半百的"新娘"身着洁白婚纱，打扮得光彩夺目。老兵夫妇们乘坐婚车，穿越旅游大道、沭河公园、最美廊桥，进入莒国古城。他们在莒城最著名、最繁华的景点和街道充分展示老兵和军嫂的风姿，成为莒城当日一道靓丽的风景线。过往行人无不驻足观赏，纷纷赞叹道："这是莒县最美的婚车队，最美的新郎和新娘！"并送上他们由衷的敬意和祝福。

上午8点整，在庄重而抒情的婚礼进行曲中，七对老兵夫妇一起步入婚礼现场。一场跨越世纪的婚礼，就此拉开序幕。

老兵们虽然都已霜染华发，但当年的军容英姿犹在。他们身穿崭新笔挺的军装，和手捧鲜花的爱人相互依偎，喜悦之情充盈在他们脸上的皱纹里和幸福的微笑里。

在他们身后，是以抗清护城英勇就义的莒州知州景淑范（字拱辰）名字命名的拱辰门。历史英雄面对当代英雄，会有何等感慨和欣慰。

71岁的老兵贾坤兴为牵手半个世纪的老伴刘庆芳带上了婚戒，刘阿姨高兴地说："没想到这辈子还有机会能和你一起拍张婚纱照，心里美滋滋的，甭提有多高兴了。"

老兵贾孝国用筷子挑起一根宽面条，送到爱人徐传竹嘴边。老两口心有灵犀，相视而笑。

盛大而又热烈的婚礼仪式让老兵夫妇们感动得热泪盈眶，脸上洋溢着甜蜜的微笑，爱恋飘荡在彼此的心间。

老兵胡东涛发自肺腑地说："我们离开部队已经几十年了，但党和政府一直没有忘记我们，对我们关心、照顾、体贴入微，多方面给予我们优待。虽然年纪大了，但我们一定会把人民子弟兵的优良作风和光荣传统一代代传承下去。"

七对老兵夫妇站在庆典舞台上，相互依偎，彼此凝视，笑意盈盈，半个世纪的愧疚和遗憾烟消云散，岁月的风霜掩盖不住他们成为"新人"时的激动和欢快。望着他们，我不禁无限感慨，情不自禁地随着他们流下喜悦的泪水。作为一名退役军人，我为能够亲眼见证党和人民为他们举办的这样一场宏大而又别开生面的婚礼而欣喜和自豪。

直到婚礼结束，我仍意犹未尽，思绪万千。

这些老兵当中，年龄最小的也已步入花甲之年，年龄最大的已是80岁高龄。他们都曾经挥洒青春热血，舍小家，为大家，无惧牺牲；他们的妻子都曾无私奉献，用心守护，无怨无悔。这一对对伉俪如此真挚谦和，朴实无华，默默无闻，在守卫国家的战场上，琴瑟和鸣，勇作前方的铮铮铁骨和后方的坚强后盾，谱写一曲曲动人的战歌。他们无时无刻不在用实际行动诠释当代中国军人婚姻的真谛："你保卫国家，我守候着你。"军功章是他们共同书写的华彩乐章，值得我们的崇敬和致礼。

作为同样在军队中经历了考验和洗礼的退役军人，我和这些老兵们一样，看见军装，就会想起当年激情燃烧的岁月，就会热血澎湃，胸中洋溢起军人的骄傲和自豪，内心流淌着对祖国的热爱和对军装的依恋。

因为热爱，老兵们穿上这身军衣，告别家乡的温暖，走向远方的风雨。因为热爱，老兵们挺起负重的脊梁，把责任扛在肩上，把滚烫的柔情融进不变的承诺，用坚强的臂膀，为爱人和祖国筑就铁壁铜墙。

以身卫国者，国家不会忘记。一场迟到的婚礼，终究让老兵们如愿以偿。

岁月葱茏，改变了他们青春的容颜，而无法改变的，是他们对祖国、对爱人深深的爱。爱你，才更爱这绿色的军衣……

武德的丰碑

余显斌

1

武德,也是一种文明,一种文化。有人渴望刀光闪耀,对手颤抖;有人希望攻城略地,我武惟扬。但是,中国武德不是这样,它提倡内修仁政,联结四方,消除杀戮,解民倒悬。

中国武德,以武止戈,以武止战,以武培植和平。

它的终极目的,用诗歌说是,"天涯尽处无征战,兵气销为日月光。"

这种武德思想,最终目的是让硝烟散尽,鼙鼓无声,兵戈入库,笑声飞扬;让笛音在月夜悠扬;让爱情伴着明月轻盈;让书卷和礼仪代替血腥。这种理念,在青铜时代就已奠基,成型,注入中国人的文化筋脉中,源远流长,至今依旧。

这个理念的奠基人,就是从日照走出的传奇人物姜尚。

姜尚能遇见文王,绝对是一件历史大事,否则,周朝是否会出现,实在难以说清。至于武王、周公,还有春秋五霸,西施歌舞,七国兵戈,都会成为不定之数。

因为姜尚的出现,历史翻开新的一页。

有的说,他在渭水清波垂钓,青箬笠,绿蓑衣,不钓锦鲤,唯钓王侯,终于和文王相遇，上演一曲君臣遇合。

这点，实在有点传奇。

两个人，一番话，奠定八百年历史走向，似乎太简单了。

再者，姜尚一白发如雪的老翁，此后是如何精力充沛，辅佐文王，振奋祖业，雄霸西北，号令诸侯；如何陪伴武王，铁马金戈，手执斧钺，挥动三军，鏖战牧野；又如何辅佐成王，凭借威势，弹压诸侯，同时修明内政，建设齐国的。

一个老人，估计很难做到。

还有一种说法，姜尚被请出山，采用"为西伯求美女奇物，献之于纣，以赎西伯"的计策，帮文王脱离灾难，走出监狱，回到岐山。两人见面一谈，惺惺相惜。于是，君臣携手，扭转历史，改变时代。

后一种说法更在理，更说得通。

姜尚的年龄，估计此时也正雄姿英发时，绝非幡然一老者。

他投靠周朝，绝非为了养老，这样一个人物，出山的目的就是要找一个明君，一个清明、仁爱、贤德之人，与自己强强联手，成就一番事业，拯救天下苍生。

2

朝代更迭，历史上屡见不鲜，很多新朝代替旧朝，都有着一种先进性。尤其周朝代替商朝，可以说是历史的飞跃。

史书说："殷人尊神，率民以事神。"

商朝国君信天命，认为，只要将神鬼侍奉好了，舒服了，他们就会保佑自己江山永固，千秋万代。至于百姓，全然不用担心。因此，他们极力祭祀鬼神，认为鬼神喜欢人肉，就频繁举行人祭，一次不只用一两个人，而是几百上千人，将百姓看得如牛羊，如牲畜。今天，考古发掘发现的铜鼎中出现的头骨，就证明了这段血淋淋的历史。

商王战胜，要人祭，感谢上天。

商王战败，要人祭，求告上天。

商王逢节日有祈祷、求告事宜，都得祭祀上天，进行人祭。

周朝国君也认为，周朝建国，天命所归。可是，他们认为，天命即人命。换言之，百姓的心即天心。要得到天心，就得得到百姓拥护，得到百姓拥戴，就等于得到了天心眷顾。因此，他们摒弃人祭，改用礼制，用文字滋润人心，心香四溢；用音乐让人心向美，细腻温柔；用礼仪让人文质彬彬，温文尔雅。

这样，百姓文明了，幸福了，平和了，天心也舒畅了。

周朝代替商朝，用文明代替杀戮，礼制代替血色，微笑代替惨叫，和平代替恐怖，毫无疑问，是一种革故鼎新，是一次解民倒悬。

有人将武王伐纣，称为武王革命。

这确实是一场先进战胜落后、人性战胜恐怖的革命。

这场革命的旗手，就是从日照走出的姜尚。

3

《史记》谈到姜尚来历，说他是"东海上人"。东海，也就是日照。他从日照出发，首先去了哪里？《史记》说，他去了商朝都城朝歌，"尝事纣。纣无道，去之。"由此可见，他是因为纣王行为残暴，远离百姓，所以才挥别朝歌，隐居岐山一带。最后，受到周人聘请，为救助文王而出山。

他和文王有相同经历，或者说，他们看到了相同的恐怖情形。

有史家说，他们都亲眼看到了血淋淋的人祭，听到过凄惨的号叫。

这些，让他们内心颤抖。

两人的手，最终握在一起。

他们走到一起，目的很单纯，就是要推翻商朝，建立一个平和、人性的社会，让血腥远去，让罪恶远去，让惨不忍听的哀号消失。这，是一种担当。这种担当，在姜尚出现在历史前沿的那刻，就已经表现得十分明了，十分清楚，后来也被他带回故土，并在这片土地上丰茂，青葱，如春草一样，更行、更生，青嫩着中国的文化。

很多人将姜尚称为兵家之祖，武德之祖。

姜尚，也为中国儒家思想播撒了种子。

他和文王携手治理国家，在文王死后辅佐武王，武王娶了他的女儿，算是他的晚辈。由此推展，周公也算姜尚晚辈，他与武王在文王时代就接受着姜尚的言传身教。文王死后，他们更是以长辈之礼对待姜尚，更会受到其润泽。周公被称为"元圣"，是儒家基石。孔子曾说，"郁郁乎文哉，吾从周"。由此可见，孔子十分推崇周公礼法。就此而言，姜尚对儒家思想的启迪作用，是一定存在的。

换言之，日照的古风俗，古文化，古文明，一定也曾影响过儒家。

这点，毋庸置疑。

4

姜尚辅佐文王，首先修明内政，使周处于繁华富足、和谐幸福中，也就出现了"西伯政平"的记载。因为这样，引得附近很多部落归附，奉文王为盟主，有了矛盾，有了争斗，都会来到周，请文王调停。

文王以礼仪劝解，最终，大家皆大欢喜。

史家说，其中姜尚出力最多。

也有不服周的领导，不服文王的。此时，姜尚就从幕后走到前台，从出谋划策走向亲自征战，顶盔掼甲，马车辚辚，千军齐呼，开赴战场，以战止战，以兵止兵，"伐崇、密须、犬夷"。

毫无疑问，这些战事十分顺畅。

因为文王声望大增，归附诸侯增多，百姓富庶，禾麦在野，田畴青青，姜尚再次显示出远大的政治目光，协助文王，"大作丰邑"。说白了，周原来充其量不过是一个部落联盟，到了此时，才展现出一个国家的雏形。

一个朝代，在姜尚的努力下，呼之欲出。

"天下三分，其二归周者，太公之谋计居多。"姜尚，这位沿着日照田野阡陌一路走来，走向周原的传奇人物，用尽自己心力，推动着历史的车轮一路向前，走向朝阳升起的地方，走向百姓期盼的地方。

文王死去，武王登基，诸侯是否还一如既往地服从周，武王存疑。于是，在姜尚的主持下，一次试探开始。武王对外宣扬，自己准备出兵，杀奔朝歌。号角吹响，战马嘶鸣，周军聚集，姜尚坐在马车上，一手举着黄金斧钺，一手掌着白旄旗帜，当众发布命令道："苍兕苍兕，总尔众庶，与尔舟楫，后至者斩。"他让主管船只的官员准备船只，让方伯准备军队，到孟津齐集渡河，若有迟滞，一定斩首。

周军到了孟津，这里人山人海，盔甲闪耀，"不期而会者八百诸侯"。

这就是历史上著名的"孟津观兵"。

孟津观兵，是武王继位第二年举行的。此时的武王，无论威望、事功，都不足以有如此影响力，之所以能够成功，是因为他的身边矗立着一位让诸侯信服的人——姜尚。此时伐纣，毫无疑问是不可能的，新君即位不久，内部还未整合，如何能行？

这一次就是为观察诸侯态度。

结果很好，出乎意外地好。

三年后，周军汇合诸侯军队，正式对商发动袭击，是袭击，不是宣战。那时，一切事务都得占卜。起事前占卜不利，加之暴雨连绵，有人怕了，以为是上天惩罚，主张罢兵。姜尚独排众议，力举出兵。这是改变历史的一刻，也可以看出从日照走出的姜尚是多么果敢、果决。周当时出兵，是趁着商朝正规军在和东夷作战，无暇回顾时进行的，如果停军，纣王知道了，一定会抽调主力对付周军。以周军当时力量，一定失败。

大雨绵延，纣王没想到，周军会突然袭来。

纣王急了，组织奴隶七十万，在朝歌不远的牧野进行阻击。

显然，在周军的袭击之下，纣王有些措手不及。

当时周和诸侯联军，"戎车三百乘，虎贲三千人，甲士四万五千人"，但面对七十万人的对手，有些发慌。为了震慑对手，鼓舞士气，姜尚亲自擂响战鼓，带着百名壮士，冲击商朝军队前锋，发起挑战。这可真不是一个白发苍苍的老人能干的。

牧野一战，纣王大败，自焚而死。

此时，他的主力军还在东南，还没回来。

5

周朝建立，姜尚受封于齐地，算是荣归故里。他回到故土，领导百姓，打败莱国，然后"修政，因其俗，简其礼，通商工之业，便鱼盐之利，而人民多归齐，齐为大国"。他的治国策略，不正是文王执政的继续，周公治国策略的先声吗？

成王时，天下动荡，管叔、蔡叔作乱，纣王的儿子武庚响应。一时，殷商旧地，一片战火，一片烽烟。周王室在焦头烂额中，再次想到这位老臣，于是，发布命令给姜尚："东至海，西至河，南至穆陵，北至无棣，五侯九伯，实得征之。"姜尚接受命令，厉兵秣马，整顿军队，凭借自己的威望，自己的能力，稳定了周王室的半壁江山，为王朝平叛奠定基础，为盛世到来夯实基础。

此后，他如何，史书没记载。

他的内心，大概一直思念着丰镐之地吧。

他离世的时候，一定带着微笑，带着舒畅吧。因为此时，人祭制度已经被废除，周公礼法已全面铺开，全面实行。他渴望血腥远去，暴政远去，仁爱归来。这些，都被融入了中国武德中，也被吸纳到儒家思想中。

在日照，他的雕塑至今矗立。

这是一座武德丰碑，更是一尊中国古文化的丰碑，在我们回望的目光中，屹立不倒。

广场记

葛小明

我出现在广场是因为时常感到孤独,你是因为什么出现在这里?

1

有十几棵小叶女贞选择在春天把叶子扔下来,除了落入花坛的,其他地方的都会被重新安放位置。往往,是一位身着橙黄色上衣的女人,小心翼翼地清理着这些从云端之上归来的不速之客。其实她早已熟知叶子的来路,已经能够准确地判断出坠落的时间,不早也不晚,它们总会在一场料峭的寒风里如约而至。这风从北面吹来,带来西伯利亚的消息,包括气候,人情,时政,还有一些森林里的不同气味的木香。不用使劲摇,小叶女贞早已准备好,轻轻一抖,叶片便纷纷去了。它们用短短的两秒钟,草率地选择了方位,这多少有些让人猝不及防。小叶女贞真是一种特立独行的植物,它总喜欢在万物复苏的春天,选择凋零与告别。它喜欢在洋洋洒洒的落花中间,让自己变成光杆儿,一根根"枯"树枝,斜插进最繁茂的季节里。

有些叶子轻易地改变了蚂蚁的一生。本来不适合筑巢的地方,因为这些叶子的到来变得充满生机。一段时间后,叶子腐烂,加上叶片下阴湿的地面,正好符合了蚂蚁安家的所有条件。一场雨后，蚂蚁们忙碌起来，它们搬运着一年的心事走上大街，或轻或重，或喜或悲，总在跟跟跄跄中走出一方新世界。它们整齐地排成一排，找来找去，到叶下方止。不挪动叶子，也不做任何啃食动作，只需从叶子脉络的对角处钻进去，便进入了另外的空间。有时候，你会看到它们独自或者几只协作搬运食物，走起路来飞快，看不出任何吃力的样子。但是更多的时候，你看到的它们是无所事事地游走，似在找寻，抑或是在巡视那块方圆几米的领地。如果你观察仔细，就会发现这样的蚁群不止一处。在广场四周，蚂蚁划"江"而治，蚁群与蚁群之间很少有交集，它们按部就班地活在自己的世界里，无所作为。

同样，生长在高处的连翘恪守着自己的生存法则。无论有什么特殊的情况出现，它都保持着四片花瓣，向上生长，与低垂的、六瓣的迎春绝不有染。所以，只有你稍稍用心，就能轻松地分辨出连翘和迎春的不同。这种默契，不只发生在这个广场。

我要说的这个广场位于日照市五莲县的城区，名为芙蓉广场，在相当长的一段时间里，这个广场曾经是五莲的城中心，各种重要的活动都曾在这里举行。事实上，这世上的无数个广场，都有清晰的法则存在。比如紫花地丁与早开堇菜，比如小药八旦子与延胡索，比如委陵菜与翻白草，比如一块大理石和一块花岗岩，比如一个母亲与另一个母亲，比如两个同样处于人生低谷的打工人，他们纵有千万相同，但你总能在千万个群体中瞬间认出他们。这种区别是与生俱来的，又因为各自后天的境遇而趋于相似。

连翘直立生长，努力地把每一根枝条伸向天空。无论这天是明媚的，还是略带昏暗的，都不影响它长成一棵积极向上的多年生植物。可能它抵抗过园艺师的剪刀，遭遇过腊月厚厚的积雪，也可能被某个好奇又爱美的小女孩折断过枝头……但这都过去了，痛苦的事只发生在昨天，后面的日子还很长，很美好。连翘也并不是规规矩矩的墨守成规者，它会在某个夜深人静的时刻，把枝条伸到围栏之外，伸向广场中央的位置，感受一下四散而去的人们留下的热闹，感受一群踢毽者的喜怒哀乐，感受一个广场和时代的空旷。

它有不解，这并不影响它在探索中慢慢成长。连翘的成熟是明显的，哪怕只经历一场雪，它便能在下个冬天提前做好抵御寒冷的准备，不用邻居告诫，它一定能够轻松地躲过寒冷。不早一天开花，也不做碌碌无为的迟到者。它知道迎春比自己开花要早，要惊艳，但是它绝不攀比，就跟周围的兄弟姐妹们一样，做自己该做的事情。遇见蜜蜂，就欣然开门，遇见春风，就大方地舞蹈起来。它知道，广场上有很多跟自己一道的花，一道的树，一道的人。

在芙蓉广场，每棵树、每块大理石、每一件物什都应有自己的名字，就像刚刚出厂的排椅，安装工人都在其底部做上过简单的标识，不仅仅是"南1""南2""北1"之类。蚂蚁或许对周围的石头标记过，画眉鸟或许对玉兰的每一根树枝标记过，牙牙学语的小女孩也应该对周围流动的人群标记过。各种形形色色的标记，充斥着广场的空间，它们看似杂乱但又各守章程，不会因为你走过去过，风雨消磨过，环卫工人清扫过而发生任何改变。就像你能于千万人中，轻易地分辨出心爱之人的声音；就像一群因为一棵草被拔出而流离失所的蚂蚁，能够在看似杂乱无章的沙土中很快归建；就像一场风一场雨，并不能冷落一颗父爱母爱充足的小女孩的心。在广场上，这样的事情时有发生。不同年纪甚至不同时代的人，走在广场上，这让这个世界饱满而多姿多彩。

某个暮春的早晨，我被孤独的人群传染，出现在了广场上。我们彼此照面却没有寒暄一句，风似有似无，漫不经心地吹着。其实当时真的很想问一问，"你是因为什么出现在这里？"

2

芙蓉广场南侧，有几棵柿树，深秋时节金灿灿的，惹得路人垂涎不已。但是他们克制，一次次缩回伸出的手，只在路过时多看上几眼，咽下口水便罢。其实，他们也到达不了柿子所在的位置，那里很高，离天空近，不是垫一垫脚就能触摸到的。柿子分散在不同方位的枝头上，享受着一年中最美好的时光，它们惬意地影响着周围三五米的世界，让蓝天更蓝一点，让点缀更澄亮一些，让树下的人影目光更透彻一些，让经过的秋风少一些肃杀之气，诸如此类，这些它们都能做到。每根树枝都指向一个去处，它们不指向天，也不指向地，它们有它们自己的位置和属性。

柿子从白色的小花到深绿色的果实，过程极其短暂，可能你不经意的两次邂逅，就发现它们已经成年。柿子圆滚滚的，藏在大叶子中间，与周围的草色一起点缀着夏日的广场。人们路过它，对它送上美好的祝愿与期待，希望它在秋天能够硕大金黄，能够让草木凋零的深秋充满生机。灰喜鹊路过，对它的果体垂涎三尺，停了很久都没有飞走。甚至它已经想到了先吃哪一棵树上的果实，哪一根树枝上的果最好吃。说到偷与窃，灰喜鹊是最擅长的，在广场上，几乎所有口感不错的果子，最终都会进到它们肚子里。它们就像在自己家的果园采摘，想什么时候吃就什么时候吃，不会有人前来呵斥，更不会有同行来抢夺。

终于，在一个深秋的下午，柿子被几个身穿校服的男孩"打"了下来。不知道他们哪里来的竹竿，随意敲打几下，柿子就零零散散地落了下来。它们莫名地遭受了一顿毒打，落地的时候还遭到了二次迫害，是那种力道很重的摔伤。有些掉在草丛里相对完整，有些撞到大理石地面，粉身碎骨。男孩们顾不上那么多，匆匆捡起一些，就跑开了。有些柿子落得位置比较隐秘，无人问津，不几天就烂了，亡了，灭了。

次日，负责广场日常打理与清洁的黄马甲受到了批评。领导找她谈话了，言语不轻不重，只说做事要专注点，柿子是用来观赏的，摘了就没了，广场显得空落落的。于她而言，这也是一件让自己羞愧与自责的事情。

休息的时候，她时常会望一望金灿灿的柿子。那棵树，那些果实，也曾给予她不长不短的喜悦。柿树周围的三千世界里，空旷的广场对周遭的一切给予了最大的包容和原宥。一切灰暗的、单色调的、冷漠的、无情的、放不下的、难以释怀的，都在广场上得到了慰藉。路过的人啊，你是否知道，广场总能用某种方式不动声色地改变着你，请不要再抱怨它平时多么冷酷无情，那大理石的地面，那些沉默多年的栾树、柿树，其实有一颗金灿灿的、火热滚烫的心。

她用了几分钟就释怀了。面对空旷的广场与头顶之上、天空之下残存的柿子，她觉得没有什么可委屈的。她甚至要感谢这些被赐予的东西，包括每一片落叶，每一粒灰尘，每一点路人不小心掉落的生活垃圾。没有这个广场，就没有她这份退休后的工作，就没有可以顺便接送幼儿园小孙女的机会。想到这里，她掸了掸黄马甲上的灰尘，擦掉眼角的泪水，起身了。她走进巨大的广场里，背影色调很深，走了很远都还能够看见。

3

张百顺是五莲县街头镇一名普通的务工人员，这天他没有上班，在那张排椅上坐了很久，心情渐渐地舒缓了许多。他不知道，在此之前，有一位刚刚通过教师编制面试的姑娘，在这张椅子上打完了一个长长的电话。电话的另一端是她的男朋友，一年半前，她从大学毕业跟着男友来到了这个陌生的小城。方言是陌生的，空气是陌生的，路上车牌的开头字母是陌生的，面试官脸上的褶皱纹路和东倒西歪的发型，是陌生的。这里是离面试点最近的一块开阔地，工作日人不多，偶尔逗留的也是些安享晚年的人。他们感受不到面试场上的紧张气息，这气息早已在路上被一层层稀释，剩下的是一些慢节奏的、舒缓的空气，在流动。他们大半生所经历的，早已超出那些，如今一杯茶，一张排椅，一阵时有时无的风，就是三千世界了。

一个年过半百的女人，身着砖红色上衣，缓缓地推着小车，在广场上绕大圈子。这种环绕，既机械又富有一定的新意，她路过的每一棵树，每一个健身器材，每一块方形的大理石地砖，都是固定不变的。但是她头顶的云在流动，她下一圈和上一圈的情绪，是有差别的。这一点树上的鸟儿并没有告诉她，她也不关心这些。鸟儿对天空的熟稔度，远大于低头走路的行人。小车里的孩童，与周边新植的法桐树一道，悄无声息地生长着，他们并不十分了解外面的世界，以为世界就是眼前所见所得。女人专注地推着小车，视线几乎没有离开过车里一秒，自从有了孩子，她的世界就变小了，喜怒哀乐仅仅限于此。此时此刻，她双手紧握的小车，就是她生命的全部，是千千万万个母亲的理想与未来。

张百顺70岁的老母亲因洗澡时不小心摔倒，造成腿部骨折，医生告诉他，情况并不十分乐观。老母亲从乡下搬进高楼里，显得很不适应，即使房子面积再大，也没有乡下的院子和庄稼地开阔；即使楼下不远处就有一个菜市场，也没有老家菜园里想摘什么菜就摘什么来得痛快；即使儿子儿媳百般孝顺，也不如家里那个"糟老头子"酒后骂骂咧咧，早晨一起来就又乖乖喂好牲畜做熟早饭让人舒坦安心。可谁让自己想要孙子，谁让儿子儿媳忙着打工赚钱不舍得雇保姆，谁让自己三天不见就想小孙儿了呢。她用不惯雪白的马桶，不喜欢出水均匀的花洒，一个不留神就滑倒在地了。本以为爬起来忍一忍就会没事，谁承想一下子就被告知要住院半个月以上。她看到他在墙角偷偷抹泪，知道这是一个儿子的内疚，也是对生活不易的认同与屈服。百般推辞后，她还是被留在了医院里，她不知道，住院当天，儿子一个人在广场里坐了很久。

在此之前，打电话的姑娘坐在这里，看着一个年过半百的母亲在广场上走来走去，手中推着自己的未来，小心又谨慎，生怕有什么闪失。姑娘一下子就释怀了，远嫁给爱情，很快便成了另一个母亲。她摸了摸自己的肚子，孩子还没有学会踢人，但她明显感觉到，自己不久也要推着小车走进广场了。她在电话里把面试成功的喜悦大声传递给了丈夫后，偷偷把在广场上的所见所得藏在了心里，她知道，接下来的日子会好过不少了。

我是在买肉夹馍时认识王玲玲的，扫码付款时，显示对方叫某某玲，顺便问了问她的名字。每周三早晨，我都要去王玲玲的早餐点买一个里脊肉饼，一个肉夹馍，前者自己吃，后者给刚过门一年半的妻子。王玲玲因为名字叠字，大家都直接称呼她玲玲，不论大人还是小孩，她对此并不反感。除了早晨八点前在广场东边卖早餐，九点以后她还在一旁的快递代收点兼职。拿了四次快递后，她就准确地记住了我的名字和手机尾号，再后来她也记住了妻子的。对此，我与妻子皆表示惊讶，并对她有了额外的好感。取快递时，只要是玲玲"当值"，我便无需费神，她总能第一时间找到我的包裹，干脆利落，过程往往不超过12秒。

有很长一段时间，玲玲只出摊早餐，却不去快递代收点了。我忍不住问了一下，她说婆婆骨折了，进了医院，每天都得送饭，陪床，无暇做那份兼职了。闲聊了几句，她问我"五一"假期是不是要出去玩，我点头表示肯定，她脸上闪过一丝丝羡慕，说今年没法和孩子出去了。我问她老公呢，她说他得出车，早出晚归的，什么也顾不上。家里有两个孩子要接送上学，还有一个嗷嗷待哺，加上婆婆现在的样子，手忙脚乱的。说这话时，她微微低下了头，我没敢看她。刀在她手中飞快地切剁,本已煮熟的肉,几十秒便成了小颗粒,香味透过她话语的尾音传递到了大半个广场上。

买肉夹馍或者取快递,我都要路过那个广场,就是玲玲剁肉夹馍馅儿时面对的地方。早晨的时候,广场异常空旷,偶尔路过的人,也在匆匆赶路。不知道玲玲心中的广场是什么样子,可能一直都是一块空旷之地吧,她不知道,在广场上,有些喜悲会被二次传递。你坐在排椅上,不经意间就会被上一个坐这的人感染。如果他是开心的,那么你的情绪里也有附加一些喜悦的色彩。如果他把悲伤留在椅子上,你或多或少也会感到一些难过从四面八方袭来。

头顶的云,还在不停地流动,它有时候路过你的头顶,有时候路过广场的头顶,有时候受困于一群人的喜悲,很久都挣脱不出来。它把巨大的影子投射到广场里,或浓或艳,或灰暗或半透明。云不分贫富贵贱地笼罩着广场上的万事万物,每次到来都能掀起一场风暴。

不同时代有不同的广场,不同的广场承担着不同的使命。我无法回避的这个广场,生于20世纪90年代,然后久居在我生活的一朝一夕里。它人间烟火味很足,人和物走在其中,形形色色,一不小心就会被呛到。

4

芙蓉广场东北角有一座两层的小楼,原是周边小区的售楼处,后改为了小型超市,在广场周围仅此一家。尽管隔壁是公厕,小超市的生意也丝毫不受影响,买烟的中年男人时常走进来,不用东张西望就能准确指出他所需要的香烟的位置。如果此时恰好有小孩在挑零食,他便迅速地将手中的半截烟卷灭掉,俨然一个父亲的样子。有时候出现在小超市的是身着黄色外衣的环卫工人,她步履蹒跚但身体还算健朗,中午不愿回家就买上一包泡面凑合一顿。她的不锈钢餐具常年"暂存"在此,不远处的"杜鹃花志愿者驿站"可以取到热水。对她来说,这里是她生活的大部分。这个广场,几乎就是她后半生的所有活动轨迹所在。

广场建成后周围的房子很快便被抢购一空。一栋栋或青或白的高楼立了起来，在深思熟虑后，它们认领了各自的主人，认领了接下来几十年甚至上百年的休戚与共者。住进来的多是手头富足者，他们相中了中间那个偌大的开阔地，无论是小孩还是老人，甚至养的宠物狗，都可以在闲暇之余走进广场，他们将从这里获得其他地方得不到的洒脱与自在。

多年后，楼房纷纷年迈。里面的人，有些走了，有些以全新的面孔来到这里，他们口音大体相似，剁水饺馅儿的声音，从对面楼上都能传来。就这样，楼里的人主动或非主动地分享着其他人的生活与喜怒哀乐。楼下的行道树长到了与三楼齐平的时候，樱花便绚烂了起来，它身前和身后两栋楼里的人，都能获得一个最佳的观赏视角。面对同样一树的花，每个人获得的喜悦是有差异的：也许无聊的你，在几眼花里获得了"有聊"的几分钟；也许成绩不如意的你，在几眼花里获得了垂头丧气后的觉醒；也许慵懒不想起床的你，在这棵树上恰好获得了起来赚奶粉钱的勇气；也许想随便吃点泡面糊弄一下的你，在这棵树面前有些羞愧，决定好好对自己，便精心做了一顿土豆炖牛腩。

无论是怎样的你，总会以某种方式路过广场，这是无法避免的。因为你要融入这个空间，这个时代，这个难舍难分的大千世界。有那么几年，在广场四面，高楼一一立了起来，它们用不同的身形装饰着广场，有些横平竖直的水泥路和柏油路穿插其中。每条路都有去处，走在上面的人，有时候也会走进广场。他们把心事和秘密散落在广场，散落在大理石地面上，散落在无数漫步其间的人影里。有些会被捡走，或喜或悲，总能被分散一些，这里的人和事，因为一片开阔地而变得息息相关。

你路过的高楼，不一定是她路过的高楼，但是你路过的广场，一定是她路过的广场。在土地紧张的城市里，广场显得多么珍贵，多么不可替代！傍晚以后，出去的人纷纷回来了，他们行色匆匆，路过一栋楼，路过一个时代，无论从哪个方向回家，都无法避开广场。即使回到家里，推开阳台或者厨房的窗子，仍旧会第一时间面对广场。也许你有很多话想说却没有对家中的妻子说出口，也许你想找个安静的地方抽根烟静一静，也许你对客厅里哇哇响的动画片心生烦闷，也许你在艰难地要对接下来事做出选择……你无所适从，你在屋子里踱来踱去。直到把视线投射到广场的某个位置，你才渐渐安静下来，你知道，事情总算有了着落。

你站在高处，看着广场上发生的一切，花在悄悄坠落，风在轻轻吹过，狗在努力挣脱绳子，有个小孩在奔跑的时候不小心跌倒了，他没有哭，只是起身用力拍了拍手心的灰尘。你知道，这是广场上自然而然的事情，接下来发生的还有很多很多。广场在不远处给予众人一次又一次的治愈，这个过程不动声色又润物无声，人们感激它，也时常忽视掉它的存在。

多年以后，你跟周围的建筑一样，慢慢变老，你仍旧会感谢这个广场，是它为你提供了出现的可能。你的楼会旧、会老甚至会倒，但是你的广场永远都在，它用最大的热情养育了一个又一个路过的人。它默默无声，却又日常做着惊天动地的事情。

5

天黑下来，广场上的灯与周围高楼里的灯同时亮了起来，这是集体对夜晚的宣战。楼里的灯，星星点点，明暗有秩，它们努力地宣泄着对黑暗的不满。它们反抗，斗争，对寂静中的一切宁死不从，你甚至能看到光线在高楼与广场之间发生扭曲，有些撞击到墙上，有些撞击到海棠树上，隐约有回声。光在千家万户的玻璃上栖居，不动声色地观察着夜里发生的一切。它们喜欢光滑的物体，秃头顶，蜡质叶子的冬青，系在小孩子手中的"氢气球"，还有公共洗手间里千人千面的镜子。

广场上的灯不一样。它们安分，只将光线照射到指定的区域，只在四四方方的格子里停留。有需要的人，会自己走在其中，感受一下这个时刻，这个时代的微渺与浩瀚。光均匀地从上方倾泻下来，慢慢悠悠，像雾气，像柳树旁的微风，柔和得很。最先感受到它的是一棵高大的国槐，不知是有30年还是50年了，它的高大总是醒目地出现在被大理石硬化过的广场上，只要走进广场，就一定会被它吸引住目光。瘦弱的灯，立在一旁，好像是在寻求大树的庇护，又好像是在勉强地宣告领地。灯杆笔直地与大树站在一起，它们有没有促膝长谈过，我不得而知。但是在某些意义上，它们的命运也是休戚相关的，比如一场雨、一阵风，比如一道仰天注视的目光，比如一个伤心人短暂的倚靠与慰藉，这些它们都曾共同拥有过。

电子屏因为悬挂得比较高，较早地感受到了灯光的洗礼。这是一个不算老旧的设备，晚上的时候会有一些时政新闻从里面蹦出来，很少有人关注它，尽管它时不时地发出一些规矩的言语。它本身散发的光五颜六色且经常变动，映射在周围的树上，灯上，不同年纪的人的脸上。人们不关注这些，任由光线随意变换。

高处的灯是有情绪的，因为电子屏打破了原有的宁静与和谐，只是这种情绪很难被人察觉。靠近电子屏的灯，卖力散着光芒，生怕被忽视掉。有些小孩子喜欢站在电子屏附近的灯下，因为那里更亮，更能看清这个相对陌生的世界。踢毽子的人，也喜欢聚集到此，他们三五人一组，用不同的鞋子做出类似的动作。毽子在灯下熠熠生辉，不同的角度被一一照亮，对它而言，这是另外一个白昼，也是一天中最绚烂的时刻。它尽情地感受起落与光芒，尽情地在一声声碰撞里发泄情绪，分享着一群人传递来的喜悦与酣畅淋漓。

大理石地面也感受到了灯光，只是这光更为炙热，因为光线在它身上停留时间最长。无论是强弩之末还是仍旧激情澎湃的光，到此处便罢，这里是光的集散地。

大理石出自20公里外的街头镇，这个号称"江北石材第一镇"的地方。把石头横平竖直地请出山，运到山南海北，运到属于它的位置上。最先受益的是附近的城市，马路牙子坚实了，小区围墙坚实了，农家小院坚实了，采石工人一家的钱袋子也坚实了。这个广场自然也不例外。大理石周身光滑亮丽，明晃晃地享受着白天的太阳和晚上的月光，也在夜深人静时温柔地收留离家出走的灯光。有人踩在上面，走走停停，或蹦或跳，或在一场细雨中匆匆路过，短暂邂逅，这些它都不去斤斤计较。

夜幕拉下，灯光努力穿透无数黑暗倾泻下来，这中间忍受了数不清的孤独和常人难耐的冷暖。灯知道，必须把光落下去，必须回到人间，站着也好，趴着也好，占据着广场最核心的位置，就必须为之付出全力。再强势的光，遇到大理石地面都会柔软许多，它们无法气势汹汹地面对一位饱经沧桑又充满慈爱的老者，无法把自己的任性肆意表现出来，这里是最后的港湾与栖息之地。你几乎看不到地面的反光，但你能从大理石身上看到无数盏灯的余晖。它们乖顺，可爱，恪守规矩。

你不需要执手电走进这样一个广场，不会因为天色已晚而迷失路途。在广场上，你会遇见一盏又一盏大抵形似的灯，每盏灯都有自己的使命。它们身在黑暗，头矗云天，心里常有光明。

6

遛狗的人早早出现在芙蓉广场，不知道他与狗是否已进晚膳。狗边走边摇尾，即使面对陌生人，也假作摇尾状。城市里的狗，自有其生存之道，它们很少攻击路人，因为它们知道自己才是不速之客。这些狗与乡下的不同，乡下的狗越凶越能获得存在感，毕竟它们的主要职责是看家护院。而在城里，无论多小的城，狗的使命往往只有一个，无非某某的玩伴，某某的"儿子""闺女""小可爱"。它们被标签化，有一个可爱甚至非常有个性的名字，不像乡下的，全部都叫"小狗"。我老家的老狗从被领养到现在已有12年光景了，但是大家一直叫它"小狗"，你叫它"老狗"或者其他什么称呼，它是理都不理的。

在广场上，你会发现千姿百态的狗。有一只出现次数最多，人们都叫它"辣条"。它四只小脚正紧凑地迈着步子，大大方方走在主人前面，好像能引领路途，主宰着这一大片广场。"辣条"一路上从容不迫，甚至都无需回头，尽情地走即可。因为它清楚，那根绳子不会断，绳子的另一端有一个"听话"的"铲屎官"。绳子在人与狗之间轻快地摇摆，运动并不规律。

某些时间片段里，在广场上，你要么在遛狗，要么在看遛狗的人。你看到遛狗的人在漫不经心地走，他被一条狗和一根绳子牵引着，满脸放松的神情。他一会看跳舞的人群，一会看正在绽放的花，一会儿立住不动思忖一天发生的事情。无论做什么，他都不会看狗，因为他对它绝对放心。一条好狗和一个听话的孩子一样，是不用过多操心的。尤其在平坦开阔的广场上，可以任其自由发挥。渐渐地，人与狗建立了长久的默契，狗会在广场外围的某棵栾树下，解决自己的个"人"问题。只见它轻佻地抬起右后方的腿，轻轻松松就把一天的"废水"排了出去。完事后，人和狗都匆匆离开，好像做了什么见不得人的勾当。

看完这些，你也忍不住换了位置。你走进广场周围的台阶阵容里，迈上一级，你看到尘土在微风中肆意飞扬；再迈上一级，你看到坠落的银杏叶在大理石地面上滑来滑去；又上一级，你看到拿着"氢气球"的小孩在悄悄长高，气球也在努力挣脱一只七八岁的稚嫩的手，它一会飞到南面，一会飞到西面，一会绕着他头顶转上几圈不做停留；又上一级，你看到刚刚修剪的冬青叶子在"流血"，近乎无色的、透明的"血"淌到地上，尚有几片残叶没有被彻底清扫干净，它们在告别，在回归，在总结；又上一级，你看到这个时代的新闻与法则，看到处事的学问与套路，看到人心和大爱，看到宇宙之浩渺无穷，你想到《天问》与《九歌》，想到《后赤壁赋》，想到《百年孤独》，想到达尔文，想到了声色香味触法，想到了远离颠倒梦想，想到了这世上的所有典籍与历史。你不停地上台阶，想，但是无论你怎么走，都无法走到最后一级，无法走出这个广场。

事实上，没有人曾完完整整地走遍广场。有些地方你永远不会抵达，有些事你也永远无法经历。面对一棵树，你看到的和狗看到的，有天壤之别。面对一条狗，你看到的与它主人看到的，也大相径庭。你在台阶上走来走去，像极了琴键上跳动的音符，节奏感并不太强，但已奏成了一曲知音难觅的乐章。

于狗而言，广场可能只是家里的阳台，或者是较为宽敞的狗窝。你的广场，可能只是楼下的那片开阔地，当然也可能是某个你尚未到达的陌生的地方。于狗而言，你是熟悉的，无非少了两条腿，无非直立行走，你与它同样系在绳子两端的受困者。你们无非是广场上两个来回动去的点，中间那一条线枷锁着彼此。

2021年春天，《日照市养犬管理办法》出台，狗不能再大摇大摆地出现在广场上，有些要去注射疫苗，有些要去办理相关证件，"铲屎官"手中的绳子勒得愈发紧了。哥哥说，他家那只柯基犬准备送回乡下，也不知道它习不习惯吃鲁东南的煎饼。令人些许安慰的是，狗定会在乡下结识新的伙伴，会获得一片新的广场,在那个开阔之地,它将经历一种不曾有过的生活。

7

　　2020年,走在路上的人戴起了口罩。开始的时候,他们神色慌张,走起路来步伐急快。人与人的照面,小心而谨慎,这时候你只能看到一双双略带慌张的眼睛,看到一只只披了蓝色外衣的熔喷布。他们不能清楚地感受这个世上的一切,但是他们感受到了这个时代清清楚楚的——疼痛。一些不好的消息从网络上传来,原来的路途不见了,只留一个小门进出,广场从这个时候起被陌生化了。

　　芙蓉广场外围拉起了警戒线,这意味着,里面的一切将被暂时封禁。跳舞的人、遛狗的人、踢毽子的人、心事重重的人、收拾落叶的人,都消失不见了,他们不得不"久居"在自己的房间之中。没过几天,人们便开始想念广场。虽然,他们能够在高处,远远地望一望那个位置,但是无法参与进来。就像你在用上帝视角看一场电影,为里面的人物命运担忧,明明已经看到了不幸却无法左右故事的结局。高楼里的人,第一次面对彻底空旷的广场,这与早晨玲玲看到的大不相同。他们看到的是无法干预的、与自己保持了距离的、求而不得的广场。植物还在自由地生长,蚂蚁还在自由地建设家园,广场的轮廓模糊,微弱的风吹过来都看不见波澜,那个地方好像离自己越来越远了。

　　人们怀着担忧生活在广场外围,也带着希望立足于时代的舞台之上。3月的一天,你加入社区志愿服务的队伍之中,戴着口罩与担忧出门,早出晚归。这是你近来最接近广场的时刻,你要长时间地立在广场旁边的一个通道处,劝解那些任性的人、试图摘掉口罩的人。

　　空气中,充满了凝重的气息,周围的色彩是深沉的。你看到大理石地面灰暗了许多,蚂蚁走在上面几乎看不形态,雨水湿滑,一滴滴降落在这片空旷的大地,没有回声。你看到法桐孤零零地立在行道两侧,没有花也没有叶,粗粝的树皮时常蜕掉一些,砸在行人几个月前的脚印里,难以自拔。你看到垃圾桶里空无一物,有害的、可回收的物品,都没有找到应有的位置,在桶顶盖处,风一阵阵吹过，沙土不停，轻易就蒙上了一层灰。你看到拉警戒线的布条在风中静止，白蓝相间的"对峙"中，它们各自守着最后的防线。你看到，仅有的运送蔬菜和物资的车辆偶尔闪过，它们不用紧张对向的车呼啸而来，只需要缓缓地来到这里，停上几分钟，就把一栋楼里的日常供给配送完毕。

广场静了下来，除了偶尔有同样需要执勤的人会路过此地，再无他人问津。它在等待重新开启它的时代。人有时候不能出现在广场上，无论它曾赋予你多么大的包容与热情。时代按照一定的顺序安排不同的角色出场，医护人员首先可以登上广场了，他们站在风口的位置，率先保证它的正常运转。他们同样心怀担忧，但是他们臂膀坚挺有力，足以撑得起大半个天空的阴霾。社区工作者和志愿者们几乎同时出现在了广场上，他们准备了应对旁观的镇定与胸怀，一次次把应急物资送了进来：水果、蔬菜、口罩、体温计、救灾帐篷，以及最新的政策法规，还有强有力的信心和勇气……同时，他们也肩负建立防线的重担，努力说服着那些略显不安分的人。后来，持有绿色健康码的人出现在广场上，这时候的广场已经热闹起来，人们大方地走出房间，回到属于自己的位置上。他们的身影闪动在庚子年的春末夏初，交流着几个月来的苦闷与无聊，他们也终于懂得，健康和自由是多么珍贵。

很多委屈和辛酸留在了广场上，很多动人的故事留在了广场上，很多有用的经验与教训留在了广场上，很多遗憾、告别、约定、希望，都一一留在了广场上。人们不愿意提起那几个月，广场是蓝色的，熔喷布一次次洗涤着上方的天空，下方的芸芸众生。接下来的时间，人们仍旧有些小心地走在广场上，生怕被莫名的空气染成蓝色。

数月后，杜鹃花小站正常运转了，这是五莲县文明办设立的公益性便民场所。更具体地说，是为周围部分居民免费提供热水、报刊，累了可以暂歇，雨天可以避雨的两间小屋。你被安排到此执勤是在一个周末的上午，需要早晨7点30分前到，原因很特殊，要为几位解放前的老党员送早餐。

房子不算老旧，三三两两地挨在一起，它们彼此独立又及时分享着住户的点点滴滴。早饭生火的人相对少，人们喜欢买楼下的肉夹馍或者火烧油条，因为工作的不同，会有人刚刚出门去买早餐，而有的人已经是饭后在去上班的路上了，急匆匆的面孔随处可见，他们在努力地找到自己的位置。其中一位老党员是一位独居的阿姨，屋子里杂物颇多，但是摆放齐整。送早餐的时候，她会热情地招呼你进来，你一般是不坐的，简单问候后就转身离开。她会走出屋门，目送你的身影离开，你感到她的目光里有一丝不舍，但是你没有回头。老旧的楼梯护栏不说话，它学会了辨识不同的脚步声。那些陌生的步伐，一个又一个，每天都不相同，但是它总能为其找到一个共同点，于是千千万万个你出现了，这时候的你身着红马甲，像高山杜鹃花一样红，完全不同于疫情防控期间的行色。

你穿过一栋楼，又穿过一栋楼，拐几个弯，再拐几个弯，终于回到了广场上。你看到广场上有很多人，他们个个精神焕发，交换着多日不见的寒暄与挂念，仿佛老友失散多年。

万平口，海鸥的景致或禅意

陈文念

1

你想看海鸥，观赏海鸥的诗意飞翔，最好去万平口沙滩，那里才是海鸥的王国，是人与海鸥嬉戏的胜地。

有人问，万平口在哪儿，我来告诉您，它位于美丽的沿海城市日照，是山东地区最有活力的海滨旅游风景区之一。

放眼望海，只见海天一色，浩无际涯，波涛滚涌，上下天光，一碧万顷。一群群海鸥时而斜冲俯身掠过海面，时而振翅翱翔而起，在万平口上空翩翩起舞，欢快翱翔在白云朵朵的天空，悠闲伸展振动着两扇银色优美的又尖又长的强壮羽翼，侧倾着、回旋着，并作短促的、嚓喋的、清脆的、悠远的歌唱，如同一个血气方刚的壮汉在旷野里吹出的口哨。海鸥的叫声很像大雁，听到成群海鸥"啊噢，啊噢"的鸣叫声，若不在此时此地，还真会误以为来了南飞的雁阵。

遮天蔽日的海鸥，铺天盖地，像抛在空中的一把把白色小伞，划出一道道漂亮弧线，完美展现着力与美的悠扬，然后融入那一片湛蓝的大海。海鸥那或欢快或低沉的叫声引来了无数游客，它们似乎在向游客讲述着古老的神话传说和迷人的故事。鸟、人、海等元素架构起一幅美妙的渔岛风情画。

景区还没有建好的时候,这里海面上的海鸥寥寥无几。自从旅游胜地在此崛起,这里便成了海鸥的王国。我曾想,这些海鸥是否经过了千年岁月的精化?假若不是,海鸥岂不是人们说的灵性之鸟,浪漫之鸟?假如不是,海鸥缘何不远走他乡,怎会迷恋万平口的山海城阁,迷恋这云烟缥缈,廊桥通幽,海光水影呢?

在这里,我还见过白鸥似一缕轻烟俊逸而从容地飘落在浩荡的海面上,银色的双翼浮圈似的支持着身体,红色的趾蹼轻轻地划着海水,随着波涛上下飘浮,多么松闲、多么舒适啊!这海鸥很可能就是古人说的仙岛上的那种"白鸟"。

也许,前世的期盼与相守,千年的孤独与思念有些苦涩,但终修得正果。我相信,那苦,苦得润沁心灵,那涩,涩得清爽灵魂,这是万平口尽情怒放的神韵,缔造了一个悦人优美神话传奇的胜地。

瞧,数以千计的海鸥迎着海浪曼舞,朝着游客欢笑,时不时在万平口的上空来回盘旋,鸣叫。可不是吗,我们在它的鸣叫里,可以听得出节奏,有时似婉转的乐曲,有时似铿锵的军号,有时又像乐团齐声大合唱,那或是悦耳的迎宾曲,或是讴歌新时代的乐章?我想,海鸥背负着蓝天的高远,奋力冲向天海相接的地方,把身影投进苍茫的大海,激起信念和理想的浪花,它们矫健的身姿,在大海中成为千年的活化石,是大海的魂魄。以蔚蓝大海为墨,海鸥在天空用它美丽的线条为日照书写海国抒情诗。

万平口沙滩的沙质和景致都远远超过了目前最好的避暑胜地之一的夏威夷群岛。这里沙滩上有的海鸥展开双翼,身子一落,落在海面上,又安闲、又舒适,大海就像他们安好的家园;有的海鸥栖息在两排斜行凸出海面的礁石上,腹部的羽毛洁白皎洁,那婉转传神的动作,忽而兴致勃勃、忽而悠然忘形的神态,令人久久不能将视线移开。看见它们那种雍容自在的样子,看见它们在水上活动得那么轻便,那么自由、灵敏,就不能不感叹它们不但是羽族里善航者的第一名,还是大自然提供给我们研究航海技术的最美的模型。可不是吗,它的颈子高高的、胸脯挺挺的、身子是椭圆形的,就仿佛是破浪前行的船头;它宽广的腹部就像船底;它的身子为了便于疾驰,向前倾着,愈向后就愈挺起,最后翘得高高的就像船轴；尾巴是地道的舵；双爪就是灵巧的桨；它的一对羽翼半张着，海风一吹，微微地鼓起来就是帆。无怪乎沿海渔民形象地说，海鸥是"海上飞船"。

湛蓝的海水被风吹得波光闪闪，海水倒映着对岸红瓦白墙的建筑。洁白、矫健的海鸥，展现着一种美和力的光彩，给这茫茫的海天平添一派生气。海鸥从容地在海面来回跳动，缓缓地移动着，由远及近。海鸥的剪尾和翼尖与双脚联动，轻轻落下，波纹在海面便一圈一圈荡漾开去。一只、两只、数只……好似片片洁白的花瓣撒入水中，之后缓缓随波浪荡漾，慢慢地，慢慢地，变成一个个不规则的方阵，随海浪徐徐移动，场面气势宏大，别有一番情趣，宛如接受检阅的威武将士，煞是壮观。

忽然，从西面沙滩跑来一名顽童，惊动了逍遥自在的海鸥，它们"呱呱"地叫着，从容悠闲的神态立即警觉起来，扇动翅膀拍打着海水，从海面直升入空中，宛如火树银花，孔雀开屏，接着一唱一和地在半空中互相召唤着，像是拉响了警报。瞬间其他的海鸥也扑棱着翅膀直插蓝天，垂直飞起，好像是在比赛，又好像它们在为新时代欢呼！成片成片的海鸥拍起翅膀，像一架架白飞机，盘旋着、飞舞着，朝万平口飞去，映在夕阳晚霞中，染上彩色霞光如瀑布一样壮观。

万平口是人与禅会面的地方。海鸥在空中打着转儿飞了几圈后，又疾速地斜着翅膀降落在建筑物的飞檐翘角上，那是去寻求保佑吗？还是说那里是它们避险的家园。我不是海鸥，又缘何知道海鸥的想法呢？

2

海鸥面目优雅，形态妍美，飞到哪里，哪里就有人欢迎它，欣赏它。与它那温和的天性正好相称，谁看了都顺眼。海鸥翱翔的景观吸引了大批游客观看，沙滩上的游客走了一拨又来了一拨，陶醉在海鸥群里的游客，如沐浴在春风里，与天海相融一体，与浪花秀成一色，物我两忘，逍遥任游，似与海鸥展翅共飞。有的游客将捕捉到的海鸥翱翔的生动照片，迅速上传到了自己的社交媒体上。

在黄色柔软的沙滩上，有的游客，买来喂海鸥的食物，撮起嘴向鸥群呼唤。随即便有一群海鸥应声而来，几下就将食物扫得干干净净。有的游客边走边扔，海鸥依他的节奏起起落落，排成一片翻飞的白色，飞成一篇有声有色的乐章。海鸥大声鸣叫着，翅膀扑得那样近，人们好不容易才从这片飞动的白色旋涡中脱出身来。

有意思的是，海鸥在野生状态下进食与有人投喂时是截然不同的。海鸥的视力极好，若是在低空盘旋飞翔时，发现海中的游鱼和软体动物，便扇动翅膀，闪电般俯冲下来，在接近水面的一刹那，双爪突然伸展到最大，像羽毛一样轻盈地飘落到水面上，似剪的尾巴轻打水面，激起几圈涟漪，猎物就会轻而易举地被它们吃掉。偶尔也能见到数只海鸥突然如离弦之箭，从空中直射海面，瞬即又腾空而起，奋力争夺着一条鱼的情景。

我在落潮的海滩上漫步，水面上应声跃起两只海鸥，我把镜头对准它们的同时，又会惊起一群鸥鸟，它会飞得离我远了一些，但又不是太远的地方飘然落下来。顽皮的孩子向空中扔食投喂海鸥，让我不得不停下脚步赏看。五六只海鸥在孩子的上空盘旋飞翔，离孩子的头顶有一米高，孩子在沙滩上走，海鸥在孩子头顶飞。这么近的距离，海鸥拍动翅膀的声音无比清晰。孩子引逗着海鸥，仰着脖子，向空中连贯地抛着食物。这时海鸥的两个翅膀不是在上下震动翻飞，而是伸直在一个平面上，它似乎停在了原处，静止不动，凝固在空中了。它们凝神专注地盯着抛来的食物，瞅准时机，红红的嘴巴微微向前一伸，拍拍翅膀，做出向前扑的姿势，将食物囊入腹中，兴奋飞了起来。这情景惹得游客情不自禁地鼓起掌来，兴奋地喊叫着。有少女也跟着手舞足蹈，不由自主地与海鸥同舞。说时迟那时快，有机灵的游客迅速用手机拍下了这幅人鸥和谐共处的美丽画面。

我想起了文学作品《老人与海鸥》，它来源于一个真实动人的故事：昆明的一位善良的老人和海鸥成了朋友，为了海鸥，他每天徒步十多公里到翠湖，去给他心爱的海鸥送吃的。后来，老人驾鹤西去，有人把老人放大了的遗像放在了翠湖边上，海鸥们便成群结队地飞来向老人告别。海鸥在老人遗像上空翻飞、盘旋、鸣叫，表达了它们对老人的那份令人震撼的深情。于是，好心的人们又为老人做了一尊雕像，安放在翠湖边，好让老人永远望着他的海鸥，海鸥也能天天望见老人。

人鸥情深，令人动容。记得古人有诗云："白鸥飞处带诗来。"唐代大诗人李白、杜甫都有写海鸥的诗。如杜甫诗《客至》："舍南舍北皆春水，但见群鸥日日来。"是说他的草堂南北绿水环绕，春波荡漾，鸥鸟成群，日日相伴。作者生活的隐逸，居住环境的优雅清幽跃然诗中。

碧海群鱼跃，蓝天鸥鸟飞。海鸥喜欢群集于食物丰盛，生态富饶的海域，纷至沓来的海鸥齐集于万平口，说明这里必然是青山绿水，鱼米之乡。

海鸥是吉祥鸟，幸福鸟。海鸥栖息于美丽的日照万平口，也是情理之中。因为海鸥不落无宝之地，这是不言而喻的事情。

日照，光影漫游

孙 施

在梦的边缘，我曾听到海浪的呼唤，那是大自然的秘密旋律，低沉又悠扬，仿佛是对初生之光的欢歌。当我睁开眼，那梦境并未消散，反而变得越来越真实。日照，就在那里，像一幅天然的画，挂在时间的长廊。

面前是一片宽广无际的海，蓝得纯粹，深得似乎能触及心底的温柔。金色的沙滩上，孩子们的欢笑声与海鸟的鸣叫交织，构成一首欢快的交响曲。海风轻抚，带来海水的咸味，那是大海的问候，也是对来者的热情拥抱。

我漫步在日照的海边，每一步都仿佛踏进了一个梦，海的梦。看那些渔船在水面上摇摆，它们仿佛是海的宠儿，随着潮汐起舞。远处的岛屿，如同梦中的仙境，若隐若现，令人心生向往。

我曾以为，大海是一位沉默的画家，她用蓝色的画笔描绘出世界上最美的画面。而日照，便是她的杰作，每一处风景，都充满了梦的色彩和诗的情感。

站在这里，我仿佛听到了大海的诉说，那关于古老的传说，关于无尽的等待，也关于对未来的期许。日照，这座拥有梦的城市，让我深深陶醉，愿长留此地，与海一同梦游。

万平口，一片宁静与历史交织的海湾。漫步其间，我仿佛成了一名时间的探寻者，每一步都踏进了沙滩上的古老足迹，那些被岁月打磨得微不足道，却又饱含着无数故事的印迹。

太阳正从海的边际升起，洒下金黄的光芒，万平口如同被镀上了一层金色的纱衣。远处的渔船轻轻地摇曳，仿佛正在讲述那些古老的传说。我蹲下身，用手触摸那细腻的沙粒，试图感受它们背后所承载的岁月。

传说，在古代，万平口曾是繁忙的航道。商船如织，渔船出没。它见证了无数的分别与重逢，每一次潮起潮落，都似乎在低语着那些被遗忘的往事。还有那些为爱而生，为海而死的英雄，他们的故事，成了这片海域永恒的歌谣。

我在沙滩上看到了一些模糊的足迹，它们曲折地向前延伸，最终消失在波涛中。我想，他应该是某个古代的船夫，或是等待心爱之人归来的姑娘，他们的足迹虽然被海水冲刷，但他们的故事，却永远留存在这片土地上。

万平口不仅是一个地理名称，它更是一部活生生的历史。那些石雕、古建筑与传统的渔村，都是岁月的见证者。它们默默地守护着这片土地，告诉后人，这里曾发生过的点点滴滴。

我坐在石头上，闭上眼睛，仿佛能听到那古老的海上歌谣，那是对海的热爱，对家的眷恋，对未来的憧憬。每一个音符都如此真实而深情，仿佛能直达人心。

走在万平口的沙滩上，每一个足迹都是一个故事，每一个故事都是一段历史。而我，仅仅是一名过客，却因为这些足迹与故事，与这片土地产生了深深的情感。

此刻，我只希望，这些足迹能够永远留存，让更多的人，了解那些被时间遗忘，但却永远值得铭记的故事。让万平口，不仅仅是一片海域，更是一部鲜活的历史。

日照港，这片与海深情对话的土地，仿佛一位老者，深沉而坚韧，低吟着时间的歌谣。每一次潮起潮落，每一艘船只的进进出出，都成为他的音符，谱写出一曲曲充满传奇的港湾之歌。

在很久很久以前，这里是渔民们的天堂。当第一缕阳光还未照射到海面上，渔船便已经出海，随风摇曳。那时的港湾歌声，清新自然，是对自然的敬畏，是向海神的祈祷。渔民们唱着古老的渔歌，那是对大海恩赐的感谢，也是对生活的热爱和期望。

随着时代的推移，日照港经历了一场巨变。渔村逐渐消失，取而代之的是一座座现代化的港口设施。巨大的货轮，繁忙的码头，无数的集装箱，构筑了一篇全新的交响乐章。这是一首充满力量与活力的航歌，奏响了现代日照港的繁荣与进步。

然而，在这繁忙的港口中，那古老的渔歌仍然没有消失。它变成了一种精神，一种记忆，永远留存于这片土地上。每当夜幕降临，当现代的航歌渐渐沉寂，那古老的渔歌便开始回响，穿越时空，与现代的航歌交织在一起，演绎出一曲曲充满魅力的港湾之歌。

我站在码头边，任凭海风吹拂，闭上眼睛，仿佛可以看到那些古老的日子。渔民们手挽手，唱着渔歌，与大海共舞。而现在，那些繁忙的船只、灯火通明的码头，都成了渔歌中新的音符，它们与那古老的音符交融，共同谱写出一曲曲充满激情的港湾之歌。

这是一首关于时代、关于记忆、关于梦想的歌。它告诉我们，无论时代如何变迁，无论港口如何繁荣，那份对大海的敬畏、对生活的热爱、对梦想的追求，永远不会改变。

如今的日照港，是古与今的交融，是传统与现代的碰撞。更重要的是，它响彻一首永远都不会停歇的港湾之歌，唱出了日照人民的骄傲，唱出了这片土地的传奇。

每当我听到那首歌，心中都充满了感慨。我为这片土地的繁荣而自豪，为坚韧不拔的日照人民而感动。日照港上那首永恒的港湾之歌，将会一直响彻云霄，直到永远。

初晨的日照，海风轻轻地吹拂着，带来了淡淡的咸味。街道两旁，小摊已经开始热闹：热气腾腾的豆腐脑、鲜美的海鲜粥，温暖了早起人们的胃肠，也为他们开启了新的一天。

在这片沐浴阳光的土地上，进食不仅仅是为了果腹，更是一种生活的仪式，是对土地与海洋的感激。日照的早餐，简单又充满了人情味。和几位老乡一起，我品尝了那热腾腾的小米粥，再吃上几块咸鱼和煎饼，美味得让人忍不住想再三品尝。

随着太阳爬升，午后时光的天气逐渐炎热。日照人的午餐，自然也少不了海鲜。在海边的小餐馆，我们点了一桌丰盛的菜肴：鲜美的螃蟹、清甜的海蜇、肥美的鲍鱼，每一口都是海洋的馈赠，都让人感叹大自然的神奇。吃饭间，餐馆主人与我们分享了他对海的敬畏和对食物的热爱，言语之中，充满了对这片土地深深的眷恋。

夜幕渐渐降临，我跟随当地朋友走进了一家传统饺子馆。在这里，饺子不仅仅是食物，更是一种文化、一种传统。家家户户，都有传下来的饺子秘方。与朋友们一同包饺子，感受那份手工的温度，品尝不同馅料的饺子，如同读懂了日照人的心意。那一刹那，品尝美食不仅是味蕾的满足，更是心灵的沟通。

一日三餐，与日照人同桌而坐，体验了这里的食文化，让我深深感受到食物背后的故事与情感。在日照，食物是一种文化的传承，一种对大自然的感恩，一种生活的态度。

当我离开这片土地时，背后是一片片金黄的稻田，远方是那宽广的海洋。而我心中，留下的是与日照人一同度过的那些食为天的日子。他们那份简单又深沉的热情，让我难以忘怀。

石臼，这片默然的大地，像一部默不发声的古老默片，藏匿着千年的故事旋律。每一寸土壤，每一块岩石，都似乎有着说不尽的情节，等待着懂得倾听的心去探寻。

踏上这片古老的山地，仿佛一瞬间穿越到了那久远的古代。我的耳边，仿佛听到了古人的笛声，那轻柔而深沉的旋律，如同山中的回响，一遍又一遍。我紧随这音符的引导，走向那些被岁月雕刻的石刻。

这些石刻，仿佛是古人与后世对话的桥梁。它们记录了那个时代的智慧、情感和追求，如同一首首古老的歌谣。我凝视着这些刻痕，试图去理解它们所传达的信息。每一个笔触，每一个符号，都隐藏着一个小小的世界，一个被遗忘的故事。

静静地坐在石刻前，我仿佛与这片大地产生了一种神秘的联结。石中的旋律，如同潺潺流水，缓缓流淌，洗净了我的心灵。在这短暂的时光里，我仿佛与古人进行了一场深度的对话，那些古老的声音，那些被遗忘的旋律，都在这一刻被重新唤醒。

我试图用手指触摸这些石刻，感受它们的温度和质感。每一次触摸，都似乎有一种回声在心中回响。那些古人的智慧、情感和追求，仿佛通过这些石刻，与我产生了深深的共鸣。

夜幕降临，我依依不舍地离开了石臼。但那些石中的旋律，仍在我耳边回响，像是古人对我说的一句句悄悄话。每一次回忆，都仿佛与石臼进行了一次深深的对话，那份沉静而又深沉的情感，如同石中的旋律，永远回响在我的心中。

日照，名字里带着阳光的温暖和光芒的闪耀。在这块土地上日出而作，日落而息的人们，似乎与阳光结下了不解之缘。他们舞动的身姿、日常的喧嚣、无声的坚守，都像是阳光下的舞者，与光影共舞，诠释着生活的韵律。

清晨，当第一缕阳光照亮大地，日照的街头已是熙熙攘攘。渔民们踏着朝霞归来，篮子里鱼儿跃动，闪闪发光；街头的小贩为了新鲜的早点忙碌着；儿童们踏着光影，欢腾地走向学校。这一刻的日照，充满了生活的活力，每一个人都在这明媚的阳光下，如舞者般自由自在地跳跃。

中午，阳光正浓。白墙黛瓦之下，街头巷尾，温暖的阳光普照。有的人在树荫下打盹，享受片刻的宁静；有的人在阳光下忙碌，操持生活的琐碎。那些晾晒的衣物在阳光下飘扬，如同彩色的风筝，与蓝天共舞。每一个动静，都与阳光有着和谐的合作，像是生活中自然而然的舞蹈。

傍晚，阳光斜斜地洒在大地上，将日照的街道染成了金黄色。人们开始放慢脚步，享受这短暂的美景。小孩们在街头追逐，他们的身影伴随着落日的余晖，拉出一道道长长的影子。老人们则坐在家门前，静静地望着这一片金色的世界，他们的眼中，仿佛藏着太多的故事和回忆。这一刻，整个日照都沉浸在这美好的光影中，仿佛时间都为之停留。

深夜，日照逐渐沉入梦乡。街道上的灯光，如点点星光，与夜空中的星星交相辉映。整座城市仿佛变成了一个梦境，每一个灯光下，都隐藏着一个梦想和希望。

日照，这座生活在阳光下的城市，每一个日与夜，都充满了生活的韵律。在这片土地上，每个人都是阳光下的舞者，与光影共舞，与时间嬉戏，与生活对话。他们的每一个动作，每一个微笑，都是这座城市最美的风景。

在日照，我仿佛游走于梦与现实之间。那朝阳如同童话的开篇，暮霞则像诗意的落幕。街头的热闹，海边的宁静，山间的古韵，都使我恍如置身于美丽的幻境。每次踏上这片土地，都有一种时空交错的奇妙。是梦，却比现实更真实；是现实，却如梦如幻。日照，你是我的幻境，是我梦中与现实交织的那片天空。

阳光的旋律

孟庆瑞

1

初到日照是因其名字而来,一个以太阳的名义命名的地方,听之亲切,温暖,难忘。

以前,我对未曾谋面的日照并无清晰的轮廓。只知道那座城市濒临大海,是一处世间少有的城市与大海相互依偎的绝美之地。而对于大海,我有无尽的想象,"面朝大海,春暖花开",那是诗人海子心中牵记的地方。像我这样一个生长在内陆地区且很少走出山区的人,生活常被绵延不断的群山环绕成一个井,我的头顶只有一片有限的天空,天空之外是向往已久的大海,还有岁月抹不去的诗和远方。

我在一次采风活动中邂逅了这座城,从而有幸目睹了日照的美丽,领略了其千年风韵。那层面纱,不,应该是那张太阳光辉染织的盖头,一点一点地掀了起来。日照的真容越来越清晰,它有日出初光先照的眷顾和卓然。

日照是阳光之地。当大地挣脱黑暗,从辽阔的海平面上升起第一缕曙光,就不由分说地照射到这里。面对光明,日照捷足先登,它第一个拉开时间的帷幕。为了这个目标,它用身躯抵近大海,走向离太阳最近的地方。我的此次到来,不也是为了抵近阳光的吗？只是，我的抵近简单易行，它的抵近却需一种气魄。它把自己半个身躯变成大陆架延伸到海里，这里不但见不到阳光，还会被海水挤压、拍打。正是这片被海水浸没的大地的坚韧、牺牲，才让地面充满了阳光，让阳光尽情地奔放着、流淌着。

日照是温暖之地，作为一个被阳光青睐的地方，阳光不容置疑地成了这片大地上的主角。阳光下的山川、平原、丘陵，甚至海滩，其身姿都让人叹为观止。在这里，我感受到了阳光的慷慨和热烈，它洒向每一条街道，每一个村庄，每一条河流。阳光在这里创造了一句新的诗词，将"近水楼台先得月"演绎成"近海之城先得光"。当阳光由淡变浓、由浅入深、由清寂到喧闹，这里的大地最先得到阳光的青睐，也就水到渠成地最先充满了温暖。这种温暖孵化了一座城，人丁兴盛，百业繁昌，由寂寂无闻到成为旅游胜地。阳光不但用温暖延续了这里的烟火，还赋予了这座城成长的内涵。这座城，已从一棵幼苗长成参天大树。我看到，金洒洒的阳光在枝头间跳跃。

日照是幸运之地，这是一座古老的城市，它的梦沉睡了几千年，这些年里，日照一直在风云变幻、历史沉浮中积蓄力量。旧时的它，虽有一个美丽的名字，可是蓬头垢面，虽有许多美好的愿望，可是千疮百孔。终于，当金色的阳光映照在那面鲜红的旗帜上，日照厚积薄发，它迎来了时代的厚爱，跨上了日新月异的发展快车。一切都在冉冉升起，如扬蹄奋进的骏马，又如破浪前行的巨轮。日照的天地真的变了，一座座高楼拔地而起，一条条道路纵横交错，一个个工厂落地萌生。高速、高铁、港口、机场，日照三位一体的变了，吸引了世人惊异的目光。

2

我始终认为阳光是一种奢侈品。阳光看似永恒、无穷，但它是有边界的，也是有生命的。阳光有自己的眷顾、偏爱，也有自己的尺度和分量。

阳光的去留有时是那样决绝。在地球的北极，有100多天不见天日，越是冰天雪地，越是雪上加霜，太阳不愿眷顾，阳光也就不会抵达，温暖就不会存在。在赤道，太阳又热情无度，相比北极的终日不见，它在此变成了终日不减，日子就异常炎热、干旱。

阳光是有尺度的，人活在世间，最多也只能看到 3 万多天的日光。而它的分量又很重，没有它光顾的地方，无疑会是一片荒芜，甚至是一片死寂。

幸哉，日照。这个地方不但是阳光的眷恋之地，而且，它还来得恰到好处。这里四季分明，以光孕育出春的明媚、夏的葱郁、秋的丰实、冬的静美。即使使用上严寒与炎热两词，在日照也可以严寒有度，炎热不过。日照的地灵之处，就在于它能让人感知到生命节奏的真实。春夏秋冬，每一个节点都清晰可见；周而复始，每一个轮回皆掷地有声。阳光知道，若四季如春了，时间的印记就模糊了；若始终不变了，生命的激情就失去了。壮哉，日照。在这块大地上，有了阳光，便有了奔腾不息，有了日照，便有了神采奕奕。如果日照的名字里没有了阳光，那大地该是多么孤寂；若是阳光里没有了日照的身影，那阳光又该会少了多少美丽。幸好，只是如果。我想阳光与这片大地一定有一份契约，这份契约神圣而长久，任何一方都责无旁贷地去维护它，大地拥抱着阳光，阳光则惠泽大地。我看到了它们的交汇，多少年来，在海滨之地，阳光静静地流淌，大地在用心铭记。

3

生活在这里的先人，早就臣服于这日光的恩宠。他们以崇拜的姿态每天迎接着光，体验着光，送走着光。他们将崇拜不只是植于心里，还将其演化为器具、道场和图腾。据考证，《山海经》中记载的羲和祭祀太阳的汤谷和十日国就在日照地区。日照东港区仍然留有太阳神石、太阳神陵、大羿陵、老祖象、东方神龙、老母庙、石鸡、石椅、石磨、日晷等与太阳崇拜有关的遗迹。可见，阳光不仅眷恋着这里，还是那样执着，执着到让这里的人们从心底产生了敬畏和膜拜。日光一束束、一缕缕、一片片，直直地照耀着人们的心田。

当然，这还不是日光的全部。让我惊奇的是，在这里，我分明看到了日光的颜色和神韵。那从海平面与天空交汇处升起的太阳，穿过海浪、穿过云雾、穿过一片苍茫的星空，径直奔着日照这片大地款款而来。橘红、粉红、淡红、深红，光线那样丰富；柔和、温和、炽热，光线又是那样多情。慢慢地、慢慢地，阳光不是万般金点洒在海面上，而是随着海潮的涌动，太阳的升起，完成了一次阳光与大海的脱离，直到活脱脱的一轮红日挂在天际。

如果沉浸于此，这每天看似习以为常的日出，是多么雄壮。日照之所以以太阳命名，不是简单地因曙光的垂青，更多的是这里的人们深刻理解了它的雄壮。他们清晰地把太阳的颜色和神韵记录下来，跃然纸上。于是，一幅幅画作便经久不衰地流传下来。日照现代民间绘画，艺术气息浓厚，色彩艳丽、线条粗壮、构图饱满，风格厚重而不混浊，对比强烈而不刺眼，色彩明快而不显单调。他们将日光调和得那样恰到好处，而更恰到好处的是天、地、人的结合，那是太阳、大地、人间的一次次完美交融。

4

阳光打开了生命旅途的第一扇窗。小时候，我对阳光的情感是复杂的。阳光不知疲倦，它穿过玻璃照射到书本上，静静地陪伴着我。它轻抚着书本的每一页纸张，让文字散发出翰墨之香，而后越过书桌，转到东墙，照射到黑板上。老师站在阳光里，如一棵挺拔的树，她在阳光之下把知识源源不断地传递给我们每个人。从周一到周五，阳光每天都要如此这般地在教室走一遭。它耐心而温馨地守护着教室里的我们。这时候，我对阳光是那么依恋，像极了一个孩子对母亲依恋。但有时候，我对阳光也生出一份厌恶，那是我父亲在田间劳作时，炙热的太阳挂在头顶，父亲手拿锄具，汗流浃背地躬身于玉米地、地瓜地、高粱地里——"锄禾日当午，汗滴禾下土。"阳光一改往日温情，毫不留情地把这艰辛的、真实的画面推到我的面前。父亲的坚韧与阳光的毒辣，似是一种对峙，虽无声无息，却在我心里如沸水般翻滚。

现在，我终于明白，那就是阳光的厚重之处。太阳以光为剑，将田里那些与庄稼争风吃醋的杂草斩草除根，又以光的名义度化着庄稼生长，度化着时间流淌。只有经阳光度化的庄稼才饱满丰稔；只有经阳光度化的十月，才是沉甸甸的；只有经阳光度化的秋季，才会闪着金色的丰韵。未经炼狱般的煎熬，怎见喜上眉梢的风景。这种看似稀松平常的变化，却又是那样不可或缺，在日照，尤甚。

在岚山茶园，种植着一大片一大片的茶树，沿着绵延起伏的丘陵，如大海的波浪一般。我置身茶园，仿佛被波涛簇拥着，顿生澎湃、豪迈之感。只不过，这里的"波涛"比大海的波浪更显俊美。在阳光的恩泽下，一垄垄茶树生机盎然，叶子泛着绿幽幽的光。阳光还是茶叶地域身份的决定者。谁也想不到，一片阳光竟可以改变中国的茶史。据说，"南茶北引"初始，就是在岚山区北门外社区的一片阳坡半山腰上获得的成功，之后从这里蔓延至了更加广阔的地域。阳坡，是阳光充足的地方，只有足够的热量、色泽、味道融进每一片叶子里，经过阳光和风雨的淬炼，才可化为日后杯中的香醇。不过，这也离不开茶叶内与外的嬗变，这种嬗变需要一个复杂的过程。阳光、海汽、温差，再加上火的助力，一样都不能少。采摘下来的茶叶经过清理、杀青、揉捻、干燥等多个步骤，才能在热水下开出香气浓郁的花朵，这花朵被人们冠以了"日照绿茶"的美名，而每次与它相见的方式竟充满了优雅："一曰观色，二曰品饮。"

同样以阳光作为信使的是那棵树龄4000余年的银杏树。在浮来山定林寺里，我拜谒了那棵被称作"银杏王"的银杏树。它的树冠葳蕤繁茂、遮天蔽日。站在树下，仿佛置身一片森林。一棵树，足以阻断外界的一切喧嚣，消除尘世的一切欲望。我的心在朝拜，目光深入它的肌肤、它的肉体直至它的灵魂。我是幸运的，时来尚好，银杏氤氲了大半年的时光和阳光，此时正是它最为高光的时刻。人在树下，视线被遮挡，无法瞻仰其伟岸雄姿，我只有与它拉开足够用来崇拜的距离，才能以仰视的姿态观望它整体。远远看去，那是怎样的人间景象啊，那一片片泛着金光的叶子，挂满了树头，在空中曼舞，万头攒动。这满树的叶子，得有多少阳光在它们的生命里驻足，又有多少阳光铸就了这满树的辉煌？一阵清风徐徐而来，再次撩拨起它们青春时的激情，它们在摇曳，在舞动，还是在歌唱？阳光下，它们愈发生辉，把这方时空染织成金灿灿的，雍容华贵的"仙界"。我知道，这叶子和树干是有分工的，它们各自履行着生命的承诺。叶子一年一生、一年一落，发芽、生长、染色、滑行、坠落，一个有序且美妙的生命过程。这期间,叶子吸收光能,把二氧化碳和水合成有机物,源源不断地输送到树干。而树干年复一年地接纳着,成长着,这样的供养一直持续了4000余年。这4000余年里,叶子究竟生出了多少,掉落了多少,又有多少化泥为土?恐怕真的多如牛毛,浩如烟海。不过,树干是有数的,那几人合围的腰身,那高大雄伟的身姿,那气壮山河的气势,足以让世间见证什么是生与死,什么是短暂与永恒。

5

古希腊哲学家苏格拉底说过:"在这个世界上,除了阳光、空气、水和笑容,我们还需要什么呢?"是的,我们还需要什么呢?这种最本真的诉求,简单而又奢侈,有此,足矣。

在日照,我相信这里就是苏格拉底话语下的天堂。这里除了充足的阳光,还有足够的水,只是,水以大海的这种更加宏伟壮阔的形式存在。让我迷恋的是,大海与大陆相接,在柔软和坚硬相互加持下造就出神奇。水有多种生命形态,静止的、流动的、喷发的,但我认为最美的还是海浪,它是大海的呼吸,是大海的激情。大海的壮阔、深沉,还有大海对陆地的眷恋都在这一浪接一浪的海水里。它们相约,从遥远的海平线上,携着手,翻滚着、奔腾着,向着海岸奔进。当一波一波的海浪不停地拍打在岸边,时日长久,就会生出一片美丽的海滩,在阳光下伸展、歌舞。

这一切的一切的美妙也离不开阳光,不然怎么会有"阳光海滩"的称谓?怎么会让那么多人从远方来,心悦诚服地到聚集到海滩?细软的沙滩,泛着光亮的海浪,还有在海面上与光嬉戏的海鸟,这是阳光给予日照的一份厚礼,也是这里每一处海滩最为精致的风景。

我再次到日照,第一件事就是迫不及待地奔向海滩。我迎着阳光,赤着脚,轻轻地走在沙滩上。那片沙滩,被海水拂过之后,那么光滑,如同婴儿的肌肤,让人不忍心踩踏,但我却无法抗拒内心向往的驱使,我的脚印还是歪歪斜斜地留在了那里。风拥簇着海浪,沙子拥簇着我的足。这里虽无植物生长,但依然有很多生命愿意在此驻足，除了沙里隐埋的贝类，还包括我以过客的身份留下的脚印。望着眼前的海滩，此时，尘世中背负的一切都已淡然，我的身心皆归入了这片迷人的海滨。细沙轻抚着我，海风吹拂着我，阳光沐浴着我，我第一次感受到了心灵的轻盈，那是肉体和精神的集中沦陷。

沙滩上，游人如织，他们穿着五颜六色的泳衣，将这片沙滩映衬得五彩缤纷。对大多数人而言，也许这只是一次生活的旅行，但是我在这里，却寻到了海滩上隐藏的情感密码。金黄的沙粒，那是阳光给予的质地。没有阳光的抚育，沙滩也就没有金黄的色泽。我们皆为这一片金黄的沙滩而来，不正是要追寻日照的一片阳光吗？

6

一个以太阳之名命名的城市，阳光怎能不去恩惠这座城，而一个被阳光所笼罩的地方，又怎会缺少温情的光辉。这光辉照耀大地，大地就万物蓬勃，这光辉照耀人间，人间就繁荣璀璨。

在这"日出初光先照"的地方，在这个美丽的海滨之地，我看到初光正从东方喷薄而出，穿过淡薄的云雾，播洒着希望，播洒着追求，播洒着又一个明天。

东夷小镇，那些与阳光和大海共生的游牧时光

黄　睿

1

我无法描述，逐着水美草丰之地的东夷部落，是如何历尽千辛万苦来到这黄海之滨的传奇；我也无法描述，那波澜壮阔的迁徙，是如何迎着阳光留下"夸父追日"的壮举。

沧海桑田，三足金乌仍然驾着太阳车辇，巡游华夏的每个角落。植根于这方山海的远古神话，依然受到无数人顶礼膜拜。令人热血沸腾的图腾汇入海岱文化，像生生不息的波起涛涌。

神祇安位的山海，唯有太阳神高高在上。

有人说，日照之美，在于它被光阴无数次洗礼后，仍留下古朴的、自然的、鲜活的文化碎片。也许，剖析"日出初光先照"，最正确的打开方式，就是随心所欲地走在大海身畔，看时光剪辑出一帧又一帧天地和山海彼此间默契的画面。

日照，并不全是供人瞻仰的遗址古迹，它还将一种古朴而迷人的生活方式栩栩如生地展现给世人，让人评出哪里是诗，哪里是画。

人生来都在模仿或复制别人，无数小镇也是。

东夷小镇却另当别论。它在阳光的摇曳里，在海风的摇晃里，一直咿咿呀呀地哼着渔鼓戏里的唱词，一种无需刻意叙述的风情溢于一草一木一砖一瓦。放眼全国，它是一座真正闲适的海边小镇，却少有人能描述她的容颜。

这个位于秦楼街道董家滩村的传统小渔村，沧桑不是自然，而是经历。别具一格的风情，需要潜下心来慢慢解码。

2

天蓝得无以复加，不用攥，都能滴出水来。水滴里的澄澈，足可濡润尘世间的万千思虑。多条小溪，环绕小镇。绕得久了，就把小镇温润成一块碧玉，严丝合缝地贴在大海胸口。

进入小镇，可以从桥上过，也可以从船上渡。

招财桥、寿昌桥、龙飞桥……都是最硬气的连接符，名字虽然有些土气，听起来却那么熟悉，如隔壁的邻居外出旅游，今天恰好回来，一声招呼，依旧和蔼亲切。

在桥上远眺，能把视野装得满满当当。因此，一言一行都不用敬小慎微，喜怒哀乐尽可随心所欲。

桥下，一条上了岁数的木船虚指彼岸。哪怕散了架，它也会记得自己的使命——摆渡光阴和众生。

水似琴弦，可以轻拢慢捻抹复挑，也可以红橙黄绿青蓝紫。

桥上的我，可以是一枚音符，自己选择音阶高低；可以是阳光里的一种颜色，自己调节色彩深浅。

尽量站到高处，让阳光照着我，让河水映着我，然后敞开心扉，迎接蜂拥而至的声色。

如果说，桥也有生命，那是它在河上跨得久了，自然就有了灵魂，与小镇的商铺和客栈一道，迎来送往。

在这里拍照，是穿越，是古意，更是不负光阴的誓言。

桥归桥，路归路。当我说下这句话时，一丝诱惑还是盘上心头，怎么都驱散不了。水车、磨盘石、篱笆栅栏，穿着东夷农耕文明的外衣，笑眯眯地迎着每一位客人。

堆积的光影，让所有建筑的热情空前高涨。它们正勠力同心地要把昙花一现的美，请进永恒的城堡。

弹指间，我就结结实实地撞进了镇里。光阴里的安逸、祥和、饱满，随着脚步渐深，慢慢从小镇的各种纹路里渗透出来。

3

亭阁榭廊，满是沧桑色调。檐角飞翘之处，五脊六兽似乎已洞世间所有秘密。

街道，不需有多宽敞，能够携手光阴即可。于是，摩肩接踵的人群，熙来攘往的脚步，都活络起来。

戏台，能够上演人生百味，那就是天下人的戏台了。

一个人搁心里唱，莫如大声唱出来。独乐乐，不如众乐乐。小镇戏台周围是许多楼房。闹中取静，也可以静中取闹，光阴如此切换，方为自然。

"学立道通自然贞素，圆行方止聊以从容。"一副楹联不动声色地泄露了一座建筑的底气。红墙青砖拱形门之上，"六一书院"的匾额悬于正中。

书院大门朝北开，鹤立鸡群的式样拆穿了泥古不化的守旧。一个关于魁星爷的传说登台亮相了。相传，书院设计者曾在夜里梦到魁星抱怨，"不能笔蘸大海"，才思无源，书院建了也是白建。他顿时惊醒，遂把本来大门朝南的设计方案，改成了朝北。这下，魁星爷便可笔伸大海，头枕涛音而才思若泉涌了。

孔子塑像，长髯垂胸，儒风大雅。塑像两旁，"湖海胸怀容万物，云天眼界阅千秋"的楹联，磅礴大气，回味悠长。岁月流金，与我好像只是一个转身的距离。

"为官一任，造福一方"的座右铭，还在奋力把历史里的远景慢慢拉近。清代县衙遗址向人们诠释了"当官不为民做主，不如回家卖红薯"的为官之道。

"唯不负你，此去经年"，是誓言，更是希望。祈愿阁的许愿墙上，千万条祈福的话语，让一墙时光绚烂饱满。

4

在"徽澜酒坊"前，一组铜雕惟妙惟肖。店小二端着盘子的姿势夸张传神，似乎拖着长腔的吆喝声一旦出口，光阴就立即灵动起来。

大海那么大，需要龙王照应。

传说在800年前的宋元时代，日照有一座龙神庙，在历史沉浮的大潮里，淹没死去。如今，它又鲜活地站到了小镇，指认曾经的风狂雨骤，接纳络绎不绝的拜访答谢者。

磬缶声里，走着一个个投石问路的身影，我也杂于其中。龙神庙的道长摆开茶席，毕竟来者皆是客。许愿，还愿，是心结，也是了结，皆需要点化。

阳光是道家用旧了的偈语，日头西沉之后还能从海里升起。

磬缶声声，藏了上好的古典粮草，足可救赎无数迷途生灵。

我们都是过客，走在低处的灵魂，的确需要扶着太阳的光芒和大海的涛声行走。

听听湿漉漉的经声，空灵而美妙的天籁自会萦绕身心。

光阴稍纵即逝，抓是抓不牢的，索性让它自然流淌。

5

白驹过隙，既夸耀了白驹的能耐，也道出了光阴的迅捷。沙滩是演绎这个成语的最好舞台。

沙滩之上，住着原版的光阴。天空蹲下身子，卸下一身湿漉漉的蓝。在这里，走着、坐着、躺着都可以。有大海相陪，你可在此长留，无论时间多久。

想这些沙子，想这些浪花，想这些光线，最后竟然把自己也想了进去。从这个角度来看，沙子当是红尘之外的沙子，比海水阳光还有魅力。

生与死，犹如草木枯荣。

沙滩是大海的私家领地，时光在上面任性游牧。沙滩是天堂的地毯，生灵都用金黄暖身。当我陷入其中，沙子各司其职地托举起了我沉重躯体的每个部分。

在沙滩大喊一声，会听到那么多沙子回应，那么多鸟儿回应，还有一阵接一阵的海风回应。

在大海边，所有的生命都可把这里当成自己的家。大海的辽阔，天空的深邃，可以共有。

6

日光浴、沙滩浴、海水浴，从高到低，从炙热到清凉，一次三浴，分明是需三份光阴的奢侈！

海天一色。就在这里等着，像许多人那样，等水落石出。心怀澄净，何惧光阴似箭。

做一回渔民，扬帆出海。渔网向着天空撒去，收获自会走到归仓的路上。如果说这些，我们都不在乎，那还在乎什么？

我曾经想去的地方太多，可在大海面前，忽然哪儿也不想去了。

喜欢海，最起码用脚趾碰一碰礁石，没准会有一只八爪鱼伸出能黏住光阴的触角。

云朵安坐海床，像菩萨一样，努力修行。

在东夷小镇，喜欢比天空还要广阔。选择在一个地方老去，是对一个地方最大的抒情。

帆升起又落下，网张开又拢起，所有的纹路和网眼都蓄满春秋。不谈诗，不论剑，大碗的高粱酒下肚，海还是那片海，但浪花已换了无数茬。

卢梭说过，人生而自由，却无往不在枷锁之中。

海上，生明月，也生光阴！

因此，我们不必浑水摸鱼，我们可以摸摸自己的影像。

海浪吻着倔强的礁石，可以一浪高过一浪，也可以一浪躲着一浪。

我恍然大悟，天空大海不只是景色，也是胸襟。

7

海天给予的一切，早在暗中标了价格。一片花海，则是海天额外送给小镇的。

离海最近的地方，200多亩的花海把光阴开得绚烂饱满。

百日草、硫华菊、波斯菊、马鞭草、千屈菜……20多个品种的花，姹紫嫣红，你方开罢我登场。

枝叶高举能够举起的一切，从不会嫌累。来与不来，看与不看，花儿自顾自地开着，属于自己的时节绝不能有所闪失。

争奇斗妍，是风景，也是光阴历程。人世芳华，大概就是这个样子，不像浪花的千篇一律，只要愿意开放，尽可出人头地。

虽已黄昏，赏花的人仍络绎不绝。

万象汇聚，花神赋言，谁不喜欢花？谁不喜欢花开的日子？

在重重赞美中，花海照耀开我内心的幽闭，我获得了宽广的自我。

神祇就在花海中间，不论白昼黑夜。

取景框中，一幅淡雅隽永而具有浓郁色彩的"初光"之画，很容易定格成永恒经典。

余生，我们还有许多事要做，称不上大事，也算不上小事。

小镇人从不把欲望当做希望，介于大事与小事之间的，是日出与日落。

夕阳旁若无人地矮下去，缓缓地，生怕急了，会一下覆了人间烟火。

8

光阴似箭，是从日暮后的小吃店开始的。

一店一品。

一条美食街，仿佛也有名著里的阵势，山东108"匠"聚齐了，大家各显神通，甚至连重庆一些老字号火锅，也风风火火地一头扎了进来。

灯火尚未使出全力，便已生辉，美味早迫不及待了。鲅鱼肥美的气息四处寻找落脚的地方。今天是它起的头，俨然是霸气侧漏的开路先锋。

鲜滑软嫩的蛎仔煎是主角，有了它出场，小镇才会说出"欢迎光临，蓬荜生辉"之类的话语。煎饼大葱、文心蒸包、羊肉面条、佘西施舌、玛瑙银杏……风味十足的小吃，琳琅满目。

不少人慕名前来，就是为了吃上一碗海沙子面。它看上去像平平无奇的韭菜鸡蛋面，但在韭菜鸡蛋下却另有乾坤，轻轻搅拌一下，海沙子就闪亮登场了。海沙子面得是压轴的。上得早了，那么多美味肯定不饶，那么多食客也肯定心不甘情不愿。

商户卖得轻松，顾客吃得开心。不同口音的游客，从四方赶来品尝这人间真实的烟火，也是最美的烟火。

五颜六色的幌子，身姿摇曳地招揽纷至沓来的生意。

我们在渔家，看他们做活海鲜。灶火正旺，灶上的菜流水一般端出。我也想弯下腰去，续几根干柴，炒上一盘大菜。

四平八稳的木桌，宽宽的条凳，是在欣赏时光，也在等待故交。太阳神、大海和众生的私语，在饭桌上来来回回。

在这里，谁都不用低声下气，尽可挺直胸脯，想吃什么就吃什么。

9

夜色随着青石板一路向前。没有光线，可心中并不暗。

在渔文化主题酒店，那些海草房风格的仿古建筑，是渔村常见的，轻而易举地就拿下了我。连树都要矮下身子的地方，这些房屋就这么站着。一处接着一处，从来没有谁要换岗，也从来没有听谁抱怨。

隆起的屋脊，是用海里的海草晒干后铺成的，很厚很厚。屋里冬暖夏凉，有点像童话世界里的样子。

海草屋，是大海的名字，是太阳的名字，是母亲的名字。

案头上，放着"黑如漆、薄如纸、明如镜、声如磬"的蛋壳陶，虽是复制品，也缀满龙山文化的气息。圆润的腰线，柔和的腹部，盛过清水、粮食、盐巴，也盛过阳光、月色、眼泪、涛声和诗篇。

如果能借得海天一角或一盏烛火，便是人间好时节。想想，都是那么妙不可言。月光照来，从石桥、窗棂、沙发、地板，到床上，再一直到枕边。我像无拘无束的王，独享一个安宁唯美的天下。

星星是海面的渔火，还是说渔火是天上的星星？

"哗、哗、哗"的声响，是一个个浪头从礁石上退下又打来；偶有沙沙音，那是夜归人的脚步。疲倦留在脚印里，任凭海水抚平。许多海货吊在檐下，由夜来看守，由风来摇晃。

失之东隅，收之桑榆。

夜里，老街上的"月老祠"是最忙的。漆黑一片，它才有时间思虑一根根红线要牵向哪里。毕竟，乱点鸳鸯谱，是容易闹笑话的。

日月如梭，固然是海草房的背景，也是月老祠奔波的借口。

10

岁去弦吐箭。

一个古代与现实相互倾诉的时空，谁都想去亲近。

在东夷小镇，一条鱼儿的家实在太大。礁石论年站着，人却不行。人若如此，就是仙佛了，早就上天有路了。在小镇，我都开不出一朵浪花，更得不了道，成不了佛，只能好好做一回过客。

清晨，天不高不矮。一杯荆钗布裙的绿茶与放松一宿的心在耳语。阳光却说："来，朝前走，继续修正你的道路。"

小镇人活得很简单，简单得原汁原味，简单得又有滋有味。

东夷小镇的名字不是哪一个人起的，而是众口一词才定下的。这是一种大的美丽，反过来，也是一种大的寂寞。

欲望，是一时的物质满足。希望则相反，是一种生活的动力，是一种没有尽头的追求，如太阳一般，日日从海里升起。

喧闹是一种声音，安静是一种声音，心满意足同样也是一种声音，只是它响在心里，容易成瘾，隔些日子就蠢蠢欲动。

东夷小镇，这个伫立山海间的地理奇景，与阳光大海同气连枝，尘世里的尔虞我诈会在这里被收买或销蚀。峰回路转，潮起潮落。在对时光的描述里，小镇有如坐标原点，一个念想都会让它泛起千万涟漪。

岁月蹉跎。物欲可以把我的身体从东夷小镇吓走，但它却不能把东夷小镇从我的心头轰开。

雨落傅疃河口

张　恒

　　站在河边，我的视线首先缠在了那座最大的苇岛上。小岛苍郁，像只满载芦苇的船，湿漉漉浸在水中。波浪在四周一道道围着，像一圈圈叶瓣，荡漾着生态意蕴。风牵着薄云，带着雾气，裹着细浪，从空中和水里同时涌向苇岛，似乎想让它升起来，尽快晾干。但苇岛就是不动，依旧沉浮着青翠，仿佛不愿意挣脱水浪，也不愿意走出雨梦，和周边的生态林、花丛、苇荡、拱桥、栈道、亭台、石塑一起，组合成一幅素雅的水墨画，诠释一场雨的内涵。

　　在日照，我步着一场雨的韵脚走进傅疃河口湿地。

　　一只雁鸟，从傅疃河入海口飞过来，看不清是斑头雁还是白额雁抑或其他什么鸟，围着苇岛盘桓半圈后落到了苇丛中，惊飞了苇岛上的几只小鸟，也惊得岛沿的水浪向四周一卷卷散去。雁鸟的翅膀扇开一片视野，天空明显亮堂起来。秋日本来有些干燥的天气，被雨水浸透，也明显凉爽了许多，让人感觉日照的气候要比其他地方舒适。我看看四周，雨的气韵仿佛不曾消散，依旧流淌在草地、林带、花圃、石径、绿道、小湖、芦苇丛，依旧流淌在傅疃河大桥、观鸟台、草亭、亲水岸、荷塘。就连回响在空中的鸟鸣也是湿意绵绵。此时的傅疃河口湿地，正享受着一场雨带来的舒坦和惬意。

　　河水在湿地蜿蜒，汇集成一片片湖泊，椭圆形的，青螺形的，弯月形的，千姿百态。不知道是雨水擦拭的,还是清风吹拂的,湖面镜子般明亮,清晰地倒映着天,倒映着树,倒映着飞鸟,倒映着湖边万千风物。我伸头去看,自己的影子也倒映在水中。我赶紧把身子缩回来,生怕自己对湿地贪婪的心绪被湖水照出来。

苇草湖岸边的柏树还在不时地摇洒着水滴,似乎还带着细微的声响。原本应该向上或是平展的树枝,被雨水浸得向下倾斜,像一只手臂伸着,很有几分黄山松造型的意味。它是在刻意保持着送别雨的姿势,还是做着迎接游人的体态?我们只能想象。长长的侧枝,掩着一层光线,压着一段光阴,挑着一树情愫。树根潮湿的泥土上粘着稀疏的针叶,像画家舔笔留下的墨汁。树旁几蓬素净的花草,依偎着错落的卵石,氤氲着湿湿的香气。一只粉蝶翩翩舞动于卵石与花草之间,不时地想往柏树靠近,上上下下,轻轻悠悠,如一根琴弦在颤动。伴随着粉蝶轻盈的舞姿,真有细微的声音弹出,极轻,极柔,却能听出很美的旋律,不知道是粉蝶翅膀的扇动,还是柏树枝条的摇动。这简约的场景、恬淡的意境很像古诗的一页,古画的一角。

秋日的一场雨,让傅疃河口湿地不仅透着湿意,还舒展着画意,流淌着诗意。有苍鹰在空中盘旋,忽高忽低,忽远忽近,仿佛嗅到了雨后傅疃河口湿地蕴积的强大的生命气场。苍鹰的视觉和嗅觉都极其灵敏,此时在它的感官里,傅疃河口湿地定是像一幅刚刚绘就的山水长卷,墨迹尚未凝结,色泽随风而变,湿地所有的风物和景观都成了画中凝重的墨迹,饱含着季节情韵和地域情怀,蕴藏着古典底蕴和生态意蕴。

这是一场恩泽万物的雨,氤氲着季节气息,凝聚着时代内涵。

通往傅疃河大桥的绿道旁边,那块像书籍形状的大石头依旧汪着深深浅浅的水渍,仿佛马上就要在风中晾出一段文字来。或许,我们在这里就能读出傅疃河口湿地的前世今生,就能读出傅疃河口湿地的诗画之源,就能读出日照人的生态愿景。作为日照乡村振兴以及重点生态修复工程,这里已经建设成为湿地保护、生态恢复、科普宣教、科研与监测为主题的湿地公园,总面积超过2812公顷,其中湿地面积2650多公顷,囊括了我国北方沿海湿地类型,包括河流湿地、近海与海岸湿地及人工湿地三大类,涵盖了永久性河流、洪泛平原湿地、河口水域、沙洲、沙石海滩以及浅海水域。多样性湿地类型以及各具特征且相互融合的多样性湿地生态系统，成为展现日照生物多样性的重要生态景观，也是日照生态文明建设的重要载体。

石头借助一场雨，用生命情怀把一条河、一片湿地的生态文化、人文历史镌刻于此，把日照人的生态禀赋以及在全面实施乡村振兴战略中因地制宜、坚持人与自然和谐共生的发展理念镌刻于此。

沿着这块石头的走向朝远处望去，还有许许多多的石头铺展在视线尽头。这些独立成景的石头，或者联袂演绎各种阵势的石头，以其象形象意的形态坐落在水岸，矗立在树林，俯卧在草丛，仿佛与生俱来就是湿地的固有元素，去不得也挪不得。给人感觉石头在水边就是这个样子，在草地就是这个状态，在树下就是这种形体。去或挪，哪怕稍稍改变大小和方向，都将使湿地失去一份原始的生态美。

在傅疃河口湿地，一场雨就是一次诗画的写意，一种文化的孕育，一种生态境界的展示。这些浸透湿意的石头抑或其他构件，带给人的不仅是绝美的物象，还带给人启迪、哲思和想象。它们就像雨滴一样，落在湿地便不再远去，成为水中的一波浪花，草地的一抹绿色，树林的一层苍翠；成为湿地诗的胚胎，画的底色，曲的音符；成为蕴含现实意义的生态模块，记载着一场雨与一条河、一片湿地以及一座城市之间的时代关联和历史渊源。

石头旁边，一簇淡黄色的野蔷薇，蘸着水气，迎着风儿，轻轻摇，淡淡开。看着那绒绒的叶，碎碎的花，在心中蕴积已久的生命情怀仿佛被一蓬花草点燃。我体味到了一种植物的思想境界和进取精神，那种面对世俗的执守，面对繁华的恬淡，面对时光的从容，面对困难的果敢，让我的心境如同湖水般澄澈。人生目标如果也像这蓬野蔷薇以及其他无名花草一样，心无旁骛地融进大自然的广博与幽深之中，默默接受风雨的吹打，默默摇曳在雨后的清风里，那将是一道看不见却是世界上最富内涵的风景。

在傅疃河口湿地连绵的草地上，还有无数的花草在摇曳、绽放。无论是青绿色的节节草、车前草、虎尾草、蒲公英、茵陈蒿、千屈菜，还是白色的玉凤花、桃红色的金凤花、浅蓝色的再力花，以及黄刺玫、锦苇花、月季、丁香、桂花……各居其隅，争奇斗艳，变换着季节的色颜。而湖中的莲花、荷叶、芦苇、蒲草、水葱、鸢尾，像是被岸上的草木花卉挤到水里去了。不过，它们照样接受雨的滋润，照样生意盎然，精彩纷呈。还有许多的花草我叫不出名字，但不影响它们妆点湿地的容颜，不影响湿地的文化品位，而且让湿地更有生态神秘感，更能撩拨人的求知欲和好奇心，更能强化人的想象与记忆。

一簇花抑或一棵草，看似弱小，甚至不起眼，却能汲取一场雨的能量，延伸一条路的长度，撑开一片草地的广度，竖起一片空间的高度，承载一片湿地的气度。这样的长度、广度、高度和气度，也是日照这座城市气质属性的一部分。

其实，这些花草，都是傅疃河口湿地最朴素、最厚重，也是最有生命情怀和生命质感的植物，都是湿地丰富内涵和相关外延的一种存在形式。它们看似随性、随意，却以一种严谨的生活态度编织着湿地的厚度和维度，以坚定执着的生命信念和顽强的生活意志，构筑湿地的向度、硬度和开放度、包容度。此刻在我的眼里，傅疃河口湿地就是日照宽广的胸襟，任凭一切外来事物的涌入，包括有形和无形物质，也包括有情感和无情感生命。在接纳与包容的背后，密布着柔远能迩、怀柔百神、岁殷泽柔这些与柔软、亲切有关的词汇，温软大地，温暖世界，温热人心。

这让我想起日照是座古老而生机勃勃的城市。日照人的祖先从遥远的东夷走来，在黄海之滨厚重的土地上繁衍生息，传承历史，创造一方文明，让这里成为"龙山文化"发祥地之一，被誉为"东方太阳城"。而进入新时代，日照人民团结奋进、书写出一个又一个担当使命的传奇故事。日照获评全国文明城市、国家环保重点城市、国家生态示范区建设试点城市，在社会发展和经济建设中取得巨大成就，秉持的不就是柔远能迩、怀柔百神这样的人生态度和生命哲学吗？

与这些花草相得益彰的，是湿地的树。它们最先迎接雨滴，最后送走雨丝。

傅疃河口湿地的树不是很多，但都是湿地不可或缺的美学构件。无论是雪松、刺槐、香樟、水杉，还是杏树、桃树、梨树，每一棵都是精美绝伦的艺术品，撑起一片想象的天空，让绿荫延伸至人的心境，成为人和万物享受和仰望之物。这是树的生命之作，是树的理想和信仰。拉开一片树叶，仿佛拉开一片湿地的帷幕，青翠和清香似乎在向人们倾诉着植物眼里的日照故事，使人感觉整个日照的生态文化、历史文化和时代风情都蕴含在了这片树叶里。树，以湿地为支撑，挑起自然风景，托起民族风情，让一片湿地有了幽深的生态境界，让一座城市有了别致的绿色意蕴。

傅疃河口湿地另一种有灵性也最有阵势的水生植物是芦苇。扎根在河边，绵延在湖滩，营造着不同的生态意象。这些看似柔弱轻飘的芦苇，在狭窄而青翠的叶面上挑起一个又一个火热的太阳，用家族的力量充盈一片湿地的精神光芒。或许正是因了这象征着顽强与智慧的芦苇成片地生长，傅疃河口湿地才如此广博、丰厚，如此诗画般隽永，走进来，再走出去，便茅塞顿开，有了读懂人生，读懂世界，读懂自然法则和生命规律的释然感觉。可以想象，到了深秋或初冬季节，从黄海升腾起来的风一定会卷向这里，到那时，苍茫的芦苇荡里，翩然若雪般灰白的芦花，在一抹黄昏霞光的映照下，朝着落日的方向洋洋洒洒，整条河、整个湿地乃至整个日照大地在它的映衬下，该是何等的美妙。

苇荡旁边总有一片片的荷铺盖在水面，清幽，弥漫着清香。低头将身影投入荷塘，人仿佛成了一株荷，被植入荷的风骨，浸润荷的品性，顿感清心寡欲，神情清爽，简约与空灵。我忽然想起元代画家张中，他崇拜荷，善画荷，设色素雅，画面自然，"以素净为贵"，所画荷尽显周敦颐笔下字句"出淤泥而不染，濯清涟而不妖"之神韵。我不知道张中有没有到过日照，即使他来过也不可能见到现今傅疃河口湿地的荷，可他笔下荷之风采，荷之神韵却与此时此地的荷极其相似。或许，傅疃河口湿地的荷能穿越时空，早已融入文人墨客的笔端。

河口以及湖湾深处和芦苇丛中，有各种水鸟在鸣叫，仿佛还在学着雨敲水面的声音。鸟喜雨，更喜欢傅疃河口湿地。据说，每年有许多的鸟来这里栖息，构筑起无形的生命磁场。这其中不乏珍稀鸟类天鹅、丹顶鹤、中华秋沙鸭、凤头潜鸭、灰头麦鸡、雀鹰、红脚隼、长耳鸮、针尾鸭、黑翅长脚鹬等。它们用明亮的眼眸，浓缩一条河、一片湿地的影像。

苇洼边缘，一只鹭鸟披着雨的湿意立在树桩上面，纹丝不动。即使有风吹来，有人走动，它也不露丝毫惊恐，淡定之态仿佛是在嘲笑旁边正在踏水而逃的两只鸳鸯。或许，这只鹭鸟的祖先生活在黄海水岸，经受过大海风雨的历练，才生就出它那从容不迫的胆略。而更多的鸟，捎着一声声啁啾在空中盘绕，然后俯冲下来，遁入苇草和树丛深处，去藏许多想象不出的神秘和悬念。

　　因为有了鸟，傅疃河口湿地就像生了翅膀，其景象和意境便延伸到天空。我在想，假如，将雨的气韵、鸟的飞翔、草木的绽放、人的思维以及日照人的发展理念放在一起构成多维空间，那将是怎样的一种物理意义、文学意义、生态意义以及政治意义上的境界呢？

五莲山写意

杨从彪

1. 五莲山诉衷肠

日照市五莲县的五莲山,山清水秀藏翠龙,错落有致露峥嵘,天然氧吧果飘香,奇花异草在画中。这里是一派心旷神怡的新气象,生长着永恒的春天,满山遍野的杜鹃花儿绚丽多彩,蓬蓬勃勃。粉蝶在花间忙碌穿梭,春鸟在花间飞翔鸣啭,稚童在花间嬉戏游玩,爬上树轻轻一摇,野花白雪般纷纷扬扬,飘落遍地,梦幻且美丽。

五莲山旧称"五朵峰",明万历三十年(1602年),明神宗御赐山名"五莲",故后称其为"五莲山"。五莲山主峰高515.7米,景区占地68平方公里,由五莲山、九仙山两大景区组成,位于日照五莲县东南,离日照市25公里,与"天下银杏第一树"所在的浮来山风景区相毗邻,1991年被列为"全国第二个杜鹃花自然保护景区",2003年被评为"国家4A级旅游区",2004年被评为"国家森林公园""中国生态旅游试验示范基地",2008年被评为"中国最佳生态旅游目的地"。五莲山的森林是鸟儿们的天堂,鸟儿们歌声悠扬,在林子里穿梭飞翔,以清脆的歌儿唤醒黎明,牵出朝阳,尽情抒发自己在森林乐园的情感……

这里是人间仙境，在多情春天的微笑里，我们孩子般地快乐着，吮吸生态森林无尽的芳馨，享受这珍贵的宁静，在花红柳绿中寻找童稚的纯情和青春的挚爱，让浮躁的思想、复杂的心境、喧啸的情绪被彩色花间萌发出的动听乐曲所覆盖，使我们的心灵得到校正，让时光不再枯萎，让生活充满阳光……

春鸟闹枝头，衔来缕缕阳春，唱出人民的欢乐，唱出国泰民安的幸福之歌、欢快之歌。新芽冒绿，那是生命的象征，是春天的使者。啊，五莲山，你能感受到我们心的律动吗？

在永恒的春天里，五莲山诉说着她的衷肠，而我则化作她的一点绿了……

2. 神仙居住之地

素有"中国北方野生杜鹃花基地"和"江北最大野生杜鹃花园"之称的五莲山风景区，每年四月下旬，就会有满山遍野的杜鹃，还有兰锦、连翘花。成簇成堆，成山成海，在寒意未尽的春风里，透露出勃勃生机。那是花的海洋，红粉的山峦和沟壑中，子规脆鸣，蜂蝶纷飞，五彩缤纷，如诗如画。

十一黄金周前夕，五莲山推出"品山果、赏红叶、观山水胜景"为主题的"秋景览胜"系列活动，成为旅游新亮点。樱桃，阳春三月便成熟，被誉为"江北春果第一枝""人间鲜果"。樱桃性味甘、温，入脾、肝经，可发汗透疹，祛风除湿，消肿止痛。《名医别录》说它"主调中，益脾气"。《滇南本草》说它"浸酒服之，治瘫痪"。《本草纲目》说它"调中益脾气，令人好颜色，止泄精"。五莲山板栗也有着悠久的历史，这里土壤肥沃，光照充足，降雨丰沛，各种自然条件都非常适宜板栗生长。五莲山板栗个大、饱满、油足，耐贮藏，果肉多为金黄色，富糯性，甘甜味浓，外皮易剥离。五莲山种植的苹果有"红富士""国光""白粉皮""祝光"等十几个优质品种，产量高，质量上乘，深受国内外欢迎。五莲山林中秋后的果实，可谓让人口流馋涎，食不知归。

五莲山上的溪流，年年月月，清澈叮咚。山上的清泉，吸大地之灵气，吮苍天之魂魄，最后汇成川流不息的蜿蜒大河，盘旋在连绵起伏的五莲山下，"万马归槽"气势雄伟，"拱龙"昂首望天，波光粼粼奔腾不息。蓝天白云倒映水中，构成一幅雄浑厚重的油画。

五莲山的河鱼特别引人注目，十分可爱，见到我们来了，游过来向我们点头致意，表示欢迎，然后潜入水底，自由自在，安闲静谧。

今天，五莲山的天气特好，阳光灿烂，视野更辽阔。远山近景，翠林烟水，绮丽无比。河流从天而降，湍流飞瀑，白浪滔天，响声如雷，气势磅礴。偶见缓冲地带，水清见底，树影婆娑，蝶飞鸟舞，十分宁馨。

啊！五莲山，真是神仙居住之地！

3. 绿色宝库

五莲山有大面积的森林植被，林木覆盖率达 70% 以上，这里不但是齐鲁最大的野生药库，而且野生花卉种类繁多，达 4000 余种，其花色之丽、品种之多、面积之广，实为罕见。景区的九仙山拥有江北最大的万亩野生杜鹃花园，每年春夏之交，鲜花竞放，争奇斗艳，五彩缤纷，如诗如画，是体验休闲生态游的好去处。

五莲山奇石林立，景致奇异，各有千秋。万木葱郁，清丽峻茂，燕雀环谷，山泉溪绕，匹练飞瀑，种种胜境。众多的人文景观和自然景观有机地融于一体，造就奇、秀、险、怪、幽、旷、奥七大特色，49 峰、20 洞、18 瀑、16 潭、5 池、4 涧等 400 余景，无不透露着大自然的鬼斧神工和上天的巧妙造化。

我们久居于城市，偶有楼亭水榭，盆花小草，足让人悦目喜心。而到了五莲山，方知城市之枯燥。这里森林茂密，百花芳香，百草清丽，百鸟齐鸣，别有一番滋味。

五莲山上密密麻麻的野生树种枝繁叶茂，野果红红地挂满枝头，摘下一个品尝，其味鲜美，甜中带涩，涩中带香，十分可口。密林深处，有一小溪，树环水绕，水树相随，阳光被绿荫遮蔽，水色墨绿，微波不兴，潺潺袅袅，似有难分难舍之情蕴含其中，这闪闪烁烁清碧透明的空灵仙境，别有情致。这里是植物的王国，是花的世界。随意蹲坐的不到两平方米的地方，本草植物就至少有上百种，花也有不下十种。一无名小花，花蕊呈白色，中间夹杂着嫩黄，花瓣如圆盘，我摘下一朵，轻轻一揉，花瓣便落地了；还有一种球状的红花，叶片尖尖，花朵小巧，迎风摇曳，好像在向我们点头致意。

突然，一阵鸟鸣，却不见鸟群。鸟儿们唱得委婉动听，我四处搜寻，仍不见鸟的踪影，大吼一声，一群小鸟从头顶飞过，飞向更远的密林。还有一种白色的小雀在四周叽叽喳喳叫个不停。附近一根倒下的木头上，长出了粉红色的蘑菇，鲜嫩鲜嫩。

翩翩蝴蝶，或驻于花间，或停于绿叶，或翔于风中，一对黄白蝴蝶在空中翻舞，嬉戏游玩。蜻蜓也过来凑热闹，飞上飞下，安详平静。细长的蜜蜂在花丛间穿梭，嗡嗡嘤嘤，好不自在。这些小动物与大自然浑然天成，飘逸轻盈，让人向往。

这里万物葱绿，是取之不尽用之不竭的绿色宝库！

感受五莲山密林，我似乎把自己的整个身心都融入其中了。

4. 悠久的人文历史

唐宋时期，五莲山上就有了佛事活动。到明代万历年间，蜀僧明开云游天下名山大川后，见五莲山雄伟秀美，于是在这里定居。是时皇太后患眼病，久医不好，明开为她治好了，皇帝龙颜大悦，拨款建大悲殿、藏经楼、分贝阁、御仗阁等，五莲山上从此"层檐璀璨，参差错出""金壁交辉，钟鼓竞奏""塔殿之胜，众以为彰"。别处僧人闻风飯赴，四方百姓前来进香，游山者亦络绎不绝。五莲山光明寺成为山东四大名寺之一。

宋神宗熙宁七年（1074年），苏轼由杭州通判调任密州知州，在此写下了著名的《江城子·密州出猎》。这一带，应是东坡"聊发少年狂"之处，故誉此山"奇秀不减雁荡"，山中尚存苏轼"白鹤楼"留题。

中共一大代表王尽美的祖籍是五莲县，这里是革命老区，曾是华东局领导机关驻地，不少北上南下的干部都曾在这里驻足。相传浙江绍兴的会稽山，是从五莲山飞过去的。

很少有人知道，越王伐吴，北上称霸，曾定都琅琊。当时齐越分界处，即在五莲山。齐长城与古战场百将口等遗址尚存于景区内。城南为越，城北为齐。有关孙膑生平的记述大抵只到马陵道射杀庞涓为止，之后其去向，不为人知。五莲山上留存着与孙膑的有关遗址和众多传说，这里应是这位旷世奇才的终老之地。

五莲山上的佛教景点有地藏殿、光明寺、西配殿、伽蓝殿、天王殿、念佛堂、大雄宝殿、藏经楼、石佛园、五莲大佛、十八罗汉石雕像、四大菩萨石雕像、观音送子殿、千手观音石雕像、塔林等。山岳景点有五朵莲花峰、钵盂峰、玉柱峰、白鹤峰、红石壁、大悲峰、天竺峰、挂月峰、楞伽峰、白鹤峰、太乙峰、吐日峰、虎啸峰、丹宸峰、碧鸡峰、剑塑峰、聚笏峰等。洞窟景点有白鹿洞、水帘洞、织女洞、狮子窟、观音洞、太乙洞、葫芦洞、紫霞洞、碧云洞。峡谷景点有樱桃涧、紫霞谷、烟雨涧等。水景点有漱玉泉、般若泉、锡扣泉、放生池、太乙池、洗钵泉等。奇石景观有虎啸山林、石浪飞空、翁负婆石、猴子拜佛、蟒蛇听经、凤凰石、拦马石、白鹿听经、十八相送、面壁和尚、葫芦石、试剑石、阿弥陀佛石、海豹石、蛙石、无字碑、羊化石、兔化石等。气象景观有五莲山日出、大悲峰云海、流云峡流云、光明寺佛光等。摩崖石刻有古代苏轼、心空、海彻、程涝、张思忠等，现代的臧克家、谢华、梁步庭等题字石刻60余处。

5. 窗前的鸟儿

一只小小的鸟儿，总在我窗前的小树枝上叽叽喳喳地叫个不停。它在清晨时准时飞来，每天，不管是晴空万里，还是落雨刮风，它从不间断地准时到来，成为我的常客。花色的羽毛，动听的歌儿，像个美丽的小公主，在我窗前的小树枝上跳来跳去，唱个不停，玩个不够。它的欢乐、它的心思、它的忘我、它的轻松、它的活泼，美丽了环境，美丽了气氛，美丽了树林，美丽了我恬淡的生活。

窗前的鸟儿成为我不可多得的伴侣，它衔来晨露，啄来朝霞，扇起轻轻的春风。有了它的来临，阳光才格外鲜活；有了它的舞姿和歌唱，日子才如此灿烂，充满盎然春意和无限诗情。

于是，在我充实的生活里，没有了疲倦和悲哀，没有了紧张和紊乱，只有友爱之花盛开，只有绿海碧波澎湃。哦，窗前的鸟儿，我的小精灵，大自然的小精灵！

后来的一天，我窗前的那只小鸟从小树枝上无声地消失了。

我好像丢失了什么珍贵物品似的，很不习惯，心中很不是滋味。一种深深的怀念占据了我整个心灵。我的小鸟朋友也许远离尘世飞到深山老林去了。不会，它怎么舍得离开我呢？它也许病死在不知名的远方了。也许……也许……我想了很多很多，无法收回无边无际的遐想，不能自已。我想，我自己命运的将会如何呢，也许能有一个与小鸟一样的归宿……

向着远方和光芒飞翔

李易农

1

再次踏上日照的土地,已经是二十年后的 2022 年 7 月了。

日照的天空碧蓝,云朵飘逸中带着洒脱。你每一次向天空仰望,都有亮如丝绸的阳光和飞翔的鸟儿映入你的眼帘。它们成为你目光的远方,是最为舒心的陪伴。

这一切,仿佛二十年来都不曾改变,如一幅暖心的画、一首隽永的诗,掀起一朵朵浪花荡着你的心。

我的心属于这一片土地。

2

来到日照的当天晚上,我联系了在日照工作的高中同学——李建民。虽然数年不见,可我们的同学情谊依旧浓烈。

半小时后,老同学便出现在眼前,他依旧带着那种温润的笑容:"你终于回到日照了!"

用了"回"字，仿佛我是日照的孩子，日照便是我的家。仿佛这么多年我只是离家的游子，现在又原路返回。

我心里不停地默念着"回"字，跳动着，觉得我脚下的土地，每一寸都有音符在跳跃，都在欢迎我。

此时，夜色下的日照灯火辉煌，霓虹的光亮和色彩混合着各种悠扬的声响。尽管这是二十年之后的会面，但老同学的眼神里，仍有他少年时的善良、谦逊。他已经凭借着与生俱来的脾性，在日照定居，把生命的根扎到了日照的泥土里，把热情奉献给了日照的清晨和黄昏，成为日照这座城市的一分子。每天，他都会以日照主人翁的身份，在朋友圈分享日照的风景图片和自己的生活心得，并写下"欢迎天下游客，前来做客……"的文字。他的笑容和文字里没有低落、徘徊之类的负面情绪，有的是火焰和光芒，有的是激情和梦想。

顺着街道往前走，路边的树木苍劲，极力伸展着的枝丫，掩映着日照的夜空。星光、灯光从树叶间斑斑驳驳地洒下来，形成各种神秘符号，轻柔地从我们肩头滑落。

脚下的这条路，于我是熟悉又是陌生的。熟悉的是二十多年前，我从部队退伍后，不甘心让自己的人生抱负湮灭于家乡的山峦里，在老同学的召唤下，我也随着他的脚步来到日照这座城市，在一家公司担任安全检查员。

检查员虽然不用干体力活，但需要责任心和细心。稍有疏忽，就会带来意想不到的麻烦。部队的培养，让我拥有责任心和细心，我也自觉肩上担子繁重，所以用心工作，受到了老板的赏识。

那时候，我居住在距离公司两千米左右的出租小屋里，每天衣着光鲜，踩着早晨的阳光往外走，带着微笑和满眼的希望……下班后，我又顶着月光和灯光往回走，没有因工作的琐碎而沮丧，反而对明天更加充满了期待……这路上的阳光、灯光、星光、行人的目光，成为我坚持下去的力量。在这条路上，我没有迷失自己的方向，没有在前行的路上觉得孤单与无助，因为我要快点赶回我的出租屋——在出租屋里看书、写作，是一件多么快乐的事。

而现在，我又觉得这些灯光是陌生的。眼前的城市仿佛又不是记忆中的那座城市，它的楼宇更高了，街道更宽敞了，树木更加蓬勃，身穿各种服饰的游客来来往往……一切都褪去了旧时的音容，换上了新的面孔。

一切是梦，一切又不是梦。

老同学步履矫健，他甩起来的手臂，那种力量让我觉得他还很年轻。48岁的人，哪里还有年轻可言？只不过，年轻的是我们的心。

"我可是常常泡工地。我想再开设两处业务，还想再买套房子……"老同学说出了自己的打算。

听他轻淡描述他的计划，我心里充满祝福。

3

高中毕业后，我去当了兵，老同学考上了大学。大学毕业后，他选择来日照工作。他说："我喜欢海，喜欢那些浪花飞跃时迸发的力量和白色光芒！"

他的浪漫情怀，让他在创业初期，少走很多弯路。他利用自己的技术特长，和其他人合伙开了电子产品公司。因为勤奋和用心，他的事业做得风生水起，可谓成功。

我退伍后，怀揣着对文学的向往也来到了日照。他说："来吧，你呼吸一下日照的空气，你的灵感小草就会葱郁；你看一看那些海水，你就会有不一样的情怀……"

同学说得妙，我便毫不犹豫地来到日照。

我们虽然同在日照，但在偌大的日照，我们都成了大海里的一枚绣花针。他一直和我保持着联系，有时打电话问候、咨询工作。在我失意时他鼓励我，在我取得小小成功时，他又为我开心。我的生活里，那么多的喜怒哀乐，竟然都被他挂在心上。

记得那年，我过生日，给相恋的女友打电话。原本期待的祝福却变成了她冷冷地回答："算了，分手吧。你在外这么多年，啥也没有……"

那晚，我呆立在电话亭下，泪水哗哗哗地流。在日照工作，为的是实现我的人生抱负，为的是挣钱来迎娶新娘，可在老家的"新娘"，她看不到日出和彩虹，在我生日当天，给我这样的"惊喜"！我买了酒一口灌下去，喝得酩酊大醉。

第二天，我在出租屋内昏昏沉沉，胃疼难受，浑身无力，我病了。离开家乡，来到日照的这些年，风雨吹打时我没有哭过，失败时我没有哭过，而这次却哭得"大雨滂沱"。

老同学来了。他得知我的伤心缘由，叹口气说："走，我们去海边。"

他开着车，我们出了城，来到海边。

海边的人很多，他们都在享受着大海带来的新鲜体验。蔚蓝的海水，辽阔无边，荡漾着洁白的浪花。浪花飞起落下，落下又飞起，它们洁白透亮，它们迎着阳光和你的目光，让你觉得那些浪花是有翅膀的。

它们有一双翅膀，带着你飞翔。

沙滩上，沾满疲惫和悲伤的脚步，被掩埋在金黄的沙滩下，让凉爽的海水，给予一遍遍冲刷。我远离人群，坐在一处礁石上，听着鸟鸣，看着海水向我一波波奔来，我郁郁寡欢的心，慢慢亮起来。

远处，有船只扬着白帆，在波涛间穿行。波涛、白帆……我顿时不能自已，我的人生船只，究竟要和风浪进行多少次拼搏，才能抵达梦想的彼岸？

时光是最好的伤口愈合剂，不知不觉地，我忘记了生活中的这些伤痛和失落，在日照辗转辛苦工作。我不甘心平庸，不仅做好眼前的工作，又于周末在一家书店兼职……在日照工作五年后，我因为家里有事，便告别了日照，回到了老家。

将去车站的那天，我站在出租屋前，眼泪不争气地落下来。日照，是我的梦想所在之地。日照，我把人生最富有诗意的年华献给了它！你看，那些高楼里有我穿梭的身影，那些街道上有我来来往往的脚步，这座城市有我的期待和梦想，有我的欢乐和哀伤……我的血肉和情感，和日照融为一体。而今，我竟然要和它作别。

突然，我的房东阿姨在背后喊我："你的行李遗漏了。"她手里提着我的一包书！

这些书，是我在书店兼职时，老板得知我的梦想后送给我的。老板曾对我说过："人生的梦是我们向前的动力，风再大只要坚持就能实现……"这些书陪伴着我度过一个又一个不眠的夜晚。这些要带回家的书，匆忙间竟然被我遗落下来。

房东阿姨微笑着说："有空就回来啊！"

一句"回来"的话，胜过千言万语。在日照数年，居住在阿姨家，给阿姨带来了不少麻烦。大门钥匙忘记带了，就让阿姨给我开门；有些日用品坏了，就让阿姨帮我修理；有时候下班没空做饭，阿姨做多了就给我端一碗……点点滴滴的往事，温暖着我。她没有因为我是打工者而嫌弃我，一言一行中充满着关爱。

她是一片海水，容纳了我这个小水滴。这样温暖的情怀，让我不忍心离别。
"我会的，我一定会……"

我带着眷恋和祝福离开了日照，我带着往事的光影离开了日照……经过二十年的努力，我终于实现了自己的梦想，不仅出版了自己的作品集，成为某文学院的签约作家，还加入了中国作家协会！同时，我又在家乡的县城里组建了家庭。

离开了日照之后，我再也没有到过日照。想日照时，就一个人静静地趴在窗前，遥望远方，想象着远方日照那些旺盛的草木、和善的面孔；想日照时，就给老同学打电话，问问日照的发展和新鲜事，通过视频来重温我在日照的时光，涌起满腔的激动和深情；想日照时，我就想那些海水，那些浪花，那些海鸟和那些白帆……我虽在日照短短几年，但这段时光，足可滋养我未来的人生。

4

今天，当我再次踏上日照这片土地，经过我曾蜗居的出租屋时，恍恍惚惚的时光又一缕缕涌过来，它们拼接还原成往日的图像，让我怦然心动又按捺不住眼眸湿润——这里，已经不是原来的样子了，新的建筑矗立着，改变了这个城市的容颜。

这个时候的我是激动的，仿佛第一次来到日照，对周围的一切充满了好奇。它们闪烁着的光芒，让我眼神迷离，分不清方向、辨不明事物。

"你是大作家了！现在……"

"你是大企业家了！你在日照买房，娶妻又生子，在日照扩大着自己的事业。你二十年来，总是带给我好消息，让我欣慰于生活的厚待……"

我学着老同学的语调回敬着。老同学对这个城市是熟悉的，如同这座城市是他身体的某一个部位。每经过一座建筑、一个单位、一片小区，老同学都会指给我看、给我介绍，甚至是街道上的植物，在夜色里，他只瞟一眼，就可以叫出它们的名字，描述出根、茎、叶、花的形态来。老同学还是那样的思维敏捷、吐字清楚、声音高昂，边说话，还不忘用相关的手势加以诠释解说。这样一位在都市夜色里意气风发的中年男子，让我觉得他应属于这座城市，他的气度和梦想与这座城市交错，融为一体。

是的，他是这座城市的一束光，和从四面八方投射来的光一起，在这个城市的空间里穿行。

我也是一束光，在我的小城，我也成为被别人追逐的光，我的光芒因为他人愈加明亮。

夜色更深了，在日照的这条普通的街道上，我和老同学走了一程又一程。每一程里，过去、现在、未来的场景在忽明忽暗，有更多的感叹在内心回响，它汇成一句话：日照，在我这位异乡人的内心深处，你就是我的故乡！

对于日照，我不说再见，不说，便没有了分别，便是永远相守。这座城市，这份情，这镌刻在生命版图上的一段岁月，告诉我：只要肯于擦拭，人生就会绽放出耀眼的光芒。

5

在离开日照的前一天，我和老同学再次来到海边。

那片大海，跟原来一样辽阔。天空的云，海上的波浪，它们都是纯粹的白色。还有飞鸟，挥着硕大的翅膀，一次次往返翱翔。眼前的一切，都和往日的记忆重叠，都和我内心深处的热爱、眷恋，相得益彰。仿佛这就是我要找的人生答案，仿佛我人生的许多谜团，都被这一幅幅图画给解开了。

放眼处，一片白帆，正缓缓驶来，像是在迎接我的回来，又像是在向我道别。

是的，既然你我都是一条船，那就注定了，我们又要面对下一次远航。既然你我都有一双翅膀，那就证明，我们要向着那些光芒和远方飞翔……

五莲，心的依恋

冯爱霞

心之所向，便是远方，远方不再遥远，所有诗意皆成乐章。

五朵莲花并蒂鲁东南，造化钟神秀。五莲山芬芳如莲，九仙山巍峨壮丽，目之所及，青山连绵，绿水相伴。

心　路

清风拂面，沁润花香，齐鲁风情五号线飘逸如带，随山势起伏铺展。沿途景观依山傍水，错落有致，幽静的村舍掩映在群山怀抱中，虬盘的梯田层层叠叠，黄绿的波纹如同静止一般，湖泊碧水如蓝，明眸善睐，一路美景尽收眼底。

记得早年，我来五莲山游玩，那时山路崎岖不平，尘土飞扬，农舍低矮破旧。不知何时，新时代的五莲人针对山区的自然条件，践行"两山论"，拼韧劲、拼干劲、拼闯劲，同心聚力，将民生工程修到了村民家门口。实现了"村村通""巷巷通""路路通"，走出了一条"生态美、产业兴、百姓富"的山区绿色发展之路。

齐鲁风情五号线更是一条精心打造的"流动风景线""党群连心路"。一位村民笑哈哈地说："过去到城里送货，晴天一身土，雨天一身泥。山路高洼不平，一路颠簸难走，花费时间长，现在半个多小时就到了。出门就是大路，再也不愁产品销不出去了。"

这条连心路，犹如玉带串起了特色人文景观，穿过田野、树林、湖泊、酒庄、民宿……成了一条产业线、生态线、旅游线、幸福线。

一个个景点，如饱满的莲子镶嵌于莲蓬上。我们徜徉在这画卷里。

归　心

青山恋着水的柔美，绿水依着山的魂魄。绕过秀丽的大北山，董家楼村的美景映入眼帘，北山乡民居小楼在山间若隐若现，典雅精致，与湖泊、山体相映成趣。昔日偏僻的小山村，以它的灵山秀水，以它的古朴与时尚，以它的内涵和外延，迎接着八方宾客。

村口的健身步道、亭台楼榭、吊桥流水，自然、质朴、宁静，如一幅天然水墨画。穿过长长的木栈道，越过清澈的湖面，便来到了"世外桃源"。阳光透过树枝，斑驳的光影洒在门扉，轻启"尘心"院落的栅栏，家的温馨感扑面而来。它好似一个温暖的臂弯，迎接归家的人。客厅、卧室、厨房、书房，一花一木都让身心倍感惬意。推窗，便是人间仙境，世俗纷扰也化作了天边的一缕烟。

闲时邀三五好友，或携家人前来，爬山、赏花、采摘，品尝烤羊肉、豆沫子、葱油饼、卷煎饼等农家饭菜，还可购小笨鸡、野生蘑菇、有机蔬菜等食材，亲手做一桌特色佳肴。

夜晚，可品茶读书，弹奏乐器，仰望星空，叩问初心。可在高山流水间，吟诗作赋，梦回唐宋，与苏轼对酒当歌，诉说今日繁华盛世。九百多年前，苏轼曾称赞五莲山"九仙今已压京东""奇秀不减雁荡"。五莲山大佛为江北最大石佛，九仙山龙潭大峡谷、万亩野生杜鹃花园被誉为"江北双绝"。历史上有许多文人墨客到五莲山寺院禅心修行。

村庄承载着乡愁，书写着绿水青山。民宿一旁的农家小院旧址，让人记住了艰苦岁月。老树、推车讲述着祖辈们的生活，石磨、石碾、土屋镌刻着往昔的记忆。

村里的刘会计来当向导，他自豪地告诉我们："咱这里产樱桃、猕猴桃等水果，供不应求，还建成了省级精品采摘园。每到采摘季节，游客们络绎不绝，既能走进来体验，也能住得下休闲。"同行的友人也说，每年春天村里都举办樱桃节，几千亩樱桃花漫山遍，如梦如幻。我边听边陶醉其中，难怪董家楼村曾入选"好客山东最美村镇""国家森林乡村"等名单。

"此心安处是吾乡"，处庭院之幽，感淳朴之暖，享田园之乐，让"归心"成为一段追寻诗和远方的旅程。

匠　心

"葡萄美酒夜光杯，欲饮琵琶马上催。"一路前行，海风微至，空气中弥漫着淡淡酒香。宰相湖畔，屹立着一座酒樽状建筑，周围的环形色彩如七色光芒，远远望去，如太阳挂在半山，与前方的太阳湖遥相呼应。这里靠近自然，远离喧嚣，是文化诗意的家园，是用湖水、阳光编织起来的生态酒庄，集葡萄种植、采摘、酿造、体验及文化展示、田园游乐、浪漫民宿、休闲养生于一体，也是中国桃红葡萄酒第一生产基地。

我们走进太阳城酒堡，探索着一粒粒葡萄的前世今生。

酒堡内一幅幅图画、一段段文字诉说着葡萄酒的历史和中国葡萄酒文化。文献记载和考古资料显示，日照地区有悠久的酿酒历史，具有深厚的酿酒底蕴。太阳城葡萄酒庄园隶属于日照尧王集团。尧王城遗址出土的酒具文物、莒县陵阳河遗址出土的大汶口文化晚期的酿酒器具，表明此地先民很早就掌握了成熟的酿酒技术，用葡萄酿酒自然得心应手。

由于当地葡萄优良，酒质出众，在明朝时日照酿制的葡萄酒还屡屡传向京师，受到达官贵人的追捧。万历年间，大学者胡应麟游历齐鲁，来到五莲品饮当时的庄园葡萄酒，还谱写了著名诗篇。

齐鲁酒文化绵延悠长，舌尖上的中国葡萄酒味道，将人文与风土结合在一起，赋予了太阳城厚重的历史和使命感。庄园位于葡萄种植的黄金地带，阳光、空气、土壤、水分，编织了山地葡萄独特优越的巢床。这里的每一颗果实都跳动着神奇的音符，每一滴红酒都蕴含着太阳城人的匠心独运。

"酒里乾坤大，壶中日月长。"葡萄决定着葡萄酒的风味。五莲清澈的泉水，滋润着数千亩葡萄产业基地。种植人呵护秧苗的生长，除草、剪枝、采摘，专家们也钻进葡萄园监测着各项指标，他们始终保持着对大自然的谦卑，对风土的思考、探索和尊重。

绿色生态孕育出鲜美的果实，颗颗晶莹剔透的葡萄，像在诉说着人生旅程。生产车间内，葡萄皮和肉历经发酵、排灌，压榨出青汁。走进酒窖，如同走进地下宝藏库，空气中弥漫着酒香，酒窖内有法国进口的橡木桶，一排排，一列列，气势恢宏，令人震撼。酿酒师穿行其中，每隔一段时日便会检查一下葡萄酒的情况，他们全神贯注地观察、品尝、检测，在调配过程中，即便是轻微的变化，都会造成舌尖上的"差之毫厘，谬以千里"。

一瓶葡萄酒，从葡萄的种植、采摘、去皮、压榨、发酵到陈酿，环环相扣，蕴含着国际级技术和匠心精神，如同一件艺术品那样需要精雕细琢。酿酒如酿人生，须忍受磨难、挤压、孤独，才会升华，才会在人世间芬芳。

服务生在品酒台前热情熟练地为我们介绍着干红、干白、桃红、白兰地等产品及功效。当美酒与酒杯相遇，那红色液体在晶莹剔透的水晶杯中翩翩起舞，散发出水果般的清香，韵味悠长。

公 心

当步入红泥崖村党支部会议室，我们瞬间被红色浸染。"不忘初心，牢记使命"几个大字赫然醒目。"全国脱贫攻坚先进集体""全国先进基层党组织"等荣誉，令人肃然起敬。

骄阳下，一位短发干练的中年妇女从工地赶来，她就是党的二十大代表，山东省劳动模范、红泥崖村党支部书记、村委会主任张守英。有人问她："你干了十多年的党支部书记，最难干的事是什么？"她说："过去当党支部书记，一靠嗓门大，二靠辈分大。最难干的事，不是简单地给百姓修上路，通上水，安上路灯，而是改变村民在新形势下的思想认识。要以理服人，要把党的好政策落实到群众中去，服务好百姓。"

红泥崖村三面环山，土地贫瘠，留守老人多，曾被定为市级贫困村。为了精准扶贫，她带领村庄探索实行了"互助养老"模式，聘请村内有劳动能力的贫困妇女照料失能老人，既解决了就业难题，又解决了养老难题，该模式后来被省、市、县扶贫办推广。

在外打拼的儿女回乡探亲，看到老人家享受的福祉，握着张守英的手不停地感谢。她说："让他们对自己的父母少一份牵挂，这是农村党支部书记应该干的，也是服务型党组织应该干的。"

每到饭点，村里的老人们陆续来到幸福食堂，他们脸上洋溢着喜悦。有老人开心地说："政府待俺好，真是越活越享福了。"幸福院还配备了棋牌室、心理咨询室、康复训练室等。在街上遇到老人，张守英总是嘘寒问暖，老人们也都会亲切地喊她"闺女"。她说："我最大的心愿，就是让大家都过上好日子。"

从前村里没有自己的产业，老百姓仅靠种点玉米、地瓜、花生和外出打工维持生计。村集体还欠债，连20盏路灯的电费都交不起。现在村里建起了农产品加工车间，注册了特色品牌，盘活了300多亩集体土地，用于种植高效作物、对外租赁等。经多方考察，红泥崖村采用"合作社＋农户"的模式运营食用菌项目，村民可在家门口打工。

"我家有党员"活动，让每个家庭充满荣誉感。支部领头帮、党员带头干，村民主动献计献策，形成了向上、向善、向美的村风民风。每到节假日，村里就会举办自编自演的节目。年底评先树优，还评选出"好媳妇""好婆婆"等称号。这些活动丰富了村民业余文化生活，凝聚了党群向心力。

张守英带领村"两委"班子从"组织振兴、文化振兴、生态振兴、产业振兴"的理念出发，公心为民，使大伙心悦诚服得与党组织同心同行，劲往一处使，汗往一处流，将村党支部改造成"全国先进基层党组织"。红泥崖村从一个贫穷小山村成长为乡村振兴的标杆村。村里实现了"老有所养、幼有所教、民有所乐"的目标，闯出了一条"脱贫攻坚、强村富民"的乡村振兴之路。

从"心路"出发，一路景，一路情。

齐风浩荡，鲁韵悠长。站在高高的齐长城上，微风阵阵，刮过齐长城千年裸露的皮肤，风中裹挟着麦香、果香、酒香、茶香……

三入定林寺

贾国勇

少小离家老大回，乡音无改鬓毛衰。
儿童相见不相识，笑问客从何处来。

可以这样说，尽管这首《回乡偶书》并非为刘勰而作，但是，刘勰回到祖籍莒县东莞镇大沈庄村时，与这首诗所述的情景却是那样的吻合。感同身受的刘勰站在大沈庄村的村口，想到自己在外奔波多年，历尽千辛万苦，到头来却夙愿不遂，怏怏而回，怎不让人热泪盈眶？

青春不再，衰老已临，大沈庄的父老乡亲已经认不出他这个游子，调皮的孩童们拥了上来，瞧稀罕般围着刘勰。

这里是当年刘勰归乡后度过残年的地方——莒县浮来山定林寺。定林寺门口台阶的下方伫立着一块由山东省革命委员会所立的"刘勰故居"石碑。或许是秋天的缘故，定林寺门前非常安静，没有熙熙攘攘的游客，更没有佛殿前的烟雾弥漫，两只硕大的石香炉内的灰烬尚暖，一株松树孤苦伶仃地站在那儿，如同一位苍老的值日僧。晚秋的风从远处吹了过来，扑面而来的是清冷的感觉，当然，还多多少少带了点咸湿的海洋气息。寺院内那棵千年的银杏树早知秋的萧瑟，绿叶已黄，伴随着秋风洋洋洒洒地把叶子抛出了寺外，犹如撒落一地的黄金。站在定林寺的门前，台阶下的青草却不知秋，依然沉醉在春的蓬勃里、夏的热烈中，努力地托起一片片银杏落叶。寺院外像铺上了一层层松软的金黄色的毯子，踩上去，能体会到如母亲般的柔软和温暖。

举目望去，定林寺内部素洁，不像别处那样金碧辉煌。青石砌就的台阶沧桑留痕，潮湿的一角藓苔滋长，参观者的屐痕深深地铭印，驻足倾听时，似乎还能听到定林寺当年的喧嚣嘈杂，以及人们急促的脚步声。

这是当今世界未经后期人为修复的古寺庙之一，距今已经有 1500 多年。今日定林寺的匾额没有其他地方那种镶金裹银的豪华仪仗，也没有攀龙附凤的名家题额，仅仅用一块黑漆漆的油松木板，写了简体的"定林寺"三个大字，苍劲有力。门两侧悬挂着的迎客门联更是简洁，少了那些故弄玄虚的"妙语"，仅仅是"法汰东来传禅定，慧地北归校心经"，即把定林寺的历史和发展做了详尽的交代。

当年，25 岁的刘勰前往南朝首都建康求取功名时，受僧祐大师的竭力推荐，才有机会从"奉朝请""将军府记室""仓曹参军""太末县令""东宫通事舍人"等职务，一步步走到了东宫步兵校尉的位置上。没有想到，当刘勰在东宫步兵校尉的职位上苦苦熬了八年，等待东宫昭明太子一朝登上帝位，自己好在官场上大展拳脚时，好佛的梁武帝萧衍却因为要整理释典、校订佛经，把目光落在了刘勰身上，在天监十八年（519 年）的春天颁下一纸诏书，命刘勰和慧震入定林寺撰经。

对梁武帝萧衍来说，命刘勰再入定林寺是一桩选贤任能之事。因为自定林寺的僧祐大师圆寂后，除刘勰之外再也没有人能够对定林寺那浩如烟海的佛经进行整理和校勘了。所以，他毫不犹豫地选择了刘勰作为僧祐大师的承继者，但这对刘勰来说却是一件哭笑不得的事儿。刘勰进入定林寺投靠僧祐大师，目的并不是守青灯事佛，而是为了在仕途上有所作为。没想到建康城的定林寺是他的起点也是他的终点，转了一圈之后，奉帝王旨意再入定林寺，什么时候才有出头之日？

在定林寺，刘勰又苦熬了 17 年，完成了梁武帝萧衍交付的校对经书的任务。或许正是在这 17 年校经的过程中，他明白了人生的意义，解决了心中的烦恼，成了一代宗师。

人生总是这样，你费尽心机追求的，却永远可望而不可即；你不在意甚至是厌恶的，却伴随着你的一生。所以，俗语"有心栽花花不开，无心插柳柳成荫"，说的正是这种情况。其实，这"有心"与"无心"，不过是缘分使然，缘分到了，水到渠成。

就这样，刘勰向梁武帝萧衍交付了校勘好的佛经，离开了建康城，回到他的祖籍莒县浮来山。

如今，历经沧桑的定林寺青灯未灭，以山门、大雄宝殿、校经楼、三教堂为中轴的寺院屹立在浮来山上，巍峨壮阔。大雄宝殿稳坐中央，轩敞明朗，典雅大方，如禅定的老僧，又如定林寺的心脏，率领着定林寺大大小小的殿宇、禅房奋力精进，不至于在岁月的风雨中湮灭。刘勰晚年居住的校经楼静静地伫立在定林寺的一隅，门楣上悬挂着的匾额文字由当代大文豪郭沫若手书。这校经楼尽管有飞檐螭首，却没有雕梁画栋，门前倒有兰花绕径，让人足下生香。一种名为"爬山虎"的植物辛勤地绿化着校经楼那斑驳陆离的墙面，几棵松树掩映在校经楼前，牵手搭肩，几乎阻挡了人们远眺校经楼的视线。脚下的兰草，头上的松柏，还有校经楼墙上的"爬山虎"，摇飐葳蕤，与时推移，把校经楼藏匿进绿的深处。

走进校经楼，就可以看到刘勰执笔坐在一块写着"浮来钟灵"几个字的屏风前校对经书，屏风的两侧是对联"积一生学识述道论人绎理严正缜密，释千古文心索真扬善审美博大精深"，字字珠玑，可谓精准地总结了刘勰的一生。在离开家乡投奔建康城定林寺的前十多年中，刘勰不仅帮僧祐整理了佛经，还写下了中国文学理论批评史上第一部有严密体系的、"体大而虑周"的文学理论专著《文心雕龙》。在这部书中，刘勰以儒家的美学思想体系为基础，兼顾佛道两家，不仅总结了中国南朝齐梁时代以前的美学成果，还细致地探索、论述了语言文学的审美本质及其创造、鉴赏的美学规律。也正是这部书，让一生郁郁寡欢的刘勰在中国文学史和文学批评史上留下了辉煌的篇章，成为一位受后人敬仰的文化大师。

从建康定林寺回到莒县浮来山时，刘勰已不再年轻。走到建康，为了求仕进取；回到故里，刘勰已经对仕途心灰意冷，决心长隐山林。也就是这个时候，刘勰在浮来山的寺庙内"遇到"了高僧竺法汰，这两位祖籍同是莒县东莞镇的历史风云人物在浮来山"相会"，进行了一场跨越二百年的"对话"。刘勰当时正被世俗的难题所困扰，尽管在官场拼搏多年，奉献了不少的精力，到头来却因为梁武帝萧衍的一纸诏书结束了仕途生涯，心中怎么能不纠结？

可以说，这场"对话"非常及时，不仅打开了刘勰的心结，还让刘勰摆脱了一切外界的干扰。于是，刘勰按照建康城定林寺的规制，在高僧竺法汰开刹浮来山的旧址上重新修建了一座定林寺。

从校经楼内走出来时，我心中突然有了一种感慨。唐代禅宗大师青原行思曾经提出"参禅三境界"："参禅之初，看山是山，看水是水；禅有悟时，看山不是山，看水不是水；禅中彻悟，看山还是山，看水还是水。"这在刘勰身上得到了很好的体现。第一次入定林寺，刘勰无论在佛学或在文学上都取得了让世人瞩目的成就；再入定林寺时，对刘勰来说，修订佛经的过程则是一个对人生反思的过程，备受煎熬；当他回到莒县浮来山重建定林寺时，已经彻底地解脱，再一次回到禅堂之中，静下心来校对佛经，勘正《文心雕龙》，这部辉煌的文学巨著才日臻完美。

历经风雨之后，晚年的刘勰参透了人生的真谛……

莒地旷野叙事

鲍丰彩

这里是莒县,那个在原始社会时期即为东夷民族莒部落的时空坐标原点。

时间回溯到一万年前,那时莒地的先民,已经懂得怎样制作、打磨石器,改进生产工具,从事较为简单的采集、渔猎等生产活动,为我们留下了现存于莒州博物馆的"大口尊",石斧、石铲、石刀等生产工具,新石器时代的"鸟形鬶"……在这片旷野之上,先民们繁衍生息的步履铿锵有力,向着文明社会前进。学者顾栋高在《春秋大事表》中不吝赞叹:"莒虽小国,东夷之雄者也。"小,则细致,则精巧,则尽精微;雄,则宏伟,则开阔,则至广大。

这里是莒国古城。放眼望去,飞檐走壁,廊角朱阁,碧瓦朱甍,雕梁画栋。3000余年后的21世纪莒地百姓,正用尽自己的想象力,在这片土地上摹画那个乔乔皇皇的历史时代。

莒国古城向西10千米,为浮来山。天朗气清的时候,站在浮来山最高峰,可以尽览莒城山河风光。

几千年的光阴里,这一脉城池山林浸润在神话传说和历史故事的底色中反复晕染。

高亮度的聚光灯投射在青瓦之上,我们所听、所看、所感的必定是同一片山河;你必定能听到马蹄震碎山峦的激越,听到王朝之旗帜在疾风劲草中辗转迁回，听到毛笔蘸墨于宣纸上游龙走凤指点文脉江山；你必定能看到烽火狼烟裹挟着烟柳画廊直往西北，看到银杏叶"翻手为云，覆手为雨"，看到千里江山一片郁郁葱葱；你必定能嗅到莒国古城墙下祷福的焚香，嗅到校经楼案台上的旧墨，嗅到陵阳河畔浪花，濯洗这一梦千年的风云变幻。

然后，等一场浩瀚山风，再等到雨过天晴……

山下传来哒哒的马蹄声。远在几百里外的齐地正遭遇着一场权力和阴谋的斗争。

马嘶人吼，地动山摇。从鲁国千里迢迢往东南赶的管仲，在浮来山银杏树下遇到的场景，与他预想的别无二致：公子小白胸膛中箭，口吐鲜血，落下马来。管仲看罢，挥手快马加鞭，带领兵马呼啸着向西北前进。

大约六天后，当管仲在齐国都城遥遥见到"城头变幻大王旗"，他应该想到，这场不动声色的政治事件，于公子纠而言，不亚于一场雪崩。这场表面上看起来运筹帷幄的争夺战，在精于骑射的管仲射出那只利箭的时候，就预先埋好了结局。

山风拂动，老银杏沉默如金。前方是"齐家治国平天下"的政治理想，脚下是"你方唱罢我登场"的勾心斗角。

阳光照耀着几经风霜的银杏树，银杏树正以浓郁的绿遮蔽着这方与海洋遥遥相望的山岭之地。几片叶子从树上落下，翻转着，如一只俯冲的鸟兽，它引领着我们的目光，一直抵达公子小白的肩头。

此时的小白，衣袂飘飘，襟袍摇曳，鬓发闪烁。在莒避难的短暂时光中，他稳稳地把握着自己手中有限的资源。我们在有限的史料中艰难跋涉，试图最大限度地还原由时空间隔造成的巨大空白。

公子小白拍拍身上的尘土，整理衣冠和带扣，看着远方管仲轻骑的滚滚尘埃，目光灼灼。真正的较量，才刚刚开始。

多年以后，昔日的公子小白已为春秋五霸之首，号令天下诸侯。《吕氏春秋·直谏》以白描的手法不动声色地记录了齐桓公某次酒酣后的场景："齐桓公、管仲、鲍叔、宁戚相与饮酒酣，桓公谓鲍叔曰：'何不起为寿？'鲍叔奉杯而进曰：'使公毋忘出奔在于莒也。'"

曹操在《短歌行》中盛赞齐桓公曰："齐桓之功，为霸之首。九合诸侯，一匡天下。一匡天下，不以兵车。正而不谲，其德传称。"一直以来，公子小白在莒地以一种政治胜利者的身份站立着。这其中，莒地百姓又在街谈巷议中将其六合天下的功劳之半，分给了那棵栉风沐雨、见证沧桑而无言的银杏树。历史的真相早已模糊，正如我们无从考证管仲射中小白的那天，是秋风飒飒，还是烈日炎炎；是雨雪霏霏，还是朔风凛冽。然而，莒地百姓知道，这棵遮天蔽日的银杏树见证了一切。

在这片福泽深厚的土地上，一千多年后，历史以疾风骤雨的姿态，安排了一位老者从南方钟灵毓秀的群山中缓缓走来。同样是在浮来山，也是在银杏树下，老者翻开经卷文集，他选择的是另一个方向。

校经楼上，青灯黄卷，他彻夜翻着经卷，那种沙沙的细碎声响，合着银杏叶片的震颤，与山风互文、致意。

他举目东望，有着淡淡的喜悦，有一瞬间他甚至有些难掩的忧伤。不远处的莒城充满着世俗的烟火气息，他们当中，有娉娉婷婷的歌姬，有往来经营的客商，也有手持团扇的女子。火热的市井生活像磁石一般吸引着他的目光，给予他源源不断的创作力去书写为后世咏传的典籍史册。

偶尔也有这样的时刻，老者卧眠，树影斑驳。文学的合理想象就在这个时刻发生。在老者的梦中，出现了什么？

屈原沉吟江畔时，是否仍旧挥之不去"香草美人"的气息？竹林七贤肆意酣畅，是不是在浩瀚竹林里挥毫纵歌？曹植与洛神的浪漫邂逅，是否欣喜多于怅惘？

文学的合理想象继续发酵，我们能够看到这样的景象：一位老者身着布衣，盘桓在青松巨石之下，他有着骨节分明的手指，斑驳的树影投射在他沟壑分明的脸上。山溪潺潺，松风阵阵……

"登山则情满于山，观海则意溢于海""操千曲而后晓声，观千剑而后识器""文以辨洁为能，不以繁缛为巧；事以明核为美，不以深隐为奇"……挥毫间，千余年文人骚客之才与思、情与志、风与骨、隐与秀跃然纸上，奏黄钟，歌大吕。他时而下笔，时而颔首，时而掩卷沉思。千年的文脉在他的笔下盘旋辗转，升腾提纯。

现在的浮来山定林寺下，有一处据传为刘勰墓地。墓地被郁郁青松掩映，几块山石合围，内部乾坤我们无法轻易窥探。然而莒地人民对于这块墓即为刘勰之墓的笃定，足见刘勰翰墨文心，荫蔽莒城。

一种是简牍深深、丹青留痕的坚不可摧的理性历史，一种是口耳相传、街谈巷议的充满着柔情与寄望的感性历史。我们自然期待能够有坚不可摧的理性历史，来帮助我们还原那一场场战事，那一次次征伐决断，那一片片山寺哀歌。而在那些由成千上万个瞬间构成的历史缺失的时候，民间的合理想象便会适时登场，替我们在一定程度上柔软且温情地弥补那些可能永远无法找回的空白，将我们再次带到这片旷野之中。

回到旷野，野地里这一片无名山脉，以纵贯南北的走势，连接古代与现代，诉说着往事与前程。

这时候我们还应该提到不远处淄博市淄川区另一位老者笔下的那抹笑声。

同样是在齐桓公所治的齐地，两千三百年后，又有一位清代的知识分子，带着神秘幽微的历史表情，以另一种方式走进莒地的旷野之中。

据说蒲松龄曾在沂水县城刘南宅教授私塾（一说应刘氏家族之邀为其修撰家谱），闲暇之余曾到莒地的雪山游玩，期间喜欢搜集民间鬼怪狐仙故事的他听到婴宁的故事后，将其整理成篇，编入《聊斋志异》。

《聊斋志异·婴宁》一篇的开头："王子服，莒之罗店人。"莒，即今山东莒县一带。那个天真烂漫的狐女，所居之地"下山入村，见舍宇无多，皆茅屋，而意甚修雅。北向一家，门前皆绿柳，墙内桃杏尤繁，间以修竹，野鸟格磔其中。"

这位古时的知识分子，手提一盏忽明忽暗的油灯，深入到莒地民间，拨动了莒地百姓最敏感的那根神经。用狐女婴宁的一颦一笑，带我们走进那个"乱山合沓，空翠爽肌，寂无人行，止有鸟道。遥望谷底，丛花乱树中，隐隐有小里落"的诗意旷野。

这时候我不得不调转一下行文的方向，提一下那只一直在我的高中时代奔袭的红狐。

有一段时间，村子里空气骤然凝结，人人自危。据说村东一家狐狸养殖场走失了一只狐狸。那些日子，家家户户开始筑牢自己的围栏，盯紧六畜和五谷，入夜即闭户，风声鹤唳，草木皆狐。养殖场派熟悉狐狸习性的人在村子周围的密林里围追堵截，但最终一无所获。

那些密林深处，杂草丛生，常年不见人烟，像一个黑洞，任由那些野生植物和动物在其中繁衍生息，自得其乐。一只红狐狸蹿进这样的密林中，如鱼得水。在远古时代，这只红狐狸的祖先，就曾经无数次让我们的祖先在长途追逐中束手无策。搜寻工作进行了几天，还是一无所获。

我更希望，那只狐狸从我们村出发，最终奔向了它自己的远方。这么多年过去，它仍旧奔袭在旷野里，奔袭在一个个密林、一座座青山中。它的眼神更加坚定，风轻拂着它油亮火红的皮毛，天地无言，荒野无言。它回首，望向高岗下的小村庄，然后化为一道红色闪电，所到之地都被它一一点亮。最终，它从我的故事里出走，又让自己走进一个更为久远的故事里。

山风呼啸，往事越千年。历史与传说，皆为故事。

小白的故地，刘飐的故乡，婴宁的故土。这些历史的、文学的宠儿，面对故地、故乡和故土这些忧伤、眷恋与梦幻的代名词，他们的返回或者离开，是对政治前途、艺术前途的追求，是在旷野千里之上喷薄而出的一束光芒。

旷野千里。人类的故乡正是一片旷野。我们从旷野上走来，茹毛饮血，刀耕火种，披荆斩棘，筚路蓝缕。

我们从旷野出发，最终再次返回旷野。只有在荒野的空旷与孤独中，一切历史的、文学的的审美才能够澄明透彻。人类越贴近旷野，才越容易找回自身。正如陶渊明返回南山，王维返回辋川，梭罗返回瓦尔登湖。

世事变迁，沧海桑田，这是一种壮阔的连接，这是一种遥不可及的荒芜感。人类的旷野，将古代与现代、文明与野蛮、战争与和平、喧嚣与寂静接在一起，激荡回响，历久弥新。

一城风雅

林文钦

日照，宛若我的爱人。

很多年之后，我站在闽东的小城观望着她，这样平静而安然，早已失却了曾经的激情与悸动。但我仍然是爱着她的，挚爱着，不曾改变。

最早知晓日照，是因幼年时看到的一张老邮票，上面印着日照的景象。抚摩着印在邮票上的"黄海之滨·美丽日照"这几个字，我总在想象这名字背后的故事，觉得她是一座被阳光滋养的城市。

慢慢地，我陆续看过作家张炜的随笔《东港拾遗》和散文家赵建英的美文《东方东阳城》……日照，在我渐次的阅读中，一点一点地立体起来，却始终让人觉得有些疏离感。而我认为日照是远离我的，她伫立鲁南大地的东端，兀自繁华，兀自高贵。

在脑海中，我已隐约感知到，这是一座沧桑而现代的东方历史文化名城。这个因海洋和东夷文化而闻名的千年城市，是南朝梁时期文学宗师刘勰的故里。今天，她不再孤寂彷徨，在安然地注释那些经典岁月。她不再张扬，有着平民化的一派温情。

在细读了作家铁凝的散文《城市气度》后，我对日照有了更多的了解。漫步文章的字里行间，这个城市给人一种奇妙的体验：青石步道、古色砖墙、红漆大门、鲁韵店牌……你尽可把自己想象成一个民国年代的纯真女子，身穿旗袍，优雅娉婷地走在历史里。

说不清是什么原因让我迷恋上日照城，就如同我迷恋上一个人，一首歌曲，或者一部老电影。那种感觉清晰地印在心尖上，却穷于言辞，如同一种与生俱来的缘分与默契。但是，当我意识到自己开始迷恋这座城的时候，那样的爱已经如洪水决堤一般，排山倒海地袭来。

有一年初夏，我有幸参加一场笔会，带着窥探的心理去接近日照这个"东方太阳城"。

那是寻常的一个清晨，我无意间从酒店的窗口望出去，窗外是整块整块的明代砖墙，一大片苍茫的青色。青色分很多种，而砖青则是其中最具沧桑意味的一种。它总是让我不由自主地想起古罗马碉楼的雄伟，雅典城墙的古意，太阳神庙的静谧——都有时光流过的痕迹。洁白的鸽子展开翅膀像流星一样划过天际，砖墙的青色当仁不让地成为最衬纯白的底色——好像遗落在雪地的墨痕，夺目并且唯美。

那是最普通不过、随处可见的景象，但我依然觉得美。也许，那更是因为任何事物用倾注了感情的眼光去看，总是美丑分明的。这座城似乎变得和往日有些不一样了。车水马龙，人流如织，这一切在太阳柔和的光线笼罩下，远远看来就像一幅和平安详、诗意盎然的水彩画。在这样的光线下，没有了老城的拥挤与破败，没有了历史文化街区的偏执与守旧。就连我，一个从南方小城赶来的后生，也不由细细打量这座自己神往多年的北方港城。

在春风习习的季节，我应邀再次来到日照。

四月，日照城区的傍晚是迷人的，尽管她对我来说仍然有些陌生。我尽力在这里寻找自己曾了解到的一切。在华灯初上的香店河绿道，我有意放慢脚步去感受日照老城那种怀旧的气息。但我的努力显然是徒劳的。那闪烁的霓虹灯，嘈杂的车流，擦肩而过的行人，还有那从四面八方来的外乡人的口音，使我意识到日照已改变了模样。

我在脑海中细细搜寻，竟没有一个词能准确完全地诠释日照。日照，她的脸上呈现出谁都读不懂的繁杂信息。

夜幕拉开后，从日照的标志性建筑——潮汐塔顶部向远处俯视，可以一览城市的新老建筑群，它们展现出不同的姿态。霓虹灯亮起时，整个城市就陷入了这片恢宏的灯火中。那些高低起伏的多元建筑，流光溢彩地装点了城市的夜生活。日照的夜，暧昧而沧桑的夜，摩登而怀旧的夜，它显示出一种无法描述的气质。

我脑海中始终回想着这些画面：带着热心友善、操着一口方言的日照人，在城市人群中有一种淡定感与祥和感。日照，是以一个绝世佳人的姿态出现的，让人惊艳，却无法接近，无法征服。

日照，我心中对她的倾慕，愈来愈浓烈。

我想，一座城市的魅力并不是刻意包装出来的。我眼中的日照，古意而现代。她留给我的初印象是大气、平和、兼容，中华民居和西式建筑并存，本地人与外地人共处。这座城，广纳百川、博采众长。日照透出的城市气质，来自她沧桑的历史、丰厚的文化、淳朴的民风以及怀旧的传统。

静读日照的城市表情，是令人着迷的事。

她，是古典的。

我走在院落与院落之间的街巷里，我感受着五千年的历史，体验着日照老城区的变迁历程。那一身风雅的古建筑是城市文化的载体，一砖一瓦都是历史、故事，连接着的是老百姓的悲欢离合。"老字号"是这座城市文明的标志，"八大碗""恒丰和""和泰隆""瑞竹园"等上百个老字号，像繁星般镶嵌在日照的街市，放射着光芒，传递出历史长河的每个精彩瞬间。不管是哪块招牌，哪一行当，细心去领略，都让人耳目一新，看哪儿都让人觉得踏实，觉得惬意，觉得舒心，觉得物有所值。在"禅心茶楼"喝茶听戏，品一碗馨香，听一串豪情。定睛看，日照以五千多平方千米的海滨大地作背景，走来齐文化的创始人、千年武圣姜太公，走来善谋果敢的农民起义领袖吕母，走来南北朝文学批评家刘勰，走来早期革命家、中共一大代表王尽美，那莒昧戏腔弥散着古今传奇的飘逸。

她，是唯美的。

在阳光灿烂的午后,独自骑车穿梭在城市里。我喜欢整洁的文化社区公园、超市，喜欢灯光明亮的新华书店、城市书房。我喜欢社区广场上快乐嬉戏的孩子们，欢快跳舞的老人们，喜欢要上一杯热茶暖暖手。我喜欢看到干净快捷的无人售票公交车，喜欢看到年轻母亲一遍遍教孩子念《三字经》，喜欢看到小区的商住楼拔地而起。我更喜欢看到路边书店内琳琅满目的书籍报刊，喜欢看到遇上红灯时，对面等着过马路的行人嘴角眉眼溢出的会心笑意。正如作家王小波所说："一个人只拥有今生今世是不够的，他还应该拥有诗意的世界。"

走在路上，我抬头看到巨大广告牌上，大大地印着几个字"喜欢城市的理由"。是啊，喜欢日照的理由是什么呢？我想，也许是诗意吧。它不仅有富足的物质，还有一种不可复制的人文境界。

华灯初上时，我漫步到海曲公园。坠向天际的斜阳把余辉照在这方城市乐园，使得园内湖面发出粼粼的水光。岸边快要发芽迎接春天的柳树低垂着，有了倦意，睡意开始朦胧。两边的仿唐建筑也镀上了金色，亮起了各色彩灯，周围呈现出极尽华丽和古朴的色彩。

远处曲桥上的人流开始多起来，空气中飘来了蒸包的香味。我散步在海曲湖岸上，十分悠闲。这个人工湖有典雅的风韵，有难得一见的湖石假山，还有垂柳拂岸。在我的心中，这里还是人文浓厚的地方。岸上古朴简约的民居和热情、操着爽朗鲁腔的居民，以及周围若干名人旧居，时时散发出千年古韵。看着那一湖清水悄悄地随风微颤，我似乎听到了春天植物拔节和雏鸟破壳的声音。

放开步调，小心的沿湖边走着，一不留神抬眼看到的碧瓦青砖、肃穆庄严的楼阁，还有高大葱郁的国槐，在明派建筑群映衬下，处处透着无穷的神秘与魅力，足够你慢慢地回味咀嚼似已远去却又觉得近在眼前的古风遗韵。满月高悬，光线斑斓，一阵幽幽的电吉他声从河畔休闲吧飘荡过来，给宁静的公园增添了小资情调。

我喜欢海曲公园边上的慢摇酒吧，喜欢迷离的光线，喜欢欢乐的新生代营造的氛围，喜欢啤酒给我的微醺，喜欢歌声与电音的狂啸，这些都给我带来心灵的释放。

就是那时，对于日照，我只能用这个有时简单、有时虚幻、有时繁杂的那句话来形容内心的感受：我爱她。

春夜里，我站在市区的山海路上。一阵阵的海风拂来，我望着山东外国语职业技术大学校门对面的那栋楼房。它经过修缮已换了模样，那是我初次到日照时的住处。我的十指紧紧地缠在一起，风吹起头发覆盖了眼睛。我的心突然柔软极了。

即使是这座城市的过客，当我在这里待上几个时日，竟有一些宾至如归的感觉涌上心头，脑海浮现的是旅程中的感动时刻。

一次是在国际赈灾义演后举行焰火表演的时候。当时我拿着朋友的票去观赏。焰火打到高空中隆隆作响，人声一浪高过一浪。在那一刻，我像未谙世面的孩童一样惊奇地睁大了眼睛，仿佛看到了只有梦中出现的景象。那样明亮，那样绚烂，好像整个银河系的星星都落在了这片天空，来自不同民族的欢呼，足以把一个人的哀伤从头到脚浇成欢快。原来，欢乐是不问来源的，更是不分地域、不分种族的。这里顿时成了一片喜悦的汪洋。

另外一次，是在市大剧院看演出的时候。我踩着厚实的红地毯，靠在宽大的座椅中，屏幕上放映着日照城市形象展示片。画面聚焦着全球多个民族的脸孔，汇集着世界各地的文化要素。这些鲜明的城市元素，分布在日照的CBD、万达广场、大学院校。它们在各个工业区，在城市的每个角落，相互融合，相互撞击，不断排列组合成一批又一批带有莒文化的新元素，它们在日照这块得天独厚的土壤中生根、开花、结果。

是的，这是一座总会让人感动的城，因为她凝结了太多的故事。故事，是一段过去的事，但它们带来的感念总是常驻心间。

我感觉到了一直埋藏在心底而又怯于开口的热爱，满满的幸福感油然而生。不知道为什么，我的脑海总会反复出现城市宣传片《芳华日照》的末尾。我看到屏幕上无数热情洋溢的脸，年轻的、沧桑的、甜美的、深沉的，那样奔跑着、跳跃着，明朗地向我走来。

"你对世界微笑，世界就对你微笑"这句亲和的宣传语，道出了日照的城市气度。诚然，这就是答案了——对精致而温馨的日照来说，微笑就是她一直保持的表情。一直都是。

在暮春之夜，日照，她的容颜显得格外迷人。海曲中路的尽头落下墨蓝色的天幕。密集的车灯在交错起伏的高楼大厦之间，划出许多极为现代的光环和线条。日照就似一位古典的淑女忽然换下旧日的云衫紫裙，却不失往昔的羞涩和含蓄。她融入全球化的过程中，未有一丝迟疑惊慌，就大方地装扮登场。想来，真正的美一定是有内涵、理念的，并且是无需过度修饰的。就如同真正的美人，穿什么衣服都遮不住美一样。

日照的美，毕竟是沉淀了五千年的大美，沁入肌骨、无可替代。

回眸日照，我心里仍是不失眷恋的。一些诗友文朋友善的脸，和他们亲密无间的抚慰，让这座城拥有更多的轻灵和温和。我们聚在这里，笑着回望曾经炽热的梦想。短暂的相聚却仍然可以带来绵延的慰藉。挥别的时候，有不舍的笑容，却不再有惶恐。

离日照回闽后未久，友人周君给我寄来一本城市画册，放在床头，始终看不完。我总是在看里面的海滨风光图片，从中感受流淌在里面的各种温情，而文字一度被我忽略掉。那些图片如此清晰地展现出日照的城市精髓，透露出华丽外表包裹中的一种柔情。

我一直相信，对于日照来说，那些或张扬或奢华或迷幻或狂野的面貌，始终只是她的躯壳，她的内心却是异常淡定的。那些古时的楼台亭榭，陈旧的巷弄和窗棂，还有孕育名士豪杰的土壤，永远不会因城市的发展被毁灭，它们是我感知的城市品格，是富有东方文韵的城市之魂。

而现在，我终于可以正视着日照，安然地想念她。那年少时镌刻在心的梦想，那青春里不能忘却的欢聚与离别，如一支箭，击中了记忆里的片片落花。这座城，已成为我生命中根深蒂固的信仰。这份爱，无法抗拒，无法更改，也无法终止。

有人说："每一代人有每一代人的存世理想，每一地人也有每一地人不可抵达的城市。"而每个人心中都可以有自己的日照，在阅尽千城之后，唯有这个风雅绝伦的东方名城，让人不再刻意提起，却永远也不会忘记。

万平口遐思

董增文

日照作为海滨生态旅游城市,以"蓝天、碧海、金沙滩"闻名遐迩。而日照万平口海滨风景区便是人们较喜欢的景点之一。

我爱海,爱听涛声呼啸,爱看波涛汹涌、浪花飞舞,也爱在清风涛声中遐思冥想。

浪 花

伫立沙滩上遥望,蔚蓝的大海浩渺无际,苍茫无际,与天浑然一体。涌动的波涛之下涵纳着天地间最深邃的奥秘、最磅礴的力量,以及不可阻挡的浩然之气。

不管海有多深,多大,白色的浪花为它镶了边。

天朗气清的日子,海面平阔如砥,远处波浪的动荡肉眼是看不见的。惟在近岸十几米处方能见到浪涛的涌动脉络,浪花由远及近地推进,到达岸边后昂然而立,然后化作一条条白色长龙,蜿蜒于金色的沙滩与碧蓝的大海之间,嘹亮地开怀大笑之后,遂化作万千拥挤喧闹的白色精灵,且退且歌,且叫且闹。然后,另一排浪涛簇拥擎举着另一条浪花腾转于沙滩边上,一阵热热闹闹的欢笑声随风飞扬，布满海滩。

这就是大海与陆地的对话方式？

在蔚蓝的大海之上，白色的浪花们歌舞着、飞扬着来与海滩相会，来倾诉大海广阔的寂寥与深邃的沉思。

沙　滩

金灿灿的沙滩沉静渊默地横卧在浪花边上，日月星光之下，风雨雷电之中，沙滩，永远静卧在那儿，永远不动声色，不事张扬。它是一个忠实地倾听者，一个亘古的守望者。它守望着大海，倾听着大海的喧叫，也倾听着海风温柔的絮语。

沙滩是大海的依托，也是浪涛冲突往来的战场。它像一个慈祥和蔼的长者，任浪花欢乐的小手跟它嬉戏，也任轻波浅浪与它柔情地摩挲。有时，它也任狂暴的浪涛肆无忌惮地蹂躏鞭挞。

浪涛挟着狂飙裹着呼啸扑上来了，沙滩动也不动，一声也不吭，就被淹没了，被吞噬了。它就那样平静地由着浪涛的性情随意来去，不抗拒，也不阻挡；不怒，亦不惧。它的冷静、执着，是人类难以企及的。

浪花软语呢喃也好，巨浪呼雷挟闪也罢。沙滩，横卧在大海与陆地之间，永远，宁谧安然，它是大海的倾听者和沉默的伙伴。

沙滩，是大海的一部分，又是陆地的一部分，它是大海与陆地的分界线。是沙滩的存在隔离了咸腥的海水对陆地的侵蚀，这才有沙滩之外草木的繁盛，城市、村庄的兴旺啊！沙滩之功，苍天可鉴。

沙滩是大海与陆地之间的屏障。一边倾听着大海的波声涛语，一边吸纳着市声人喧，在两者之间它只占用那么一点点空间。但是，无疑，杳渺深邃的大海与广袤丰富的陆地在它这里交融了。

船

空阔的海滩上孤零零地泊着几只渔船。这是禁渔期，渔民们忙别的去了，这些渔船就寂寞地栖息着，面对波涌浪翻的大海。

这些休假中的渔船，远远看去像一只只敛翼而卧、伺机而动的大鸟，虽静卧却富有动感。船的形象实在很美，是一种"有意味的形式"，其造型含蕴颇丰，易引起人们的联想。

有的船底小，船身大，两边船舷由下而上往外扩张，如展开的羽翼，这是为了增大浮力。整个船体两头尖，中间大，船头突出，如探出的鸟喙，一副进取冲击的态势，带着昂扬向前的神情，这是为了方便劈波斩浪。你可以想象它们在渔民们的驾驭下，在辽阔的海面上驰骋往来的雄姿，在波峰浪谷里抛上抛下、起伏腾宕的身影。

船，是渔家安身立命之具，是人类征服大海征服远方的显著标志，船的存在就是人类的意志在海洋上的存在。在人类文明发展史上，船的发明无疑是人类进步的重要表征。船的出现让人类的活动范围从陆地扩展到了海洋，它不仅使人类增强了生存的物质基础，更把人类的眼光带向了辽阔神秘的远方。驾驭大海的活动使人类无所畏惧的进取精神得到了更大程度的张扬。

船载着人们去捕鱼，去探险，去发现未开垦的新大陆。

眼前的这些船，都饱经风浪咬啮。它们载着捕渔人，载着渔家的苦乐悲欢、希冀期盼，风里来雨里去与狂涛骇浪争战，在斜风细雨中出没。它们一个个都是不屈的战士，是驰骋海上的"战马"，一次次与风涛鏖战，一次次与暗礁险滩周旋，这些英勇悲壮的船！

当我想到这些，我注视船只的目光便深沉起来，一种肃穆敬仰的感情弥漫身心。小船与大海构成一种共存关系：大海呼唤着小船，小船敢于向大海上的风浪挑战。

鹅卵石

在丛礁杂布的海滩地段，人们可发现形形色色、大大小小的鹅卵石，这不能不令人陡生兴致。俯身拣选几块赏玩，感觉好光滑好细腻。细看上面流畅的曲线、别致的花纹、闪烁的光点，让你生出一种酥酥的柔情。这些精致的石头，这些臻于完美的石头，有的像一弯月牙，有的像鹅蛋；有的灰中泛白，有的白里透红。你无法想象它原来的样子，风咬浪啄多少年？波戏鱼嬉多少年？多少年才拥有现在这光滑的温柔与精致的细腻？它们分明是有棱有角的，在风雨的冲击下，在海涛的载歌载舞中，粗糙的外表变光滑了，冥顽坚硬的性格被驯服了。历经了数百年、数千年海风海雨的揉搓磨炼，什么东西在鹅卵石心里凝聚、沉淀？数千年，数万年，在风雨浪涛的冲击中，鹅卵石的自我往里收敛，原先的棱角磨损了、消弭了，几千年几万年的风雨浪涛蕴蓄在它心里，呈现出珠圆玉润般的光洁。它小，然而拨动着大海的心跳；它静默不语，然而隐忍沉稳地经受了岁月的洗礼。多少时光流过了，多少海潮涌过了。鹅卵石，依偎在大海的怀抱，受它温柔的摩挲，也受它狂浪如鞭的抽打。爱恨交织，执着如一。它该对大海有怎样的感情？

鹅卵石，面对你，我深深地感动着。

归 来

——磴山行思

秦绪开

归去来兮，休休……

德不孤，必有邻。我心亦不孤，而以此山水为邻；此山水亦不孤，而以斯人为邻。海岱千里，灵韵胎结此山。山名磴山，邑人誉其为"人间仙境，黄海九寨沟"。天地逆旅，万物若归，此山亦自万千中卓荦自归，郁廖青青。百代过客，光阴如水，而斯人英灵，云翳风停于此山，遂使此山拳石，得以为邻，亦得以为归。而我慕此山水，乘风而来，携思乃归，心若还乡，神恍惚兮休戚于斯人！

草青林荡，山深寺隐。红云寺西南山落，有许瀚书法碑廊。林光潋荡，路蜿蜒萦回，百步九折，忽松高枝阔，路东截坡落平，砥荡一平场，广仅数丈，平砖漏底，划路避树，曲行东向。场北一石若巨龟，东西向，头尾栩然，甲壳斑驳，石花泅漫，其上有启功题"许瀚书法碑廊"数字，点划英挺，瘦腴分妍自媚而意气自许，颇具林下名士风。再东，分枝散叶，一石袒腹凸卧，上有"杜门高卧"字样，崚嶒浮漏而略乏蕴藉。想来许瀚敦厚，其墨气诗魂独具匠心。忽蝉噪林静，山泉空响，有风东来，不禁遮眼东望，透过树梢林隙，遥见一线碧蓝，若阔阵云墙，横亘天地间，一望无极。涛生云海，浩渺无垠，黄海自古苍茫。夏日云蒸，焄蒿氤氲，一丝咸腥，乘风而来，轻嗅似无却有。风至脚下而息，反观身后，叶静草蘦，纹丝不动，心感大奇，乃倏悟此或许瀚诗魂归来，自带人间咸味，膏泽吾心吧。人间荒芜，世事白云苍狗，遥看天地，目览此方山水，若无许瀚笔墨临顿，这一处诗国文壤，又将是怎样的凉薄寡淡呢？

书廊起首处一屋庑，似亭，三檐两柱，檐角飞翘。其西壁空框，以无当有，足见匠心，虽不免时有风雨，然空能虚纳春花秋月、冬雪夏风，又能框容万象枯荣、人世悲欢，若许瀚诗魂归来，当能怵然欣喜、长坐观空。庑下正中，数石层叠，似小石屋，正面一碑，高约1.5米，宽约0.6米，东西两石蠱护，其上一石板覆压。碑后阶起高平，一小树数尺，蓬然散枝，革质绿叶，莹莹可爱，随风婆娑，似迎归人。许此山有诗魂归来，落地生根，而为此奇观。庑前一小坪，半土半石，其南石壁临坡处，边缘危峭，划迹赫然，远望此书廊台廊若船舰然。土石交界处，我自篌中取一壶、两杯、一壶承、两杯垫。竹筒汲泉，木柴爨烧，煮三沸，陶土胆盛；壶为豹纹黑底，白质黄章，高柄曲折，短嘴直腹，容可两杯；杯为三清米粒石随风摆荷杯；垫由乌金石制成；承由宜兴紫砂泥制成；茶为家藏七年熟普洱。天高地厚，日明风清，临风浣手，端严其心，拱手三揖，温壶泡茶。茶香在冰碛壶中旋转、绽放、氤氲，眼神迷离，恍觉身自红尘中抽退，而心自幽渺中归来，轻袍缓带为人间庄重茶事。手中这块六七亿年前在全球"冰盖气候"与"热室气候"中形成的冰碛岩，正转温转热，这亿万年光阴的转身归来与渐融，令这酽红的茶汤渐转滑泽而馥香浸骨。望着手中绽放的亿万年"光阴"，自红尘世事中孑然归来，轻拈细斟，我躬身请饮。茶汤红厚，能健脾涤痰、温肺滋肾。请饮三杯，意自绸缪，有风东南来，飒然抚身，颇多凉意。东南部那坎山梁南坡，数坟累排，窄圹瘦茔，老松偃蹇，许瀚墓便居其中。风自归来，虽是盛夏，不免有愀然之感。魂兮归来，归来亦何如？

松碧青青，山茅茹连，有草碎叶伏茎，虫不敢近，而蜂蝶自来翩翩绕花，往来恋恋，似依人语。坟旁一松北向偃伏，似努劲排拒，风来呜呜然，又见坟头洇漫若无，坟前灰冷祭疏，不免恻然。而松似有灵，虽知虚茔空旷，而衣冠既在，故排风遮雨而护此坟。不禁惋叹，诚心鞠躬。坟后塔西，群石竦峙，参差散乱。有文友刘加欣，长身大颡，广目丰准，与吾及二兄共立石上，皆心遥西向，目长烟云，共话苍黄。文友热爱许瀚文化，几十年来，广搜博集，虽断碑残简、只字片语，必跋涉罗求，风雨不阻，对许瀚生前身后事，知之颇稔。侃侃谈论间，目视手指，慷慨激昂。盛夏日高，不觉汗沾衣，发濡心热，而谈资丰赡，言健语捷，三人抚胸抃掌，若许瀚魂归，亦必当牵襟对揖，共话短长。人世间，知己者少，知音者稀，我虽非其侪，亦愿为抽身红尘。回首间，日光散乱，西向杏黄山林澹山杳，兀自黯黯，忽记许瀚《家祭文》中言："杏黄山前，吾祖父在焉，吾两母在焉，其果聚处如生人乎？而不孝等环侍膝下容有日也。"其语凄恻敦孝，而许瀚心魂或早已归来，自憩于这方天地……

杏黄山如一只倒扣的金元宝，林深树密，丰翠自足，左右拥溪，前后瞻黛，远处两边山峦若臂，环抱着这方宝地。当许瀚从人世的进退旋折中抽身，转身归来时，这方山水在其笃孝凄恻的目光中发出万道光芒。望着这方抱影自足、清灵的山水，我不禁莞尔，遂振衣前行。路陡峭曲折若人心。路右沟深涧广，清流淙淙，水清能浣影，盈掬甘洌，濯面滑肤，凉惬心髓。忽见朱白双印，阴阳其文，方正其章，东西列壁，刻削粲然。阴文居西，为苏轼"一蓑烟雨任平生"一句，隐含散澹文人意，于此人物山水，亦颇契合。惟刻字疏涩，硬为曲折，又失天人合一之意，而多世俗气，视之不免扞格。山水如人，既自本真归来，则睁眼一开，而人世纷扰，俗事灿灿，亦在自然，思及于此，则阙疑少叹，转观东印。印为阳文，形方角圆，为"生欢喜心"数字。字亦生硬呆讷，少生气颜色，为免着相，乃释然前行。

石阶直垒，一步三折，木石映发，杂花献香，策杖缓步，身重气吁，汗落滴石，艰难拾级，清风动襟，林樾掬凉，回首反顾，则见山水曲折而天高地阔，遂觉大有林下意趣。君子豹隐，亦不必居深山古寺、长林大观，此山红云寺，虽矮厦低檐，占地蕞尔，亦能独为幽深，反观自静。寺又名登云寺，据传，1367年，朱元璋率徐达、常遇春攻打元军途中，曾于此地下榻，见山虽不高而势峻峣峣，又灵光暗蕴，乃叹曰："此乃藏龙卧虎之地也。"遂口占一律云："披甲上石阶，扶剑登山顶；深山卧猛虎，大海腾蛟龙；壮志撼山岳，雄心傲苍穹；兴师灭元寇，大义济苍生。"阶尽土平，西向徐步，触目门楼，高阶窄台，一檐三拱，东半壁薜荔遮墙，画影图形，西半壁红墙光面。过泥泞路，穿泮水桥洞，再南折，方至寺门。寺门叠檐三拱，三阶并行。穿中间阔门入，一叠院四方,中间一池,方栏围护,石板为桥,号为仙池、仙桥。

寺匾名为红云寺,碑却镌刻鸿运寺,所谓开山寺碑文亦文白相间、繁简同书,俗世愿景昭然。然山深能隐寺,寺小能隐心。所见即非见,离去即归来。榴开红艳,林杪晕青,阳光空明,风来檐铃澹荡,我撒手立于寺前朴树下,树五歧,皆合抱,若人手掌,似开还握,其势似实又虚,欲撒叶影,又动斑驳。我立在树下,脚似开若阖,眼微眯若睁,刹那恍惚,于此空地,竟不知己身自远处归来,亦即自此离去……眼前关山重隔,沟深林密,而树影斑驳陆离,而吾身终须离去,自此山门入,亦自此山门出。归去来兮……

身自归去,而神思亦自寺门西南归来。我坐在"许瀚书法石廊"前,看一眼冰碛壶中上亿年时光氤氲而成的浮沉,眼神迷离徜恍,举杯邀饮。庑下碑后的那株凝翠,忽无风自动,暗香袭人,我摘了一片这据说名为七里香的树叶放到壶中,汤泡三起,味先苦后涩,然后回甘引津。茶道之事,"水为母,器为父",水用此山水,壶为冰碛壶,这把六七亿年前的沧桑,洇渍此山灵韵,足令这无常短暂的人生回甘探味。我斟茶一杯,对影啜品。书廊呈"之"字形,廊东南山坡,荆槐蓬起,乱石残基,有一棚屋,此即为许瀚晚年为避战乱所居地。1855年,许瀚应浙江学政吴式芬请求,赴杭州助吴编《捃古录金文》。次年10月,吴氏卒,而后许瀚亦病偏瘫。水穷则折,人穷则思痛,许病后自述:"弟初病极危,转侧饮食,非人不治,赖贤主人派八人环侍,夜不熄烛者月余,自分旦夕间人,不意能生还也。及舍弟暨小儿得信往视,东君为制卧舆,廿人舁之,行半月抵舍,竟得不死……"当时社会动荡,时事诡俶,百姓悲苦,自不待言。1861年,捻军过日照,许瀚瘁心多年之《说文解字义证》梓印版片及家中藏书尽毁,伤心欲绝,莫可名状,无奈避居山岭。而今书廊仍在,屋廓尚辨,斯人安在?

红云寺钟声悠渺,飞鸟空越,满目蒿艰,越过层杪叠峦,见平畴外一山兀然而踞。山名凤凰,山前一路,自古繁华官道,通衢数省,南连苏杭,北通京冀。今虽废犹存,依稀可见往昔喧阗。1816年,秀才许致和携20岁的许瀚,由此官道出发,前往济南参加乡试。紫陌红尘,一壮一少,两道身影踏着这片繁华,追蹑着千年来无数士子前赴后继、向梦而往的足迹,明月为引,清风做伴，向着心中那片光明的梦想，迤逦而行，一路"攀崖扪葛，扶路诵说，见者以为异人。"然三千繁华，一梦究哀，荒凉才是人生的本底，这两粒抛向尘世的微埃，又将在滚滚红尘中，飘落何处呢？许瀚自幼耳濡目染，墨渍书熏，必为温润学子，彬彬儒生。道光五年（1825年），山东学政何凌汉选拔许瀚为贡生，而何的选拔标准是"以根柢器识为先"，许能得其矜赏并视若子侄，足见许瀚学品端方，可堪造就。许慎著《说文解字》，乃其心圆性明，悟至万事万物之本质，诘极宇宙生命之归宿。《说文解字》诸学乃朴学一重要组成部分，在当时浓厚的朴学氛围中，许瀚似乎命定般避无可避地肩负了某种文化重荷。1815年，王引之任山东学政，王念孙、王引之父子又为乾嘉学术集大成者，许与王引之有师生之谊，在其学风熏陶下，许对他们两人所著《广雅疏证》《经义述闻》《经传释词》《读书杂志》等，研读精深，覃思究极，遂学有根柢，又博综经史，笃嗜金石，精通音韵训诂，三校桂馥之《说文解字义证》。当时《说文解字》四大家，尤为世所重者为段玉裁《说文解字注》及桂馥《说文解字义证》。

《清史稿·儒林传》言："盖段氏之书，声义兼明，而尤邃于声；桂氏之书，声亦并及，而尤博于义……故段书约而猝难通辟，桂书繁而寻省易了。"桂氏尝言："士不通经，不足致用；而训诂不明，不足以通经。"故历时四十多年，"日取许氏说文与诸经之义相疏证"，"力穷根柢"，终成五十卷《说文解字义证》。校此书者多嫌其芜杂，欲删汰者众，唯许瀚好友安丘王筠以为不可轻议，许亦认同，以为天生其人，既成此书，则有不可删亦不能删之深意在，遂自三校。因许氏见识深远，今日始能见此书完璧。其间劬劳心酸，艰苦挫跌，不言而喻。1852年，书始付诸剞劂。许天酬善人，抑或文运潜贶，又或桂氏英灵不泯，1853年，许于滕州得桂馥手迹隶书横幅，不禁激动盈泪，喟叹莫名。桂氏离去，许氏归来，虽阴阳两隔，而知音长存！

许瀚曾帮助王引之重编《康熙字典》，道光十一年（1831年），《康熙字典》重修成。因许瀚学养深湛，勤奋谨笃，得六品州同衔，又于1835年顺天乡试中举，然其后五入春闱不利，终未能"打马长安"，一生只做过一任教谕。当许瀚因病偏瘫自杭返乡时，中华大地早已风雨飘摇，金瓯欲缺。曾为其写下"北方学者君第一，江左所闻君毕闻；土厚水润词气重，烦君他日定吾文"的龚自珍，终究未能看到九州生气之风雷，而同道陈介祺也已致仕。当半枯半荣的许瀚看透生命的本质，他掠一眼身后无可奈何转身而去的那道文脉，红尘抽身，决然归来，已是云淡风轻、无悲无喜了，从此致力于教导乡里后学，为欲存若断的那条千年文脉留一线生机。弟子以丁懋五、丁艮善、丁以此等为显。丁惟汾，同盟会创始人之一，治学承其父丁以此，在日留学期间，与章太炎、刘师培、黄侃等往来密切，于此"照邑朴学"，复与扬州学风砥砺切磋，成就斐然。王献唐、屈万里、孔德成这辈，皆受教于丁惟汾而各有精研方向。

　　立于书廊上，我不禁抚今思昔、恍然若失。大廊无形，天地清明，虫鸣草静，清泉过石，飞鸟无痕，我看到自己隐于尘烟，融于这片天地……时光交错，眼神迷离，到凤凰山前的那条官道，红尘滚滚，车马喧喧，我看到"一蓑烟雨任平生"的苏轼扣马缓过，前往密州；也看到满目悲凄，追蹑好友杨继盛足迹的王世贞，挥襟揾泪，提马逡巡；而仓皇踧踖、泣血唾面的苏京，也是沿此官道远之南闽的吧？此时，我看到，王世贞也看到，岁月轮转、寒风瑟瑟中，官道上出现了杨继盛昂昂自若的身影。初，杨继盛因劾仇鸾，被贬为狄道典史，期间办学浚河，开发煤矿，又让其妻张贞传授纺织技术，造福一方百姓，人称"杨父"。后起为诸城知县，旋迁南京户部主事、刑部员外郎。就在前往南京途中那个风凛凛的夜晚，杨继盛夜宿磴山脚下，与店主彻夜长谈。店主对古往今来之卓识，对人生世事、生命本质之洞察，令杨大为赞叹，惺惺相惜，写下了《宿凤凰山店》："羡君堪作王家瑞，愧我徒为食禄臣；不是未酬忧国恨，愿披蓑笠结东邻。"大明王朝的气脉国运，在嘉靖帝乾纲独断、佞道糜费的统治下，已丝悬一线。内有严嵩专权结党、祸乱朝政，外有倭寇海患。是时阳明心学虽行，而其末流往往妄窜真意，任改文心，当此国运文脉衰疲之际，杨继盛决心转身，逆流归来，想用一道倔强无畏的身影，在这浑浊污秽、破败不堪的时局中，划一道惊天刀影。他知道他留下的将只是一片悲怆与哀歌，然而千年来无数士子坚守的那"知其不可而为之"的信念，以及"天下成就，用之太早，岂非在我，无可如何"的哀叹，令他的身影悲壮而高大。嘉靖三十二年（1553年），杨继盛浣手斋戒后，上《请诛贼臣疏》，劾严嵩，历数其"五奸十大罪"，后被关入狱。行刑前，杨意气自如，将撰写的书交于其子，作诗曰："浩气还太虚，丹心照千古；生前未了事，留与后人补；天王自圣明，制作高千古；生平未报恩，留作忠魂补。"妻张氏自缢殉夫。百姓敬而悯之，改其故宅为庙以奉祀。回首往事，我不禁叹息，许瀚亦叹息，故挥笔写下杨继盛的《宿凤凰山店》，以抒情意。

我转身，回看碑廊，许瀚亦归来，豹隐于这片山林。他挥洒的笔势无滞无阻，无为自在，这笔墨连同他自己，已达自由之境。许瀚字丰肥端严，结体高古，气象浑穆，散澹有逸气，而其一撇一捺，言难穷尽。诗碑俱在，吟其诗，想见作诗人，亦想见题字人。千古江山，古今一心，同行归来……我今叹此天地，叹此山水，亦叹此书法碑廊，美哉，而与之离去归来……

天已向暮，茶已淡，我收杯欲离去。我打量一下这方天地，也打量一下自己，眼底郁郁苍苍的倒影，与眼前的这片辽阔沧溟，已渐渐泅于虚无。我看着不知从何处来的自己，在散乱的夕光中，走进这片山水……

日照散记

高建锁

山川雄伟，大海辽阔，美食留香……祖国的大地山河锦绣，自然景观、人文景观、历史文化和风土人情亦各不相同，充满着无穷的魅力，让人向往。滨城日照就是一个令人向往的地方。

碧海路上的黄色单车，一望无际的大海和蓝天白云，魅力无穷的日出日落，还有老店里的海鲜美味……每次与人说起来都如数家珍。这里拥有着绝美的海岸线，一路上渔船、海草房、碧海蓝天、灯塔等绝色风景不断，看上一眼，就会让你喜欢上这里。

1

也许喜欢日照有一万个理由，但第一个理由一定是万平口。

万平口风景区位于日照市东部沿海核心区域，是距离日照市区最近、最能够体现日照"蓝天、碧海、金沙滩"特色的景区。金黄的沙滩、蓝色的海洋、粉色的贝壳，凡与大海有关的要素你都能体验，如果有兴趣的话，都能够来个亲密接触。可以游泳，可以划船，也可以沙滩浴、海水浴、日光浴，玩沙滩排球玩滑翔伞。在这里你可以尽可能地释放生命的活力。

来万平口主要是看海。于是有人认为没有去过万平口，就谈不上去过日照，这很有道理的。

　　执子之手，与之偕老。玫瑰大道因为有着红玫瑰的颜色而得名。徜徉其中，很远很远就听见大海呼呼的声响，这雄伟与剥落的声响使人感受到豪放美与雄壮美。从灯塔广场到森林公园，日照最靓丽、最具特色的海岸线风光尽收眼底。大海中的一切，天空中的一切，大地上的一切，组成了一个祥和而美丽的世界。

　　沙滩上人山人海，海风轻拂，湛蓝的大海和天空交融在一起，分不清哪里是天哪里是海！海面上白帆点点，与天上朵朵的白云相映生辉，几只飞翔的海鸥迎风飞舞着，脚踏细软的沙滩，白色的浪花吻上脚丫，很是惬意！

　　水是蓝的，天也是蓝的，水天相接的地方成了一条线，海水犹如被一双永不休止的大手源源不断地推进，形成了一个接一个的浪头。落日与晚风，海浪与涛声。游玩的人们，或立或坐或卧或跑，相互说笑着，听风逐浪。只想这样轻轻地吹着海风，盼望着有浪漫的事情发生。

　　海是一个空间，是一个伟大的存在，确实有着治愈一切的能力。

　　森林山野、碧海清波、沙滩绵软、夜景阑珊、岩礁棋布、浪花翻滚……你能想到的景观这里应有尽有，魅力超出你的想象。

2

　　当森林与大海相遇，一动一静。春天来有樱花，去看一看春日的绚烂；夏天来有荷花，去嗅一嗅夏日的清香；秋天来有落叶，去踩一踩秋日的温柔；冬天来有黑松，去摸一摸冬日的坚韧。

　　海的呼唤越远越清晰。当风吹起海面千层浪的时候，大海犹如一个瑰宝吸引着更多爱海的人。最喜欢这里的路，有的一面是海，一面是树；有的是水杉怀抱中的林间公路；有的是长满小草的弯曲小径。各种各样的美景，只要你仔细体味就能有与众不同的感受。

　　在这里赶海也是有趣的。作为海滨城市，日照的海边从来不缺赶海人。人们热衷于赶海，就是因为这里有大海准备的"盲盒"，你总会收获到惊喜和快乐。赶海需要看潮汐时间，跟着潮汐赶海才能有所收获，不然只能望海兴叹。在落潮到最低位置前后两小时适合去赶海，在赶海时，要注意涨潮时间，及时返回岸边。

还可以带着事先备好的水桶和铲子，在沙子里挖蛤蜊和蛏子。只要人们在沙滩上逡巡，就能捡到各种各样的海鲜，海螺、螃蟹、章鱼等，运气好的话还会抓到海参。看似不起眼的礁石区不仅景色美丽，还孕育着生机，只要你足够耐心和细心，就能发现海螺、牡蛎、小鱼小虾等各种各样可爱的生物。

孩子们对海水和沙滩更没有抵抗力，挽起裤腿下去玩儿，挖沙子，捡贝壳，踩海水。沙滩上有许许多多捡不完的各种各样的贝壳，有的像五角星，有的像小螺号，有的像小扇子。细沙在脚底下流淌，海风吹在脸上，耳边传来海浪拍击沙滩的声音，这样的声音让人感到平静和放松。有的人坐下来，凝视着海浪一波一波地涌来，又悄然退去，不断重复着这种亘古不变的律动。

在我的想象中，大海就是这样的神秘，这样的迷人，像一块磁石，深深地吸引着我。

日照的渔家文化源远流长，日照的每个角落都在讲述着这里曾经的风华。靠山吃山，靠海吃海，当地居民大都以打渔为生，早出晚归。每到开渔的傍晚，无数渔船从码头驶出，直到第二天清晨才带着露水归来。他们用自己的双手创造着幸福安宁的生活。

晚上最好观看一场"日出东方"的演出，里面的故事情节无一不在讲述着渔民勤劳的本色，可歌可敬可佩。那充满现代感的表演，让你对这里的大海和这里的居民有更深刻的认识。

这或许就是大海的魅力，我彻头彻尾地被这里的大海征服了。

3

灯塔一直是日照的代表性建筑，也是日照港口城市的象征。在蓝天也在灯塔的衬托下，海边有数不尽的浪漫，也许从一枚海螺低语开始，也许从一根海藻缠绵开始。当退潮时，大片大片的礁石裸露出来。那种空阔、碧蓝的意境，让每一个到这里的人都有想游泳的冲动。而第三海水浴场就是满足人们这种冲动的地方。

这里永远有蓝色且温柔的大海，干净而又灿烂的浪花永远无穷无尽，一波未逝，一波又起。游客可以肆意地在沙滩上奔跑，享受自由风，享受微咸的空气，享受可爱的阳光。当风吹过你的白衬衫和黑发，你就会发现其实这个夏天的记忆属于永远追梦的自己。

据说这是当地人去的最多的一个沙滩，沙子很细，海水有着淡淡的咸味，没有传说中那种腥味，对人很友好。在这里游泳不需要太多的技巧，即使是小朋友也能在浅水区无忧无虑地尽情玩耍，不用担心海浪会把你冲走。

我是在家乡的水塘和河流里学会游泳的。

农村的男孩子夏天喜欢泡在水塘里，浮沉翻腾，没有人教，不懂什么蛙泳、蝶泳、自由泳等技巧，玩得也都是野路子。自认为水性还不错，又正好赶上涨潮，我扯掉衣服跳进海中，先沉入水下浸个囫囵，然后冒出来，侧一阵子、仰一阵子地行进，累了就躺在水面稍作休息……就这样，越游越远，直到看见白茫茫一片。

猛着惊觉，回望陆地依稀而模糊，耳中只有哗啦哗啦的海浪声和自己粗沉的呼吸声，心里开始有些紧张，心想，万一有条鲨鱼出现怎么办？于是定定神，赶紧往回游。海水是起伏涌动的，就这么荡来荡去的。好在有惊无险，我终于借着海浪的推动爬了上来。

累了坐在沙滩上，看到近处的浪花不时涌上沙滩，相互追逐嬉戏着，撞击着礁石，发出阵阵欢笑声；远处的海浪一个接一个、一排连一排，相互追逐着、奔腾着，煞是好看。

4

日照因"日出初光先照"而得名，每年元旦，这里都会举行迎日出的活动，活动从 2010 年开始举办，参与人数从起初的几百人发展到现在的几万人。这里经常有等待日出和日落的人们光临。在海边有一排靠椅和桌子，远方翩跹飞鸟迎着朝阳或晚霞展翅翱翔，一切都是那么辽阔旷远。

我就是在这里看的海上日出。清晨四五点钟，海滩上追逐日出的人们早已在等待，海风泛着凉意迎面而来，也抑制不住每个人激动的心情。金灿灿的沙滩温柔地围着大海，一望无边。大海既雄伟又壮观，给人说不出的感觉。这时，我觉得这海和小说、电影里的海完全不一样。它并不凶猛，也不可怕。

看日出的时候到了。不经意间，红彤彤的朝日撕破黑暗，冲出一角，一点点挤出海平面，将光辉洒在周身。伴着涛声阵阵，朝阳缓缓从海平面升起。这份黎明时分的悸动着实令人难忘。日出东方，洒满金光。万物沐浴在朝阳的光辉之中，充满生机！

天空与大海密不可分般连在一起，它们都沾染了旭日的光彩，海天一色，云蒸霞蔚，从云层中迸射出来的日光以及吸饱了霞光的云朵都是一幅幅的美景……

千般姿态，万种风采。太阳日复一日地升起，每一场日出，都是海与天的二重奏，都是光与影的交汇。但每次日出见到的光景又不尽相同。唯一相同的是朝阳把万物层层浸染成暖色，带来了蓬勃的生机，撒播着无穷的活力和创造力，慢慢地唤醒了这座年轻又古老的城市，美好的一天也正式拉开帷幕。

我喜欢海洋美学馆的天空，喜欢朝霞，喜欢夕阳，喜欢蓝天下朵朵绽放的白云，喜欢被月光晕染得波光粼粼的海水，喜欢那海鸟喜欢那海浪，喜欢海边的那家咖啡屋。

5

日照的海鲜是出了名的棒。

美食，拥有一种治愈人心的力量。有人说，喜欢吃的人，能得到比旁人多一半的乐趣。一道道佳肴，不仅能满足味蕾，其背后还有"凡物各有先天，如人各有资禀"的生活态度，也包含"待他自熟莫催他，火候足时他自美"的人生哲理。对于美食的执着刻在骨子里，这是属于中国人独有的浪漫。

在日照，无论是在东夷小镇、大学城夜市的小吃街，还是在万达及万象汇的商场里，你都能吃到五湖四海的美食，虽然不一定正宗，但味道很不错。在市区的一些海鲜餐厅更能吃到本地特色大餐，外来的老店风味、品种多样，原料新鲜，是一定要去光顾的地方。

"落砧何曾白纸湿，放箸未觉金盘空。"日照有你无法拒绝的美食："巧克力渔家"的蒜蓉面包蟹，"前王院海鲜食府"的香辣石斑鱼，"中豪盛宴"的口味小龙虾，"金伍福"的铁板烤鱼……除了海鲜还有各种各样的特色小吃：烤鱿鱼、羊肉汤、小笼包、臭豆腐、菜煎饼等。风味独特，色味俱佳，光听名字口水都要流下来了。

吃是一种幸福，品味是一种情趣。这里的海鲜是热情而好客的，它总是让浓郁的香味弥漫在周围的空气中，让人未见其面，先闻其香。买海鲜可以去任家台海鲜市场、石臼所海鲜市场，吃高端海鲜去"和泰隆""岚山人家""惠丰园"。

选择喜爱的美食大快朵颐，美食在唇齿间融化，传递着属于日照的味道。此时我的内心瞬间温暖起来，不会忘记这个美景美食都不会辜负人的日照。

6

夜幕降临之时，各处的夜市热闹起来，深入其中，近距离地拥抱这些寻常而又温暖的"人间烟火"，让心灵得到安顿。这里有精美的手工艺品、小饰品，有色彩鲜亮的花束、绿植，琳琅满目的商品令人目不暇接。闲逛一会，说不定就能遇到心仪的物件。

住的话一定要住一次海景房。

这里的海景房大部分临海而建，拉开窗帘就能看见美丽的海边风光。室内设计大多简约而纯朴，其灵感大都来源于自然流动的海水和无不停歇的海浪声。内部每个单元有自己的特点，又和海的背景融为一体，创造出独一无二的美。客厅设有超大的落地窗，视野开阔，窗外的海景尽收眼底。

市中心的公寓楼奢华典雅，可以俯瞰城市美景。沿海地段的宾馆，满足了人们对海滨度假的所有幻想。这里民风淳朴，很多"渔家乐"都是本地人开的，除了喜欢赶海我也喜欢这里的渔村，一边是错落有致的渔家房屋，一边是五颜六色倚靠在码头的渔船，生活气息浓厚。

　　日照除了有海，还有山。日照有西河山、五莲山、九仙山、浮来山、卧龙山等，奇峰怪石，都很壮观。由于时间问题没有去登山，多少有点遗憾，但是回家的途中，旅行车经过西河山，当时时间在晚上七点左右，这是一个可以看见落日的完美时刻，当时我正好坐在窗边，便随手抓拍几张，幸作这次游记的结尾，也算给这次日照旅行画上一个完美的句号。

和父亲一起喝茶

宋新明

父亲喜欢喝茶,这在熟悉父亲的人中已是一个公开的秘密。逢年过节,亲朋好友不送烟酒,却忘不了送给父亲一盒茶。

在众多的茶叶中,晚年的父亲独爱日照绿茶。

父亲是个木匠,手艺人。年轻时,父亲走百家串万户为别人做家具,天天都有烟、酒、茶水"伺候"着。对于酒,父亲天生就适应不了,每次连半两都喝不了,喝上一点就脸红。这点可能是遗传吧!祖父在世时,不用喝,闻着酒味就脸红。我也是喝了酒就红脸,但酒量似乎比他们要大些。父亲不好酒,但好烟、好茶。父亲四十多岁才开始抽烟,一旦抽上就很着迷。他从来不抽烟卷,说没有劲。他喜欢吸老旱烟,有时自己种,有时到集市上去买,然后用本子纸卷粗粗的一根,点上后烟味很是呛人。

70岁那年,父亲因感冒咳嗽,医生劝他不要吸烟,他便很有决心地一下子戒掉了。从此只有喝茶这个好习惯了。父亲在很多单位干过,有时工作忙,顾不上喝水,所以工作之余怎么也得泡上一杯茶细细品用。特别是晚上回到家,父亲那壶茶是必不可少的,如果没有别人来玩,父亲自己也能喝掉一暖瓶水,要是有别人来玩,常常要换好几次茶。那时我小,经常被父亲安排去天井为他及客人烧水泡茶。

喝的茶多了，父亲对茶的色、香、味都有研究。在计划经济年代，物资由国家统购统销，价格稳定，茶叶的等级明确。父亲喝一碗茶水便能品出价格，误差不超过两毛钱。记得那时村里有一位姓王的退休老干部也很爱茶，他在村里住得时间长了，和父亲成了要好的茶友。他考过父亲好几回，父亲每次都说得极准确。此后每当别人送给他茶，或他儿子从外面带回茶，他都要泡上一壶茶请父亲去猜价格。

改革开放以后，计划经济逐步走向了市场经济，物价不稳定，而且出现了一些假冒伪劣产品。父亲喝的茶也时好时坏，他再也品不出茶的价格。有时包装精美、价格不菲的茶叶却极难喝。父亲常常感叹：再也喝不到以前那样的好茶了。

和父亲一样，我也是好茶不好酒。对酒其实也有那么一点喜欢，只是酒量太小，特别是在酒桌上，没有本事和人家较量，只能闭口不言，看着人家豪饮。我喜欢喝茶，但又和父亲不同。

父亲原先最喜欢喝茉莉花茶和珠兰茶，这两种茶香味大。茶叶放入壶中，用开水一冲，满屋飘香，甚是好闻。喝到口中，香气绵长，回味久远，确实不错。但我喜爱绿茶，特别是日照绿茶。自己喝茶时，我喜欢用玻璃杯，将一撮日照绿茶放入杯中，倒入八十多摄氏度的热水，望着一片片细小的叶片。它们着一袭绿袍，像体态婀娜的少女，从杯口翩然而下。杯内碧波荡漾，杯口云雾缭绕，一股淡淡的清香弥漫在整个房间，立刻让人神清气爽。

日照本不产茶，20世纪50年代，日照开启了"南茶北引"工程。通过试验、驯化，历经寒冷、干旱等无数的考验、无数的磨难，"南方嘉木"终于适应了日照的土壤和气候，逐渐发展壮大。如今，走进日照境内，只见山坡上到处都是绿色的茶树。

日照虽然是北方城市，但因靠海，空气相对湿润。独特的地理位置和气候类型让这里的绿茶生长期长、叶片厚，不仅耐冲泡，而且味道绵软醇厚，令人回味无穷。

从养生的角度看，绿茶有软化血管、防癌抗癌等很多好处。

父亲原本不喜欢喝绿茶，他嫌绿茶过于清淡，香味不足。后来，在我的影响下，父亲渐渐喜欢上了绿茶，而且一发不可收。每当老家的茶叶不多了，父亲就会问我："家里还有没有日照绿茶？"我赶紧说："有，有。"即使没有，我也会立即给父亲买回家。日照，离我家不足百里，很快就到了。

父亲虽然是喝茶行家，喝茶的观念却明显有些陈旧。如，无论喝什么样的茶叶，每次他都要求我用开水冲泡，并且要盖严壶盖，闷几分钟，再用水打几次，下来色才喝。而且他好喝酽茶，到了晚年，这一习惯才变了。喝绿茶时，也像他这样泡茶，那茶叶就烫熟了，冲不了几次就没颜色了，并且破坏了营养成分。因此，我每次都按有关资料说的，用八十多摄氏度的水冲泡，而且不盖壶盖。父亲只要看到，就会说，哪有这样喝茶的，闷闷喝才对。开始我还和父亲解释一番，后来看到父亲并不认同，也就算了。

父亲在外漂泊了半生，五十多岁后，回家重新拿起农具，开启了种地的生涯。农活沉重、繁忙，尤其夏季天气炎热，出汗多，没有水喝怎么行？邻居们都找一个大塑料桶，装上一桶凉开水掮着。渴了，咕咚咕咚喝一顿。父亲从不喝凉开水，他拿了一个暖瓶加上茶叶，再带一个茶缸。歇息时，倒上茶水慢慢喝，这样既解渴，还消暑。无论生产生活环境怎样变化，他都会创造条件去喝茶，这一点轻易不会改变。

父亲喝茶和过日子一样，一点也不舍得浪费。我每次喝茶前，都要先洗洗茶，将茶中的杂质、尘土洗去。既卫生，又有利于健康。父亲却不以为然："洗什么洗，哪有那么多讲究，把茶色都冲掉了。我喝了一辈子茶，从来没有洗过茶，身体不也好好的。"

过年时，不知哪位亲戚朋友送了一盒日照绿茶，里面茶叶末子较多，我想扔了，父亲却不舍得。他将茶叶全部拆包，倒进簸箕里，将茶叶末子簸出来再喝。过了夏的绿茶，不但颜色发灰，味道也不好，父亲却不在乎，照喝不误。

我要扔，父亲赶紧说，别浪费了，又不药人，这也是花钱买的。许多时候，我只能趁父亲不注意，将茶叶偷偷倒掉。

父亲对喝茶的器具也不怎么讲究，只要能泡茶叶就行。我先后给父亲买过紫砂壶、紫砂杯，他用了些日子，后来都不用了。邻居送给他一个小白瓷茶壶，两个人喝正好，一个人喝也行。虽然这壶已在邻居家里使用了很长时间，很旧了，但父亲却很喜欢它，直到去世前都用着。

父亲晚年没有耽误喝茶，不光我们姊妹们给他买茶叶，侄子、外甥平日回家、逢年过节都会给他带点好茶。西湖龙井、竹叶青、碧螺春、武夷岩茶、崂山绿叶等，他都喝过。但晚年的父亲，却对日照绿茶情有独钟。父亲常常对我说："还是日照绿茶好喝，味道正。不像南方的茶叶，颜色淡，味道也淡。"对于红茶，父亲从来不喝，金骏眉、正山小种、滇红等这些人们都说很好的红茶，均无法引起他的兴趣。

每次我回老家，父亲便会泡上一壶日照绿茶，倒上一碗，推到我的面前说，喝茶吧。回想起我们爷俩喝茶的情景，我心里就会浮起一种温馨的感觉，久久不能忘怀。如果有农活或家务活，顾不上喝水，父亲怕我渴了，便早早冲上热茶，倒进茶碗，看看不烫了，就吆喝："过来喝水吧，都凉了。"我便跑过去，赶紧喝两碗，再干活。这时，身上好像充满了干劲，疲劳感一扫而光。后来父亲身体不是很好了，行动不太灵便。吃完饭，他不大乐意下炕活动，便坐在炕头上，对我说，冲水喝吧。我将那个小白瓷壶洗一洗，然后泡上日照绿茶，在袅袅的茶香中，和父亲一起品着茶，拉着家常，听他讲述艰难的过去、苦涩的过往。

为了全家人的生计，父亲曾背着沉甸甸的木工箱，九次"闯关东"，将大半生奉献给关东的父老乡亲。为他们盖房、打家具，挣得了一些收入，解决了家人的生活问题。后来他又回到老家，在工厂、学校当过临时工，干了一辈子木工活，拉大锯、抓大锛，推刨子，累得腰都弯了。到老了，体力不行了，才又回家种地。

父亲一直活到94岁。我想，他之所以长寿，也许与爱喝绿茶有很大关系。都说喝茶有很多好处，兴许父亲就是一个很好的例证。

现在，喝茶也成了我的一种嗜好。每当工作或写作累了，我就会沏上一杯日照绿茶，静静地坐在电脑旁，一边细细品茶，一边畅游在漫无边际的思绪中，想我所想，写我所言。于苦涩中现幽香，于平凡中见滋味。其实人生就如同一杯清茶，有苦有甜、有浓有淡。在品味中，感悟人生真谛；在品味中，撩起无边思绪。

每当我端起一杯清茶，凝神静思时，和父亲一起喝茶的情景就会浮现在我的眼前，一种眷念的思绪也萦绕在我的心头。

浮来山银杏树下

李 倩

秋日的银杏落叶铺满地面,踩在上面,脚下发出窸窸窣窣的奏鸣曲。站在老树下,抬头仰望伸向天空的黄色"巨伞",身心都被树荫庇护,心也随即安静下来了。

向时间的深处走去,便可邂逅刘勰。伟大文学评论家与浮来山的相遇,用《文心雕龙》做了记录且打败时间。刘勰曾在古树下写道:"登山则情满于山,观海则意溢于海。"

浮来山位于莒文化的发源地莒县。先有银杏树,后有定林寺。晋代开始修建的定林寺,据说是刘勰的故居。定林寺内这棵千年树龄的银杏树,传于商朝所植,距今已有三千多年。你若有幸拜访刘勰故里,一定会被这棵银杏"树王"所感动,也一定会因为在"天下银杏第一树"下生活过的这个人而流连忘返。

《梁书·刘勰传》记载:"刘勰字彦和,东莞莒人。"

刘勰的生卒年,史无明载,学者考证纷纭。综观各家之说,张少康教授所著《刘勰及其〈文心雕龙〉研究》考辨精详。据张教授考证,刘勰生于约466年,卒于约532年,生存的年代跨跃南朝宋、齐、梁。升明三年,宋顺帝禅位给齐高帝萧道成,宋亡,当时刘勰才十三岁。他的童年及少年前期,在刘宋的统治下度过。他的少年、青年以及中年前期,正逢南齐的统治。他的中年中后期到老年前期，正是萧梁时代。梁武帝中大通四年，刘勰去世。

刘勰一生未曾婚娶，出身素族寒门，祖父刘灵真未仕，父亲刘尚的官职不高。早孤，家贫。但他自少笃志好学，二十余岁，母亲去世，留下刘勰一人孤独于世，遂入南京钟山定林寺，依从声望崇高的僧祐，在这生活十余年，因此他博通经论，协助僧祐整理编订佛经。

定林寺除了佛经之外还有非常多藏书。十几年来，刘勰遍读经史子集，饱览百家之书，这段僧房中痴读的经历为他日后写《文心雕龙》打下了坚实的基础。

《文心雕龙》写成时，刘勰约三十四岁。他携带着书谒见位高权重的沈约，大抵由于沈约的推荐，刘勰被朝廷授予一种闲散官职。刘勰的出仕，就从萧梁时代开始，历任几个官职，位阶都不高，曾兼任昭明太子萧统的东宫通事舍人，深受萧统器重。

魏晋至南朝实行九品中正制，"上品无寒门，下品无士族"，刘勰祖上虽然有过短暂的荣耀，但到了他父辈这一代家道中落，身世寒微，家庭的出身决定了他没有做官的出路。就在同辈都已高升，刘勰独不徙官。或许用今人的眼光看，刘勰才华横溢可惜仕进无望。或许正是因为担任闲散的秘书之类的官职，无须为了权力斗争而参与世俗的应酬，刘勰赢得了大量宝贵的时间读书。

反过来想，刘勰没有做大官好不好？作为一个读者，我觉得好，正因为刘勰没有做大官，他才能花时间关起门来写出《文心雕龙》，我们才可以享有这部伟大的著作。从刘勰身上我们可以得出，人一生专注于一项事业，做成功后，千百年来都还有人记得。

他内心清寂湛然，俨然一名修道者，不需向外探求索取，没有一颗放荡的心，正如这棵老银杏树的气质。这是一种向内实现自我型人格。"书中自有黄金屋，书中自有颜如玉。"面对着无望的仕途，刘勰只好转头扎进著书立说的海洋，几十年涵泳其间，与外界的世俗彻底割裂。"齿在逾立，则尝夜梦执丹漆之礼器，随仲尼而南行。"圣人进入了刘勰的梦乡，圣人是偏爱刘勰的，这是一个充满象征意义的梦。

《文心雕龙》一书以精美的骈文写成，驱驾辞采，运用典故，无不流畅自如。

在北京颐和园，很多块匾额上的题字，都来自《文心雕龙》，如"藻绘呈瑞""舒华布实""文思光被""草木贲华""禀经制式""斧藻群言""化动八风""鸿风懿采"等。这些四字短语用作宫殿牌匾题字，既有对园林景观的描绘，又含对春秋代序的思考，实在合适！

刘勰为什么写《文心雕龙》？

刘勰生活在一个政权不断转移、战乱频仍、文化剧变的时代。政治格局的失序导致社会动乱，带来魏晋时期个体意识的上升，文学创作环境更是问题丛生，文体解散，风尚浮诡，讹滥离本，故亟待寻求解决之道。这是他创作《文心雕龙》主要的动机。

古人著书写作不是为了名利，而是出于自身的文化使命感，为了解决当前的社会问题、时代的文学问题，以矫时弊。《文心雕龙》中蕴含的，不限于儒家思想，而是综合各家之学，包含释、道，以及其他文史哲的相关知识，并且融入刘勰对当代文学问题的思考，提出解决之道，再创造为自成体系的一家之言。《文心雕龙》是中国古代一部体系较为完密的文学理论经典。

僧祐卒于518年前后，朝廷此时派遣刘勰与僧人慧震再至定林寺，进行未竟的佛经整编工作。《梁书·刘勰传》记载："有敕与慧震沙门于定林寺撰经。功毕，遂启求出家，先燔鬓发以自誓，敕许之。"完成工作后，刘勰出家为僧，法号慧地，未满一年就去世了。

或许，在很多次的初秋傍晚时分，刘勰也曾坐在树下凝神思考，静默审视。如今，这棵银杏树仍然遒劲茂盛，亭亭如盖。刘勰的名字和他留下来的著作也如这棵银杏树一样，历经千载，依然生命健旺，为后世仰望。而与刘勰相比，出身和职位都远在他之上的多少达官显贵、名门望族，都早已无人记得，如同一片片掉落的银杏树叶。

碧海蓝天万平口

崔新志

伴随着喷薄而出的朝阳，日照港一声长笛唤醒了沉睡的人们，紧接着海岸沸腾了，环卫工人清理掉最后一片垃圾以后，热闹的碧海路上出现了交警忙碌的身影，而司机小哥驾驶着车辆迎来送往，为每一位初来乍到的游客送上温馨的服务……在山东看海，日照万平口算是比较适合的地方，在别处海边游览不免兜兜转转的，或许有曲径通幽之感，终究让人心情不够舒展。而万平口最与众不同的地方便是地势与海平面的奇妙组合。游人沿着市中心海曲路东行跨过万平口大桥至此，视野一下子开阔起来，情不自禁从心底发出"海阔凭鱼跃"的感慨来，遥想当年曹操"东临碣石，以观沧海"的感叹，虽然两者相距千里之遥，但震撼是一样的。万平口景区南北走向呈带状分布，海岸线长5000多米，面积760万平方米，如果沿着海滨小路步行，要想遍游景区恐怕会累的腿肚子抽筋。当然也可以乘坐景区小火车来一趟"观花探海"的旅程，时而穿越在林木花草中，时而行进在沙滩甬路上，让乘客们在看海的同时领略"一日看尽长安花"的速度与激情。

站在景区最高点，可以最先体验"一览众山小"的感觉。据资料记载，万平口在元朝时期就是重要的通商口岸，每年都有上万艘从江南运送大米到北方的船只在这里停靠、中转。地方志称其"万浪涌来，形似瓶颈"，故曰"万瓶口",后被改为"万平口"。东览碧海蓝天水天一色,西望十里街景熙熙攘攘,南观港口灯塔雄伟威严,北眺绵延青山树木葱茏,枕山临水的格局最适合登高望远。最妙的是这里有一处天然潟湖,就是万平口大桥下的水域,湖的东南方向有一处天然水道连通着外海,平时微波粼粼、鸥鸟翩飞,一派祥和景象,可是一旦外海风浪滔天,那些渔船、货轮、就会躲进潟湖。这里永远风平浪静,是个不折不扣的天然避风港。

晴空下的万平口让人有一种极目远眺的渴望,天空是悦目的蓝,海面是晶莹的蓝,让人一下子忘掉所有的忧郁,并且爱上这里。漫步在海边小路上,一边是苍翠欲滴的人工林,一边是蔚蓝壮阔的大海,再加上时不时拂过的海风,人们仿佛一脚踏进了仙界。当久积的压抑与这里的碧海蓝天碰撞以后,游人便顾不得矜持急不可耐地甩掉鞋,赤脚踩在洁净的沙滩上,脚底板立刻传过一阵痒酥酥的感觉,这是一种令人难忘的体验。再往里走,当脚丫触到海水的瞬间,浑身的燥热一下子消退了。这时候,即便是个成人也会毫无顾忌释放出爱玩的天性,用脚在沙滩上写写画画,或者蹲下身子用沙子堆出一个"城堡"。这时海浪就像调皮的宠物,一会儿嬉皮笑脸扑过来,一会儿又若无其事地退回去,来来去去之间已经把刚刚竣工的"城堡"连同脚印抹平了。抬眼望去,岸还是岸,海依然是海,仿佛什么事情也没有发生过。

如果说阳光明媚的海滩让人流连忘返的话,那么细雨霏霏时的海滩则给人带来另一种体验。这时候万平口宛如蒙纱的妙龄少女,岸边绿植的叶片浸了雨水显得那样饱满,雨珠从叶子上滴落下来,倏地钻进沙粒下,让人分不清哪是雨水哪是海水。而淋湿的木栈道沉默着等待阳光普照,因为它知道那时候就可以在纷至沓来的脚步下唱起"咯吱咯吱"的歌谣了。在海誓山盟景点有一个"天空之镜",其实就是一个状如相框的摆设,许多游人经过这里总会停下匆忙的脚步,以波澜起伏的海面为背景,和交谈甚欢的同行人来一个"同框"留念。这时候无需什么表白,一个手势甚至眼神都能让对方心领神会,微雨之下少了衣袂飘飘的浮躁,却多了一丝历尽风尘的沉稳。

驻足远眺,心就像放飞的风筝,高悬于这一方蓝海,追随一艘巨轮渐行渐远,或者伴着一只海鸥盘旋于粼粼波光之上。此时灯塔静默,岸树静默,甚至连陶醉其中的游客也是静默的,这情形就如明朝诗人叶先登在《石臼所观海》

中写的"沧溟极望接天遥，万里长风送晓潮"那样，波翻浪涌的大海震撼的又何止心灵呐！

正是由于万平口特殊的样貌，游客们不但可以在海边的沙滩上进行沙滩浴、沙滩排球等活动，还可以在浅海处进行帆船比赛。而作为保留节目的"万舰齐发"活动，更是吸引四面八方的游人一年又一年来到这里，来感受万平口别具一格的风情。

万平口是人与自然和谐相处的产物，而天然的潟湖无疑是镶嵌在万平口的蓝宝石。当然它的美丽更少不了人们锦上添花的改造。建设者们巧妙的顺应山形水势，使其保持原始风貌的同时，又融进了一些现代元素。他们知道那种竭泽而渔、搬山填海的野蛮行为是不足取的，这些措施不但于事无补，还会给自然造成不可逆的伤害，所以改造是小心翼翼进行的，力争做到筋骨不伤。

就拿日照世帆赛基地来说，它或许是潟湖边最靓丽的风景。在总占地面积 1.2 平方千米的区域里，能够体现世帆赛特色的便是西岸的三座建筑：帆船俱乐部，以及充满着运动张力的水上控制中心和半圆形状的船库丈量室。其中水上控制中心犹如即将出航的帆船，仿佛可以随时扬帆开启乘风破浪的航程。

还有万平口北侧的东夷小镇，它原是一个名为董家滩的传统小渔村。为了突出展现东夷文化与海洋文化主题，当地在改造原有的四个小岛时，将北方传统建筑和渔家民俗院落与旅游度假进行巧妙融合。整个小镇由渔文化主题岛、民俗文化体验岛、异域文化风情岛和休闲娱乐观光岛组成。慕名而来的游人既可以穿街过桥，品尝小镇美食街的山珍海味，又可以宴饮泛舟，聆听戏台茶楼的逸闻趣事。独具特色的建筑加上暖心的服务，让每一位身临其境的游人都会徜徉其间流连忘返。

夜色渐深，随着游人的离开，万平口逐渐安静下来，耳边少了白天喧闹的困扰，只剩下海浪轻拍沙滩的声音，轻轻的、柔柔的，似乎在为明天到来的游客积蓄陪伴的力量。

对于日照人来说，万平口是一张华贵的名片，所以他们每天心心念念的第一件事就是如何为万平口的发展做出自己的贡献。人们把顺势而为的开发理念贯穿始终，于是在他们的打理下，万平口自始至终焕发着青春的魅力，一如顾盼生辉的美女站在黄海之滨，等候着远方的来客……

潟湖的秋朝

质　野

　　回城后的第五年，步入三旬的第二个年头，因为工作上的需要，我从石臼搬到了新市区。

　　当年秋天，一个偶然的机会，我开始尝试晨跑。晨跑的好处不言而喻，以往便多有受益，却总不能持之以恒，到了全新的环境，不免又跃跃地生起晨跑的心思来了。

　　绿舟路实在是晨跑的不二之选。沿湖是原因之一，加上过往的车辆也少，路面也足够开阔，所以这条路格外受晨练者的青睐。晨跑的、散步的、骑行的，或为锻炼，或为拍摄，或为呼吸一口近海的鲜爽的空气，各色身影在绿舟路上随处可见。还有一些人极有闲情逸致，把车停在太阳广场上过夜。他们是为了去目标塔上看日出——当然看不了海上日出，只能看湖上日出。

　　在绿舟路上，绿化带是有双重作用的，屏障的作用更大于绿化的作用。因为绿化带的阻隔，路上的人并不能把湖的面貌看得十分清楚，只见得一些光点闪烁在参差的层林之间，而这正展现了一种恰如其分的美。掩映的光彩在无形之中点缀了单调的马路，竟有些熠熠生辉的意味了。

　　清晨总是怡人的，何况是湖畔的清晨；初秋亦是怡人的，何况是湖畔的初秋。暑热的消退固然可喜，而秋日的凉爽更让人提起精神。我因此极爱秋日去晨跑，些许的风雨不能阻隔，除非恶极的天气，总要出去跑上一次，去那水光流转的绿色隧道里漫游一次，方能唤醒这一日的兴致，才不觉得落了一些什么。

一直往北，走到绿舟路的尽头，往东几十米，就是潟湖的入口了。

入口处有二十来株柳树把守着。初秋的柳树还是绿盈盈的，并不见一些分明的颓势——除非在雨后。小雨固然不能轻易动摇什么，大雨过后则又是一番景致了。柳叶、柳条全都落下来了，自由地、纷纷攘攘地铺在柏油路上，像涂了一层奇异的彩，只是由着人散漫地路过了，而不平添任何恼人的意味。绿色本身幻化出了一种告示，坚定地把守着入口，告诉那些在节气的指引下匆匆赶过来的人：潟湖还没有入秋。这一种告示，在路旁金色芦苇的鲜明衬托之下，不禁让人心生喟叹：果然最合节的还是柳树。这秋的华服，若是少了柳的衣带，想必也会大减飘曳的风姿吧！

继续往前，约莫二三十步，转角便是泄洪口。放眼向南望去：波光跃动的湖面，参差披拂的丛林，安静泊在岸上的游船，曲中有直的湖岸线，准备就绪的皮划艇赛道，像陀螺一样盘旋而上的目标塔，诸多美轮美奂的沿湖建筑……一切都似定格一般，一切都以一种缓慢而精致的姿态有序地在潟湖的水幕上铺展开来。景色已然是妙不可言了，而季节更添了清澹明净的氛围，每每引得路人止步流连——潟湖的最佳观赏地竟不在深处，竟在入口处，让人在赏心悦目之余，不禁又为这宛然入画的一幕叹羡咨嗟。

转过泄洪口不远，可以看见一座石拱桥，过了桥就是鸥鹭岛的地界。

鸥鹭岛名副其实，岛上最常见的就是海鸥与白鹭，也有几种躲在树丛深处叫不出名字的鸟，但品种到底稀少，数量也不算多，并不可谓之鸟的天堂。

与其说鸥鹭岛是鸟儿的栖息地，不如说鸥鹭岛是鸟儿的度假区，鸟儿也是来度假的。度假的鸟儿希望离群索居，为求清静来到这里，因此鸟儿并不常常叫人看到，却又总能神奇地闯入路人不经意的一瞥之中。吸引它们来到这里的，是近海的梦；让它们实现梦想的，是潟湖。潟湖对周边的事物一向严格，一切要在科学的范畴之中——唯独对鸟儿是宽容的。这可贵的胸襟无关季节的变换，长存于四季流转的游丝细缕之间，而秋季更以其自身的辽阔把它放大到一种近乎豪纵的程度。秋日的鸥鹭岛，刚刚从暑夏的热闹里跳脱出来，寂寥地悬浮着，因凋零的时节散发着幽密的光。

海鸥飞起来总喜欢成群结队，少则三五只，多则十几只，从一座岛的上空飞入另一座岛的上空。天空是没有边界的，海滨的"精灵"享有这种极致的自由。

相比之下，白鹭就显得沉静多了。对于秋的到来，这些自然界的"白衣天使"并不像它们的朋友那样敏感，不会振奋着去拥抱辽阔的天空。它们是很容易满足的性格，有丛林的庇护，有湖水的润养，就不再要求其他，就能安分下来。然而，这安分并不等同于流俗，反而有一种尘外孤标。形单影只往往给人心灵的戳刺感，即便是成双成对，它们也总在幽僻之处，用一个没有定义的姿态悄然立着，起飞的时候终究是少，偶尔振作起来，就往桥的倒影里盘桓一阵，慵懒而优雅，俨然是这湖的主人。

柏油路在都市建筑的丛林中显得平平无奇，而在潟湖上却成了一道堪为大赏的风景线，说是潟湖的大动脉也不为过。

在这条深入蓝色秘境的动脉上，去往鸥鹭岛的那段路是最为曲折的一段。因曲折而生隐秘，因隐秘而生自由，因自由而生动活泼，而活泼也正是一座湖心岛的可贵之处——在风平浪静之中焕发出蓬勃生机。然而，遗憾的是，这生机却极少为人发掘，而常常因开阔的前路牵引着，浮光掠影地一带而过了。

毫无疑问，情人岛是潟湖上最受欢迎的休闲地。地势开阔，树木葱茏，道路平坦，以及因此带来的美景，一切都恰到好处，一切都照顾到了人的感受。在踏上情人岛的瞬间，人们全身都会变得轻盈起来。在水一方的不是情人的梦，而是置身其中的如梦的真实。人不必走向自然，自然本身就有一种深邃的引力，也乐得把人引入那天水相接的光与影的梦境中去。

岛上的乔木不知凡几，而合欢树可谓是诸多亮色中最鲜明的一抹。得益于阳光和湖水的双重恩赐，湖畔的合欢花总是层出不穷，已超越了季节的界限——这是初秋捡了夏末的便宜，氤氲延长了它的花期。风和雨似乎对这粉色精灵有所眷顾，总不能狠心开展一场大清扫，而只等寒潮来做这个恶人。于是花瓣继续在熹微的晨光里开放着，直到叶子开始凋落，直到枝干开始拒绝冰冷的湖水。

　　初秋的清晨，情侣是不常来情人岛的，更多的是垂钓的人、撒网的人。两两结伴的，常是年过花甲的老夫老妻——许是渔人出身——从容下水去，在近岸处打捞螺和贝，岛上四处都可见他们的身影。警示牌当然有，但似乎不起什么效用。收获是自己的，欢乐也是自己的，并不能叫谁打断或剥夺了去。倘若有一起的人，可以说说笑笑，即便不说不笑，只是安然待着，沐在清秋的初光里，对着粼粼微波，敞开封闭的心，收获也就无关紧要了——欢乐未尝不是一种可喜的收获。

　　柏油路到情人岛就成了通途，笔直而平坦，一眼可以望到潟湖大桥。晨跑者沿情人岛继续往南，视野上是无阻隔的，沿途又能领略太阳岛和儿童岛的风光，最后从大桥转回绿舟路上，实在是一条再理想不过的路线，这也是诸多跑团周末的既定路线——而我却不能入他们团体的洪流，无关其他，实在是情人岛的日出过于惊艳，羁留了我，令我再不能向着前路更进一步。

　　在海滨，动人心魄的日出景象实在不算少，但情人岛的日出是当之无愧富有浪漫情调的。橘红色的太阳从海上升起来，越过地平线的同时也穿过了碧海路的薄薄海雾，被一种近似于水的流体裹挟着，霞光缓慢分散又疾速聚合，洒在湖面上，像一枚硕大的泼开的蛋黄。那正是情人岛的日出，那正是岛上日出给人留下的别样印象。因此，来港城的人，若有一定的闲暇，不能不趁着这大好的秋光到岛上走一遭，即便是一个人，即便怀着痛苦感伤的意绪，也不妨碍那奇迹般神奇的一幕在你的心海上泛起欢悦的涟漪，一洗胸中的郁怅。

　　情人岛的热情是弥足丰沛的，滞拙如我，环岛一圈之后，亦能轻易地收获一种切身的畅快。多重感性认识彼此交织，最终使心灵疏豁，无形中缩短了回去的路程，更让人生出一种由衷的闲情，能静着心去看一看四周的景致。

　　凡在清晨过来活动的人，大都图一份郊野的清静。也有不耐清静的，不耐这清秋的寂寥，就把音乐播放器带在身上，或者开着广播，又或者干脆卡着点过来——六点整草坪里的音箱会准时放歌。曲子是固定的，通常是《流星雨》和《单身情歌》。因此，无论是一个人，还是有伴侣的人，都可以过来跑一跑。

　　鸥鹭岛与东夷小镇原来由一座木拱桥连在一起，往常极少有人通行，近来为了小镇行车方便，换成了一座梁桥。原来的木拱桥并没有挪走，而是顺势横在湖畔的柳树下，不见得是赘余，竟成了湖畔一景，掩映着远处的旭日东升，别有一番出奇的韵味。

　　清晨，路口的闸门尚未开放，车是不通行的，于是这秘径就方便了我。曲曲折折的水泥路上，我一个人自在行走着，连呼吸也是散漫的，连脚步也没有了回响——于是我大可放开了心怀，随性地、恣意地环镇游了。

　　太阳还没有从海的轮廓里挣脱出来，东夷小镇还在酣沉的睡梦中。也有早起的人，三三两两地从渔家客栈出来，操着南方口音，谈论着夜里的游船之旅。他们是去看海的。海上日出是晚了，但海景还是大有看头的。到了悦海路上，也不用导引，看见两两散步的人说笑着从对面走来，便大步朝着那边走过去，自然地认定了那就是海的方向。

　　秋天是四季中最凝肃的画师，朝霞是漫天里最明快的颜料，秋日的朝霞把小镇裹在一片清静溟濛之中，给潟湖添上了浓墨重彩的一笔。这笔触可谓细腻。时间一分一秒地过去，画面一帧一帧地定格下来，好似真的入画一般，真的是人在画中行。我想，那些在清晨的小镇上漫步的人，也是这样的感受吧！

　　我看着泊在长街尽头的木船，突然间意识到：这就是潟湖的尽头了。遐思之余，我想起在石臼时的一次夜跑，也是这样的季节，却是深秋。在那个深秋之夜，华灯闪耀的世纪之帆大厦旁，我看到了黑色巨浪从远处奔腾而来，那里正是湖海相接的地方。我这才发现，我走过的路是怎样的轨迹，仿佛过去的生活都有迹可循，都依循着我所不知的规则。

　　我没有能轻易变通的个性，尤其对身外的事物，自来便有一种不可消除的隔膜，自然也就无所谓是否融入其中了。饶是如此，我却适应了这陌生的环境，并且进行了入微的观察，慢慢地看清了这海曲一隅的肌理、筋骨。

　　我不禁在心里默默地想：横亘在海与陆之间的，不正是潟湖的涵养么？穿梭在暑与寒之间的，不正是清秋的时节么？行走在社会与自然之间的，不正是人类的生存之道吗？隔膜总是有的，未必就要消除了它。不可消除时，那便跨越过去，回头标识它作现实与梦想的界线也未为不可。继而转念又想，人果真需要确切的界线么？城市只是城市，海滨只是海滨，而潟湖也只是潟湖吗？不去想它吧！

　　这一处秘境，这一场感悟，令我可以振奋着精神去见明日的自己了。

日照西湖印象志

秦绪合

说起西湖，人们大抵会想到杭州的西湖。但如果你是一个日照本地人，抑或是一个久居日照的朋友，说起西湖来，你当然会知道还有一个日照西湖镇。老日照人所称的西湖，就是日照水库，是整个日照市的主要防洪枢纽和水源地，因主要库址在西湖镇，所以又名西湖，总库容达3.18亿立方米。它碧波荡漾、浩渺无边，周围群峰环翠，蒹葭连天，山水相映，鹤飞鹭翔，树木丰茂，湿地旷远。其传说之久、故事之多堪比杭州西子湖，真的是一个令人一见难忘的好地方。

癸卯年四月初三，时逢小满，正是麦将熟、杏将黄的季节。我们一众文朋诗友共赴夏日之约，来到了这个北方小镇——西湖镇。在面积上西湖镇算不得大，然而在每一个日照人的心目中，它称得上享有盛名，而这盛名绝不是所谓浪得虚名，它有"一湖一湿地，一树一状元，一观一诗书"的美誉：它拥有全市最大的"湖"——日照水库，拥有全市最大的湿地——西湖湿地，拥有日照第二大古树——树龄千年的银杏树，是明朝状元——焦竑的故里，拥有曾经全市最大的道观——回龙观，拥有日照唯一传世的诗书——《海曲诗钞》。

一

一座西湖水库，恰好就是西湖这座小镇的眼睛。汽车沿着环库路行进，经过了大半个水库，但我们的视野依旧不觉得重复。这条路是新修的，足足有50千米，尽管没有硬化，但还算整饬。路两旁林木繁荫，花草葳蕤，蝶飞凤舞，奇鸟相鸣，还有几处农家房屋点缀着这偌大的西湖，像一幅山水画，不断冲击着我们的视觉。

到了龟背岛，我们下车，在水库边流连踯躅，看这如海一般的湖面，迎着荡漾的风，丝毫感觉不到夏日的炎热，倒着实感觉到湖风徐来，带来清凉的体验。抬望眼，右前方是一带远山，倒映在湖中，湖光山色，相得益彰，说不出的安静与缥缈。对面就是西湖水库的大坝，岿然屹立，横亘数千米，好不壮观。大坝北面一座粉红色的楼，是曾经的日照市水上运动学校，旁边就是高高耸立的日照水库纪念碑。1958年，为改造自然、造福百姓，日照举全县之力，建设了日照水库，为日照的发展奠定了水利命脉根基。时任山东省委第一书记、著名书法家舒同在纪念碑上欣然题书"日照水库"四个大字，颇具风骨。碑座是魏碑体的题词"社会主义建设，无往而不胜"，碑基是宋体大字"降龙伏虎"，镌刻着时代的烙印，令人抚今追昔，肃然起敬。

收回远去的视线，在经过湖水无数次冲洗的岸边，我们看到了几块古代三合土墓圹土石，当地文友介绍那是早期库区人民搬迁留下的痕迹。沧海桑田，它们依然坚硬如初，显现出我们先祖的智慧，也让我们不禁肃然起敬，能够想象出库区人民搬迁的豪壮与深情！而阔远的岸边硕大的古柳一棵棵、一丛丛、一大片一大片地排列着，从腰身处长出的密密根须，像极了山东大汉的络腮胡子，见证着湖水的涨落以及岁月的变迁。它给人坚韧不拔、历尽沧桑之感，令人立刻想到西北大漠的胡杨，也成为这龟背岛上的一道奇特景观。

车子走了很久还行驶在这片广袤的湿地边缘，不时有仙鹤、白鹭及不知道名字的鸟展翅起飞，鸣声振远。这片湿地以日照水库为主体，包括三庄河河口湿地、陈疃河河口湿地、铨元河河口湿地、近水湿地植物群落带及傅疃河部分河段周边重要的湿地资源，达5万亩之旷远，仅华夏瑞草园就有2600亩，腹纳数百万株中草药,如此浩浩湿地,让视野愈觉开阔,一时怎么走得到尽头?

二

曾经兴盛一时的回龙观是展现古之幽微的所在。沿220省道西行20千米,北转进入222省道前行不远,便进入西湖镇的地盘,熟悉的山水风物立即引发我的无尽回忆。

我的老家在黄墩镇,东部和西湖镇相邻。在220省道修成以前,来上学乡和日照市区,西湖的回龙观和竖旗岭村是必经之地。在日照三中求学时,我经常骑自行车上学,过九曲山峦,经回龙观村(亦称爱国村)。路在山谷,谷中有一大片翠竹,数间茅屋隐于其间。尽管是比较陡的上坡路,但骑车根本不用力,如履平地,似有神助。当时我们同学都认为这地底下肯定有什么矿物质,可见这回龙观是大有来头的,是一块宝地。

回龙观建于明代,距今已有600多年,现仅存遗址。据说,当年有九条巨龙自山海关出海向西遨游至此,见其山势峻峭,地貌灵秀,林壑幽美,古木参天,小溪潺湲,禽鸟喧鸣,直比仙境,遂化作九道山梁长卧于此,并且龙头回首遥望山海关,面朝崂山,以示同宗同源,一脉相承。而崂山姚正国道士云游至此,见九道山梁如同九条巨龙抖甲奋飞,周围溪水琴韵,鸟语花香,彩云呈祥,感叹天地造化之灵秀,遂化缘修建"三官殿"供奉"尧、舜、禹",并据"九龙聚汇""昂首回望"之形态,将其命名为"回龙观"。过去日照境内及附近的庙观都归回龙观管辖,每年正月十五举行庙会,绵延数日,百姓不远百里而来,游人如织,盛况空前。

回龙观里的树木极为珍贵,松树、银杏、娑罗树等,不一而足。回龙观的水清纯甘洌,源于观后的龙石山,无论天有多旱,泉水从不干涸。泉水中含有对人体有益的矿物质,常饮此水,能使人延年益寿。观前有一条地下暗河,名曰"仙人洞",长百米有余,全部用大青石板砌盖,垫上土、植上竹,现在是一片茂密的竹林。暗河中流水潺潺,有一眼旺泉,四季泉涌如喷,专供观中饮用。更妙的是每到盛夏闷热难挨之际,人们一到暗河边顿觉凉爽透骨。暗河外，随处可见股股清泉，或涓涓细流，或飞流如瀑。观东老栗树下有一眼石泉，名曰"龙泉"，似泉似井，水质纯清，是道长们煮水品茗专用之水。

回龙观的桥极富特色和传说，一座由一整块长六米宽四米厚半米的石板修成，重几十吨。另一座是一座"城墙桥"。桥下流水潺潺，桥上有墙，墙上有亭，亭上有铃，铃声叮咛，令人生发幽思。"城墙桥"构造非常特殊：下面有一块近两米高的石头直立于河中心，其顶部横上一块长条石，长条石上面再纵放两块条石，然后再在上面砌成弓形桥面，最后再垒上墙。这座桥看似摇摇欲坠，实则历经几百年风雨沧桑，仍完好如初，异常坚固。用现代眼光看，这座桥的构造非常符合杠杆、平衡等力学原理。

相传，崂山道长与回龙观夏道仙道长交好，携神龟来访不遇，于东河石崖旁小憩，用轻柔的溪水磨墨，写下一诗，既歌咏回龙观的优美景色，又表达了对夏道仙的思念，虽经风吹、日晒、雨淋、水冲，字迹仍清晰可见。这首题诗内容是："明月清风调，高山流水音。子期今不遇，谁识伯牙心。"拳拳知音厚谊，尽在诗中。

三

与回龙观东面紧邻的就是西湖镇竖旗岭村，日照廪生宋佩玉就出生在这里，想必亦得到这方宝地的滋养。宋佩玉一生博览群书，训诲后进，工书翰，手抄《十三经》《两汉书》，精勤至老不倦，著有《茹园诗集》。清代日照县最具代表性的诗选《海曲诗钞》底本就是由其穷尽毕生心血辑录的。《海曲诗钞》共收录清代康熙至道光年间 72 位诗人 958 首诗作精华，为清代日照文学史上最具代表性的诗选，堪称日照文化史上的一部经典。我曾见过宋佩玉的书法作品，温润秀劲，稳重老成，法度谨严而意态生动，水平颇高。其《茹园诗集》现已不见原本，但《海曲诗钞》收录了他的 59 首诗作，其律诗，颇具意蕴。1834 年，宋佩玉考虑到自己年迈贫寒，已经不可能将《海曲诗钞》刊印成书，于是亲手将《海曲诗钞》交给了自己的学生丁守存，并希望他能够在有能力时将诗选刊印。他特别嘱咐丁守存："此一生心血也，穷老书生，无力剞厥，虑归湮没。君以英年腾达，倘得藉传久远，感且不朽矣。"第二年，丁守存进京会试，考中进士，入职户部。其间，时局动荡，诚多事之秋也。直到同治三年（1864年），丁守存官授湖北督粮道，财力充足，于是致信其堂兄丁守经，让其将家藏书稿寄至武昌，将毕生著述陆续在鄂刊行。其中，《海曲诗钞》于同治九年（1870年）付梓，虽然原本有失，"幸以副本补之，尚为全璧。谨加之厘定，分别去留，开雕成帙，并茹园所作附刊于后"，将原抄本《海曲诗钞》的十卷选定为六卷刊刻。《海曲诗钞》原本刊行后，丁守存再致信堂兄丁守经，收集日照县文人诗作，"择其雅而可传者"另为辑录。后又刊印续集两卷，合前集六卷，共八卷，即今之刻本《海曲诗钞》。自老廪生宋佩玉倾一生精力收集，后授书丁守存，至同治十年（1871年）续刻竣工，前后历时近百年。《海曲诗钞》作为日照现存的唯一一部古诗词选辑，书中每位作者都有简介，不但具有很强的艺术性，而且具有较大的历史价值，在日照文化史上有着非常重要的意义。宋佩玉所作《海曲诗钞》序，阐述了自己的诗词观，交代了选诗的缘由、标准及流布后世的愿望。不仅言辞优美、脉络清晰，而且立论中的、玉振金声，诚佳作也。

四

自回龙观向北不远，就是明代状元焦竑的故里——大花崖村，至今存有道光年间修建的状元碑，在碑东不远处，曾有一著名的花岩寺，寺中有一株千年银杏树，该树外环内空，苍劲挺拔，树干中空处又长出榆树，榆钱飞舞，白果累累，令人称奇。焦竑在归乡时曾赋《花岩寺》一诗，用优美的诗句表达了自己久居他乡、踏上故土的激动心情，抒发了对家乡日照由衷的热爱："一上花岩寺，回瞻紫气遥。幽深临绝壑，突兀碍层霄。槎小星堪摘，窗虚月待邀。无人参妙义，旛影对风飘。"

焦竑，字弱侯，号漪园，又号澹园，明代著名思想家、藏书家、文献考据学家。万历十七年（1589年）中状元，授翰林院修撰、皇长子侍读等职。焦竑由耿定向、史桂芳导引而入阳明心学一派，继以王襞、罗汝芳为师，又受泰州学派思想启发，提出"学道者当扫尽古人刍狗，从自己胸中辟出一片天地"这一说法，崇杨墨而不独尊孔孟，其学笃实明辨，迥异于明代"游谈无根"之风，在当时即有"士林祭酒""一代儒宗"之誉。他不仅与同被视为"异端"之徒的李贽交好，还是徐光启的恩师、贵人。

焦竑会试七次，于五十岁考取状元，期间亦颇多无奈。然而，三十多年执着于科举考试，是什么力量支撑他呢？焦竑在《与日照宗人书》中解释道："岂第为世俗梯荣计，实吾父督甚严，不忍怠弃，欲因之稍稍树立，不愧家声耳。"在焦竑的苍茫人生征途中，对于科举考试屡败屡战的精神最值得我们敬佩与喟叹，而这其中隐匿着他对自己反复的权衡与质疑。最终焦竑通过"愧"字勾连起执拗的自我与坚持考试的征程。对于当今的喧嚣与浮躁来说，焦竑的坚持不啻一服良药。

焦竑曾拒绝日照和南京两地为他修建状元坊的好意。在他的请求下，故乡日照县将用来修建状元坊的银子转作救灾资金，用另一部分钱为焦竑修缮了祖林，建了护林花墙，购置了祭田，周济同族贫困兄弟。面对家乡官员上奏朝廷的赈灾奏折，主管衙门拖延敷衍。焦竑力向司农官员陈情，为桑梓争取了5000两银子的款项。

他在《与日照宗人书》中袒露了眷恋家乡的情感，和因万水千山阻隔，不能尽孝的歉疚。在考中状元后，他与家乡保持了密切的联系。除了在物质上力所能及地帮助家乡外，他对家乡教育事业也倾注了大量心血。清代《日照县志》在《乡贤·焦竑》这篇中记载："公笃维桑，遥遥花崖里族党亲，问讯不绝，邑士员笈从游者，甚众。安公重、李公蕃执经最久，用登甲第，得公甄陶之力居多云，余详儒林。"在《日照县志》中，保存了焦竑两篇关于记载、论述日照教育发展的文章。一篇是《日照县重修庙学记》，文中对日照县儒学的发展，尤其晚明日照县的发展情况作了全面记载，并描绘了大力推广日照教育，推动日照文化事业发展的前景。他期望有一天，回到故乡，能看到日照文化繁荣发展的景象。另一篇是《日照县修尊经阁记》，写于万历四十四年（1616年），是焦竑晚年应日照的两位学生申劝、牟国华的请求而作。他赞扬了明代李文星、陈如锦等开明知县领导日照人民，通过修尊经阁、伦明堂等教育设施，发展教育、教化民众、抵御倭寇等政绩，记载了日照文化发展的脉络，同时也高屋建瓴指出了日照文化发展的浮躁与落后之处。焦竑的《新修火神庙记》，写于万历三十六年（1608年）。它一方面记载了这一年日照火灾严重、损失惨重的史实。另一方面，它颂扬了莫逆好友、仁人申公修庙、筑路，救民于水火之中的一系列善举。字里行间，充满对良好社会风尚的颂扬与倡导。它也成为人们了解明代风土人情等不可多得的一篇史料。

焦竑问学经历了从"华"到"实"的过程。这种变化很快取得了成效，并得到了双重的认可，一是万历十四年（1586年）罗汝芳对焦竑研修性命之学的肯定，二是焦竑于万历十七年（1589年）夺魁。这一阶段可视作焦竑治学由虚转实的过程。焦竑学问虽博杂，但约而有法。在以性命之学为根本的大前提下，他主张"道一教三"，以儒为主，兼及佛道，以《中庸》为枢纽统摄诸学，诗文也可保留一席之地。

焦竑一生研经著史，阐发释老，著述宏富，尤以《澹园集》《焦氏笔乘》《焦弱侯问答》《老子翼》《庄子翼》《易筌》等最能反映其学术思想。他的《国朝献征录》《国史经籍志》《皇明人物考》《玉堂丛语》《逊国忠节录》等通究明代史事，有"国朝典章"之褒。其评点编纂类著述多达六十余部，对后世影响极大，享有"巨儒宿学，北面人宗"这样崇高的学术地位。而这种状元文化的影响深远，一直德泽后世，大花园村的书记就曾骄傲地告诉我们："村里又出了一个清华大学生！"西湖有焦竑，何其幸也！日照有焦竑，何其幸也！中华有焦竑，何其幸也！

书香脉脉，文心悠悠。近年来，西湖镇不断改造文化基础设施，高标准打造镇级图书馆和图书阅览室，与市图书馆联网，实现"通借通还"。同时打造状元公园，修建状元坊，宣传状元故里，弘扬状元文化，不断完善农家书屋建设，依托农家书屋，广泛开展全民阅读活动，为建设芳华日照，实现精彩蝶变，贡献着西湖力量。历史的书香一脉相承，正在这方美丽的土地上浸润、蔓延。倘焦竑、宋佩玉等先贤英魂有知，当含笑而安矣！

夹仓记

叶雪松

一

我与山东有缘。

我的太祖父是山东登州府黄县（今山东省龙口市）马家庄人，这样说来，我的祖籍、根脉在山东。祖父说，那是一个靠海的地方。同治八年（1869年），为了避开朝廷重税，太祖父咬咬牙，挑着担子，携家带口闯了关东。

概因从小就听父辈们讲起和山东的渊源，加上小时候常有山东老家人来家续宗谱，我对山东这片土地自然倍感亲切。

三十年前，我曾在山东这片土地上打过几年工。1994年春天，我从大连码头乘"大舜号"轮船至烟台，又从烟台转道青岛，在一家电信工程公司当材料员。在烟台的码头上，潮湿的海风吹拂着我的长发，像先祖们无形的大手在摩挲着我。这里是我和先祖们接触距离最近的一次。我没时间去龙口，不过，澎湃的心儿就开始感觉到先祖们沉重的呼吸和亲切慈祥的目光。

那几年，我一直在山东青岛的即墨、莱西一带往返，因为工作的关系，经常和山东当地的工作人员打交道，工作之余，我最爱做的就是到驻地附近的农家拉家常。豪爽热情的山东大爷大娘们，一次次温暖我的心。每次，听着熟悉亲切的山东口音，我的思绪不禁回到了一百多年前。那时，先祖们也应该和他们有着相同的口音。

香港回归的那年冬天，我离开即墨瓦戈庄回到了辽宁。和山东的缘分就告一段落。没想到，二十多年后，我又参加了两次山东主办的文学赛事，分别在 2013 年和 2014 年来到宁阳和高密采风。就是那次高密之行，我结识了离我祖籍不远的莱州作家赵惠民兄，两人结下了深厚的友情。巧合的是，2022 年，我的长篇小说《大地葵花》也由山东画报出版社出版，因此我再一次和山东有了联系，并和该书的责任编辑姜辉成了忘年之交。

因为另外一部书稿的写作，涉及清代济南商埠及城外泺口镇石砌圩子城，以及寿光的羊角沟码头，姜辉特意约我来到山东，驾车带我到这几个地方采风。泺口、周村、羊角沟、沂水，凡书中涉及之处，差不多走了个遍。最后，在茫茫的沂水河畔，姜辉对我说，有一个地方应写进书中。我问是什么地方。姜辉说，在沂水东南一百多千米以外的日照市，有一个比周村、羊角沟、泺口还要繁华古老而今消失在历史长河中，也和当年的泺口一样筑有石砌圩子城的大商埠——夹仓镇，它素有"城南巨镇"之称。

夹仓镇？我一听就来了兴致。

姜辉说，它和清代寿光羊角沟差不多。当年，它曾是日照"八大海口"之一，是一个拥有一千多商户，一万多人口的大商埠。它原本是元代一个小渔村，因为村西的海汊可以停泊入海的船只，有着海上运输的便利条件，经过几百年的发展，慢慢建成具有一定规模的海运码头，一度发展成日照最大的商埠。古时的官府为"调节粮价、备荒赈恤"，在这里建立了粮仓（亦称社仓）。鉴于这里地处河海交汇的夹角，就给它起名"夹仓"。

为了感受"夹仓"厚重沉甸的历史，姜辉决定带我驱车前往，一同穿越感受百年前的繁华。

二

我们来到日照后，先在宾馆洗去旅途的劳顿，第二天吃完早饭，我们就驱车赶往夹仓。半个小时左右，在一块玉米地的尽头，湛蓝如洗的天幕下缓缓现出一个规模不大的村子，看起来和绝大多数山东村庄并无二致。只是，在红瓦新房中夹杂着为数不多的灰瓦青砖、墙皮斑驳的老宅，那锈迹斑斑的门环和形象依稀可见的石鼓，似乎在诉说着曾经的辉煌。

这哪里有古商埠的影子？石砌的圩子城在哪里？当年林立的商铺和帆樯云集的码头在哪里？尽管事先有了一定的思想准备，我还是有些失望地看了看姜辉。姜辉看出了我的心思，笑着指着一户人家的院门说："数百年的沧海桑田，朝代更迭，我们脚下踩着的这块土地，没准就是当年的商铺门口，这户人家当年就是赫赫有名的商号。"

姜辉说的不无道理。前几年，我在鲁院学习，曾跟随校方主办的采风活动去过甘肃、内蒙古交界处的河西走廊，当年楼堞高耸的玉门关和水草丰美、人烟稠密的西夏国黑水城，现在不也只是在一片黄沙中剩下一方断壁残垣，几片残砖烂瓦？

村里年过八十的尹大爷知道我们是专程到此采风的作家的时候，非常热心地领着我们在村里走走看看。尹大爷说，当年的夹仓古镇经过时代的变迁，现在已经衍变为夹仓社区五个自然村了。

在一户人家的百年老院子里，我们意外发现镶嵌在墙上象征着主人身份的拴马桩。尹大爷告诉我们，像这样的拴马桩在他小时候随处可见，保留到现在的不过一两处。我们现在看到的是雄性拴马桩，雌性拴马桩已经消失。

尹大爷说，先人制作拴马桩，一为自己使用，另外还可供亲戚或是朋友及商家暂时拴马用。那么为何先辈要把拴马桩分为雌雄两种呢？

原来，先辈们将雄马和雌马拴在一条街或是胡同里，时间久了发现雄马和雌马整天叫唤不休息，到主人使用它们时就变得无精打采、气力不足。于是，聪明的先辈，就开始想办法，琢磨出雄马和雌马不能在一条街或是一条胡同里同时出现的结论。前街的拴马桩一般多为雌马设计，主要是马童饲养喂料方便。雄马的拴马桩一般设在房后或是另外一条街及胡同里。这样，雄马、雌马见面就不容易了，各自至少安分一点点了。除了吃料，就是眯眼休息，储备能量，准备为主人或客人好好服务。

想不到，一个小小的拴马桩在当年竟还有这些讲究。

尹大爷告诉我，这座房子的前身是一个油坊，由于年代久远，现在只是残存下来极小的部分。看着墙上的拴马桩，门前的凫灯，雕刻精美的"门当"和"户对"，威严的石狮和门前的银杏树，推开那扇古老木门的那一刻，我仿佛看到里面主人和伙计忙碌的身影。在叠压整齐的层层青瓦中，长满了株株杂草，给古宅更添加了一层神秘色彩。

这些，还不足以让我完全感受到这个鲁南小村庄的不寻常之处。不过，当尹大爷领我们到一块闲置的空地上，指着一块雕刻着"夹仓镇"几个字的古碑时，我们顿时被震撼了。这座横卧在地上的古碑，不就是夹仓古镇存在的最有说服力的证据吗？我想，它同时也是后人开启这座沿海大商埠尘封的历史之门最宝贵的钥匙。

三

尹大爷告诉我们，夹仓的繁华据传是从康熙年间开始的。说到这里，他还提到，有一个叫佟国赞的官员不可绕过。

康熙二十一年（1682年），佟国赞任日照知县。他上任后放宽了一些商业措施，设义集，商人来夹仓做生意一律免税，这一系列优惠政策吸引了各地客商云集夹仓。没多久，这里沿街商铺林立。后来，清政府命这里成立乡勇，保卫一方水土，还要建造防御用的圩子墙。工程未半，曾国藩率领的湘军部队就来这里安营扎寨，这个城墙一直到咸丰十一年（1861年）才陆续完工。

时至今日，夹仓人还是念念不忘佟知县的功德，亲切地称他为佟公。

尹大爷说，夹仓建有石圩子城墙。旧时夹仓浪缓水深，不待潮汛，舟船即可抵岸，元、明两代，海盗猖獗。故那时夹仓为安东卫（日照岚山海防古城）的重要分防要地，并在咸丰年间铸起石城、围墙，围墙设大门和炮楼。炮楼五座，炮台四座，四门更有特色，分东北门、西北门、东南门、西南门。四门各有大字题额：东北门因有奎山东峙，故曰"奎聚"；西北门因泰山在其西北，故曰"岱宗"；西南因有沂河，故曰"望沂"；东南门题曰"海表"，表义为"外"，意思是大门之外就是海。四门方向及棋盘街布局，形成后来的"斜夹仓"之势。

在夹仓社区，我们看到了古镇的复原图，正如尹大爷所说，夹仓的四座城门均不是按正东正西的方向来设置的，而是斜向设计，十分独特，看起来像一只巨龟。我想，这里面一定暗藏着许多不为我们所理解的人文理念。

夹仓镇在数百年前，曾经是当地土特产和外地商品的集散地，并有榨油和酱菜作坊数家；镇内商铺林立，码头上帆樯云集；明清两代均在此设有巡检司。夹仓也成为方圆几十里的政治、经济、文化中心。

为了方便运输物资，先民们在海汊之上建了一座十三孔的大石桥，这座桥既作为海船运送货物的通道，又成为通向鲁西南地区的交通枢纽。在海运业发展的鼎盛时期，商家们拥有多条载重量二三百吨的三篷三桅大船，还有数量可观的小型帆船，它们都在这里停泊。再往后许多年，这里航道淤塞，不能停靠船舶，完成了数百年作为码头的使命。

在一户村民的家中，尹大爷带着我们参观了残存的石圩子城城墙。当年的城墙高达数丈，可惜的是，在1946年遭到拆除，而今剩下的城墙不及成人高。我一遍遍抚摸着长满青苔的城砖，一遍遍感受它的肌理。这不就是我梦中的石圩子古城吗？如今，它就静静地横卧在海边，散落的城址像一张跨越时空的网，似乎在兜裹着历史的音符。而此时，时间是静止的、停滞的。

当我把这块被数百年风雨剥蚀的城砖拿在手上时，奇怪的一幕发生了。那块润泽的城砖在太阳的炙烤下散发出来的热量，像巨大的磁场，将我深深地吸进了历史深处，踏上了跨越数百年的旅程。拂过脸颊的微风，像先辈们温热的大手；远处的云影天光，像先辈们亲切的双眸，在和数百年后的我对视。我在古城墙边流连，生怕错过它的每一寸肌理。我抚摸着它残留下来的每一块城砖，拨动着缝隙里钻出来的每一棵蓑草，聆听着来自历史深处古人的沉重呼吸。

当年的夹仓石圩子古城，是多么繁华、热闹。

"啪嗒啪嗒"，我听到了一阵杂乱的脚步声。顺着脚步声，我似乎看到一队进货归来的伙计，从远处迤逦而来，在城中穿梭而过。城中的街上充斥着各式各样的口音以及讨价还价的商人。

瞧，被簇拥在一个商号前一群人中间的那位美丽的少女，是那么的清纯曼妙。在金色的阳光下，她的裙子和头饰被镀上了一层金黄，映衬得她愈发的美丽。

她是谁？在这座石圩子城，她是哪个富商大贾家的小姐？抑或是衙门官员的千金？还有，在这繁华的街道上，一定也有我们叶姓先祖勤劳的身影。

四

在夹仓镇石碑的旁边，有一块清代的尹氏墓碑，彰显了夹仓镇特有的文脉。尹大爷说，他的五世祖曾经做过翰林，他们尹家当时是夹仓镇的名门望族。

来夹仓之前，我和姜辉不止一次谈及书稿中的济南商埠、泺口镇、周村和羊角沟。通过查阅海量的资料，我们了解到，在清代，山东有四个最大的贸易区，它们分别是济宁、临清、济南和潍县。

济宁在大运河沿岸，是鲁西南地区的贸易中心。潍县在济南东边，从一个不算大的地方发展成为鲁东地区的商业中心。济宁和临清是大运河山东段的主要港口。济宁控制了整个鲁南，并辐射了苏北与河南的部分地区。临清是鲁西北一个类似济宁的运河港口和贸易中心，距济南仅一百余千米。但是，当时临清的影响力延伸到更远的地区，它的发展之快，商业规模之大，甚至可以与天津相抗衡。在资料中，我们查到了周村、羊角沟、泺口等一些大商埠，唯独没查到夹仓。

尹大爷说，夹仓的衰落，主要是自然条件变化造成的，社会的动荡、战乱也是重要原因。古镇西北部年复一年的洪水下泄，夹带着大量的泥沙淤积于河口、海汊，终致港口无法使用，当年显赫一时的名商大贾和名门望族，纷纷迁移到别的商埠发展。从时间节点上来分析，夹仓在这四大贸易区划分之前，就已经衰落，湮没在历史的长河中了。

纵观夹仓的历史，不难发现，数百年间，夹仓由诞生到繁荣，转而又衰落下去。由农村变成街镇，又变成农村，似乎转了个大大的圈。不过，人们并不能否定夹仓当年的繁华和辉煌。和日照当地的一些景点相比，如今的夹仓看似有些落寞，可在我看来，它所凸显的是更深远的文化内涵及历史意义，更具研究价值。这些，值得我们去深思。

眺望着蔚蓝天幕下夹仓入海口的那座现代化跨海大桥，姜辉问我此行的感受，我以王维的诗答曰："君自故乡来，应知故乡事。来日绮窗前，寒梅著花未？"

夹仓，是我和先祖都曾来过的地方。

山东，我的根。

图书在版编目（CIP）数据

初光．5，第五届中国（日照）散文季精品集 / 丁建元，韩通，何慧颖主编． — 济南： 山东友谊出版社，2024.5
ISBN 978-7-5516-2960-7

Ⅰ．①初… Ⅱ．①丁… ②韩… ③何… Ⅲ．①散文集－中国－当代 Ⅳ．① I267

中国国家版本馆 CIP 数据核字（2024）第 081390 号

初光 5
CHUGUANG 5

责任编辑：陈 菁　袁 方　王德超　刘敬雅
装帧设计：于晨虹

主管单位：山东出版传媒股份有限公司
出版发行：山东友谊出版社
　　　　地址：济南市英雄山路 189 号　邮政编码：250002
　　　　电话：出版管理部（0531）82098756
　　　　　　　发行综合部（0531）82705187
　　　　网址：www.sdyouyi.com.cn
印　　刷：济南精致印务有限公司

开本：710 mm×1000 mm　1/16
印张：19.75　　　　　　字数：320 千字
版次：2024 年 5 月第 1 版　印次：2024 年 5 月第 1 次印刷
定价：88.00 元